Wie Spuren im Schnee

Luna Cathedras

Bücher von Luna Cathedras

Romance

Mit Augen wie Silber

Erotischer New Adult Liebesroman

❖

HOME – The Place Where I Belong

Erotischer OwnVoice Liebesroman

❖

Wie Spuren im Schnee

Erotischer Cozy Liebesroman

Fantasy

Colour & Bones

Erotische New Adult Romantasy

Band 1: Erwachen

Band 2: Zwiespalt

Band 3: Einklang

❖

Hüter der Grenzen – Ankhsharas Fluch

Young Adult Urban Fantasy mit romantischem Sub-Plot

WIE SPUREN IM *Schnee*

Bibliografische Information der Deutschen Nationalbibliothek: Die Deutsche Nationalbibliothek verzeichnet diese Publikation in der Deutschen Nationalbibliografie; detaillierte bibliografische Daten sind im Internet über dnb.dnb.de abrufbar.

3. Auflage, 2025

Verlag:BoD · Books on Demand GmbH, Überseering 33, 22297 Hamburg, bod@bod.de
Druck: Libri Plureos GmbH, Friedensallee 273, 22763 Hamburg
Umschlaggestaltung: Chaela von https://www.chaela.de
Lektorat & Korrektorat: Luna Cathedras
Illustrationen erstellt mit Canvas Pro – ohne Nutzung von genKI
Unter Verwendung der Schriftarten: Times New Roman, Georgia, Open Sans, Rock Salt, Wingdings

ISBN: 978-3-8192-0689-4
Dieses Buch ist auch als E-Book erhältlich.

Wir sind diejenigen, die tausend andere Leben erleben,
Hunderte Welten erkunden, Dutzende von Menschen ins Herz
schließen und wieder gehen lassen.
Wir lieben, hassen, weinen...
Nur eben nicht in dieser Realität.

Inhaltshinweis

Diese Geschichte greift ernste Themen auf, die für Lesende potenziell abschreckend oder sich gar negativ (triggernd) auswirken können. Nachfolgend wird nach bestem Wissen und Gewissen aufgelistet, was Lesende erwartet.

Die Altersempfehlung für dieses Buch liegt aufgrund der expliziten Szenen bei 18+.

Schlüsselworte:

- Andeutung des Einsatzes von K.O.-Tropfen & Chloroform
- Explizite Szenen (einvernehmlicher Sex)
- Trauma (Erinnerungslücke, gebrochenes Herz)
- Aggressionsprobleme
- Formen der Obsession
- Entführung
- Derbe Sprache (exzessive Anwendung von Schimpfworten)
- Anglizismen & „Neudeutsch“
- (Andeutung von) Drogenkonsum
- Rufmord
- Verlust & Tod
- Familiengründung (Adoption, Kinderheim)

KATHRINE

1

Vor über sechs Jahren …

Die Eishalle explodiert in Jubelgeschrei und euphorischen Durchsagen. Gefühlt jeder Mensch, der dazu in der Lage ist, erhebt sich aus dem eigenen Sitz, schreit sich die Seele aus dem Leib und wedelt währenddessen mit einem Schal, einem Shirt, einer Fahne oder etwas anderem im Eisblau-Schwarz der *Ice Jedis*.

Mit einem zufriedenen Nicken in Richtung meiner Kollegen wende ich mich ab. Das Klemmbrett in meinen Händen verstaue ich unter dem linken Arm, indes ich im Stechschritt durch die noch leere Vorhalle marschiere. Das Klicken meiner Absätze hallt von den Wänden wider, und es hat etwas Beruhigendes an sich – etwas vertrautes, das einen Teil von mir ausmacht.

Vor den Aufzügen werfe ich einen prüfenden Blick auf die verschwommene Spiegelung meines Gesichts – Haare und Make-up sitzen wie immer perfekt. Mein Pokerface verrät nichts über die wahren Emotionen, die dahinter stecken – genau so, wie es sein soll.

Die Schiebetüren öffnen sich rasselnd. Ich trete mit einem Fuß hindurch und drehe mich seitwärts. Und dann warte ich mit vor dem Bauch verschränkten Händen, wie ich es die meiste Zeit in so einer Situation tue.

Ich höre ihn schon, bevor er aus der Arena kommt. Und wie jedes Mal, wenn ich ihn sehe, beschleunigt sich mein Herzschlag. Mein Atem stockt auf die gleiche Weise wie an jenem bedeutungsvollen Tag im College.

Constantine Rush, umschwärmt von unzähligen Fangirls und -boys, die sich darum reißen, irgendetwas von ihm zu kriegen; sei es ein Autogramm, einen Luftkuss oder bloß eine beiläufige Berührung. Einige brechen bereits in Tränen aus, wenn sein Blick auch nur über sie hinweg huscht.

Die himmelblauen Augen des Stars wandern über die Massen hinweg, bis sie meine Wenigkeit am Aufzug warten sehen. Und wie auf Knopfdruck fährt seine rechte Hand – zu diesem Zeitpunkt noch in seinen Eishockey-Handschuhen – in seine verwuschelten, blonden Haare, um aus ihnen ein noch größeres Chaos zu machen. Das Grinsen in seinem Gesicht strahlt regelrecht vor Zufriedenheit und Selbstbewusstsein.

Er lässt sich Zeit, kümmert sich um seine Fans, während ich geduldig und steif wie eine Eisskulptur am Lift verharre und auf ihn warte.

Constantine Rush, Starspieler der *Ice Jedis*: Mein fester Freund seit dem College ... und für mich inzwischen so unerreichbar wie für die Fans, die ihn stets umringen. Der Status ist ihm zu Kopf gestiegen: Er lebt ausschließlich für seine Berühmtheit und die Fangemeinschaft.

»Okay, Leute!«, ruft Constantine euphorisch und arbeitet sich in quälend langsamem Tempo zu mir vor. »Danke für eure Unterstützung, echt! Aber ich kann mich selbst riechen und brauche jetzt wirklich eine Dusche, okay?«

Die Meute lacht, eine Stimme schreit: »Du stinkst nie, Const!«

Ich verdrehe entnervt die Augen.

»Mein Zeitplan ist eng«, gibt Constantine zum Besten. »Feiert schön und wenn ihr nachher im *Hounds* seid: Die erste Runde geht auf mich!«

Jubel und Geschrei verfolgt ihn bis zum Aufzug. Ein paar Leute rufen: »Lass die eisige Lady links liegen, Const! Feier mit uns!«

Er winkt niemand Speziellem zu, schreitet in den Lift und ich folge ihm auf dem Fuße, um ihn von der Masse abzuschirmen. Zeitgleich drücke ich den Knopf für die VIP-Lounge und bedenke die Leute mit unnahbarem Blick, bis die Türen geschlossen sind.

Die eisige Lady: Das bin ich. Ich bin stahlharte Managerin, persönliche Assistenz, Pressefrau und Mädchen für alles, wenn es um den Star der *Ice Jedis* geht. Und das seit geschlagenen sieben Jahren.

»Gratulation zum Sieg«, sage ich, drehte mich um meine eigene Achse und schaue meinen Freund mit einem liebevollen Lächeln an. Mein Herz allerdings schmerzt bei seinem Anblick. Das tut es schon seit Langem. Und ich ignoriere es, wie jeden Tag.

Constantine ist damit beschäftigt, sich die Handschuhe auszuziehen. »Danke«, erwiderte er im verbissenen Kampf.

Um ihm zu helfen, zerre ich an den Dingern, lege sie mir auf den Unterarm und nehme ihm den Eishockeyschläger ab, so gut es mir mit dem Klemmbrett unterm Arm möglich ist.

»Deine Bestellung liegt in der Lounge bereit«, nehme ich die Konversation wieder auf. Mein Herz macht einen aufgeregten Hüpfer, als ich an die schicke schwarze Tüte denke, in der sich ein unfassbar anmutiges Kleid und eine violette Schmuckschatulle befinden. Ich kenne den Inhalt so genau, da ich beides vor wenigen Stunden höchstpersönlich in einer der teuersten Boutiquen der Stadt ausgesucht habe.

Sein Gesicht wird von einem neuerlichen, strahlenden Lächeln erhellt und er presst für einen Augenblick seine Lippen auf meine. »Danke, Babe.«

Salziger Schweißgeschmack findet den Weg in meinen Mund, doch ich verziehe die Lippen wegen des Spitznamens. Ich hasse es, wenn er mich so nennt. In meinen Augen steht der Ausdruck für eine Verallgemeinerung – nichts Persönliches haftet daran. Er ist seit Kurzem dazu übergangen, *Babe* anstatt Cat zu mir zu sagen – was den inneren Konflikt weiter befeuert, der mich seit geschätzt drei Monaten auf Schritt und Tritt begleitet.

»Kannst du es Rebecca bringen, während ich dusche?«, fragt er abgelenkt.

Ich erstarre. Ein eisiger Schauer rieselt meine Wirbelsäule entlang den Rücken hinab.

»Rebecca?«, wiederhole ich mit spitzer Stimme. »Rebecca *Kayn*?«

Seine himmelblauen Augen sehen mich reinen Gewissens an.

»Ja«, entgegnet er langsam. »Für das Event heute Abend.« Als ich immer noch nicht reagiere, fügt er hinzu: »Die Filmgala? Heute? Du warst doch diejenige, die meinte, sie könne nicht mitkommen, Babe. Aber wenn ich schon dort aufkreuzen muss, brauche ich ein Date ...«

Das Eis in meinem Bauch verwandelt sich innerhalb eines Herzschlages in brodelnde Hitze.

Ja, er und ich dürfen einander nicht öffentlich daten, weil Constantine Rush der ewige Bachelor des Teams darstellen soll, um die Fans anzulocken.

Ja, selbst ich unterstehe den Regeln des Team-Managements, die besagen, dass die *Ice Jedis* sich an gewissen öffentlichen Events zeigen müssen. Es gibt wenig Spielraum, um diese Regel herumzuarbeiten, und es braucht permanentes Fingerspitzengefühl, Constantine unbeschadet durch Auftritte zu schiffen, ohne dass er aus seiner Rolle fällt. Jede Einzelheit, jede Nuance muss perfekt abgestimmt sein, um die Maskerade aufrechtzuerhalten. Denn dieser Starspieler ist keineswegs der strahlende Charakter, für den ihn alle halten. Jeder Mensch hat Dreck am Stecken, wenn man tief genug in dessen Vergangenheit gräbt. Constantine Rush allerdings schwimmt förmlich in Vorgeschichten.

Es hat uns beide unendlich viel gekostet, ihn auf dieses Podest zu hieven, auf dem er sich in der Zwischenzeit sonnt. Es hat mich mein gefühltes Leben gekostet.

Diesen Erfolg werde ich mir nicht durch ein Fangirl zunichtemachen lassen, das im heutigen Abend definitiv nicht eingeplant war. Wer weiß, was Constantine ihr im Suff alles erzählt – er hat die schlechte Angewohnheit, aus Nervosität zu schnell zu viel zu trinken und dann verrät er einem alles, was man wissen will. Einmal Prahlhans, immer Prahlhans.

Mit zorniger Stimme und einem unguten Gefühl im Bauch kontere ich: »Und dafür wählst du ausgerechnet *sie*?«

Constantine verdreht die Augen und lehnt sich zurück, um die Finger beider Hände in hilflos aufgebrachter Geste durch die Haare gleiten zu lassen. »Cat…«, seufzt er.

Das Blut rauscht durch meine Ohren, ich sehe rot. »Nein, nicht *Cat*«, zische ich. »Hast du sie gefickt?«

Fassungslos starrt er mich an. Seine Augen verengen sich zu Schlitzen und er faucht: »Was?«

Ich atme durch die Nase aus und trete einen Schritt vor, hebe anklagend den Zeigefinger vor seine Brust. »Du hast mich schon verstanden«, flüstere ich mit ebenso verengten Augen, »hast du sie gefickt?«

»What the fuck, Cat!«, bricht es entrüstet aus ihm heraus. »Warum sollte ich irgendeine andere ficken?!«

Ich versuche, ruhig durchzuatmen, doch es gelingt mir nicht, meine Zunge schnell genug zu zügeln, und die Worte rutschen mir heraus, bevor ich sie aufhalten kann. »Oh, keine Ahnung, vielleicht verfällst du in alte Muster?«

In seinen Augen kann ich lesen, dass ich ihn mit meinen Worten ernsthaft verletzt habe. Die Anspielung auf seine Schulzeit war unter der Gürtellinie, und ich weiß das.

Jetzt ist es an mir, die Hände verzweifelt in die Haare zu vergraben. Aber ich habe vergessen, dass ich den strengen Dutt trage, den ich als festen Bestandteil meiner Arbeitskleidung ansehe. Prompt verheddern sich meine Finger darin und ich stöhne entnervt auf.

Constantine beobachtet einen Wimpernschlag lang, wie ich mich mit meinen Haaren abmühe, dann seufzt er und hilft mir vorsichtig dabei, das Chaos zu entwirren. Sobald meine Finger frei sind, nimmt er mein Gesicht in beide Hände und legt seine Stirn an meine. Das Himmelblau seiner Augen glänzt mir entgegen.

»Cat«, murmelt er, »ich würde dich niemals betrügen, und das weißt du ganz genau. Ich liebe dich – *nur dich*. Seit dem ersten Augenblick. Du bist die Luft, die ich atme, Babe.«

Mein hämmernder Puls beruhigt sich ein Stück weit und ich argumentiere, ruhiger diesmal: »Ich verstehe ja, dass du jemanden mitnehmen musst. Aber wieso *sie*? Wieso ausgerechnet die eine Frau, die sich seit zwei Jahren an dein Bein klettet wie ein übereifriges Hündchen, das unbedingt flachgelegt werden will?«

»Ganz ehrlich«, erwidert er mit einem resignierten Seufzen, »sie war die Einzige, die zur Verfügung stand.«

Irritiert ziehe ich die Brauen zusammen. »Aber Christine–«

»Hat sich gemeldet und abgesagt«, unterbricht er mich. Sein Daumen zeichnet ein beruhigendes Muster über meine Wange. »Es tut mir leid, Babe.«

Unwillentlich feixe ich und er gluckst. »Du hasst es immer noch, wenn ich dich so nenne.«

»Aus tiefster Seele.«

»Cat«, raunt er heiser. Seine Lippen streichen über meine und ich sauge die Luft ein, weil mir die Berührung winzige elektrische Schläge versetzt, die direkt in meine Magengegend wandern.

»Ich wäre so viel lieber heute Abend mit dir im Bett anstatt auf diesem scheiß Event«, flüstert er.

Der Aufzug gibt ein lautes »Ding!« von sich und wir stieben auseinander, bevor die Türen vollständig aufgleiten.

»Const!«, begrüßen ihn die anderen Teammitglieder. Sie zerren ihn an mir vorbei in die Lounge. Niemand schenkt mir großartig Beachtung – ich gehöre seit Jahren zum Inventar.

Constantine wirft mir einen entschuldigenden Blick zu und lässt sich von seinen Kumpels mitschleifen, während ich zurückbleibe und ihnen hinterherblicke.

»Das ist alles, was du seit dem Abschluss tust, Kathrine!«, dröhnt plötzlich die Stimme meines Vaters durch meinen Kopf. *»All die Arbeit, die Überstunden – du opferst dem Jungen deine besten Jahre! Und womit dankt er es dir? Indem er in der Öffentlichkeit nicht einmal zu dir steht und sich stattdessen mit x-beliebigen anderen Frauenzimmern blicken lässt! Woher nimmst du das Vertrauen, dass er nicht mit ihnen ins Bett geht, während du seinen nächsten Auftritt planst und seine Hockeyshirts faltest, hm?«*

Das erste Mal, als er mir ähnliche Worte an den Kopf geworfen hat, habe ich noch abfällig gelacht und geantwortet, dass wir uns das beide gewünscht haben. Nun sind wir da: im Spotlight, mit Geld wie Heu und einer riesigen Fangemeinde, die ihn bei jedem Spiel, jedem Auftritt, in den Himmel lobt.

Aber nach dem dritten Mal ist mir klar geworden, was mein Vater eigentlich sagen will: Wo bin eigentlich *ich* in dieser glänzenden, funkelnden Starspieler-Vision?

Je mehr Jahre vergingen, desto weniger konnte ich mich für Constantines Fame begeistern. Er schwört zwar Stein und Bein, dass er alles für mich aufgeben würde, wenn ich es wollte, aber ich sehe jeden Tag, wie er in seiner Rolle aufgeht, wie sehr er es liebt, im Rampenlicht zu stehen und – gänzlich wohlverdient wohlbemerkt – der Kapitän der *Ice Jedis* zu sein. Für mich jedoch verblasst der auf ewig vorgesehene Platz der Managerin mit jedem Jahr weiter zu einer grauen Masse aus Planlosigkeit.

Jedes Mal, wenn ich an meine Zukunft – an *unsere* Zukunft – denke, sehe ich *nichts*. Die Villa, die er für uns gekauft hat, löst nicht länger ein Gefühl der Sicherheit und Wärme in mir aus. Die Abende, die wir gemeinsam verbringen können, sind zwar unbestreitbar schön, aber es sind bloß ein paar geraubte Stunden, in denen wir uns vor der Außenwelt verstecken müssen. All diese nervtötenden Kleinigkeiten addieren sich auf, lasten auf mir und ziehen mich in ein Loch, das mit jedem Tag größer wird, und ich fürchte mich davor, niemals wieder daraus hervorzukommen. Ich fühle mich ... unerfüllt, wie eine leere Hülle. Nichts weiter als die unbedeutende, ausgehöhlte eisige Lady, die dem eigenen Freund dabei zusehen muss, wie er seinen eigenen Traum lebt, während sie zu einer simplen Marionette verkommt.

Das Leben muss doch mehr zu bieten haben! Es muss mehr für mich geben, als einem anderen Menschen zu dienen und mich selbst dabei völlig zu verlieren ...

Mit schwerem Herzen seufze ich und widme mich dem Verstauen der Eishockey-Ausrüstung. Ich habe die Schritte, die ich unternehmen sollte, unendlich oft in meinen Gedanken durchgespielt. Aber so kurz vor dem endgültigen Entschluss tut es unfassbar weh.

CONSTANTINE

2

Heute …

Das Leben ist eine immerwährende verschwommene Masse aus Scheiße. Kein Witz, noch vor sechs Jahren hätte ich dich schräg angesehen, hättest du mir diese Worte zugerufen. Aber jetzt …

Ich lasse meine Augen über die kahlen Wände meines Wohnzimmers gleiten und stelle mir vor, wie sie damals ausgesehen haben – bevor meine Welt abgesoffen ist. Und ich mit ihr.

Ich, Constantine Rush, der Star des Eishockeyteams *Ice Jedis,* beliebtester, bestaussehendster, korrektester Spieler… Und was habe ich jetzt davon? Gar nichts. Verdammt nochmal zero.

Ein jähzorniger Wahn erfasst von mir Besitz und ich sehe rot. Mit einem animalischen Schrei schmettere ich das leere Whiskeyglas in meiner Hand gegen die blanke Stelle, die ich eben noch angestarrt habe. Es zerschellt in tausend Stücke, die Scherben rieseln ungehindert zu Boden.

Genau wie mein verficktes Leben.

Mein Smartphone gibt einen Ton von sich und ich greife schwer atmend danach, froh um eine Ablenkung.

»Ja?« Meine Stimme ist mehr ein Knurren als eine Frage.

»Mister Rush, Aaron hier von *Desmond and Partners*. Sie verlangten eine Benachrichtigung, sobald wir ein Update zu Ihrem Anliegen haben ...«

Der Zorn verflüchtigt sich und macht verhaltener Neugier Platz.

»Gnade dir welcher Gott auch immer, wenn du aus irgendeinem anderen Grund anrufst, Aaron«, drohe ich. »Heute ist ein miserabler Tag, um mich zu reizen.«

»Schon klar, Boss«, versichert Aaron selbstsicher. »Ich habe eine Spur.«

Mein Atem stockt, mein Herzschlag beschleunigt sich vor Aufregung.

»Wo?«, ist alles, was ich wissen will.

»In einer Kleinstadt namens Snow Falls, am äußersten Zipfel im Westen des Landes. Ich schicke Ihnen die Adresse.« Aaron fummelt geräuschvoll mit irgendwelchen Unterlagen herum, dann folgt die übliche Belehrung: »Bis wir absolut sicher sind, dass sie es ist, sollten Sie abwar–«

»Spar dir die Spucke, Aaron«, unterbreche ich ihn und lege auf.

Snow Falls also. Ich schüttle irritiert den Kopf und öffne die Karten-App, um den Ort zu lokalisieren. Nachdem ich mir ein Bild davon gemacht habe, kann ich nicht anders: Ich lache lauthals.

»Oh, Kathrine...«, sage ich in leisem, beinahe liebevollem Ton zu niemand bestimmten. »Du hättest wesentlich mehr Distanz zwischen uns legen müssen, um mir zu entkommen.«

Na ja, nicht ganz... Selbst wenn sie in den tiefsten Dschungel geflohen wäre ... sie entkommt mir nicht.

KATHRINE

3

»Denkst du an deine Luftballons?«, plärrt Fiona aus den hinteren Ecken des Ladens in meine Richtung.

»Jahaaa«, rufe ich zurück, verdrehe entnervt die Augen – und drehe nochmals auf dem Absatz um, um die Luftballons einzusammeln, die ich ansonsten am Spind vergessen hätte.

Ächzend kommt Fiona aus dem Lager, die Arme voll beladen mit verstaubten Kisten, die braunen Locken in einem wilden Mix aus Schmutz und Kopftuch zurückgebunden. Die goldenen Kreolen an ihren Ohren klirren, als sie den Kopf zurückwirft und ein lautstarkes Niesen ausstößt.

»Sorry«, näselt sie. »Irgendwann müssen wir einen Tag dichtmachen, um das Lager zu entrümpeln und zu putzen.«

»Oh, du meinst den Tag, an dem ich zufällig krank sein werde?«, spotte ich, nehme ihr den oberen Karton ab und platziere ihn auf dem mittlerweile leer geräumten Verkaufstresen.

Fiona wirft mir einen vernichtenden Blick zu. »Exakt den.«

Sie baut sich hinter den Kartons auf, greift in ihre Schürze und zückt ein Cuttermesser, mit dem sie flink das Klebeband durchschneidet, das den Deckel der obersten Kiste geschlossen hält.

»Wenn du meine Dekosachen ausleihen willst, empfehle ich dir, mir die Treue zu halten, Cathy. In guten wie in schlechten Zeiten, du weißt schon.« Sie deutet drohend mit dem Werkzeug in meine Richtung. Ich ziehe einen Flunsch, doch als ich ihr Schmunzeln entdecke, muss auch ich grinsen.

»Also«, sagt sie mit energischem Gesichtsausdruck und klappt den Deckel um. »Hier ist alles an süßen Feenfiguren, was ich zu bieten habe.« Um ihre Worte zu untermauern, zieht sie ein paar in Luftpolsterfolie eingewickelte Porzellanfiguren heraus und beginnt, sie zu entrollen.

»Aber du brauchst sie doch nicht alle auszupacken, das mache ich schon«, widerspreche ich in alarmiertem Ton. »Widme du dich lieber wieder deiner wohlverdienten Mittagspause.«

Fiona winkt ab. »Ach was, der Kaffee von heute Morgen schmeckt grässlich und mein Sandwich ist längst aufgegessen. Da kann ich dir doch wenigstens ein bisschen zur Hand gehen.«

Nach und nach kommen unter den Hüllen aus Plastik filigrane Schöpfungen zum Vorschein, jede exotischer als die andere. Zart glitzernde Flügelchen zieren die Rücken der wohlgestalteten Kleidchen, freundliche Gesichtchen starren mir entgegen. Und ich hasse jede Einzelne davon aus tiefstem Herzen. Feenfiguren sind, nett ausgedrückt, einfach nicht meins. Ich finde das Dauerlächeln in ihren Gesichtchen gruselig.

Als wäre der Zweitjob als Sekretärin in der Polizeiwache nicht schon seltsam genug, nein: Mein Chef, Captain Brandon Solverson, wollte Feenfiguren auf den Regalbrettern seines Büros an seinem Geburtstag. Also besorge ich ihm welche – wenn auch nur auf Zeit.

Rasch widme ich mich wieder den Feen und wähle anspruchslos zwei davon aus. »Die und die nehme ich. Ich bringe sie dir bis Ende dieser Woche wieder zurück, okay?« Dann werfe ich einen schnellen Blick auf die Wanduhr hinterm Tresen. »Shit. Ich muss los, sonst komme ich zu spät zu meinem Dienst.«

Fiona spitzt die Lippen und macht einen missbilligenden Laut, enthält sich ansonsten jedoch jeglichen Kommentars – was ich ihr hoch anrechne. Sie weiß, dass ich für mein Masterstudium spare, und dafür brauche ich nun mal so viel Einkommen wie möglich.

Mit flinken Fingern packt sie die beiden Figuren, die ich ausgewählt habe, in die Folie zurück und reicht sie mir.

»Wie lange noch?«, will sie wissen.

Ich sehe ihr ins Gesicht und erkenne eine Spur Mitgefühl in ihren Augen. Mit einem extra seligen Lächeln antworte ich: »Wenn alles klappt: Vier Monate.«

»Gut«, gibt sie knapp zurück und macht sich ans Wiedereinpacken. »Während des Studiums bezahle ich dir, soviel ich kann, damit du deine Kosten decken kannst.«

»Fiona...«, beginne ich, doch sie schüttelt bloß den Kopf.

»Keine Diskussion. Du bleibst hier bei mir. Hier bist du sicher und hast ausreichend Abwechslung im Alltag. Und du bist nicht die einzige, die Geld zurückgelegt hat, weißt du.«

Wie ich diese immer wiederkehrende Debatte verabscheue. Nur weil ich seit ein paar Jahren ein Manko habe, heißt das nicht, dass ich in Watte gepackt und vor dem Rest der Welt versteckt werden muss. Heute allerdings hält mich der Gedanke an meine Verspätung davon ab, entsprechend aus der Haut zu fahren. Wortlos stopfe ich die beiden Feenfiguren in meine Handtasche und wirble herum.

»Die Ballons, Cathy«, erinnert mich Fionas geseufzter Ausruf daran, dass ich *schon wieder* beinahe diese verdammten Dinger vergessen hätte.

Es ist doch echt zum Mäusemelken!, echauffiere ich mich innerlich, indes ich die Bänder der Luftballons mit einem locker sitzenden Knoten um mein Handgelenk festmache. Und das alles nur, weil ich heute Morgen in die Zeitung geschaut – und gleich darauf meinen Kaffee darüber ausgespuckt habe.

Wie die *Snow Falls Courier* zu berichten wusste, hatte ein ehemals berühmter Eishockeyspieler eine Immobilie im winzigen Städtchen Snow Falls erworben, um in seiner nun übermäßig vorherrschenden Freizeit den Vorzügen eines der längsten Winter im Lande zu frönen.

Ich hoffe, dass mit dem *ehemals berühmten Eishockeyspieler* jemand anderes als mein Ex gemeint ist. Mein Geld würde ich allerdings nicht darauf verwetten. Als ich das letzte Mal mit Matthew Daveys – Gründungsmitglied und Torwart der *Ice Jedis* sowie besten Freund meines Ex' – gesprochen habe, behauptete er steif und fest, dass dieser sich verändert hat – dass er geradezu abgestürzt ist in den vergangenen Jahren.

Fahrig schüttele ich den Kopf. Ich will nicht in diese Art von Gedanken abdriften. Constantine Rush hat nichts mehr in meinem Bewusstsein verloren – mein Leben besteht seit sechs Jahren aus einem neuen Zentrum: mir selbst. Diesen Fokus werde ich nicht verlieren, nur weil irgendein gelangweilter Starspieler sich hier ein Haus kauft.

In entrüstetem Stechschritt marschiere ich über das aufgebrochene Pflaster des Bürgersteigs. Meine Stilettos klackern auf dem Untergrund, und mir wird wieder einmal bewusst, dass Snow Falls sich bereits dem Ende des Sommers nähert, obwohl es erst Mitte Juli ist. In zwei Monaten wird der erste Schnee über die Straßen wehen und meine Sommerschuhe in meiner Zweizimmerwohnung vereinsamen. Denn in Snow Falls komprimieren sich drei ganze Jahreszeiten auf vier bis fünf Monate – der Rest der Zeit wird vom Winter beherrscht. Ich muss zugeben, im Internet hat sich das ganz romantisch gelesen… In der Realität friere ich mir knapp sechs Monate die Kehrseite ab und sehne wärmere Tage herbei. Aber keine zehn Pferde könnten mich auch nur eine Stadt weiter gen Südosten bringen. Ich bleibe genau hier, in diesem Ort, bis ich mich stark genug fühle, um mich dem Rest der Welt als die neue Kathrine Solomon zu präsentieren.

Ich passiere einige Geschäfte und überquere zwei Einlenker, bevor das Polizeirevier links von mir aufragt. Der triste Betonbau mit simplem Schriftzug sieht wenig willkommen heißend aus – und das sind die Menschen darin auch nicht gerade. In den drei Jahren, die ich als Sekretärin bereits hier arbeite, ist noch nie auch nur ein Angestellter mit einem Lächeln ins Revier gekommen …

»Cathy«, begrüßt mich Security-Elijah mit einem ruckartigen Kopfnicken an der äußeren Schwingtür.

Ich nicke ebenso ernst zurück. »Elijah.«

Im Inneren des Gebäudes steht die Welt heute kopf. Das merke ich daran, wie Susan an der Rezeption bei jedem Klingeln des Telefons die Augen verdreht, und wie Borris – der Security für die Eingangshalle – fahrig sein Gewicht von einem Bein aufs andere verlegt und dabei seinen Gürtel umklammert, allzeit bereit, entweder Pfefferspray, Schlagstock, Taser oder gar die Schusswaffe zu ziehen.

Oh man, wenn die beiden hier draußen schon so geladen sind, wie sieht es dann wohl drinnen aus?, frage ich mich. Ich haste an Borris und Susan vorüber, stoße die Doppeltür zum Büro auf –

»Cathy, wo haben Sie gesteckt?«, bellt Brandons Stimme durch den Raum.

Ich eile an meinen Kolleginnen und Kollegen vorbei, rucke hier und da mit dem Kopf als stumme Begrüßung. Sobald ich Brandon erreicht habe, tritt er beiseite und lässt mich durch die schmale Tür treten, die hinter seinem massigen Rücken regelrecht verschwunden ist. *Captain Brandon Solverson, Snow Falls P.D.*, steht in schwarzen Lettern auf dem Wellenglas geschrieben. Mein Arbeitsplatz.

Mit einem inneren Seufzer lasse ich die Tasche auf den Schreibtisch fallen, der parallel zum Gang steht, und wische mir ein paar Strähnen aus dem Gesicht, die sich in der Hektik selbstständig gemacht haben. Dann schaue ich Brandon dabei zu, wie er seinen Bauchumfang mit äußerster Vorsicht zurück ins Vorzimmer seines Büros manövriert und vor mir zum Stehen kommt. Die grünen Knopfaugen in seinem breiten Gesicht funkeln vor Zorn, doch er weiß, dass er sich den bei mir woanders hinschieben kann – weshalb er nur brummelt: »In fünf Minuten will ich Sie arbeiten sehen, Cathy.«

»Sehr wohl, Captain«, entgegne ich zuckersüß. Während ich mich daran mache, den Rechner aus dem Schlummermodus zu wecken, und mir einen Kaffee aus der Büro-eigenen Maschine einlasse, die praktischerweise hinter meinem Schreibtisch aufgebaut wurde, erklärt Brandon mir das heutige Chaos.

»Gab einen Vorfall im *Dr. Jekyll*«, beginnt er mit seinem bärigen Bariton. Unwillentlich rinnt mir ein Schauer den Rücken hinab, den ich geflissentlich ignoriere. Doch er muss irgendetwas in meinem Gesicht gesehen haben, denn sein Zorn verraucht und er fährt gutmütiger fort: »Zwei Mädchen wurden ins *St. Judith's* eingeliefert; beide mit K.O.-Tropfen gefügig gemacht. Multipler sexueller Missbrauch. Keine Spur von einem Täter, weder DNA noch sonst irgendwas.«

Diesmal ist die Reaktion meines Körpers eindeutig: Meine Knie sacken weg und ich lande hart auf dem Polster meines Drehstuhls. Kalter Angstschweiß zieht sich über meine Haut und meine Brust zieht sich so eng zusammen, dass ich keine Luft mehr bekomme.

Brandon macht einen Schritt auf mich zu, hält jedoch inne, die Augen voller Anteilnahme.

»Ich setze alles daran, diesen Scheißkerl zu fassen, Cathy«, versichert er mir leise.

Ich höre seine Worte kaum, denn meine Ohren klingeln ununterbrochen und meine Sicht bekommt schwarze Ränder, die rasch breiter werden.

»Ich ... lasse Sie jetzt kurz allein. Fassen Sie sich, dann kommen Sie zu mir und ich erteile Ihnen die heutigen Aufgaben.« Er wirbelt herum und watschelt zur einzigen anderen Tür in diesem Raum: seinem Büro.

Ich bin froh, dass er mir einen Moment gewährt. So kann ich ungeniert nach dem Stressball greifen, den mir Fiona vor drei Jahren geschenkt hat und ihn zu Sülze zerquetschen, während ich mir vorstelle, dass es jemand anders ist.

Drei Jahre, vier Monate und sieben Tage... So lange ist es bereits her. Und immer noch erschaudere ich bei der Erwähnung des Barnamens *Dr. Jekyll*, verfalle in Schockstarre, wenn jemand das Wort K.O.-Tropfen ausspricht.

Ob es wohl jemals anders wird? Werde ich irgendwann nicht mehr permanent auf der Hut sein, sobald ich nach Einbruch der Nacht aus dem Haus gehe? Werden die Träume an Grauen verlieren und verschwinden? Ich bezweifle es stark. Und genau das macht mich fuchsteufelswild – weswegen ich mein Bestes gebe, diesen vermaledeiten Stressball zu Mus zu verarbeiten, wann immer mich das vertraute, ohnmächtige Gefühl über meine Situation überkommt.

Mit dem letzten Rest Wut pfeffere ich das Ding zurück in die oberste Schublade meines Rollcontainers und lasse diese zuschlagen. Dabei fällt mein Blick auf die Feenfiguren, deren Umverpackung aus meiner Tasche quillt. Ein Seufzer entschlüpft mir und ich schnelle schwungvoll aus dem Stuhl hoch, schnappe mir Feen und Luftballons und gehe hinüber zu Brandons Bürotür. Einmal Anklopfen, Antwort abwarten.

»Herein!«, befiehlt der Captain.

Ich tue wie geheißen. Brandon studiert schweigend jede meiner Bewegungen, observiert mich geradezu, während ich schnurstraks auf das zimmerbreite, mit Ordnern und Akten vollgestopfte Regal zuhalte, die zierlichen Porzellanmädchen auspacke und drapiere. Hinterher binde ich die Ballons an einer uralt aussehenden Tischleuchte fest.

»So«, verkünde ich. Mit einem gekünstelten Lächeln im Gesicht drehe ich mich zu ihm um und deute auf die Dekoartikel. »Wunsch erfolgreich erfüllt. Alles Gute zum Geburtstag, Captain.« Da er nichts darauf erwidert, füge ich hinzu: »Die Figuren sind geliehen, also bitte nicht kaputtmachen.«

Sein Blick ist und bleibt unergründlich, und ich hasse diese Eigenschaft an ihm. Er ist und bleibt eben in erster Linie ein Detective des Snow Falls P.D..

»Wollen Sie sich für einige Tage freinehmen, Miss Solomon?«, fragt er mit unbewegter Miene.

Irritiert schüttele ich den Kopf. »Ich wüsste nicht, weshalb«, antworte ich.

»Weil Sie zu nah dran sind«, gibt er zurück. »Wenn Polizisten einem Fall zugeteilt sind, bei dem sich herausstellt, dass er Bekannte oder Verwandte involviert, werden sie davon abgezogen. Ich könnte Ihnen eine Beurlaubung aussprechen. Auch wenn Sie anderweitig angestellt sind, Sie sind immerhin *meine* Sekretärin ...«

Oh, Himmel nein... Alles, nur das nicht. Ja, ich werde die Tage damit verbringen, mir den Kopf darüber zu zerbrechen, wie der Fall voranschreitet. Aber – und das macht mir weitaus mehr zu schaffen – ich werde dieser Tage übermäßig oft darüber nachdenken, wer dieser Star ist, der nach Snow Falls ziehen wird. Mein Bauchgefühl schreit mir förmlich zu, dass meine ruhigen Zeiten hinter mir liegen. Ablenkung in Form von Arbeit ist genau die Art von Zerstreuung, die ich brauche.

Deswegen wiederhole ich das Kopfschütteln und insistiere: »Nein, danke, Captain. Aber danke für die Anteilnahme.«

»Wenn Sie meinen«, sagt Brandon abschätzend und mustert mich erneut mit seinem Polizeiblick.

Innerlich stöhnend versuche ich, mich nicht unter diesem Blick zu winden. Das wird ein toller Tag ... *nicht.*

CONSTANTINE

4

Mein Eishockeyherz hüpft vor Freude über die Aussicht, bald in einem Ort zu wohnen, in dem mehr als sechs Monate im Jahr Schnee liegt. Aber der Rest meines Wesens empfindet es je länger je mehr als eine Schnapsidee, mich im Städtchen Snow Falls angekündigt zu haben wie ein *verfickter Snob*.

Was habe ich mir nur dabei gedacht, am Folgetag jener Nacht wie ein aufgescheuchtes Huhn Immobilien zu shoppen als wären es Lebensmittel? Habe ich den verkackten Rest meiner Hirnzellen verloren?

Ach, ich kenne die Antwort bereits, warum also denke ich überhaupt darüber nach …

Und es macht keinen Unterschied, ob ich hierbleibe oder nicht – meine Karriere ist gelinde gesagt am Arsch. Keine Sau interessiert sich heutzutage noch dafür, was Constantine Rush mit seinem verschissenen Leben anstellt. Was gut ist – so kleben die Paparazzi nicht dauernd in meinem Nacken.

Matthew fläzt neben mir auf meiner Sofalandschaft und sieht mich an, als hätte ich etwas verpasst. Mist, ich bin wohl mental etwas zu stark abgedriftet.

»Was?«, grummle ich.

»Ob sie diesen Aufwand wirklich wert ist, will ich wissen«, wiederholt er die Frage.

Unwillkürlich balle ich meine bierfreie Hand zur Faust und presse die Zähne aufeinander. »Ja«, grolle ich, »meine Abrechnung ist all diesen Scheiß wert.«

»Abrechnung?«, fragt Matthew, seine Augenbrauen vor Überraschung nach oben geschoben.

Schnell winke ich ab. »Vergiss es.«

Ein paar Minuten lang schauen wir schweigend in die überdimensional große Glotze, die an der Wand verankert ist. Es läuft gerade die Liveübertragung eines Eishockeyspiels.

Matt spielt – wie ich früher – für die *Ice Jedis* als Torwart. Er ist mit mir im Heim aufgewachsen, zur Schule gegangen, hat mit mir Eishockey gespielt; während jedem Schritt meiner beschissenen Karriere war Matthew Daveys an meiner Seite.

Irgendwann meint mein bester Freund: »Sie hat bestimmt ihre Gründe gehabt, wieso sie so weit weggezogen ist, Mann. Vielleicht solltest du eure Beziehung endlich hinter dir lassen und dieses spezifische Kapitel deines Lebens abschließen.«

Zur Antwort schenke ich ihm einen Todesblick, der sich gewaschen hat. Sofort hebt er abwehrend die freie Hand. »Okay, okay. Vergiss, was ich gesagt habe.«

Als könnte ich das. Als wüsste ich nicht, dass das, was ich tue, ernsthaft krank ist. Aber ich bin nun mal nicht dazu in der Lage, Kathrine Solomon hinter mir zu lassen. Kann sein, dass ich das nie sein werde, wer weiß das schon. Eines ist jedenfalls sicher: Ich will Antworten. Diese Scheiße, die sie mir vor all den Jahren geboten hat, hat bei Weitem nicht ausgereicht, um mich davon zu überzeugen, dass wir nicht länger hätten zusammenbleiben können. Dass wir nicht an uns hätten arbeiten können, um es wieder hinzukriegen.

Aber nein… Kathrine hat verfickt nochmal mitten in unserem Streit das Handtuch geworfen und den einfachsten Exit genommen: Sie ist davongelaufen. Und ich stehe nach sechs Jahren immer noch da und habe keine Ahnung, wann und wo es bei uns schiefgelaufen ist.

Diese ganze Beziehungsdrama-Scheiße hat dazu geführt, dass ich komplett den Halt verloren habe. Ich ließ erst die Trainings, dann die Spiele schleifen, erschien nicht länger zu den Interviews und sperrte mich gegen meinen Coach. Der Rauswurf war unvermeidlich, kam aber erst drei Jahre später.

Matthew war der Einzige, der mich in all den Jahren nicht hängen ließ. Er hat mich nie aufgegeben, selbst als ich ihn mit aller Macht von mir gestoßen habe. Dieser Penner ist wie eine Klette, die ich seit dem Kindergarten nicht mehr loswerde. Und ich bin ihm verdammt dankbar dafür – auch wenn ich es ihm nicht gebührend zeigen kann.

»Kaum zu glauben, dass ihr beide *das* Paar auf dem College gewesen seid«, murmelt Matthew und nimmt einen Schluck von seinem Bier. Sein Blick ist auf den Fernseher geheftet, er verfolgt aufmerksam das Spiel.

Die Aussage lässt mich aus einem mir unerfindlichen Grund unzufrieden zurück. »Was meinst du damit?«, will ich deshalb wissen.

Seine Augen verlassen keine Sekunde lang den Bildschirm, als er erläutert: »Na, ihr wart dieses Klischee, weißt du? *Der Starspieler des College und das mörderheiße Superbrain.*« Er benutzt die Hände, um für den letzten Satz Gänsefüßchen zu formen.

Missmutig runzle ich die Stirn, doch er fährt bereits fort: »Jeder in unser Klasse und im Team dachte, dass ihr irgendwann heiraten und ein halbes Dutzend Kinder kriegen werdet, die alle genauso supererfolgreich werden wie ihr – eben das totale Klischee.« Er zuckt mit der Schulter.

Fuck.

Diese paar Sätze rammen sich in mein Herz wie ein glühender Schürhaken. Exakt dieselben Zukunftspläne hatte ich damals im Kopf, als Kathrine und ich noch zusammen gewesen sind. Nie im Leben wäre mir in den Sinn gekommen, dass *sie* das anders sehen könnte ...

Matthew schnaubt abfällig in die Stille zwischen uns. »Und dann macht sie eiskalt mit dir Schluss. An einem fucking *Siegestag.*«

Ja, Mann, ich weiß das, wettere ich innerlich. Kein Grund, mir die Fakten wieder und wieder unter die Nase zu reiben.

Das Spiel wird mir mit einem Mal zu viel. Ich lasse den Hinterkopf auf die Rückenlehne sinken, starre an die Decke und grüble nach.

Kathrine fucking Solomon... Die *eisige Lady*, so haben die Journalisten sie gerne genannt. Weil niemand außerhalb meines engsten Freundeskreises jemals erfahren hat, dass Kathrine und ich über das College hinaus zusammengeblieben sind. Für die Außenwelt war ich stets der begehrenswerte, aber unerreichbare Bachelor des Teams. Der korrekte Gentleman, der gut aussehende Star in weiter Ferne, der von seiner knallharten Managerin von all den ungebetenen Zuwendungen der Fans abgeschirmt wurde. Kathrine ist durch ein College-Projekt in die Rolle geschlüpft – und perfekt hineingewachsen. Niemand war in der Lage, mein Leben so makellos zu organisieren, wie sie es tat.

Weil sie mich verfickt nochmal in- und auswendig gekannt hat, denke ich verbittert.

»Glaubst du wirklich, dass das eine gute Idee ist?«, fragt Matt leise in die Werbepause des Fernsehers hinein.

Ich seufze laut und lang. »Mir ist alles scheißegal, Matt. Ich will sie sehen. Ich will wissen, ob sie gelitten hat, wie ich es getan habe.«

Ich kann sein Kopfschütteln regelrecht spüren, obwohl ich immer noch an die Decke starre und unsichtbare Muster darin forciere.

»Das klingt nicht gesund, Mann«, gibt er zu bedenken.

Wenn er nur wüsste ...

Ein höhnisches Schnauben entfährt mir. »Habe ich in den letzten drei Jahren auch nur einmal behauptet, ich sei noch ganz dicht?«

»Punkt für dich«, nuschelt Matt.

Ich schließe die Augen, damit ich mich besser auf das konzentrieren kann, an was ich die ganze Zeit über denke: jenen Tag vor sechs Jahren. Sofort schießt blinder Zorn in meine Adern und ich heiße ihn willkommen, versinke in seinem lodernden Feuer.

»Scheiße«, stößt Matt erschrocken aus.

Das Polster neben mir raschelt und er schnellt in die Höhe. Meine Augen öffnen sich träge. »Was?«

»Ich muss los«, erklärt er mit einem zweiten Blick auf sein Smartphone. »King will uns alle sehen. ASAP.«

King ...! Meine Zähne pressen sich hart aufeinander beim Gedanken an diesen Mistkerl. Lance King – der tatsächlich *Lancelot* King heißt – ist der neue Starkapitän im Team der *Ice*

Jedis. Und für meinen Geschmack kratzt er viel zu nahe an meinem damaligen Fame. Dieser unfähige Wichtigtuer lebt von der Tatsache, dass er in meine Fußstapfen getreten ist, und lässt es sich nicht nehmen, in jedem beschissenen Interview davon zu sabbeln, wie schwierig es doch ist, *mein* Protegé zu sein. Dass er dabei auch jedes Mal meinen Absturz erwähnt, ist natürlich logisch. Noch dazu gießt er Benzin in jedes noch so winzige Gerücht über mich, was mich über die Jahre hinweg wie der komplette Lackaffe hat dastehen lassen.

»Holst du auch Stöckchen, wenn er dir eins wirft?«, grolle ich in Richtung meines Kumpels.

Dessen Brauen schieben sich ablehnend zusammen und er stemmt die Hände in die Hüften. »Du weißt, dass wir unserem Kapitän folgen müssen, Const. War bei dir doch nicht anders.«

»Und wie es anders war«, zische ich und verziehe abfällig das Gesicht. »Vor mir musstet ihr nie kuschen wie Hunde vor ihrem Herrchen.«

Mit einem Zug leere ich mein Bier und erhebe mich ebenfalls. Ohne ihn zu fragen, ob er austrinken will, packe ich seine Flasche und reiße sie ihm aus der Hand. Noch auf dem Weg zur Küche sage ich: »Dann geh jetzt. Renn verfickt nochmal zu deinem Herrchen, Daveys.«

»Du bist so ein Arschloch!«

Ich weiß …

»Noch ein Grund weniger, mir hinterherzutrauern«, murmele ich und verschwinde um die Ecke.

Ich kann hören, wie er davon stapft, seine schweren Schritte hallen im Flur wider. Dann kracht die Haustür ins Schloss und die einzigen Geräusche kommen vom Livespiel im Fernseher.

Seufzend lehne ich mich mit dem Rücken an den Kühlschrank, sinke daran entlang zu Boden und lasse den Kopf hängen.

Es ist besser so, mein Freund… Es ist besser, du erfährst niemals, was für ein Abfuck aus Constantine Rush geworden ist. Ich meine: Ich suche nach *Kathrine Solomon*. Und wenn ich sie erst einmal gefunden habe und endlich vor ihr stehe, dann werde ich derjenige sein, der sie gebrochen zurücklässt.

KATHRINE

5

Frustgeladen schmeiße ich meine Handtasche auf die Anrichte und zerre mir meine Pumps von den Füßen.

So langsam macht mir die Außenwelt wieder viel zu sehr zu schaffen – und das bereitet mir Sorgen. Das letzte Mal, als ich in diesen Status verfiel, habe ich über ein halbes Jahr lang das Haus bloß unter größten Angstzuständen verlassen. Das soll sich ich auf keinen Fall wiederholen; ich bin zum Kuckuck nochmal zu weit gekommen, als dass ich bei jedem Geräusch zusammenzucke, in jedem Schatten eine Person vermute und mir Blicke einbilde, die schlicht nicht da sind.

Vor ungefähr zwei Wochen ist im *Snow Falls Courier* ein winziger Artikel abgedruckt worden, in dem stand, dass der berühmte Eishockeystar sich nun doch gegen die Stadt entschieden hätte. Und obwohl mit keiner Silbe der Name meines Ex' erwähnt wurde, hatte mein Bauchgefühl sich in Wohlgefallen aufgelöst… Nur um sich eine Woche später in Angst zu verknoten, wann immer ich das Haus verließ.

Es ist höchste Zeit, dass ich die Nachhilfestunden für Gunny und Sandrine wiederaufnehme. Die beiden Kinder wohnen ein Stück weiter unten über der Straße. Sie leben bei einer wortkargen Frau, die sich bereit erklärt hat, sie bis zum Schulabschluss zu beherbergen. Die Anwesenheit der beiden wird mich in die Realität zurückholen, die ich jetzt so dringend brauche.

Meine Wohnung liegt so weit vom *Dr. Jekyll* entfernt, wie es nur geht. Der Pub ist nahe der Hauptstraße angesiedelt, sodass die Besucher des einzigen Hotels der Stadt nicht weit gehen müssen. Ich dagegen pendle lieber jeden Tag mit dem Bus zwanzig Minuten durch die Slums der Arbeiterklasse, an den Vorgärten der Bessersituierten vorbei, um zu meiner Schicht bei Fiona zu kommen. Ja, meine Wohnung mag klein sein und der Standort fragwürdig, aber in die Nähe des *Dr. Jekyll* können mich keine zehn Pferde mehr treiben. Nicht seit jenem Vorfall ...

Mit eiserner Hartnäckigkeit schiebe ich den aufkommenden Erinnerungen einen mentalen Riegel vor. Ich habe diese Zeit hinter mir gelassen. Inzwischen bin ich ein neuer Mensch. Eine ganz und gar andere Kathrine Solomon. Mein Leben ist selbstbestimmt und ich fühle mich so frei wie noch nie zuvor. Das darf ich nicht verlieren, bloß weil irgendwelche Neuigkeiten in der Zeitung stehen und auf dem Revier Fälle besprochen werden, die mein Aggressionsproblem triggern.

Gedankenverloren schlurfe ich ins Bad und ziehe mich schon auf dem Weg dorthin aus, um mir eine Dusche zu gönnen. Warmwasser ist in dieser Gegend ein kostenintensives Luxusgut, und entsprechend eilig habe ich es, mich zu waschen.

Als ich in dickem Pulli und Thermoleggins, die ich schon am Morgen dort zurückgelassen habe, aus dem Bad komme, meine Haare in ein Handtuch gewickelt, gleitet mein Blick zerstreut umher. Während ich die Spur aus Arbeitsklamotten einsammele, überlege ich fieberhaft: Wo habe ich mein Smartphone liegen gelassen? Unten an der Haustür hatte ich es doch noch in der Hand, also wo ...

Mein Körper erstarrt. Die Kleidungsstücke auf meinem Arm gleiten unbeachtet neben meinen Füßen zu Boden. Meine Augen sind auf ein abgerissenes Stück Papier geheftet, das auf der Anrichte liegt.

Das hat beim Reinkommen noch nicht da gelegen. Tausend Prozent nicht.

Das Herz droht mir aus der Brust zu springen, so hart schlägt es gegen meine Rippen. Meine Ohren prickeln, weil ich angestrengt horche, um sicherzugehen, dass ich allein bin. Ich halte sogar den Atem an.

Nichts. Kein Geräusch außer dem üblichen Mehrfamilienhauskrach in den benachbarten Wohnungen.

Zögerlich fasse ich mir ein Herz und mache einen einzigen, verzweifelten Hechtsprung nach vorn. Ich schnappe mir den Papierfetzen – und das Smartphone, das daneben liegt – und spurte ins Schlafzimmer, wo ich die Tür hinter mir donnernd ins Schloss fallen lasse. Fix drehe ich den Schlüssel bis zum Anschlag um.

Sowie ich den Blick von der Holztür auf das Schriftstück senke, wird mir bewusst, dass meine Hände vor Furcht zittern. Dann erst fokussiere ich mich auf die Notiz selbst.

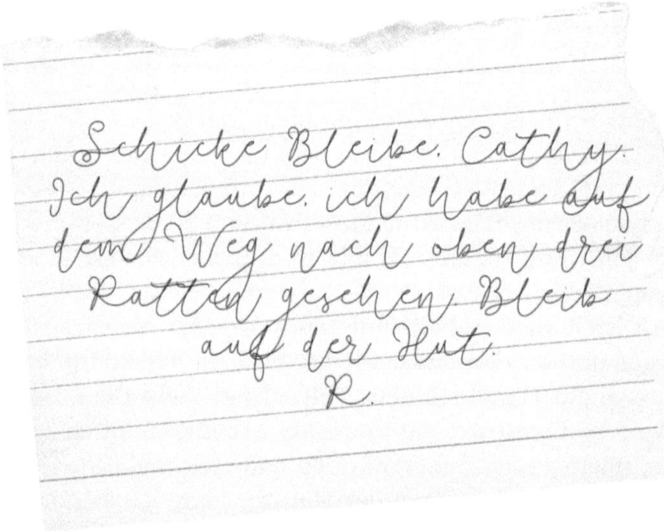

Alles, was mir im ersten Moment dazu einfällt, ist: hä?! Wer schreibt denn bitte so einen Blödsinn?

Augenblicklich löst sich die Anspannung in mir in Luft auf und mein Puls reguliert sich. Mit einem zynischen »Pfff« knülle ich das Papier zusammen und werfe es in den Mülleimer neben der Tür. Sicher ein bescheuerter Kinderstreich von hier im

Haus. Die jungen Leute heutzutage haben einfach viel zu merkwürdige Vorstellungen, was ihre Pranks angeht.

Mit den Gedanken bereits wieder anderswo, lasse ich mich auf die Matratze fallen und entsperre das Smartphone. Ich habe Fiona versprochen, am Wochenende mit ihr trinken zu gehen, weswegen ich nach lokalen Alternativen zum *Dr. Jekyll* suche. Auch wenn ich nicht daran glaube, etwas zu finden – seitdem ich in Snow Falls lebe, hat mich noch niemand woandershin eingeladen. Schon allein deshalb wird es wohl bei meinem Lieblingsrestaurant bleiben.

Mein Blick wandert wie von selbst zum Mülleimer zurück und meine Stirn runzelt sich, noch bevor sich der erste Gedanke formt. Ein Schauder rieselt meinen Rücken hinab und mir wir jählings klar: Egal, wer diese Notiz geschrieben hat, diese Person hat ungebeten meine Wohnung betreten. Aber meine Wohnungstür verfügt über eine abschließbare Türkette, die ich jeweils direkt nach dem Türschloss einhake und verriegle. Ich bin mir zu hundert Prozent sicher, dass ich sie auch vorhin habe einschnappen lassen.

Jetzt nur nicht in Panik verfallen, rede ich mir verzweifelt zu. Aber ich weiß, dass es nichts bringt, denn das Adrenalin schießt bereits in meine Adern und lässt mein Herz einen Marathon rennen. Die Szene erscheint mir seltsam distanziert, und ich realisiere, dass ich in den mir vertrauten Schockzustand übergehe. Mechanisch wähle ich eine Direktnummer auf meinem Smartphone und höre es klingeln, während ich immer noch wie gebannt auf den Mülleimer stiere.

»Cathy?«, meldet sich der bärige Bariton des Captains.

Ich schlucke mehrfach, bevor ich herausbringe: »Jemand war in meiner Wohnung. Da lag ein Zettel, ich–«

»Bleiben Sie, wo Sie sind! Sperren Sie das Zimmer ab, in dem Sie sich befinden«, befiehlt Brandon und ich höre, wie er aus seinem Büro hastet und die Tür aufreißt.

»Gordon, Sam!«, bellt er keine Minute später. »Schnappt euch Claudette aus der Spurensicherung und fahrt zur Charring Street Ecke Nord – sofort!«

Wenn es eines gibt, was ich an meiner Arbeit liebe, dann ist es, dass mein Chef mich stets für voll nimmt. Es würde ihm nie im Traum einfallen, meine Angst kleinzureden – dafür haben wir in den letzten dreieinhalb Jahren zu viel zusammen erlebt.

»Gordon ruft Sie gleich zurück, Cathy. Legen Sie nicht auf, bis das Team in Ihrer Wohnung steht, verstanden?«, ordert er in diesem Moment.

In nicke und füge für ihn hörbar hinzu: »Alles klar.«

Er beendet das Gespräch. Es klingelt und ich nehme den Anruf entgegen.

»Hallo?«, piepse ich in ungewöhnlich heller Stimme.

Erst jetzt wird mir bewusst, dass ich langsam aber sicher die Nerven verliere. Das Telefonat mit dem Snow Falls P.D. hat die Situation irgendwie realer werden lassen. Es ist, als ob die Tatsache, dass das hier wirklich passiert, in diesem Augenblick ins Zentrum meines Bewusstseins rückt und die bizarre Distanziertheit komplett verdrängt wird.

»Cathy? Gordon hier vom Revier.«

Zerstreut lege ich mir eine Hand auf die Stirn. »Ja ... klar, ich bin dran.«

»Es gab einen Einbruch?«, informiert er sich in routiniertem Ton.

»Na ja«, weiche ich aus, »nicht wirklich ...«

Ich kann die Irritation in seiner Stimme hören, als er wiederholt: »Nicht wirklich?«

»Ich war duschen und als ich wieder in den Flur kam, lag ein Zettel mit einer Nachricht an mich auf meiner Anrichte«, berichte ich. »Der hat da vorher nicht gelegen.«

»Alles klar«, antwortet Gordon und das Rascheln von Papier erklingt. Er scheint sich Notizen zu machen.

»Sonst irgendetwas, was Ihnen in den Sinn kommt?«, hakt er gleich darauf nach. »Irgendetwas Ungewöhnliches beim Nachhausekommen? Anders als sonst?«

»Nein, nein«, gebe ich zurück. »Doch! Ich habe eine Türkette mit Schloss, und ich bin absolut sicher, sie abgeschlossen zu haben.«

»Hmm«, macht er und wieder kritzelt es im Hintergrund. »Okay, wo sind Sie jetzt?«

Mit zittriger Stimme flüstere ich: »In meinem Schlafzimmer. Schlüssel ist am Anschlag und steckt.«

»Bleiben Sie da, bis ich Ihnen sage, dass wir da sind. Machen Sie niemandem auf. Wir sind in ...«

Die eine lose Fußbodendiele draußen im Flur knarzt unüberhörbar.

Mein Herz setzt einen Schlag aus. Heillose Panik macht sich in mir breit. Meine Kehle schnürt sich zu und ich schnappe nach Luft.

»Da ... ist jemand – im Flur!«, japse ich mühsam.

Meine Augen huschen zur Tür. Die Fußbodendiele knarzt erneut, diesmal direkt vor meiner Schlafzimmertür. Das Herz droht mir in die Hose zu rutschen.

»Scheiße!«, schreit Gordon so laut, dass meine Ohren klingeln. »Sam, drück auf die Pedale!«

Im Türspalt ist klar und deutlich ein Schatten zu erkennen.

Ich will eigentlich einatmen und die Luft anhalten, doch meine Panik spielt nicht mit und ich breche in ein Schluchzen aus. Ich lasse das Smartphone auf die Matratze fallen und schlage mir die Hände vor Mund und Nase, um keinen weiteren Mucks mehr von mir zu geben.

Der Schatten verharrt vor der Tür. Die Klinke dreht sich und dann beginnt jemand auf der anderen Seite, daran zu rütteln.

»Cathy«, erklingt das raue Flüstern einer Stimme. »Cathy, lass mich rein.«

Die Gänsehaut, die sich überall auf meinem Körper bildet, kombiniert mit dem Grauen, das mich beim Klang dieser Stimme überkommt, lässt mich vor Schock erstarren. Irgendwo tief in mir legt sich ein Schalter um und eine Erinnerung schießt aus den Tiefen meines Bewusstseins nach oben: *Verschwommene Lichter tanzen in der Dunkelheit. Der Geruch von Espenholz mischt sich mit dem von etwas Metallischem. Von meiner Nase geht ein stechender Schmerz aus, der sich unangenehm in mein Gehirn bohrt und mir die Sicht verklärt. Mein Mund ist unfassbar trocken und etwas verhindert, dass ich richtig schlucken kann. Es schmeckt bitter, kupfrig, aber auch ein bisschen wie Chlor. Jemand spricht mit mir, aber ich verstehe es nicht. Die Stimme gelangt wie durch unzählige Filter zu mir. »Cathy? Versprich es mir, Cathy.«*

Ich wimmere erneut, wiege mich vor und zurück. Die Finger beider Hände krallen sich über meinen Ohren in meine Haut, aber es nützt nichts: Das Flüstern dringt direkt zu meinem Bewusstsein durch.

»Cathy!«, ruft Gordon alarmiert aus dem Smartphone.

Seine Stimme reißt mich aus den verwirrenden Bildern in meinem Kopf.

Das Rütteln aus Richtung der Schlafzimmertür hört schlagartig auf.

Ich forme meinen Körper zu einem Ball, indem ich mich vornüber fallen lasse und das Gesicht ins Kissen versenke, um aus vollem Halse zu schreien.

CONSTANTINE

6

Mit einem selbstzufriedenen Grinsen reibe ich mir die Hände. Ich schließe die Doppeltüren des Transporters und klopfe zweimal gegen die Seitenwand, um dem Fahrer zu symbolisieren, dass er losfahren kann.

Matt lehnt gegen eine der protzigen Verandasäulen, die Hände in den Taschen seiner alten Collegejacke vergraben. Sein Gesichtsausdruck legt offen, dass er meinem Vorhaben weiterhin skeptisch gegenübersteht. Trotz allem waren meine verletzenden Worte nicht genug, um ihn davon abzuhalten, heute hier zu stehen und mir dabei zuzuschauen, wie ich meine sieben Sachen in einen Laster hieve. Ich ziehe tatsächlich nach Snow Falls.

»Bist du sicher, dass dir das helfen wird, Mann?«, fragt mein bester Freund, sowie ich ihn erreicht habe. Er streckt mir eine Flasche Wasser entgegen, die ich dankbar annehme.

»Ich weiß es nicht«, antworte ich wahrheitsgemäß. Dann grinse ich und witzle: »Ich schicke dir eine Postkarte.«

Er erwidert mein Grinsen und boxt mich in den Arm. »Werd' dich vermissen, Const«, sagt er.

Erstaunt starre ich ihn an. Er lacht auf bei meinem Anblick und fügt hinzu: »Auch wenn du ein mieses Arschloch geworden bist, du bist immer noch mein bester Freund.«

»Den Beziehungsstatus solltest du dir ernsthaft nochmal überlegen. Ich bin nicht interessiert«, kontere ich sarkastisch und widme mich meinem Wasser. In meinem Hals bildet sich ein fetter Kloß und ich schlucke krampfhaft, um ihn loszuwerden. Ich werde ihm auf keinen Fall zeigen, wie viel mir seine Worte bedeuten.

»Ha ha«, macht Matt und zeigt mir den Finger. Wir schweigen eine Weile, dann meint er leise: »Hey, kannst du mir eine Sache versprechen?«

»Kommt drauf an.«

»Wenn du Kathrine triffst: Tu ihr nichts, ja?«, bittet er.

Perplex sehe ich ihn an und meine Stirn legt sich in Falten.

»Wieso sollte ich ihr etwas antun, Matt?«, gebe ich zurück.

Er zuckt mit den Schultern und stiert auf seine Sneakers. Ein ungutes Gefühl breitet sich in mir aus – als hätte ich etwas Wichtiges verpasst. Die Frage lautet: Von was genau sprechen wir hier und wieso weiß dieser Penner überhaupt etwas, das ich nicht über Kathrine weiß?

Die Finger meiner rechten Hand krallen sich um die Plastikflasche und sie knackt lautstark. Diese innere Unsicherheit macht mich rasend. Steht mein bester Freund etwa insgeheim in Kontakt zu meiner Ex?

»Es ist nur…«, stammelt Matt gerade, »sie hatte es bestimmt auch nicht leicht seit eurer Trennung, da bin ich mir sicher.«

Nein. Nein das ist nicht alles, was du sagen willst, antworte ich in Gedanken. Ich lege die ganze Wut, die in diesem Moment meinem Inneren brodelt in meinen Blick und taxiere ihn damit.

Mein Kumpel wird plötzlich ganz klein und weicht meinen Augen aus, als er murmelt: »Du bist echt asi geworden, Const. Lass das einfach nicht an Kathrine aus. Das ist alles, worum ich dich bitte.«

»Wie bitte?«, frage ich lauernd. »Warum zum Henker bin ich plötzlich zum Buhmann in der Fallakte Solomon-Rush mutiert?« Als er schweigt, echauffiere ich mich weiter. »Und wie kommst du darauf, dich einzumischen wäre dein verdammtes Recht, verfickte Scheiße?«

Matt hält weiterhin die Lippen fest aufeinandergepresst, obwohl seine Miene sich verfinstert.

»Was ich mit Kathrine anstelle und was nicht, ist absolut null von Belang für dich«, stelle ich eisig fest.

Ohne ihn eines weiteren Blickes zu würdigen, marschiere ich ins Haus und knalle die Haustür hinter mir zu.

Verdammter Pisser! Warum muss er mir derart den Spaß verderben? Ich will meinen kleinen Rachefeldzug in vollen Zügen genießen – und er stellt sich mir in den Weg, wo er nur kann!

Aber was meinte er damit, dass ich Kathrine nicht wehtun soll?, grüble ich. Die Art und Weise, wie Matt es ausgesprochen hat, ist seltsam... Fast so, als wäre ihr in den sechs Jahren etwas Furchtbares zugestoßen.

Energisch schüttele ich den Kopf. Nope! Nicht mein Problem. Sie wird ihr Fett wegkriegen, wenn ich erst einmal vor ihrer Nase auftauche und sie mit meiner Anwesenheit in den Wahnsinn treibe. Daran kann eine bescheuerte Bitte von Matthew Daveys nichts ändern.

Beschwingt laufe ich ein letztes Mal alle Räume ab und prüfe nach, dass ich keine Umzugskiste vergessen habe. Im Anschluss wähle ich die Nummer der Reinigungsfirma, die hier üblicherweise alles in Schuss hält, und ordere die gesamte Kolonne, um die Bude auf Vordermann zu bringen. Der Makler hat sich auf sechzehn Uhr angekündigt, also bleibt ausreichend Zeit für die Reinigungskräfte.

Wieder im Eingang angekommen halte ich einen Moment inne, um mich zu sammeln, falls Matt noch immer vor der Tür steht. Dann reiße ich das schwere Stück Holz auf. Aber von meinem besten Freund ist nichts zu sehen.

Zufrieden schlendere ich mit den letzten leeren Taschen in den Händen zu meinem Wagen – einem Chevrolet Camaro mit Glitzer-Farbübergangslackierung von Himmelblau zu Eisblau. Je nach Winkel ändert sich der Farbverlauf, wie es damals in den Neunzigern bei unzähligen Autos Mode war. Das Logo der *Ice Jedis* ziert die Motorhaube und die Türgriffe und der Kühlgrill sind schwarz akzentuiert. Ja, ich liebe mein Auto – und mein ehemaliges Team. Aber mir ist klar, dass ich den Wagen drüben im frostigen Snow Falls nicht werde nutzen können, weswegen ich ihn einlagere, bis ich entschieden habe, ob ich zurückkomme.

Gedankenverloren kurve ich durch die Stadt. Matts Worte gehen mir einfach nicht mehr aus dem Kopf. *»Sie hatte es auch nicht leicht seit eurer Trennung, da bin ich mir sicher.«*

Was zur Hölle soll mir das sagen? Und dann diese kryptische Bitte, ihr nicht wehzutun ...

Je länger ich darüber nachdenke, desto frustrierter werde ich. Deshalb entscheide ich, den Gedanken fallen zu lassen. Ich werde früh genug mit Kathrine Solomon konfrontiert – soll mein zukünftiges Ich sich darum kümmern.

Ich parke den Camaro vor dem Selfstorage-Gelände meines Vertrauens und steige aus, um mich mit Greg zu treffen. Greg verwaltet die Anlage, schließt die Verträge für die einzelnen Garagen ab und kümmert sich darum, dass mein echter Name auf keinem Fitzelchen Papier steht. Der Typ ist über sechzig, hat das Herz jedoch am rechten Fleck – und das ist mehr Wert als alles andere.

»Constantine!«, ruft er, sobald er mich erkannt hat. Sein runzliges Gesicht wird von einem breiten Lächeln verzogen und er kommt auf mich zu.

»Hey, Greg«, begrüße ich ihn. »Wie geht's?« Schnell schüttele ich die dargebotene Hand und erwidere sein Lächeln.

»Ach«, meint er mit einem Abwinken, »alles wie immer, alles wie immer. Was führt dich zu mir?«

Ich hebe den linken Arm und deute mit dem Daumen über die Schulter. »Ich muss mein Auto einlagern. Auf unbestimmte Zeit.«

Seine buschigen stahlgrauen Augenbrauen wandern nach oben. »Machst wohl Langzeiturlaub?«

»Ha! Nein. Ich ziehe um. Vorerst.« Beim letzten Satz verziehe ich den Mund nach unten.

Gregs Lächeln schwindet und ein ernster Ausdruck macht sich darin breit.

»Wird langsam doch zu viel mit den alten Kamellen im Keller, was«, raunt er in vertraulichem Ton.

Er spielt auf meinen desaströsen Rausschmiss aus dem Eishockeyteam an, das weiß ich. Aber ich habe keinen Bock darauf, meine private Scheiße mit ihm zu bequatschen, also wechsle ich das Thema. »Ich räume Einheit 365. Dafür brauche ich einen behaglichen Platz im Gebäude für mein Baby dahinten. Keine Außenstellplätze Greg – ich werde es merken, wenn du sie nicht wie eine Lady behandelt hast.«

»Hmm«, macht er nachdenklich, und seine Stirn legt sich in Falten. »Dann bleiben nur die großen Einheiten ganz hinten.« Er wirft mir einen Blick zu und fügt hinzu: »Die kosten aber das Doppelte ...«

Ein amüsiertes Lächeln stiehlt sich auf meine Lippen. »Seit wann reden wir beide denn über Geld, Greg?«

Da hellt sich seine Miene auf und er klopft mir auf die Schulter. »Fein, fein. So mag ich das Geschäft.«

Er wendet sich ab und geht in Richtung eines winzigen Häuschens, das neben der Einfahrt zum Gelände errichtet wurde.

»Fahr die Karre mal rein!«, ruft er im Gehen über die Schulter. »Sonst haben wir in einer Viertelstunde mehr Paparazzi hier stehen als uns beiden lieb ist. Hinten links rein.«

Dankbar steige ich ins Auto und lenke es durch die Einfahrt, nachdem Greg die Schranke hochgefahren hat. Zwischen drei enormen, bauklotzartigen Gebäuden in ekeligem Pissgelb führt eine breite Straße hindurch, der ich bis ans Ende folge und links abbiege. Hier würge ich den Motor ab und warte auf den alten Mann, der fidel übers Pflaster auf mich zueilt.

»Hast du eine Plane?«, will er wissen, sobald er mich erreicht hat. Ich nicke und ziehe sie vom Rücksitz nach vorn, um sie ihm zu zeigen. Er sieht den schwarzen Stoff an, bedeutet seine Zustimmung und lässt das Garagentor hochfahren.

»Du fährst bis hierhin«, instruiert er und zeigt auf die gelbe Markierung direkt vor dem Tor. »Danach müssen wir wohl oder übel schieben.«

Mit *wir* bin natürlich ausschließlich ich gemeint. Greg sitzt im Auto und steuert, während ich anschiebe. Zwischendurch bin ich überzeugt, dass ich in der nächsten Sekunde meine Innereien auskotzen werde vor Anstrengung. Aber wir schaffen es, den Wagen geradeaus in eine Einheit zu bugsieren, die über eine Schiebetür verfügt.

Schwer atmend schnappe ich mir die leeren Taschen aus dem Kofferraum, entfalte im Anschluss die Plane und breite diese mithilfe von Greg über meinem Auto aus.

Mithilfe eines Benzinkanisters und eines Schlauchs, den Greg wenig später aus einem Lagerraum zaubert, lassen wir das Benzin aus dem Tank. Ich reiche ihm den Kanister und verschließe den Tankdeckel, bevor ich die Plane über den Hintern des Camaros ziehe.

»Saubere Arbeit«, lobt Greg nach getaner Arbeit und lotst mich durch die Gänge zu meiner Einheit. »Wenn du fertig bist, mach das Schloss an die andere Tür«, schlägt er vor. »Dann brauchen wir die Papiere für den Zweitschlüssel nicht neu auszufüllen. Ich lasse dich dann mal allein und setze den Vertrag für Einheit 823 auf.«

Ich warte, bis seine Schritte verhallt sind, bevor ich das Schloss vor meiner Einheit mit einem Schlüssel aus meiner Hosentasche öffne. Die Metalltür schwingt automatisch auf, doch ich passe sie ab und quetsche mich durch den engstmöglichen Spalt. Sofort ziehe ich sie hinter mir zu und lege den Riegel vor, den ich heimlich – und zugegeben illegal – installiert habe. Meine rechte Hand sucht den Lichtschalter und betätigt ihn.

Aberdutzende Whiteboards auf Rollen blicken mir entgegen. Unzählige Zeitungsausschnitte, Magazinseiten und Ausdrucke aus dem Web mischen sich scheinbar wahllos mit Fotos und Schnappschüssen.

An einem Whiteboard hängt eine Weltkarte, auf der rote Kreuze über verschiedene Länder oder Orte gezogen wurden. Auf einem anderen Board steht in schwarzen Großbuchstaben: »Warum?«. Eine fein säuberliche Liste mit möglichen Gründen füllt den Rest des Weißraums.

Ich grabe in einer der Taschen nach der Polaroidkamera, die ich alleinig für dieses Ereignis gekauft habe, und fotografiere das Whiteboard. Danach nehme ich das Reinigungsspray und den Schwamm von einem schmalen Regal und mache mich daran, jegliche Spuren verschwinden zu lassen, die die Stifte hinterlassen haben. Diesen Prozess wiederhole ich bei allen anderen Boards.

Die Fotos kommen als letztes dran. Vorsichtig löse ich sie ab und ziehe das Klebeband von der Rückseite, ehe ich sie obenauf in die Tasche lege. Jedes Einzelne ist mir unbeschreiblich wichtig.

Niemand wird jemals begreifen, wie weit ich wirklich gefallen bin. Wie tief unten ich seither tauche. Und was es aus mir gemacht hat, von Kathrine Solomon getrennt zu sein.

KATHRINE

7

Fiona begluckt mich. Ich kann es nicht anders sagen. Seit dem Zwischenfall am Mittwochabend wacht sie über mich wie eine Henne über ihre Eier. Das ist rührend … aber auch unfassbar nervtötend.

Ja, ich bin möglicherweise etwas ausgetickt. Und ja, es mag sein, dass ich nach dem Vorfall mehrere Beruhigungstabletten gebraucht habe. Aber das ist noch lange kein Grund, mir nichts mehr zuzutrauen, was ich vorher tagtäglich erledigt habe. Wie zum Beispiel, mir mein Bier selbst an der Bar abzuholen, verdammt!

Mit grimmiger Miene sitze ich auf der Eckbank einer Essnische im *La chute de neige* – was ironischerweise so viel heißt wie *Schneefall* – und erdolche Fiona mit meinem Blick. Sie steuert breit grinsend auf mich zu, in ihren Händen jeweils eine Bierseidel französischen Kronenbourgs.

Nachdem sie alles auf dem Tisch abgestellt hat, setzt sie sich mir gegenüber und prostet mir zu. »Auf einen großartigen Abend!«

Ich klinke meine Bierseidel gegen ihre und murre sauertöpfisch etwas Unverständliches, dann versenke ich meine Nase im Bierschaum.

Fiona ignoriert meine schlechte Laune und studiert erneut die Speisekarte. »Jedes Mal, wenn ich herkomme, freue ich mich«, sagt sie fröhlich. »Bei jedem Besuch stehen andere Gerichte auf der Karte. Das zwingt zum Ausprobieren.«

»Mhmm«, grummle ich.

»Was hast du bestellt?«

»Bourguignon mit Rind.«

»Und dann Mousse au Chocolat?«

»Jepp.«

Sie seufzt hörbar und klappt die Karte zusammen, dass es knallt. Irritiert zuckt mein Kopf zurück.

»Entschuldige, dass ich mir Sorgen um dich mache«, sprudelt es wie aus der Pistole geschossen aus ihrem Mund. »Es kommt nunmal nicht jeden Tag vor, dass meine beste Freundin von einem Stalker heimgesucht wird.« Sie schiebt arrogant die Brauen hoch und betrachtet mich eingehend.

Das ist dann wohl mein Stichwort, denn das hier ist das Maximum an Entschuldigung, das ich von Fiona erhalten werde. Ich räuspere mich und erwidere kleinlaut: »Nein, mir tut es leid.«

Ihr Blick sagt so viel wie »das will ich auch hoffen«, aber laut meint sie: »Vielleicht sollten wir dir einen Freund suchen. Der könnte dich vor irren Typen wie diesem Unbekannten beschützen.«

Alles, bloß das nicht! Ein entsprechendes Feixen verzieht meine Mundwinkel nach unten und ich murmle: »Kein Interesse.«

Fiona stützt ihr Kinn in die rechte Hand und ein grüblerischer Ausdruck nimmt von ihren Zügen Besitz, während sie mich studiert. »Gefällt dir denn gar keiner der Männer in Snow Falls?«

»Das ist es nicht«, wehre ich hektisch ab. »Ich bin nur zurzeit nicht an einer Beziehung interessiert, das ist alles. Meine ganze Aufmerksamkeit geht für die Arbeit drauf – und in wenigen Monaten dann fürs Studium. Es wäre verschwendete Lebenszeit, jetzt den Einen finden zu wollen, wenn er mich aus Ermangelung angemeinsamer Zeit später sowieso abserviert.«

»Wow, wie ... rational«, entgegnet sie. »Aber du hast recht: Es ist Zeitverschwendung. So wie ich das sehe, wurde dir in der Vergangenheit ganz schön übel mitgespielt, und du traust dich nicht, dein Herz an einen neuen Nagel zu hängen.«

Ich verdrehe grinsend die Augen. Jetzt geht das wieder los: Fiona kann es nicht lassen, bei jeder Gelegenheit, die sich ihr bietet, darüber zu spekulieren, mit wem ich früher zusammengewesen bin. Ich habe ihr nie von meinem Ex erzählt, und ich werde mich hüten, es in Zukunft zu tun.

Mit ihrer Vermutung liegt sie nicht weit von der Wahrheit entfernt: Ich möchte mich eigentlich nicht neu binden. Mein Herz schlägt bis heute in Aberdutzende Teile zertrümmert in meiner Brust – keine Chance, dass jemand Neues es zu reparieren vermag. Obwohl ich mir selbst das angetan habe – und das aus rein egoistischen Gründen – leide ich insgeheim darunter, als wäre jeder Tag der erste nach der Trennung.

Die Vorspeise wird durch einen professionell lächelnden Gastroangestellten serviert, der sich mit einer leichten Verbeugung in unsere Richtung vom Tisch entfernt. Aber kaum haben wir die Löffel in die Zwiebelsuppen getaucht, wird die Tür des Restaurants aufgestoßen und fünf Männer drängen sich hinein. Mit ihren Holzfällerhemden, den Timberland-Boots und den Dreitagebärten sind sie leicht als Bergleute zu identifizieren. Sie passen klamottentechnisch ins Restaurant wie ein Kakadu ins Snow Falls P.D.. Sie alle lassen sich an einem runden Tisch am anderen Ende des Raumes nieder, den ihnen der Garçon zugewiesen hat.

Einer von den fünfen sieht zu uns rüber und stößt seinem Nachbarn den Ellenbogen in die Rippen. Im selben Moment wird mir klar, dass ich ebenfalls rüber gestarrt habe, und ich widme mich in null Komma nichts meiner Suppe.

»Was haben die hier verloren?«, stellt Fiona stirnrunzelnd eine Frage, die nur rhetorisch gemeint sein kann.

Dementsprechend bleibt mir nur, mit der rechten Schulter zu zucken und weiterzulöffeln.

»Also dass sie nicht oft hier sind, sieht man echt«, fährt sie leicht angewidert fort.

Ihre Worte lassen mich verwundert aufblicken – und ich verstehe sofort, was sie damit gemeint hat: Ich ertappe den, der seinen Nachbarn angestupst hat, mitten in einer rüden Geste in unsere Richtung. Sein Zeige- und Mittelfinger sind zum umgekehrten Peacezeichen vor den Mund gehoben und er steckt die Zunge dazwischen.

Angeekelt verziehe ich den Mund und widme die Aufmerksamkeit lieber meiner besten Freundin, die weiterhin zu der Gruppe hinüberschaut, als wäre diese eine Zirkusattraktion.

»Lass die«, murmle ich eindringlich.

Fiona sieht mich ertappt an. »Hm? Oh, ja, klar.« Sie winkt mit einem Schnauben ab. »Ich dachte nur, dass ich einen von ihnen von früher kenne…« Ihr Blick huscht erneut zum Tisch, schnellt jedoch gleich wieder zurück zu mir. »Aber ich muss mich getäuscht haben.«

Wir vertilgen die Vorspeise ohne ein weiteres Wort. Der Angestellte räumt ab und eilt dann zu einer weiteren Gruppe, die in der Zwischenzeit eingetrudelt ist.

Ich nutze die Gelegenheit, das Interieur genauer unter die Lupe zu nehmen. Das letzte Mal, als ich hier gegessen habe, ist Flieder das vorherrschende Farbschema gewesen. Heute ist es ein zartes Pastellgrün mit rosa Akzenten. Die Tischdecken sind weiß-grün kariert und ab und an spielt eine zartrosa Blüte mit hinein. Die Speisekarten sind aufwendig und wertig gemacht, um sich dem Konzept anzugleichen, aber das Mobiliar bleibt zum Glück bei jedem Besuch gleich: alte, solide Echtholzstühle und die dunkelbraun gepolsterten Ledernischen. Die Küche liegt hinter einer Schwingtür verborgen und die Bar steht mitten im Zentrum, sodass Gäste von jeder Seite her Zugang dazu haben.

Mein Blick schweift über die Schwarz-Weiß-Fotos an den Wänden, die verschiedene französische Landschaften zeigen; aber auch Städte wie Paris und Lyon sind mit dabei. Eines der Fotos schlägt mich jedes Mal aufs Neue in seinen Bann: Darauf abgelichtet ist eine junge Frau in einem Etuikleid, die Haare unter einem Filzhut im Stile der 1920er-Jahre gewellt und seitlich am Nacken zu einem Dutt geformt. Sie sitzt vor einem Café unter der Markise an einem der runden Tischchen, eine Zeitung und ihr Getränk vor ihr drapiert. Die Dame ist sich der Kamera nicht bewusst; sie sieht völlig in Gedanken versunken auf die Straßen von Paris hinaus, den Kopf vogelgleich auf ihrer Hand abgestützt.

»Oh oh«, warnt Fionas Stimme und ich reiße mich vom Anblick meines Lieblingsstückes los. Mein Blick ruckt erst verwirrt zu ihr, dann folge ich dem ihren und entdecke den Typen, der die rüde Geste gemacht hat. Er ist auf dem Weg zu unserem Tisch. Oh man.

Die goldenen Haare fallen ihm gekonnt ums kantige Kinn und die gerade Nase scheint die perfekte Größe im Verhältnis zum Rest seines Gesichts zu haben. Die Oberlippe ist schmal, die untere allerdings voll – das bringt ihm während seiner Schäferstündchen sicherlich viele Unterlippenknabbereien ein. Wie seine Kumpanen scheint er gut gebaut zu sein, aber auf meiner Seite ist keinerlei Interesse geweckt. Um genau zu sein, bin ich eher genervt, dass er meinen Abend mit Fiona mit seiner Anwesenheit crasht.

»Hey, Mädels«, begrüßt er uns mit einem schiefen Grinsen.

Fiona lächelt und meint: »Hey, Fremder.«

Ich selbst schüttele den Kopf und schweige. Leider scheint es der Typ auf mich abgesehen zu haben, denn er beugt sich vor und stützt sich auf seine Hände ab, die er auf den Tisch legt.

»Hört mal«, beginnt er in verschwörerischem Ton, »wollt ihr euch später zu uns setzen, wenn ihr fertig seid?« Er nickt schräg über die Schulter hinweg zu seinen Freunden. »Bei uns sind noch ein paar Plätze frei.«

Was denkt er sich? Dass wir, kaum bei ihnen, auf den Ledersitzen unsere Hüllen fallen lassen und sie sich alle gemeinsam über uns hermachen können wie in einem x-beliebigen Porno? Ein Schwanz in jeder Öffnung und ein Mund an jeder Brust? Ekelhaft.

Ich werfe den Kerlen, die dort hinten am Tisch sitzen und uns gespannt beobachten, einen lustlosen Blick zu. Gleichzeitig blitzt Erkennen in mir auf. Dort, mitten unter den anderen, sitzt Riley King. Der Blick aus seinen ungewöhnlich grauen Augen scheint mich regelrecht zu durchbohren, so wie er es immer tut. Riley ist seit über drei Jahren Teilzeit-Security-Mitarbeiter im Snow Falls P.D. und bewacht die Eingangstür. Dann fällt mir ein, dass auch er in einer der Berghütten wohnt – was logisch ist, wenn man berücksichtigt, dass er nur in den Sommermonaten fürs Revier arbeitet.

Aus einem mir unerfindlichen Grund stört mich Rileys Anwesenheit mehr als die des Typen an unserem Tisch. Ich hätte nicht gedacht, dass ein Security-Mitarbeiter sich in der Freizeit einer Aufreißertruppe anschließt.

Der Ärger, der in mir aufsteigt, verleiht mir den nötigen Mut, um dem Mann vor mir fest in die Augen zu sehen.

»Wir haben kein Interesse. Danke und schönen Abend noch«, sage ich kalt.

Er hebt abwehrend die Hände in die Höhe und lehnt sich zurück. »Okay, okay. Kein Grund, gleich zickig zu werden.« Mit diesen Worten zieht er sich zurück.

Fionas Blick klebt während des gesamten Weges zurück zu seinem Tisch an seinem Hintern und ich seufze innerlich auf. Meine Ablehnung ist, wie es scheint, ein wenig voreilig gewesen: Sie wird sich später definitiv zu ihnen gesellen. Na ja, mehr Porno-Action für sie.

»Weißt du«, sagt sie in diesem Augenblick, »ich glaube, ich werde nach dem Essen noch ein wenig ins *Dr. Jekyll* gehen.« Sie mustert mich und fragt der Höflichkeit halber: »Du willst mich nicht zufällig begleiten?«

Ich schüttele stumm den Kopf.

Fionas Stimme nimmt einen verschwörerischen Ton an und sie lehnt sich ein wenig vor. »Es würde dir gut tun, mitzugehen – die Jungs dort sind wilde Hengste im Bett.«

Das Feixen, das sich auf meine Züge schleicht, spricht Bände. Sie zuckt ratlos mit den Schultern und lächelt der Bedienung dankbar zu, die in diesem Moment die Hauptspeise aufträgt.

Während wir uns leise über neue Ideen für ihren Laden unterhalten, spüre ich immer wieder Blicke auf mir. Ich versuche erst, sie zu ignorieren, doch als ich einen verhohlenen Seitenblick auf den Tisch der Männergruppe werfe, starrt Riley King mich immer noch an. Oder schon wieder, woher will ich das wissen? Jedenfalls ist sein Blick dermaßen intensiv, dass mir ein unwillkürlicher Schauder über den Rücken läuft. Da er mich ungeniert begafft, entschließe ich, es ihm gleichzutun. Dabei versuche ich meine innere Stimme zu ignorieren, die mich darüber unterrichtet, dass er eigentlich ziemlich heiß aussieht. Mit seinem auf natürliche Art und Weise durchtrainierten Körper, den schwarzen sanften Locken, die ihm bis in den Nacken reichen und den strahlend grauen Augen ist Riley King ein wahrer Leckerbissen.

Aber irgendetwas stört mich an seiner Präsenz. Es ist ein unerklärliches Gefühl von Unruhe, das verursacht, dass ich so schnell wie möglich das Weite suchen möchte. Deshalb richte ich meine Aufmerksamkeit rasch wieder auf meine beste Freundin, die mir gerade einen langatmigen Vortrag über die Vorteile von Plastikchristbaumkugeln hält.

Aber Fiona wäre nicht Fiona, wenn sie bis nach dem Essen warten würde, um den Typen ordentlich einzuheizen. So ist sie nun mal: Wenn sie erst einmal Witterung aufgenommen hat, will sie so schnell wie möglich zur Jagd aufbrechen. Sie steht total auf Adrenalinkicks und auf Sex – ob Mann, Frau oder jemand anderes, ist ihr ziemlich einerlei; Hauptsache, alle Beteiligten kommen auf ihre Kosten.

Als sie sich also nach dem Hauptgang kurz entschuldigt, folge ich ihrer Gestalt mit den Augen. Und, oh Wunder! Kaum ist sie die Treppe hinab in den Keller verschwunden, erhebt sich der Typ, der uns angesprochen hat, und folgt ihr.

Mit einem Kopfschütteln und einem Lächeln im Gesicht stelle ich mich darauf ein, das Mousse au Chocolat allein zu vertilgen. Aus diesem Grund zücke ich meinen gegenwärtigen Roman aus der Handtasche und schlage die Seite auf, an der ich zuletzt heute Morgen im Bus stehen geblieben bin. Kurz darauf bin ich in der Geschichte versunken.

Ich bemerke erst, dass jemand sich zu mir gesellt hat, als ein Schatten über die Seiten meines Buches fällt. Mein Kopf schnellt hoch und ich blinzle verdutzt.

»Mr King!«, stoße ich überrascht aus.

Sein Lächeln ist herzlich und seine Stimme warm, als er sich leicht vorbeugt. »Cathy. Wie schön, dich hier zu sehen.«

Äh ... ja. Ich erwidere gezwungenermaßen sein Lächeln.

»Was kann ich für Sie tun?«, frage ich ihn und lege schnell mein Lesezeichen zwischen die Seiten.

»Oh, nenn mich Riley, bitte.« Seine grauen Augen taxieren mich, als hätte ich ihn soeben beleidigt, weil ich ihn gesiezt habe.

»Ich wollte bloß fragen, ob alles in Ordnung ist?« Er hebt die linke Schulter und den Arm, und lässt beides wieder sinken, ehe er nachdenklich fortfährt: »Das letzte Mal außerhalb der Arbeit habe ich dich im *Dr. Jekyll* gesehen, glaube ich. Aber das ist schon über drei Jahre her, wenn ich mich recht erinnere.«

Ein eisiges Kribbeln setzt bei der Erwähnung des *Dr. Jekyll* in meinem Nacken ein, prickelt über meine Schultern hinweg in meine Arme und meine Brust verengt sich.

»Ja, das ist ziemlich lange her«, presse ich mühsam hervor. Dann ziehe ich die Nase kraus und mit einem verlegenen Achselzucken füge ich hinzu: »Ich gehe nicht oft aus.«

Seine Augen verengen sich kaum merklich. »Das habe ich bemerkt.« Als ich nichts erwidere, meint er: »Na ja, also... Wenn alles okay ist, dann gehe ich mit den anderen jetzt ins *Dr. Jekyll.*« Bei diesen Worten deutet er mit dem Daumen über die Schulter hinweg zu seinen Kumpels. »Da Longholm höchstwahrscheinlich noch etwas länger Zeit braucht, um mit deiner Freundin rumzumachen, könntest du ihm Bescheid sagen, wenn er mit ihr auftaucht?«

Völlig vor den Kopf gestoßen nicke ich stumm.

»Danke. Und... Komm öfter mal aus dem Haus.« Er winkt mir einmal kurz zu, und die Truppe tigert wenige Minuten darauf aus dem *La chute de neige.*

Das Mousse wird aufgetischt und ich mache mich darüber her. Von Fiona fehlt jede Spur, ergo beginne ich das Dessert ohne sie – schließlich wird sie zu diesem Zeitpunkt bereits vernascht.

CONSTANTINE

8

Tja... Da stehe ich nun, in meiner neuen Bude, einem Berg Umzugskartons im Wohnzimmer und einem nervösen Flattern im Bauch.

Die Möbel sind bereits vor wenigen Tagen geliefert und aufgebaut worden, sodass ich mich damit nicht befassen muss.

Mit hängenden Schultern lasse ich die Schlüssel meines gemieteten Ford Rangers auf die Küchenarbeitsplatte fallen und mache mich auf eine Runde durch die wenigen Zimmer. Alles ist in Schwarz-weiß eingerichtet worden – das macht es leichter, das Mobiliar später zu verkaufen, falls ich mich entscheide, doch wieder zurückzuziehen. Keins der Stücke spricht mich persönlich an, es sind bloß Zweckgegenstände. Alles, was auch nur ansatzweise von Bedeutung ist, steckt in den Umzugskisten.

Auf einen Schlag wird mir bewusst, wie einsam das klingt. Ich drehe auf dem Absatz um, um frische Luft zu schnappen, und stelle mich vor der Haustür neben den Wagen, wo ich mir mit zittrigen Fingern durch die Haare wühle.

Fuck, was mache ich hier eigentlich? Will ich wirklich eine mir mittlerweile völlig fremdgewordene Frau beschatten und mich mit ihr treffen, obwohl unsere gemeinsame Zeit längst hinter uns liegt? Wie krank bin ich bitte?

Ein Schuss wäre jetzt genau das, was ich bräuchte, um diesen Abfuck zu vergessen …

Um die blubbernde Panik, die bei diesem Gedanken in meiner Kehle hochkocht, und das Gefühl der Beengtheit in meiner Brust zu bändigen, fahre ich kurzerhand herum und haste ein paar Schritte auf die Straße hinaus. Mein Körper übernimmt die Kontrolle, indes mein Verstand dichtmacht, und irgendwann finde ich mich auf dem Bürgersteig bergauf wieder, mein neugekauftes Haus in weite Ferne gerückt talwärts hinter mir.

Verfickte Scheiße! Mein verdammtes Gehirn fickt mich immer in den unpassendsten Momenten! Ich bleibe stehen, um mich an sämtliche Therapiemethoden zu erinnern, die ich in den letzten Jahren gelernt habe. Erst, als ich mir tausend Prozent sicher bin, nicht gleich loszurennen und mir einen Fix zu besorgen, lasse ich die Außenwelt wieder auf mich eindringen.

Die körperliche Anstrengung hat meinen Puls ordentlich in die Höhe getrieben. Ein paar Minuten lang bleibe ich da, wo ich bin, um den Ausblick über Snow Falls zu genießen, welches sich unter mir erstreckt. Zu meinem Erstaunen ist es größer, als ich dachte.

Etwas an dem Anblick beruhigt meinen maroden Geist. Vielleicht ist es die Draufsicht, vielleicht aber auch die Berge, die das Tal einkesseln. Oder aber es sind die im Tageslicht glitzernden Wasserfälle in den Höhen, die tosend ins Tal hinabdonnern – was weiß ich schon. Im Augenblick nehme ich, was ich kriegen kann, um nicht länger unter Strom zu stehen.

Ich formuliere meine nächste Aufgabe bewusst vor meinem inneren Auge und spreche sie aus, um meinem Schrumpelhirn etwas Ablenkung zu bieten. Dann mache ich mich auf den Rückweg, denke mir weitere Tasks aus, die auf den ersten folgen sollen. Ich höre nicht damit auf, als ich zu Hause ankomme und mich auf direktem Weg ans Werk mache; ich höre auch nicht damit auf, als ich im Anschluss darauf staubsauge, koche oder die Taschen aus dem Ford Ranger hole, die ich im Selfstorage gepackt hatte.

Erst, nachdem ich, zufrieden mit meiner Aktion, wieder im Auto sitze und gen Snow Falls fahre, erlaube ich mir, die Liste abzubrechen und in Schweigen zu verfallen. Der nächste Punkt auf meiner To-do-Liste wäre verfickt nochmal nicht begeistert, wenn ich wie ein Irrer vor mich hin brabbelnd auftauche.

Ich muss gestehen, ich bin maximal nervös. In weniger als einer halben Stunde sehe ich den Grund für die schlimmste und gleichzeitig schönste Zeit meines Lebens wieder. Wie sie wohl jetzt aussieht? Und wie es ihr geht?

Fuck, ich habe endlos viele Fragen an sie – aber ich will nicht mit der Tür ins Haus fallen. Erst einmal werde ich sehen, wie sie auf mich reagiert. Damit meine Pläne funktionieren, muss die Basis stimmen – ergo muss ich mich zurückhalten und nett sein... Meine mich zerfressende Neugierde irgendwo in die hintersten Ecken meines Bewusstseins stopfen und hoffen, dass der Constantine von früher nicht aufwacht und seine gierigen Pfoten nach ihr reckt.

Der vertraute, schmerzvolle Stich, der mir beim Gedanken an die Vergangenheit durch die Brust zuckt, lässt mich scharf einatmen. Verdammt! Drei Jahre lang habe ich mein bestes gegeben, um sie zu vergessen... Und jetzt überstürze ich alles, um sie wiederzusehen. Geht es mir dabei wirklich um Rache? Oder will ich Kathrine etwa zurückhaben?

Mit einem Stöhnen schiebe ich meinem Gehirn den Riegel vor. Ich will verdammt nochmal gar nicht wissen, was meine wahren Emotionen hinter der Scheißaktion sind. Seitdem ich von ihrem Aufenthaltsort erfahren habe, schreit nichts so sehr in meinem Kopf mich an wie: »Finde sie!«

Also mache ich das. Denn ich will meine verfickte geistige Ruhe wiederhaben.

KATHRINE

9

Mit einem wütenden Schnauben hebe ich die Girlande höher über meinen Kopf und taste mit den Fingerspitzen nach dem Haken an der Decke.

»Bist du sicher, dass du das schaffst?«, wiederholt Fiona zum gefühlt fünften Mal innerhalb von zehn Minuten.

Ich drehe den Kopf, um sie über meine linke Schulter hinweg bitterböse anzufunkeln.

»Ich bin nicht aus Zucker, Fiona«, schieße ich ihr entgegen.

»Okay, okay.« Sie gibt sich geschlagen. Vorerst.

Das Glöckchen über der Tür klingelt hell, als jemand den Laden betritt. Mein Fokus liegt allerdings auf dem Haken, den ich trotz meiner Bemühungen einfach nicht zu fassen kriege.

»Was kann ich für Sie tun?«, heißt Fiona die Kundschaft willkommen, wie sie es immer tut. Ich kann mir ihr breites Lächeln geistig vorstellen. Zusammen mit den orangefarbenen Kreolen und dem gelben Pulli, den sie heute trägt, ist es sicher noch strahlender.

»Ich fürchte, *Sie* können gar nichts für mich tun«, antwortet eine männliche Stimme.

Voller Bestürzung fahre ich halb herum. Dabei verheddern sich meine Schuhe auf der Leiter mit der Girlande. Einen Moment lang scheine ich zu schweben, während mein Blick die

Person erfasst, die gesprochen hat. Im nächsten Augenblick sitze ich mitsamt der Girlande auf dem Fußboden.

»Cathy!«, ruft Fiona angsterfüllt.

Aber ich ignoriere sie, genauso wie meinen pochenden Hintern. Meine Augen fixieren den Mann, der auf der Verkaufsfläche steht, als gehöre ihm der Laden. Die blonden Haare sind kürzer, modischer geschnitten und er trägt einen knielangen, grauschwarzen Mantel, in dessen Taschen seine Hände vergraben sind. Die leicht schiefe Nase, die scharfen Konturen seines Gesichts... Alles an ihm ist mir schmerzhaft vertraut, aber gleichzeitig auch wieder nicht, weil diese Details sich über die Jahre verändert haben. Was mich jedoch am meisten beunruhigt sind die himmelblauen Augen, die mich mit einer Kälte mustern, die mir Angst macht.

»Kathrine.« Sein Mund formt meinen Namen und die Art und Weise, wie er ihn ausspricht, jagt mir eine prickelnde Gänsehaut über die Arme.

Ich halte es nicht länger aus – ich breche den Blickkontakt ab und widme mich Fiona, die aufgebracht an meiner Seite steht und herum gluckt. Sie zerrt mich vom Boden hoch, nachdem ich ihr murmelnd versichert habe, dass mir nichts fehlt. Immer wieder huscht mein Blick zu ihm hinüber, indes ich mich aufrichte und mir die dreckigen Hände an der Jeans abwische.

Meine Chefin scheint zu bemerken, dass irgendetwas nicht stimmt, denn ihre Augen flitzen zwischen mir und ihm hin und her. Also hole ich tief Luft und wappne mich innerlich.

»Constantine«, sage ich in sachlichem Ton und mit einem schnellen, harten Nicken. »Was führt dich hierher?«

Es ist, als ob meine Worte ein Feuer in seinen Augen entfacht, das eine hypnotisierende Wirkung auf mich ausübt. Ich kann einfach nicht wegschauen.

»Oh, ich dachte, jetzt, da ich hier wohne, komme ich mal vorbei und sage hallo«, antwortet er verspätet. Das strahlende Lächeln, das er dabei aufsetzt, ist für Fiona bestimmt; es ist schaurig, auf den ersten Blick zu erkennen, dass es fake ist. Als hätte ich niemals aufgehört, Constantine Rush in- und auswendig zu kennen.

»Nun... Dann hallo«, gebe ich zurück und setze ebenfalls ein gekünsteltes Lächeln auf. »Dann lag die Lokalzeitung wohl falsch mit der letzten Berichterstattung. Sie schrieb, dass du dich umentschieden hättest.«

Er zuckt nonchalant mit den Schultern. »Ich mag Publicity nicht mehr so sehr wie früher. Dachte, ich ziehe das lieber insgeheim durch.«

Schon klar, denke ich mir zynisch. *Jetzt, wo Zeitungen und Magazine dich als Kanonenfutter verwenden, wann immer ihnen keine anderen News reinflattern, ist dir der Fame zu viel geworden.*

»Ohh«, kommt es da von Fiona. »*Sie* sind es!« Sie beugt sich zu mir und flüstert aufgeregt: »Er ist es doch, oder?«

»Wer?« Im Gegensatz zu ihr mache ich mir nicht die Mühe, die Stimme zu senken.

»Na, *Constantine Rush*?« Ihre Stimme ist viel zu laut und mehrere Oktaven zu hoch, um noch als Flüstern durchzugehen.

»Ja«, gebe ich knapp zurück.

»Wie aufregend«, quietscht Fiona vergnügt, lässt von mir ab und scharwenzelt regelrecht zurück hinter den Verkaufstresen. Ihre Hüften schwingen aufreizend bei jedem einzelnen Schritt.

Constantine scheint es nicht zu bemerken. Seine Aufmerksamkeit gilt nach wie vor ausschließlich mir.

»Man sieht sich, Kathrine«, stellt er fest, dreht sich auf dem Absatz um und verlässt das Geschäft.

Eine belastende Stille tritt zwischen meiner Vorgesetzten und mir ein. Rasch hebe ich die Girlande vom Boden auf und mache mich daran, wieder auf die Treppe zu klettern. Mein Hintern zwiebelt spürbar von meinem Sturz und Fionas Blick bohrt sich die ganze Zeit über in meinen Rücken, während ich arbeite. Irgendwann habe ich die Schnauze voll.

»Was?«, fordere ich sie aggressiv auf.

»Wie kommt es, dass du Constantine Rush kennst?«, pfeffert sie umgehend die offensichtlichste Frage auf mich ab.

Vorsichtig steige ich die Sprossen hinunter, betrachte mein nun fertiges Werk und klappe im Nachhinein die Leiter zusammen.

Ich entschließe mich für die Wahrheit und erkläre schlicht: »Ich war seine Managerin.«

»Entschuldige, *wie bitte*?!«, stammelt sie ungläubig.

Mit traurig verzogenem Gesicht marschiere ich an ihr vorbei ins Lager, um die Leiter zu verstauen.

Fiona folgt mir und schreiflüstert: »*Du*? Du warst Eishockey-Managerin?«

Laut seufzend stelle ich die Leiter an die Wand und sehe sie fest an. »Ich war nicht nur *irgendeine* Managerin«, stelle ich endgültig klar, »ich war *seine* Managerin; Constantine Rush, Starspieler der *Ice Jedis*.«

»Krass!«, stößt sie atemlos hervor. Sie schüttelt ein paar Mal den Kopf, als könne sie es immer noch nicht glauben, dann wiederholt sie mit großen Augen: »Krass!« Ihr Blick verändert sich, und ich bin mir ziemlich sicher, dass sie mich gerade mit anderen Augen sieht.

Ich winke ab. »Ist schon eine Weile her.«

Sie schüttelt erneut den Kopf und fragt: »Girl, wozu brauchst du gleich nochmal ein Masterstudium?«

Sie sagt das, als ob ich es nicht nötig hätte, jemals wieder eine Schulbank zu drücken. Doch genau das ist ja der wunde Punkt: ohne Qualifikation kein Job. Klar, ich habe sieben Jahre Praxiserfahrung vorzuweisen … aber diese Referenz nützt mir nichts, wenn Constantine meinem potenziellen neuen Arbeitgeber brühwarm erzählt, dass ich ihn verlassen habe und er kurz darauf seine Karriere verloren hat. Dieser Umstand könnte ein schlechtes Licht auf mich werfen. Es könnte das Gerücht aufkeimen, dass *ich* die Schuld an seinem Absturz trage – was natürlich kompletter Schwachsinn ist. Aber die Zeitungen würden sich nichtsdestotrotz darauf stürzen wie auf ein gefundenes Fressen. Diese Aasgeier …

Was mich zurückführt zum eigentlichen Problem: Constantine ist *hier*, in Snow Falls. Seine Aussage lautete: Er wohnt jetzt hier. Meine Befürchtungen haben sich letztendlich doch noch bestätigt. Jetzt, wo mir das klar wird, beginnt mein Herz unruhig zu flattern und mich überkommt der Eindruck, dass die Lagerhallenwände auf mich einstürzen und mich einengen.

Fahrig fasse ich mir in die Haare und fluche unterdrückt: »Scheiße! Warum muss er ausgerechnet jetzt aufkreuzen!«

»Was meinst du damit?«, hakt Fiona neugierig nach.

Ich habe ganz vergessen, dass sie neben mir steht.

»Nichts«, entgegne ich hastig und nehme das ursprüngliche Thema wieder auf. »Ich brauche das Masterstudium, um noch bessere Jobs zu kriegen, ist doch logisch.«

Mit einem weiteren gespielten Lächeln hake ich mich bei ihr ein und führe sie zurück in den Laden.

Sie misst mich mit einem skeptischen Seitenblick. »Noch besser als Constantine Rush? Ich glaube kaum, dass das möglich sein wird, Cathy. Ich meine, hast du ihn dir mal *angesehen*?«

Ja, schnaube ich innerlich. *Und alles an ihm hat mir viel zu sehr gefallen.*

Gedankenverloren mache ich mich daran, den durch meine Aufhänge-Aktion entstandenen Dreck wegzufegen.

Auch wenn er nicht länger aussieht wie der junge, heißblütige Eishockeystar von vor sechs Jahren, mit den blonden, langen Haaren und dem Dauergrinsen im Gesicht – Constantines Attraktivität ist durch sein Erwachsenwerden noch gestiegen. Er verströmte diese Aura des In-sich-gekehrt-Seins, allerdings schien gleichzeitig tief in seinem Inneren etwas zu brodeln, das jederzeit an die Oberfläche zu brechen drohte. Etwas Düsteres, geradezu Angsteinflößendes; es war ganz kurz in seinen Augen zu sehen, als er meinen Namen ausgesprochen hat.

Ich weiß, ich sollte nicht weiter darüber nachdenken, aber ich frage mich unwillkürlich, wie es ihm ergangen ist. Der Drang, ihn über seine Vergangenheit auszufragen, nistet sich innerhalb eines Wimpernschlags in meiner Brust ein und lässt mir keine Chance, wie typischerweise alles, was den Namen Constantine Rush trägt, abzublocken.

CONSTANTINE

10

Wie benebelt mache ich, dass ich aus dem Dekorationsgeschäft fortkomme. Mein Gehirn schaltet auf Notstrom, jede Zelle ist auf das fixiert, was ich gerade gesehen und gehört habe: Kathrine Solomon.

Die braunen Haare, die in sanften Wellen ihren Rücken hinab flossen, dazu diese Mörderjeans, die ihre Kurven noch mehr betonte als jeder verdammte Etuirock es jemals konnte. Wenn mich nicht alles täuscht, ist sie ein wenig rundlicher geworden – aber das macht sie nur attraktiver für mich.

Scheiß die Wand an, sie sieht noch besser aus als vor sechs Jahren!

Völlig aufgewühlt hetze ich zu meinem Wagen und lasse mich hinters Steuer fallen. Mein Plan, sie mit meiner Anwesenheit in diesem Kaff zu erschrecken, hat jedenfalls einwandfrei funktioniert. Leider bin ich selbst genauso geschockt.

Ich hoffe nur, dass sie sich bei ihrem Sturz nicht ernsthaft verletzt hat. Schließlich brauche ich sie für den nächsten Teil des Plans bei voller Gesundheit.

Mit den Gedanken immer noch bei Kathrines heißem Arsch, starte ich den Motor und fahre auf direktem Weg zu meinem neuen zu Hause.

Ich würde das Anwesen nicht direkt als Villa bezeichnen; dafür verfügt es schlicht über zu wenig Zimmer und das

Gelände ist zu dürftig für den Begriff. Es ist ein stinknormales Haus mit zwei Schlafzimmern, zwei Bädern, einer großen Küche und einem ausladenden Wohnzimmer. Es ist ein verdammtes Reihenhaus. Mehr werde ich in Snow Falls auch nicht beanspruchen, denn zwecks meines Plans werde ich den engeren Raum definitiv benötigen ...

Kathrines Gestalt drängt sich wieder in meinen Kopf und ich stöhne auf, hin- und hergerissen zwischen Faszination und Wut. Wie kann es ihr so gut gehen, während ich ...

Nein, schelte ich mich innerlich. *Sie hat klar gemacht, dass sie sich ein eigenes, neues Leben wünscht.*

Tja, das hat sie wohl inzwischen erreicht, denn sie sah verdammt zufrieden aus, bevor ich sie bei der Arbeit gecrashed habe. Aber dabei wird es nicht bleiben. Ihre Welt wird noch mehr zerbrechen, wenn es nach mir geht. Alles, was ich brauche, ist Zeit. Zeit, die sie mit mir verbringen muss.

Fuck! Wenn ich nur schon daran denke, wieder in ihrer Nähe zu sein, erschauere ich innerlich vor Nervenkitzel wie ein kleiner Schuljunge vorm ersten Händchenhalten. Ich darf auf keinen Fall vergessen, warum ich das hier mache – nicht, bevor es überhaupt begonnen hat!

Aufgewühlt stoppe ich den temporären Gebrauchtwagen – einen dunkelgrauen Ford Ranger – in meiner Auffahrt. Ich brauche dringend einen Drink, um die erste Begegnung mit meiner Ex aus meinem System zu kriegen. Aber zuerst muss ich die Sicherheitsmaßnahmen an der Kellertür verstärken. Ein simples Vorhängeschloss ist heutzutage nichts mehr wert; die Dinger sind schneller ab als meine Boxershorts vorm Schlafengehen. Deswegen setze ich sowohl auf alte als auch neue Methoden und schaffe damit ein Terrain, in das niemand außer mir einzudringen vermag.

Kaum habe ich das Haus betreten, eine schwarze Trainingstasche in der Hand, biege ich nach links ab, wo eine unscheinbare Tür in den Keller hinabführt. Ich mache mich umgehend ans Werk, arbeite minutiös an einem Sicherheitsriegel, einem Vorhängeschloss und abschließend einem Stopper, der in den Boden gerammt wird. Dann steige ich die Treppe in den Keller hinab und installiere die fünf Kameras, die ich im Elektroladen an der Hauptstraße gekauft habe. Ich verbinde sie auf einem gesicherten Server mit einem dafür bereitgestellten Netzwerk und mache die nötigen Einstellungen, um eine Smartphone-Benachrichtigung zu bekommen, sobald der Bewegungssensor etwas aufschnappt.

Als ich das nächste Mal auf die Uhr schaue, sind zwei Stunden vergangen. Zufrieden mit meiner Arbeit schließe ich die Tür hinter mir ab und aktiviere das System, schlendere ins Bad und gönne mir eine Dusche, ehe ich mich im Wohnzimmer an die Schrank-Minibar begebe. Ein guter alter Whiskey ist genau das, was ich jetzt brauche, weswegen ich die Flasche kurzerhand mitnehme.

Auf dem Sofa mache ich es mir bequem und schalte die Glotze ein. Matthew spielt in drei Stunden, das will ich auf keinen Fall verpassen. Auch wenn ich als Kumpel unbrauchbar geworden bin und mir Lance Kings Sticheleien mächtig auf die Eier gehen, ich würde nie ein Spiel der *Ice Jedis* verpassen. Niemals. Meine Jungs mögen unter neuer Führung stehen, doch sie werden für immer meine Jungs bleiben. Und jetzt, wo ich den Füllstand des Whiskeys betrachte... Jepp, möglicherweise bin ich bis zum Anpfiff über die heutige Begegnung mit Kathrine hinweg und kann mein Team entsprechend anfeuern.

Ach, wem mache ich was vor: Die Zeit vergeht und nach vier – oder waren es sechs? – Whiskeys lege ich den Kopf in den Nacken und schließe die Augen. Die Stimmen der Kommentatoren werden zu einem undeutlichen Nuscheln im Hintergrund.

Sie mir vorzustellen ist erschreckend einfach. Diese wunderschönen Haare und ihre unglaublichen Beine in dieser Jeans... Ein Stöhnen entringt sich meinem Mund und ich reibe mir über den Schritt. Mein Schwanz drängt mich, zu handeln, aber mein Kopf wehrt sich hartnäckig.

Kathrines Augen haben die Farbe tiefblauen Wassers, und ihr Mund hat diesen sexy Schwung nach oben, sodass es aussieht, als würde sie keck schmunzeln – wenn sie nicht gerade zornig die Mundwinkel nach unten zieht wie bei unserem Treffen vorhin.

All diese Details prasseln auf mich ein und lassen meinen Schwanz erwartungsvoll zucken. Wie ferngesteuert greife ich nach dem Bund der Jogginghose und ziehe sie ein Stück weit nach unten, um ihn freizukriegen. Ich fasse mich an, masturbiere hart zu den Impressionen meiner Ex, die auf einer Leiter steht, eine verfickte Girlande in den Händen und den Körper gen Himmel gestreckt, sodass ihre Titten in der Bluse beinahe obszön zusammengequetscht werden.

Ich komme in dem Moment, in dem sie sich zu mir umdreht, diese hammer Augen vor Schock geweitet, der Mund leicht offenstehend in ihrem Unglauben.

Mit einem gequälten Stöhnen lege ich mir den Arm über die Augen. Ein weiteres Mal überkommen mich Zweifel, ob es tatsächlich eine schlaue Idee gewesen ist, Kathrine hinterherzujagen. Ich bin ein durch und durch von Besessenheit getriebener Mensch; vor Kathrine war ich versessen auf Eishockey und Sex. Ab dem Zeitpunkt, in dem sie in mein Leben geplatzt ist, war ich absolut süchtig nach ihr und ihrem Körper, ihrem Verstand, ihrem gesamten verdammten Wesen. Eishockey war zu einem Job verkommen, den ich ausführte, weil ich gut darin war und nichts anderes konnte... Aber Kathrine war mein ganzes verficktes Leben.

Dann ist sie gegangen, und ich hatte keinen Halt, keine Sucht mehr. Also habe ich mir eine neue Obsession gesucht ... und gefunden. Nur dass jener neue Hunger mich als verficktes Wrack zurückgelassen hat – mental und körperlich. Mich selbst wieder zu dem aufzubauen, was ich heute bin, hat zwei Jahre gedauert. Zwei harte, elend lange Jahre... Aber ich habe Matt versprochen, damit aufzuhören, und ich denke nicht einmal daran, meinen Schwur zu brechen.

Mein Arm gleitet kraftlos seitlich von meinem Gesicht und ich starre an die Decke.

Kathrine ist und bleibt die härteste, gleichwohl gesündeste Obsession, die ich jemals erlebt habe... Mit einem neuerlichen Stöhnen schlage ich mir diesen Gedanken sofort wieder aus dem Kopf.

Ohne mich darum zu scheren, was ich vor wenigen Minuten auf meinem Shirt veranstaltet habe, lehne ich mich vor und greife nach dem Whiskey, nehme direkt von der Flasche ein paar tiefe Schlucke.

Ich bin nichts als ein kranker Bastard, der seine Verflossene als eigene Art von Fix versinnbildlicht – nicht viel mehr wert als der Staub unter ihren Füßen. Selbst wenn ich wollte: Kathrine Solomon ist durch meinen Absturz auf ein komplett anderes, unerreichbares Level gestiegen.

KATHRINE

11

Der Rest meines Arbeitstages flirrt an mir vorüber wie ein heißer Fiebertraum. Fiona hat über ihre Aufregung, *dem* Constantine Rush begegnet zu sein, überhaupt nicht mitbekommen, was in mir vorgeht, und Brandon lässt mich früher Feierabend machen, nachdem er mitansehen musste, wie ich den Stressball wutschnaubend gegen die Wand gepfeffert und, anstatt ihn aufzuheben, nach einem anderen gegriffen habe.

»Cathy«, hält mich Security-Elijah an der Doppeltür des Reviers auf, indem er meinen Namen ruft. Ich bleibe stehen und sehe ihn fragend an.

»Seien Sie vorsichtig«, bittet er mich kryptisch.

Sofort runzle ich die Stirn und hake nach. »Wobei, Elijah?«

Er neigt den Kopf ein wenig nach rechts und mustert mich, bevor er mit ernster Miene verkündet: »Ich habe heute ein schlechtes Gefühl.«

»Okay«, gebe ich gedehnt zurück.

»Liegt wahrscheinlich daran, dass wir gestern Abend von einem weiteren Opfer kontaktiert wurden«, beeilt er sich, hinzuzufügen.

Ich muss nicht fragen, ob er seine Aussage konkretisieren kann. Der eisige Schauer, der meinen Rücken entlang kribbelt, spricht für sich. Und die Art, wie er es gesagt hat, ist eindeutig genug: Ein weiteres K.O.-Tropfen-Opfer aus dem *Dr. Jekyll.*

Diesmal nicke ich ebenso ernst, wie er es ist. »Danke, Elijah. Ich werde auf mich aufpassen.« Zur Verdeutlichung grabe ich in meiner Handtasche nach dem Pfefferspray, das ich überallhin mitnehme und nehme es fest in die Hand.

Während ich zur Bushaltestelle haste, frage ich mich, innerlich kochend vor Zorn, warum Brandon mich den ganzen Nachmittag lang nicht über die neusten Ereignisse informiert hat. Aber dann lasse ich meine Schicht Revue passieren und muss einsehen, dass ich mich heute unmöglich benommen habe. Schon klar hat er nichts gesagt – die Möglichkeit, dass ich komplett ausgerastet und das Büro zu Kleinholz verarbeitet hätte, wäre nicht auszuschließen gewesen.

Ein kühler Windhauch zieht an mir vorüber und lässt mich erzittern. Der Herbst ist eindeutig in Snow Falls angekommen. Die Einheimischen um mich herum trotzen dem drohenden Winter, indem sie weiter ihre Sommerklamotten tragen, aber ich habe heute Morgen bereits nachgegeben und bin mit einem leichten Mantel aus dem Haus.

Stirnrunzelnd überlege ich, wie lange ich noch zwei Schichten schieben muss, um mein Studium finanzieren zu können, und komme auf knappe drei Monate. Ein Seufzen entschlüpft mir. Drei Monate… Mindestens zwei davon werde ich in meiner schlecht isolierten Wohnung in beißender Kälte verbringen müssen, ehe ich umziehen kann. Sollte ich eventuell doch noch in einen kleinen Gasheizer investieren? Sofort schüttele ich gedanklich den Kopf. Nein, meine Angst vor Gas lässt nicht zu, dass mir so ein Teil in die Wohnung kommt.

Unruhig blicke ich auf meine Armbanduhr. Noch zwei Minuten. Plötzlich kribbelt es unangenehm in meinem Nacken und ich greife reflexartig hin, in der Annahme, dass sich ein paar Härchen verheddert haben. Das Gefühl bleibt jedoch, und mich beschleicht der Eindruck, beobachtet zu werden. Meine andere Hand umklammert das Pfefferspray, das ich seit dem Verlassen des Reviers nicht losgelassen habe.

Da ist niemand, rede ich mir selbst beruhigend zu und schaue mich heimlich an der Haltestelle um. Tatsächlich warten noch einige andere Pendler auf denselben Bus; ich sehe diese Leute jeden Nachmittag, deswegen sind mir ihre Gesichter einigermaßen vertraut. Mit jedem Blick in eine der ausdruckslosen Mienen beruhigt sich mein Herzschlag.

Es ist alles in Ordnung, ich bilde mir bloß etwas ein.

Möglicherweise hat mir Constantines unerwartetes Auftauchen doch mehr zugesetzt, als ich zugeben will ...

In Gedanken versunken besteige ich den Bus, der mich nach Hause bringt. Die ganze Fahrt über wiederholen sich die wenigen Minuten in *Fiona's Decor* vor meinem geistigen Auge. Constantine Rush ist also tatsächlich nach Snow Falls gekommen... Fragt sich nur wieso? Was hat er davon, hierher zu ziehen? Dass er das nur wegen meiner Wenigkeit getan hat, kann ich mir kaum vorstellen. Schließlich hat er sich all die Jahre nie gemeldet, obwohl ich Matt erlaubt habe, meine Nummer an ihn weiterzugeben, falls er es will. Es muss also einen anderen Grund geben... Aber ein Eishockeyteam hat Snow Falls – oh Wunder – nicht zu bieten, ergo tappe ich im Dunkeln.

Der Ellenbogenstupser meiner Sitznachbarin reißt mich aus meinen Grübeleien. Sie verzieht die Lippen zu etwas wie einem distanzierten Versuch eines Lächelns und nickt mit dem Kinn gen Bustür. Begriffsstutzig sehe ich mich um.

Scheiße!

In einem einzigen Satz bin ich aufgestanden und hechte auf die Türen zu. Gerade so zwänge ich mich durch die enger werdende Öffnung und winke anschließend der Pendlerin dankend zu. Sie lächelt schmallippig und nickt.

Bescheuerter Constantine! Seinetwegen hätte ich beinahe meinen Halt verpasst!

Ich fische meinen Schlüsselbund aus der Handtasche und entscheide, ab sofort nicht mehr über meinen Ex nachzudenken. Dass wir uns begegnet sind, war eine einmalige Sache – Snow Falls ist groß genug, als dass wir uns erst in ferner Zukunft wieder über den Weg laufen werden. Ich werde nichts in unser heutiges Aufeinandertreffen hineininterpretieren, was nicht da ist.

Mit neugeschöpftem Elan leere ich meinen Briefkasten im Treppenhaus, eile die Stufen hinauf ins dritte Geschoss und lasse die Wohnungstür hinter mir ins Schloss fallen – nicht ohne umgehend abzuschließen. Nichtsdestotrotz beginnt in meinem Hinterkopf eine Stimme zu flüstern. Sie wispert mir Dinge zu, die mir passieren könnten, spricht von maskierten Fremden, die mich stalken und holen werden. Kurzum: Seit dem Vorfall letzten Mittwochabend ist mir meine Wohnung nicht mehr ganz geheuer. Ich versuche, die Stimme zu ignorieren, so gut ich es vermag, und es klappt auch ganz gut, sobald ich eine Beschäftigung gefunden habe.

Aus diesem Grund spreche ich jeden Schritt meines Alltags entweder mental oder gemurmelt vor mich hin und konzentriere mich darauf, ausschließlich an die vor mir liegende Aufgabe zu denken.

Ich schiebe eine Pizza in den Ofen und gehe in der Zwischenzeit duschen. Danach drehe ich das Radio auf und höre Musik, während ich Pizza esse und ein wenig in meinem aktuellen Buch weiterlese.

Irgendwann entschlüpft mir ein so gewaltiges Gähnen, dass die Kieferknochen knacken. Ich strecke meine Glieder und werfe einen Seitenblick auf die digitale Uhr am Ofen: Schon nach zehn, Zeit fürs Bett. Müde erhebe ich mich, lege das Buch auf das kleine Regal, das sich zwischen Fenster und Schlafzimmertürrahmen quetscht, dann schlurfe ich erneut ins Bad, um mich bettfertig zu machen.

Aber als ich wenige Minuten später in meinem Bett liege, beginnt mein Herz zu rasen. Mein Gehör prickelt vor Anspannung und ich weiß, dass gleich das Zittern anfängt.

Die Erinnerungen an jenen Abend prasseln auf mich ein und ich kann nichts dagegen tun. Die Angst, der Horror – alles kehrt in Form von Adrenalin zurück, das ungehindert durch meine Adern rauscht.

Ein einziger Gedanke verursacht, dass ich rasselnd Luft holen muss: Der Fremde konnte damals nicht gefasst werden. Gordon hatte mir am Telefon mitgeteilt, dass sie um die Ecke bogen … und der Typ verschwand aus meiner Wohnung, als hätte er das genau gewusst. Die Forensik hatte nach Spuren gesucht – ohne Resultat.

Brandon nahm diese Angelegenheit persönlich und fragt mich seither jeden Tag, ob ich okay bin. Jeden Tag lüge ich ihn an und bejahe, um ihnen allen nicht noch weitere Umstände zu bereiten. Und weil ich nicht will, dass sie mich hinter vorgehaltener Hand als hysterisch oder gar verrückt einstufen.

Doch diese nagende Angst, die mir bis in die Knochen geht und die Furcht davor, dass Brandon die Truppen bei einem weiteren Mal zu spät zusammentrommeln könnte, lähmen mich jede Nacht. Sie nageln mich regelrecht unter der Bettdecke fest, denn aufstehen und wieder ins Wohnzimmer gehen kann ich nicht. Dafür habe ich nicht ausreichend Mumm.

Deshalb habe ich kurzerhand den Fernseher ins Schlafzimmer verfrachtet. Er thront jetzt auf der Massivholzkommode gegenüber des Bettes, von meinen Klamotten flankiert. Ich schalte ihn ein und lasse das Eishockeyspiel der *Ice Jedis* laufen, welches das Gerät heute automatisch aufgezeichnet hat. Auch wenn ich Constantine und damit seine Mannschaft vor über sechs Jahren hinter mir gelassen habe – ich verpasse keines der Spiele, sofern es irgendwo übertragen wird. Alte Angewohnheit oder wahre Leidenschaft – ich habe keine Ahnung, aber es fühlt sich richtig an, die Jungs bei ihren Matches zu unterstützen.

Um meinem Gedankenchaos Einhalt zu gebieten, fummle ich kurzspitz unter dem Bettgestell herum, bis ich die Kante meines Laptops ertaste. Ich packe ihn und hieve ihn auf meinen Schoß, klappe den Deckel auf und warte einen Moment, um ihm Zeit zum Laden zu geben. Das Gerät ist nicht mehr das neueste, aber es ist alles, was ich mir gerade leisten kann – und es tut seine Arbeit.

In Ermangelung einer Psychotherapie – die mir schlicht nicht geholfen hat, weil sie auf Heilung abzielte, ich allerdings auf Realismus und Gerechtigkeit – habe ich vor drei Jahren einen Blog gestartet. Ich habe alles, was ich vorher in mich reingefressen habe, in Form von Beiträgen in diesen Blog gehämmert. Und zu meinem Erstaunen haben sich immer mehr Frauen bei mir gemeldet oder unter den einzelnen Posts kommentiert, die in ähnlichen Verhältnissen stecken.

Der Blog gibt mir ein Gefühl der Sicherheit. Es ist der eine Ort, an dem ich offen über das sprechen kann, was passiert ist, ohne für den Wunsch nach gerechter Strafe abgekanzelt zu werden.

Ich klemme die Unterlippe zwischen meine Zähne und verfasse einen neuen Beitrag, in dem ich über die Erlebnisse vom Mittwoch schreibe. Doch bereits nach wenigen Zeilen fallen mir die Augen zu, und bevor ich in den Schlaf sinke, schiebe ich den zugeklappten Laptop unter mein Kissen, um seine Wärme einzufangen.

CONSTANTINE

12

Am nächsten Morgen fahre ich als Allererstes zu Kathrines Adresse. Ich muss wissen, auf was ich mich einlasse, wenn ich ihr jeden Tag auf die Nüsse gehen will – im positiven Sinne natürlich.

Je weiter ich mich vom Zentrum von Snow Falls entferne, desto irritierter werde ich. Wo zum Geier hat sich Kathrine nur eingenistet? Doch wohl nicht in einem der Reihenhäuser? Hat sie etwa einen Lover, von dem ich nichts mitgekriegt habe? Oh Scheiße, hat sie etwa *Kinder*? Shit, ich habe mich einfach null vorbereitet und bin losgestolpert wie ein blindes Huhn, sobald ich die Worte Snow Falls vernommen habe. Was bin ich doch für ein kranker Fucker.

Meine Hände beginnen zu schwitzen, weshalb ich sie noch fester um das Lenkrad schlinge. Ich bin mir verdammt sicher, dass Kathrine single ist ... aber was, wenn ich etwas übersehen habe? Wenn auch nur ein einziges Detail nicht stimmt, wird das ganze Kartenhaus einstürzen, das sich mein Plan schimpft.

Ich *brauche* Kathrine single.

Das Navi delegiert mich an den Vorstadtreihenhäusern vorbei und ich erlaube mir, ein wenig durchzuatmen. Nur um gleich darauf missbilligend die Brauen zusammenzuziehen. What the fuck? Wo bin ich hier gelandet?

Ich nehme den Fuß vom Gas und überprüfe die eingetippte Adresse. Sie stimmt. Verfickte Scheiße ...

Wie vom Donner gerührt betrachte ich die Umgebung, die sich auf der anderen Seite der Windschutzscheibe vor mir auftut: heruntergekommene Häuserblöcke, eingetretene Mülltonnen und das ein oder andere ausgebrannte Auto am Straßenrand. Das Pflaster wird für meinen Geschmack viel zu häufig von Rissen durchzogen. Dieser Umstand spricht stumme Bände; nämlich, dass die Stadt sich nicht mehr um dieses Viertel kümmert – aus Muffensausen oder Ignoranz sei dahingestellt.

Vor einem schrill blaufarbenen Block mit wetterbedingtem, grünem Moosbewuchs halte ich schließlich an. Das Navi verkündet, dass ich mein Ziel erreicht habe. Ich kann es kaum fassen. *Hier* wohnt sie? Ich werfe einen kritischen Blick auf die Hausfront.

»Fuck, Kathrine«, fluche ich leise. »Was hat dich nur hierhergetrieben?«

Zweierleier Dinge bin ich mir absolut sicher: Erstens, die Karten-App auf meinem Smartphone hat diesen Teil der Stadt offensichtlich seit Jahren nicht mehr geupdated. Ich bin emotional absolut nicht auf den Anblick vorbereitet. Und zweitens: Kathrine wäre niemals – *never fucking ever* – freiwillig hierhergezogen, außer sie hätte keine andere Option gehabt. Sie ist einen komplett anderen Standard gewohnt; meinen, um genau zu sein. Was also hat sie dazu gebracht, sich hier in diesem Loch zu verkriechen wie eine unscheinbare Maus? Oder muss ich mich eher fragen: *Wer?*

Unwillkürlich spanne ich sämtliche Muskeln an. Nein... Das hätte ich bemerkt. Ich hätte es mitbekommen, falls ihr etwas zugestoßen wäre ... oder? Matts Worte vom Umzugstag fallen mir wieder ein. Einen Augenblick lang schiebe ich die Puzzleteile in meinem Kopf herum, die Kathrine Solomons Leben darstellen. Aber ich komme einfach nicht drauf, wieso sie ausgerechnet in dieser Bruchbude leben wollen würde.

Schließlich gebe ich es auf und seufze schwer, ziehe den Autoschlüssel ab und steige aus. Wenn ich schon einmal hier bin, kann ich mich auch genauso gut umschauen – deswegen bin ich ja ursprünglich hergekommen.

Schon im Wagen habe ich mich beobachtet gefühlt, doch sowie ich auf dem bröckeligen Asphalt stehe, durchbohren mich unsichtbare Augen von allen Seiten. Mir wird direkt klar: Wenn ich meinen fahrbaren Untersatz auch nur für ein paar Sekunden aus den Augen lasse, wird er verschwunden sein, wenn ich zurückkomme. Deswegen lehne ich mich nach außen hin locker gegen die Fahrerseite, hole ein Päckchen Zigaretten aus meiner Manteltasche und zünde eine davon an. Selbst der berühmte Ex-Starspieler der *Ice Jedis* braucht ab und an ein Lungenbrot. Natürlich nicht mehr als zwei pro Woche, und niemals in den eigenen vier Wänden.

Das Inhalieren beruhigt meine angespannten Nerven. Fuck, Rauchen hat seit meinem Entzug eine seltsame Wirkung auf mich: Ich werde ruhig, mein Kopf klärt sich und ich bin in der Lage, die nächsten Schritte mit einer unerklärlichen Präzision anzupacken.

Ich muss nicht lange warten. Ein Junge im Teenageralter schlendert übertrieben großspurig auf der anderen Straßenseite auf mich zu, und als er auf Höhe meines Wagens ist, ruft er: »Hey, Alter!«

Als ich absichtlich nicht reagiere, wirft er schnelle Seitenblicke nach links und rechts, und joggt nachher zu mir rüber.

»Hey, du«, spricht er mich aus mehreren Metern Entfernung an. »Bist nicht von hier, eh?«

Ich betrachte ihn betont gelangweilt. »Muss ich das denn?« Mein Ton ist herausfordernd, beinahe beleidigend.

Er schüttelt den Kopf und grinst. »Nein, Mann. Sieht man dir und deiner Karre aber zehn Kilometer gegen den Wind an. Könnte ein Problem werden.« Seine Hand macht eine wiegelnde Bewegung in der Luft. »Was willst du überhaupt hier, Mann?«

Langsam stoße ich den Rauch aus und mustere ihn erneut. Diesmal sehe ich ihn mir genauer an. Er trägt eine dieser bescheuerten schwarzen Jacken, deren Futter beinahe aus den regelmäßig wiederkehrenden Nähten platzt. Meiner Meinung nach sieht jeder Träger eines solchen Exemplares aus wie eine verdammte Presswurst. Dazu eine hellgraue Jogginghose und verdreckte weiße Sneakers. Sein Gesicht strahlt trotz seines Alters eine gewisse Art von Ernst aus, wie es bei Leuten zu sehen ist, die viel erlebt haben. Wundert mich nicht, in der Gegend hier. Aber trotz dieser Tatsache flackert die Ehrlichkeit aus seinen Zügen zu mir durch und ich unterdrücke ein Schmunzeln.

Stattdessen erwidere ich knapp: »Geht dich einen Scheiß an.«

Sofort macht er eine abwehrende Geste mit den Händen und lehnt sich dramatisch zurück. »Wow, bleib mal locker.«

Wir schweigen uns einige Herzschläge lang an, aber ich spüre, dass der Teenager nicht still bleiben kann – seine Neugier ist einfach zu groß. Und ich kann ihn verstehen: Höchstwahrscheinlich sieht man in diesem Winkel der Stadt nicht jeden Tag einen Typen, der von Kopf bis Fuß in Markenklamotten gekleidet ist und seinen Ford Ranger in die Slums spazieren fährt.

»Also...«, beginnt der Kleine aufs Neue. »Ich will dir nur helfen, Mann. Okay?«

Ich inhaliere mit geöffneten Lippen. »Inwiefern?« Dann stoße ich träge den Rauch aus und schaue auf die Häuserfront vor mir. So langsam gefällt mir dieses Mafiosoverhalten, das ich vor diesem Knilch an den Tag lege.

»Na ja...« Er zögert.

Aha. Kommen wir also endlich zur Sache, ja? Ich werfe ihm einen belustigten Seitenblick zu, meine aber mit eiserner Stimme: »Hör mal, Kleiner: Wenn auch nur einer deiner Kumpels oder sonst irgendwer sich an der Karre zu schaffen macht, während ich da drin bin...« Ich nicke mit dem Kopf zu Kathrines Haus. »Kannst du ihnen ausrichten, dass sie noch heute Nacht das Gras von unten begaffen werden, okay?«

Der Junge stutzt, grinst dann aber frech und zuckt mit den Achseln, indes er seine Hände zurück in die Hosentaschen steckt. »Geht mich nichts an.«

Entnervt verdrehe ich die Augen. Auf einmal habe ich keine Lust mehr auf Spielchen. »Wie heißt du?«

»Jordan.«

»Okay, *Jordan*«, betone ich, weil ich verfickt noch mal weiß, dass er lügt. Kein vernünftiger Mensch würde in diesem Viertel seinen echten Namen einem völlig Fremden verraten. »Ich gebe dir hier und jetzt zweihundert. Und wenn ich wiederkomme, gibt's nochmal so viel. Also: Passt du auf mein Auto auf, ja oder nein?«

Das Angebot scheint zu helfen, denn er grinst noch breiter und nickt eifrig. »Aber klar doch, Mann. Sag das doch gleich.«

Ich nehme einen letzten Zug an der Zigarette und fummle in der Innentasche meines Mantels nach meiner Geldklammer. Rasch und unauffällig zähle ich zweihundert ab, verdecke sie mit meinem Notfallzigarettenpapier aus einer anderen Klammer und reiche sie ihm. Ich ignoriere seinen verwunderten Blick ob des Papiers, nicke ihm ein letztes Mal zu und eile mit großen Schritten in Richtung Haus.

Mein innerer Analytiker kickt, sobald ich das Schloss untersuche. Es ist erstaunlich neu. Da wird mein Dietrichset nicht viel nützen, weswegen ich die elektronische Version davon aus der Innentasche zücke und ins Schloss stecke. Sofort macht sich das kleine Wunder ans Werk. Keine Minute später stoße ich die Tür auf und schaue mich um. Billige Standardbriefkastenwand zur Rechten, links die abgeranzte Holztreppe in die Obergeschosse. Überall pissgelbe Tapete mit Brandlöchern und abgerissenen Teilstücken. Kein Aufzug, dafür ein im Zwielicht verborgener Kellerabgang, der mit allerlei Müll zugestellt wurde. Würde mich nicht wundern, wenn da drin irgendwann mal 'ne Leiche gefunden wird oder so.

Ohne großartig darüber nachzudenken, nehme ich die Stufen nach oben. Kathrines Klingelschild entdecke ich im dritten Stockwerk, und ich wiederhole, was ich an der Haustür gemacht habe, und stecke den automatischen Dietrich ins Schloss.

Nicht einmal eine Alarmanlage hat sie installiert, überlege ich entrüstet, als ich die Wohnung betrete. Lautlos klicke ich die Tür in meinem Rücken zu und lasse Kathrines eigene vier Wände auf mich wirken.

Direkt rechts neben der Tür ist eine hölzerne Anrichte aufgestellt worden. Darauf steht eine Schüssel mit verschiedenem Kleinkram darin. Wahrscheinlich werden nach ihrer Heimkehr Portemonnaie und Schlüssel hier drin landen.

Linker Hand dagegen sind ein paar Haken in die Wand gebohrt worden, die fein säuberlich mit Jacken, Mänteln, Schals und einer Handtasche behängt sind. Darunter: ein winziges Schuhregal mit gerade mal drei Paar Schuhen. Das gefällt mir nicht. Kathrine hat allein während unserer Beziehung schon sicher sechs Paar Schuhe von mir geschenkt bekommen. Die sind nicht mit umgezogen, weil sie bis vor Kurzem noch bei mir in der Villa gestanden haben. Aber hat sie inzwischen denn keine neuen angeschafft?

Mein abschätziger Blick fällt auf das Fenster, das parallel zur Tür verläuft. Es ist alt, Ober- und Unterteil jeweils in vier kleine Kacheln unterteilt, in denen eine einzige, mit Dreck und Staub getrübte Scheibe prangt. Die ehemals weiße Farbe ist bröckelig und an mehr als einer Stelle bereits so weit abgeblättert, dass das marode Holz zum Vorschein kommt.

Wieder frage ich mich, was Kathrine hierher getrieben haben mag.

Vier Schritte brauche ich, um zum Fenster zu gelangen. *Vier!* Ich biege nach rechts ab und lande in einem Bad, in dem ich großzügig geschätzt zwei Schritte tun kann. Die Sanitäranlagen machen einen ebenso altertümlichen Eindruck wie das Fenster. Immerhin dient ein winziges Fensterchen als Abzug, damit zum allgemeinen Verfall nicht auch noch Schimmel dazukommt.

Zurück im Flur gehe ich diesmal geradeaus und erreiche einen Raum, der sowohl als Küche als auch als Wohnzimmer dient. Ein grünes Zweisitzersofa steht schräg links an der Wand mir gegenüber und ein Tisch für zwei Personen steht vor dem zweiten großen Fenster. Die Küche ist minimal eingerichtet und Backofen und Spülmaschine suche ich vergebens. Dafür steht etwas, das einer Mikrowelle ähnelt auf der Arbeitsfläche. Muss wohl einer dieser neuartigen, mobilen Backöfen aus Asien sein.

Kopfschüttelnd durchquere ich den Raum und gelange zur letzten Tür. Schon als ich sie aufstoße, weiß ich, dass das hier Kathrines Schlafzimmer sein muss. Trotzdem trifft mich beinahe der Schlag, als ich registriere, wie eng der Raum ist. Ein simples Ein-Personen-Bett quetscht sich längs an die Wand gegenüber der Tür, und ein Fernseher thront auf einer Kommode parallel dazu. Der Pfad zwischen den beiden Möbelstücken ist derart schmal, dass ich es nicht wage, ihn zu beschreiten.

Nachdenklich wende ich mich ab, schließe die Tür hinter mir und mache mich auf den Weg zurück zum Eingang. Mit einem Stirnrunzeln betrachte ich die dürftigen Sicherheitsvorkehrungen in Form eines abschließbaren Sicherheitskettchens.

Penibel darauf bedacht, keine Spuren zu hinterlassen, sehe ich mich noch einmal um und trete hinaus ins Treppenhaus, wo ich ihre Wohnung abschließe und mich auf den Weg nach unten mache.

Mir fällt beim besten Willen nichts ein, was jemanden wie Kathrine dazu bringen könnte, aus ihren Standards auszubrechen und sich häuslich dermaßen zu verschlechtern, außer finanzielle Not. Hat sie etwa das ganze Geld, das sie über die Jahre verdient hat, bereits ausgegeben? Aber wofür? Und wieso?

Mein Stirnrunzeln verwandelt sich in ein missbilligendes Zusammenziehen meiner Brauen, als ich aus dem Haus trete und drei Typen dabei beobachte, wie sie versuchen, dem Knilch – Jordan war, glaube ich, sein Fakename – etwas abzunehmen. *Das Geld, das ich ihm gegeben habe*, argwöhne ich.

Mit ausladenden Schritten gehe ich auf die Bande zu. Jordan entdeckt mich und ruft über die Schultern der anderen hinweg: »Helfen Sie mir, Mann! Die wollen mir ans Leder!«

Sofort wirbeln die Gestalten zu mir herum. Jetzt erkenne ich die Messer in ihren Händen.

»Ah«, sage ich betont lässig und hebe die Hände als Zeichen der Kooperation. »Ich verstehe.«

Der Mittlere der drei kommt auf mich zu. Seine schütteren Haare verraten mir, dass er bereits etwas älter sein muss, und der Geruch von Alkohol steuert zu der Erkenntnis bei, dass vor mir zwar ein Mann ohne Arbeit, aber mit einer Wagenladung Problemen steht.

»Gib uns die Kohle«, verlangt er, und sein fauliger Mundgeruch verursacht mir Übelkeit.

»Ich weiß nicht, wovon Sie sprechen«, gebe ich zurück.

Er wedelt mit dem Messer von mir zu Jordan und wieder zurück. »Du hast Gunny vorhin Geld gegeben! Ich hab's genau gesehen!«

Ich schüttele langsam den Kopf, als würde ich nicht begreifen. »Er bat mich um Zigarettenpapier.«

Jordan – aka *Gunny* – nickt schnell, erleichtertes Erkennen blitzt in seinen Augen auf. »Ja, Mann, war bloß Papier für mein Weed.«

Die anderen beiden im Trio werfen sich verunsicherte Seitenblicke zu und senken die Messer um ein paar Millimeter.

»Halt die Fresse!«, hält Mr Mundgeruch lautstark dagegen. »Ich hab's genau gesehen! Der da hat dir zwei Hunnis gegeben!«

Ich hoffe, dass der kleine Penner das Geld bereits woanders versteckt und das Papier noch irgendwo in seiner Scheißjacke hat.

»Gunny«, fordere ich ihn gefasst auf, »zeig ihnen doch bitte das Zigarettenpapier.«

Wie in Zeitlupe steckt Gunny die linke Hand in seine äußere Jackentasche und zieht das ordentlich gefaltete Zigarettenpapier daraus hervor, das ich ihm zusammen mit dem Geld gegeben habe.

»Hier«, sagt er, »das ist alles, Mann, ich schwöre.«

Mr Mundgeruch funkelt zwischen uns beiden hin und her, marschiert zu Gunny hinüber und reißt ihm das Zeug aus der Hand. Ungläubig betrachtet er es einen Augenblick lang, dann zerknüllt er es und lässt es zu Boden fallen.

»Lass uns abhauen«, meint der Linke seiner Gefolgsleute. Der Rechte nickt und sie stecken die Messer weg. Mr Mundgeruchs Augen blitzen vor Zorn, doch auch er packt seine Waffe weg und die drei wenden sich ab, ehe sie zu rennen beginnen und die Straße hinab verschwinden.

»Das war knapp«, sage ich trocken zu Gunny und senke die Hände.

»Das kannst du laut sagen.« Sein Gesicht ist zwar noch bleich, doch er grinst bereits wieder. »Starke Nummer mit dem Papier, Mann.« Er hebt die Hand für ein High-five und ich tue ihm den Gefallen, einzuschlagen.

»Steig ein«, befehle ich ihm und umrunde den Wagen, um dasselbe zu tun. Doch Gunny bleibt wie angewurzelt stehen und sieht mich mit großen Augen an.

»Was?«, stöhne ich entnervt. »Ich werd' dich schon nicht entführen, Junge. Aber wenn ich dir weitere Scheine zustecken soll, dann lieber da drin als hier draußen, oder?«

Ohne weiter auf seine Reaktion zu achten, steige ich ein und starte den Motor, um die Fahrerkabine aufzuheizen. Gunny rührt sich nicht vom Fleck, seine Miene ist undurchdringlich und doch so kindlich offen, dass ich sofort durchschaue, dass er mit sich ringt. Er hat Angst, ja ... aber er will unbedingt mein Geld.

Schließlich wird es mir zu blöd. Ich lasse das Beifahrerfenster herunter und lehne mich hinüber, um ihn anschauen zu können. »Hey, wenn du die Kohle nicht mehr willst, dann fahre ich jetzt. Aber wenn du Interesse hast, hätte ich einen Auftrag für dich, der dir ein Vielfaches davon einbringt.«

Seine Augen leuchten auf, aber ein Hauch von Vorsicht schwingt darin mit. Er zieht die Unterlippe zwischen die Zähne und bearbeitet sie verunsichert damit.

»Nichts Illegales«, füge ich mit einem Schmunzeln hinzu, »du musst dafür nicht einmal das Viertel verlassen. Vierhundert pro Woche, was sagst du?«

Das zeigt Wirkung. Gunny öffnet entschlossen die Tür und lässt sich neben mir auf den Sitz fallen.

»Sechshundert pro Woche«, feilscht er.

Ich kann nicht anders: Ich grinse ihn an. »Du weißt doch noch gar nicht, worum es geht.«

Er deutet ein Kopfschütteln an. »Ist mir egal.«

Das ernüchtert mich mehr, als ich gedacht hätte. Das Leben hier muss hart sein, wenn ein Teenager wie Gunny nicht einmal wissen will, wie er seine Knete verdient.

Mit einem Seufzen schüttele auch ich den Kopf und meine: »Na gut, sechshundert pro Woche. Hast du ein Handy?«

Gunny nickt und zückt ein Smartphone vom letzten Jahrzehnt aus der Jogginghosentasche.

»Kauf dir ein Neues«, weise ich ihn an, rassle meine Nummer herunter und füge hinzu: »Deine Aufgabe besteht darin, dieses Haus zu überwachen.« Ich nicke gen Kathrines Block. »Besser gesagt, diese Frau hier.«

Ich ziehe mein eigenes Smartphone aus der Tasche und zeige ihm ein Bild von Kathrine.

»Oh, du meinst Cathy«, stellt Gunny erfreut fest.

Wieso zum Teufel nennt er sie *Cathy*? In was für einer Beziehung stehen die beiden zueinander?

»Ja, *Cathy*«, stelle ich mit zusammengebissenen Zähnen fest.

Er bemerkt meinen Jähzorn und erklärt hastig: »Sie hilft mir und meiner kleinen Schwester, wenn wir Probleme haben. Früher haben wir einmal die Woche bei ihr gegeessen, danach gab sie Sandrine Nachhilfe.« Er zuckt mit den Schultern. »Cathy ist ein echtes Ass in Mathe und so.«

Das sind gute Neuigkeiten. Gunny hat also Zugang zu ihrer Wohnung und könnte mir alles melden, was ihm ungewöhnlich vorkommt. Deshalb sage ich: »Sehr vorbildlich. Nun, du bespitzelst sie ein wenig aus der Ferne, siehst, wie sie so drauf ist, was sie macht.«

»Bist du ein Cop?«, will er plötzlich mit argwöhnisch gerunzelter Stirn wissen.

»Nein, bloß ein alter Freund, der um ihre Sicherheit besorgt ist.«

»Okay.« Er zieht das Wort in die Länge, formuliert es zur Frage um, um mir zu zeigen, dass er mehr braucht als das, um mir Glauben schenken zu können.

Erneut verdrehe ich die Augen und frage mich, warum ich mich nur auf das hier eingelassen habe. »Sagen wir, es ist lange her, und ich kenne sie von damals. Aber sie hatte zu jener Zeit ein etwas ... anderes Leben.«

Das ist alles, was ich an Info zu geben bereit bin. Gunny mustert mich ein paar Wimpernschläge lang, dann nickt er. »Gut. Ich mach's. Wenn mir etwas Ungewöhnliches auffällt, rufe ich dich an.«

»Exakt.« Lobend drücke ich seine Schulter. »Wie möchtest du bezahlt werden?«

»PayPal, Mann«, erwidert er grinsend und nennt mir seine PayPal-Adresse.

Ich überweise ihm die versprochene Summe von vorhin und zeige es ihm.

»Jeden Sonntag weitere sechshundert«, verspreche ich ihm. »Und jeden Sonntag will ich einen Bericht, kapiert? *Alles*, was auch nur irgendwie nicht so ist wie früher, schreibst du mir. Und wenn du das Gefühl hast, etwas stimmt ganz und gar nicht, dann–«

»Ruf ich an, ja ja«, unterbricht mich der Knilch abwertend.

Einer Eingebung folgend stelle ich noch eine letzte Frage: »Wann ist sie überhaupt hier eingezogen?«

Gunny tippt auf seinem Smartphone herum und murmelt: »Vor etwas über drei Jahren. Gab 'nen ziemlichen Aufruhr in der Straße, weil sie so nett und unschuldig ist.« Ein erneutes Schulterzucken. »Die eine Hälfte wollte sie ausrauben oder an der Nase herumführen, die andere wollte sie vom Fleck weg heiraten oder an die Wand nageln – auch gegen ihren Willen.«

Verständlich... Kathrine in dieser Gegend, das kommt mir vor wie ein Hase in einem Käfig voller Füchse. Ich muss ein paar Änderungen an meinem Bestreben vornehmen, und zwar schnell. Aber dafür muss ich den Rest des heutigen Plans abarbeiten, und deswegen muss ich Gunny wohl oder übel rausschmeißen.

»Danke, Gunny«, sage ich in wärmerem Ton. »Ich erwarte deinen Bericht am Sonntag. Und kauf dir ein neues Smartphone.«

Der Junge nickt und steigt aus und ich warte ab, bis er die Straße überquert hat, ehe ich losfahre.

Ich muss unbedingt mehr über Kathrines jetziges Leben erfahren. Zu meinem Leidwesen muss ich zugeben, dass ich Aaron von *Desmond and Partners* zu früh das Bein abgesägt habe – ich hätte der Firma mehr Zeit für ihre Arbeit einräumen sollen, ehe ich durchs ganze verdammte Land reise. Auf diese Weise hätten mir seit Wochen Informationen zur Verfügung gestanden, die ich nun wohl oder übel in mühseliger Laufarbeit selbst zusammentragen muss. Ich seufze auf und lasse den Groll auf Aaron gehen. Ich bin selbst schuld an meiner momentanen Situation, da kann ein Mitarbeiter von *Desmond and Partners* auch nichts dafür.

Während ich zurück in den Stadtkern von Snow Falls fahre, werfe ich immer wieder einen raschen Blick auf die Uhr. Kathrine arbeitet bis Mittags im *Fiona's Decor*, daraufhin wechselt sie – nach ihrer Mittagspause – zum *Snow Falls Police Department*. Es sind noch knapp anderthalb Stunden bis zwölf Uhr – mir bleibt also nicht mehr viel Zeit, wenn ich beide Arbeitsstellen prüfen und Kathrines Elan dafür einschätzen will. Entschlossen trete ich aufs Gaspedal.

KATHRINE

13

Gegen Mittag beschleicht mich das Gefühl, beobachtet zu werden. Natürlich weiß ich, dass das völliger Unfug ist – trotzdem lasse ich das Pfefferspray sicherheitshalber nicht los, während ich von Fionas Laden rüber zum Revier pendle.

Security-Elijah hat heute keinen Dienst. An seiner statt steht am Eingang einer von vielen saisonalen Security-Männern, die über den Sommer einen Job in der Stadt annehmen, weil sie den Winter oben in den Bergen verbringen. Indes ich an dem schwarzhaarigen Schönling mit den grauen Augen vorbeieile, den ich zuletzt im *La chute de neige* getroffen habe, formt sich in meinem Kopf bereits ein Name. »Guten Tag, Riley.«

Er nickt stumm zurück, und das ist alles, was ich von ihm bekommen werde. Denn Riley spricht äußerst selten im Dienst – ich habe ihn noch nie während der Arbeit sprechen hören, um genau zu sein. Dass er im Restaurant offen mit mir gesprochen hat, ist laut Fiona ein kleines Wunder. Anscheinend spricht er generell nicht gern mit Fremden. Sie geht öfters ins *Dr. Jekyll* als ich und ist hier aufgewachsen, ergo kennt sie den mysteriösen, zurückgezogenen Mann aus den Bergen, der im Sommer reihenweise die Köpfe der weiblichen Singlefrauen in Snow Falls zu verdrehen scheint.

Sie gibt sogar offen zu, dass sie zu gerne mal während der Sommermonate von ihm »besucht« werden würde.

In meinem Kopf schiebt sich allerdings ein anderes Bild vor das des Holzfällers aus den Bergen: Eine auf andere Weise durchtrainierte Gestalt, die Haare kurz und blond, und die faszinierendsten himmelblauen Augen, die ich je gesehen habe.

Mit einem entnervten Zungenschnalzen durchquere ich im Stechschritt die Eingangshalle des Reviers und lasse mich kurz darauf in meinen Drehstuhl im Büro sinken.

Gerade als ich meinen Kaffee zu trinken beginne, öffnet sich die Verbindungstür zu Brandons Reich und er sieht mich ernst an.

»Kommen Sie bitte in mein Büro«, meint er kurz angebunden.

Was habe ich jetzt schon wieder angestellt? Bin ich zu spät? Ein rascher Blick auf meine Armbanduhr widerspricht dieser These. Neugierig geworden folge ich dem Captain und lasse mich in einen der beiden Stühle sinken, die vor seinem monströsen Mahagonischreibtisch stehen. Er selbst sitzt bereits wieder und hat die Hände grüblerisch vor dem Gesicht gefaltet.

»Ich weiß nicht recht, wie ich Ihnen die Informationen liefern soll«, beginnt er.

Am liebsten hätte ich gesagt: »Hau einfach raus!« Aber das verbietet mir meine Erziehung. Stattdessen wähle ich eine etwas förmlichere Formulierung. »Sagen Sie es einfach geradeheraus, Captain.«

Er nickt und observiert mich mit seinen grünen Augen. »Insgesamt gab es dieses Jahr vier Opfer, die von sich aus auf uns zugekommen sind. Bei allen wurden dieselben Entführungsmuster gefunden. Aber es gab keinen positiven Abgleich mit der Datenbank.«

»Also ist der Täter noch nicht erfasst worden«, stelle ich so neutral wie möglich fest. Mein Herz jagt währenddessen das Blut förmlich durch meinen Kreislauf und ich bin kribbelig vor unterdrücktem Zorn.

»Korrekt.« Er lässt die Hände sinken und stößt die Luft frustriert durch die Nase aus, ehe er fortfährt: »Das erschwert die Ermittlungen ungemein, aber wir geben nicht auf.« Die kleine Pause, die entsteht, nutze ich, um mein Gefühlschaos in den Griff zu kriegen, das mich zu überwältigen droht. Ich will diesen Bastard abschlachten, der den vier anderen und mir etwas angetan hat. Jedes Mal, wenn der Captain mir von einem weiteren Opfer berichtet, wächst meine Wut, schrumpft mein Gerechtigkeitssinn. Ich will ihm die Dinge antun, die er uns angetan hat, nur dass er dabei bei Bewusstsein sein und aus vollem Halse schreien soll. Meine Rachepläne greifen sogar so weit, dass ich locker gedanklich ein paar Dutzend mögliche Orte für einen Hinterhalt hin und her flippe wie Karteikarten in einer Rotationskartei. Alles, nur damit das ewige, ohnmächtige Gefühl des Zum-Nichtstun-Verdammtseins verschwindet.

»Machen Sie auf jeden Fall weiter mit Ihrer Aufklärungsarbeit«, sagt Brandon. »Drei der Opfer haben erwähnt, dass sie nur aufgrund Ihrer Posts in Ihrem Blog den Mut gefasst und zu uns gekommen sind.«

Ich nicke feierlich. »Natürlich werde ich weitermachen. Selbst wenn wir den Täter irgendwann fassen, werde ich niemals damit aufhören.«

»Sehr schön.« Er zögert einen Moment, dann meint er: »Wenn Sie möchten, können wir über die Ähnlichkeiten und Differenzen der Fälle sprechen – so weit es mir unter Einhaltung der Schweigepflicht möglich ist.«

Diesmal rast mein Herz vor prickelnder Vorfreude. »Wirklich?«, frage ich atemlos. »Das würden Sie tun?«

Er nickt und zieht einen akkurat drapierten Stapel Akten zu sich. Das müssen die Fälle der anderen Frauen sein. Zu gern hätte ich einen Blick hineingeworfen, aber ich achte das Gesetz – und ich will diesen Job nicht verlieren, weil ich einen Augenblick zu neugierig war.

»Also«, beginnt er, »am besten erzählen Sie von Anfang an und dann gleichen wir die Ereignisse Schritt für Schritt ab. Sie erstellen diese Diagramme, oder was auch immer Sie da früher gemacht haben – das hat unserer Arbeit stets geholfen.«

Wow. Sprachlos starre ich ihn einen Augenblick lang an, dann blinzele ich und werfe mich mit neuem Eifer ins Gefecht.

❄

Im selben Moment, in dem ich das Revier verlasse, kehrt das unangenehme Prickeln in meinem Nacken zurück. Nervös schaue ich mich um, kann jedoch niemanden außer Riley entdecken, der immer noch am Eingang strammsteht.

»Schönen Abend, Riley«, murmle ich und gehe an ihm vorbei in Richtung der Bushaltestelle, nachdem er mir nüchtern zugenickt hat.

Meine Gedanken bleiben an ihm hängen – besser gesagt, an Männern wie ihm, die es vorziehen, den Winter über in ihren Häusern in den Bergen zu bleiben. Snow Falls heißt nicht ohne Grund so: In den Monaten, in denen Schnee liegt, gibt es kein Durchkommen auf den Bergstraßen, da diese vollständig zugeschneit werden. Es käme einem Todeswunsch gleich, den Versuch zu wagen, durch den Tiefschnee zu waten und von dort oben ins Tal zu trekken; oder umgekehrt.

Da die Bergleute monatelang miteinander oder einsam und allein auf ihren Anwesen eingepfercht sind, spielen ihre Hormone und Gehirne verrückt, sobald der Schnee geschmolzen und die Straßen frei sind. Viele der Singlemänner fahren zu dieser Zeit hauptsächlich ins Tal, um sich zu vergnügen, soziale Kontakte neu zu knüpfen und neue Leute kennenzulernen. Fiona behauptet steif und fest, dass auch verheiratete Männer unter ihnen sind, und jeden Sommer findet sie mindestens ein Exemplar, auf den das zutrifft. Was aber nicht heißt, dass das meine beste Freundin davon abhält, trotzdem mit ihnen in die Kiste zu springen.

Ich persönlich bin der Meinung, dass dank der Sommermonate auch das ein oder andere Kind zur Welt gebracht wird, das dann entsprechend erst einmal ohne Vater aufwächst, weil jener auf dem Berg herumgammelt. Diese Blasphemie würde jedoch niemand in Snow Falls jemals laut aussprechen, selbst ich nicht.

Entsprechend ist Riley in der Stadt beliebt: Die Frauen fliegen laut Fiona auf ihn und er kann sich anscheinend jeden Abend eine andere aussuchen, bei der er die Nacht verbringt.

Na ja, denke ich trocken, *so muss er wenigsten keine Miete für ein Zimmer bezahlen.*

Für mich wäre dieser Lebensstil nichts. Ich mag das alteingesessene, beständige Leben. Sicherheit, Vertrauen und Treue sind mir sehr wichtig, was zur Folge hat, dass ich keine One-Night-Stands haben kann. Emotionen sind für mich eng mit Sex verbunden. Zudem bin ich seit dem Vorfall von vor drei Jahren ein gebranntes Kind. Ich weiß nicht, wie ich auf eine Beziehung reagieren würde – weswegen ich es schlicht aufgegeben habe, mich zu bemühen. Vorher hatte ich gelegentliche Phasen, in denen ich mich für das andere Geschlecht interessierte, aber die sind schnell vorübergezogen und mehr als ein Date mit ein paar Kandidaten ist nie dabei rausgesprungen. Dass mir dabei jedes Mal penetrant Constantines Gesicht vor dem geistigen Auge herumgewirbelt ist, erzählte ich im Nachhinein nicht einmal Fiona.

Die Straßen sind heute wie leer gefegt. Ein Schaudern kribbelt über meine Haut und ich ziehe den Mantel instinktiv enger zusammen, umklammere das Pfefferspray härter.

Etwas berührt meine Schulter. Mein Puls schießt in die Höhe und ich verschlucke mich beinahe an meiner Spucke, weil ich nicht laut aufschreien will. Aus Reflex zucke ich zurück, reiße den Arm hoch und sprühe das Spray in die Richtung, aus der die Berührung kam.

»Fuck!«

Entsetzt drehe ich mich zu der Stimme um. Constantine steht einen Schritt entfernt hinter mir, sein Oberkörper qualvoll nach vorne gebeugt. Er hält sich die rechte Hand über das entsprechende Auge und flucht ungeniert.

»Scheiße, verdammt! Was war das?!«

»Pfefferspray«, bringe ich gepresst heraus. Meine Stimme klingt unnatürlich piepsig. Vor Angst und Scham presse ich die Lippen fest zusammen, um mich nicht weiter zu blamieren.

»Wofür brauchst du bitte Pfefferspray?«, zischt er. Gleichzeitig blinzelt er heftig, und als er die Hand wegzieht, ist sein Auge am äußeren Rand gerötet und tränt. Das meiste ist allerdings daneben gegangen und glänzt feucht an seiner Schläfe und auf einem kleinen Teil seiner Wange.

Mein Gehirn scheint seinen Dienst bei diesem Anblick wiederaufzunehmen. Ich krame hastig in meiner Handtasche herum, ziehe meine Wasserflasche und ein Taschentuch hervor und benetze es.

»Tut mir leid«, sage ich gehetzt. Vorsichtig betupfe ich seinen Augenwinkel.

»Schon okay«, brummelt er unwirsch und legt seine Finger auf meine. Sofort ziehe ich meine Hand zurück. Er betupft sich sachte das Auge und funkelt mich mit undurchdringlicher Miene von oben herab an. »Scheint sich vieles verändert zu haben, wenn du so auf ein Schultertippen reagierst.«

Hilflos zucke ich mit den Achseln. Ich fühle mich grottenschlecht dafür, ausgerechnet ihn erwischt zu haben – aber ich habe kein schlechtes Gewissen, was den Grundsatz meiner Selbstverteidigung angeht. Ich konnte ja nicht ahnen, dass ausgerechnet *er* sich zu mir stellt!

»Gib mir dein Wasser«, fordert Constantine und streckt erwartungsvoll die Hand aus.

Ohne zu zögern reiche ich ihm die Flasche und die ganze Packung Taschentücher. Er benetzt ein weiteres und wischt sich vorsichtig den Rest Pfefferspray vom Gesicht. Nachdem er die benutzten Tücher im Mülleimer der Bushaltestelle entsorgt hat, beugt er sich vor und lässt das Wasser aus der Flasche direkt über sein Auge fließen, um es zu spülen.

Mittlerweile hat sich eine kleine Menschentraube gebildet, die neugierig zu uns herüberschielt. Manche flüstern sich etwas zu und zeigen unverhohlen auf Constantine. Meine Muskeln versteifen sich und die Überreste der Managerin in mir würden am liebsten ein Statement abgeben, warum er sich an einer öffentlichen Bushaltestelle aufhält. Da fällt mir ein: »Wieso bist du überhaupt hier?«

Er reicht mir erst die nun leere Flasche zurück, dann antwortet er: »Ich wollte dich fragen, ob ich dich fahren soll.« Sein Blick schweift zu einem Monster von einem Jeep hinüber.

»Oh. Ich weiß nicht ...«

Constantine lacht sarkastisch auf. »Ja, ich bin mir inzwischen selber nicht mehr so sicher. Es könnte mordsgefährlich sein, dich in meinem Auto zu haben.«

Das könnte es tatsächlich ... aber nicht so, wie er denkt. Seine Präsenz versetzt mich in einen seltsamen Ausnahmezustand, den ich noch nicht so richtig zu interpretieren vermag.

Schon als wir uns das erste Mal im Laden wiederbegegnet sind, hat sich mein Gehirn kurzzeitig verabschiedet und mein Körper verrückt gespielt. Das sonderbare Kribbeln in meiner Magengegend, die Kurzatmigkeit und das Achterbahngefühl – man könnte glatt meinen, ich bin nach all den Jahren immer noch frisch verliebt in Constantine Rush. Aber das darf ich nicht sein, denn ich habe ihn verlassen, um den Sinn in meinem Leben zu finden, um mich selbst besser kennenzulernen und mich ins Zentrum meines Lebens zu stellen. Mehr als ein halbes Jahr lang habe ich mich nachts in den Schlaf geweint, wenn ich an ihn gedacht habe – weil ich ihn vermisste, weil ich meine Entscheidung bereute. Wenn ich weiter so an ihm festhänge, dann bedeutet das, dass sich gar nichts geändert hat … oder?

Er sieht mich lange an und sagt todernst: »Ich riskiere es, weil du es bist.«

Und obwohl ich denke, dass das keine gute Idee ist, stimme ich zu.

CONSTANTINE

14

»Du wohnst ja weit draußen«, starte ich die Konversation zum gefühlt zehnten Mal neu. Kathrine zuckt wortlos mit den Schultern und stiert weiter zum Beifahrerfenster hinaus.

Entnervt verdrehe ich die Augen. »Kathrine, ich …« Ein Seufzer kommt mir über die Lippen. »Ich wollte dich vorhin echt nicht erschrecken, okay?«

»Schon gut«, gibt sie zurück und zum ersten Mal seitdem sie in meinen Wagen gestiegen ist, dreht sie den Kopf und wendet mir das Gesicht zu. »Die Arbeit macht mich manchmal ganz kirre. Dann stehe ich völlig unter Strom, bis ich zu Hause die Wohnungstür hinter mir verriegle.«

Ich ziehe gespielt überrascht die Augenbrauen hoch. »Du hast einen Riegel an der Tür?«

Sie feixt tatsächlich.

»Na ja, einen kleinen«, gibt sie zu. »Den habe ich selbst gekauft und montiert. Er tut, was er soll.«

Mit einem stummen Nicken konzentriere ich mich aufs Abbiegen. Ich muss vorsichtig sein; Kathrine darf unter keinen Umständen erfahren, dass ich schon in ihrem Viertel gewesen bin. Ergo spiele ich den Unwissenden und frage mit einem Blick aus der Windschutzscheibe: »Also, die Vorzeigereihenhäuser von Snow Falls, hm?«

Sie blinzelt einmal verwirrt, bevor sie begreift. »Äh… Nicht ganz, nein.«

»Nein?« Ich werfe ihr einen gespielt verwunderten Seitenblick zu. »Wohnst du außerhalb der Stadt?«

Sie antwortet nicht, weshalb ich das Spielchen weiter vorantreibe.

»Ich dachte, Snow Falls liegt ziemlich abgeschieden«, murmle ich und will mich über das Navi hermachen.

»Das stimmt auch«, quetscht sie zwischen zusammengepressten Zähnen heraus. Ich schaue erneut zu ihr herüber: Sie sieht angefressen aus, und das freut mich teuflisch.

»Ich wohne in einem Häuserblock im Westen, wo die Wohnungen preiswerter sind als im Stadtkern.«

Nette Umschreibung für die Slums, die sie ihr zu Hause schimpft. Aber ich hüte mich, irgendetwas in der Art auszusprechen, und gaukle stattdessen milden Schock vor.

»Hast du etwa Geldprobleme?«, will ich wissen. »Wenn du etwas brauchst, ich kann dir gern–«

»Nein«, fällt sie mir ins Wort. Ihr Ton ist schneidend. »Ich komme zurecht, danke.«

Habe ich es übertrieben? Ihre Augen sind starr auf die Straße vor uns gerichtet und ihre Züge drücken Unnahbarkeit aus. Ich wollte bloß den Eindruck erwecken, dass ich mir Sorgen mache und gern bereit wäre, ihr finanziell unter die Arme zu greifen. Aber jetzt, da ich die *eisige Lady* in Person neben mir sitzen habe, frage ich mich ernsthaft, ob sie meine Hilfe braucht. Wieder einmal tanzen alle möglichen Szenarien durch meinen Kopf, was ihr zugestoßen sein könnte, wessenthalben sie jetzt in jenem Rattenloch wohnen muss, aber ich komme auf keinen grünen Zweig.

»Ich spare für mein Masterstudium«, sagt sie nach einigen schweigsamen Minuten und sieht mich an. »Ohne bin ich auf dem Arbeitsmarkt nichts wert.«

»Fuck, nicht dein Ernst?« Diesmal muss ich nicht spielen; die Verärgerung, die mich durchzuckt, ist echt.

Kathrine nickt. Sie entspannt sich merklich und lässt sich ins Sitzpolster zurücksinken. »Ich will aus eigener Kraft einen Job finden, der mir gefällt und nicht jedes Mal den Namen

Constantine Rush in den Mund nehmen müssen, wenn ich mich bewerbe, verstehst du?«

Wie von selbst wandert meine linke Hand in meine Haare, um sie zu raufen.

»Du verschweigst unsere Zusammenarbeit vor potenziellen Arbeitgebern?«, hake ich nach. Ich bin mir nicht sicher, was ich darüber denken soll, aber es gefällt mir nicht, dass sie ihre Vergangenheit verbergen will.

Kathrine deutet ein Ja an.

»Scheiße, wieso?« Wenn es darum geht, was im Kopf dieser Frau abgeht, bin ich anscheinend heillos überfragt. »Ich meine, ja klar, wir sind nicht mehr zusammen und all das – aber die Zusammenarbeit war doch spitze…? Bist du nicht stolz darauf, was du aus mir gemacht hast?«

Ich realisiere, dass mein Herz viel zu schnell schlägt und dass ich bereits nach möglichen Lösungen für ein Problem suche, das nicht das meine ist. Deshalb atme ich kontrolliert ein und aus und warte ab. Da sie nichts erwidert, werfe ich einen Blick zu ihr hinüber. Ihre Stirn ist gerunzelt und ihre Augen sind gedankenverloren auf einen Punkt in der Ferne gerichtet. Mit den Fingern ihrer linken Hand spielt sie an einem silbernen, filigranen Ring am rechten Daumen herum, den ich bislang nicht bemerkt habe. Den werde ich nachher genauer unter die Lupe nehmen müssen – ich hoffe, es ist kein Liebespfand von irgendeinem Idioten in diesem Scheißkaff.

»Nein«, bricht sie schließlich das Schweigen.

Mir klappt tatsächlich die Kinnlade herunter. Wie bitte?! Was meint sie bitte mit Nein?

Bevor ich reagieren kann, fährt sie bereits fort: »Nein, ich bin nicht stolz auf das, was wir kreiert haben.« Mit diesen Worten schaut sie mich fest an.

Mooooment. Halt. Stopp. Für diese Diskussion brauche ich definitiv meine volle Konzentration. Hastig setze ich den Blinker und lasse den Wagen am Straßenrand ausrollen, bevor ich die Handbremse ziehe und mich ihr zuwende.

»Was zur Hölle meinst du damit?«, fordere ich sie auf, weiterzusprechen.

Einen Augenblick zögert sie, doch dann atmet sie tief durch und meint: »Das, was wir getan haben… Nein, was wir *erschaf-*

fen haben war nichts als ein Fake. Es war ein einziges Lügengerüst mit dem größten Schwindel an der Spitze. Und anstatt uns daran zu erinnern, dass jede Wahrheit mal ans Licht kommt und diese nach und nach einzuschleusen, haben wir immer weiter und weiter Unwahrheiten draufgepackt. Bis alles eingestürzt ist.«

Ich kann spüren, wie das Blut durch meine Ohren rauscht und meine Muskeln sich verhärten.

»Nein«, widerspreche ich gedehnt und um Fassung bemüht, »du hast mich in einer Situation zurückgelassen, die ich ohne Managerin nicht händeln konnte. *Deswegen* ist alles eingestürzt.«

Ihr Gesichtsausdruck ist beinahe mitfühlend – was mich nur noch mehr zur Weißglut bringt. »Hättest du mir ab und zu zugehört oder meine Ratschläge angenommen, dann wärst du beim Interview nach der Gala nicht einmal ins Stottern geraten, Constantine.«

Scheiß die Wand an, die meint das wirklich ernst! Kathrine stellt mich, den großen Constantine Rush als denjenigen an den Pranger, der meine Karriere zerstört hat. Dabei war das allein ihr Verdienst! *Sie* war schließlich diejenige, die heimlich still und leise abgehauen ist, während ich meinen Scheißjob erledigen musste.

»Ich hatte dir alles, was du brauchst, auf deinem Laptop in die Kalendereinträge verlinkt. Sogar die Antworten auf unwahrscheinliche Fragen«, erklärt sie weiter. »Bevor ich gegangen bin, habe ich volle drei Monate für dich vorgearbeitet, bin in jedes verdammte Detail gegangen.« Ihre Stimme wird lauter, hitziger, und ihre Augen funkeln vor Empörung. »Aber du hast es vorgezogen, meine ganze Arbeit zu ignorieren und dich stattdessen beim ersten wichtigen Interview komplett zu blamieren.«

Meine Augen verengen sich vor Wut zu engen Schlitzen. Sie will einen Vorgeschmack auf die längst überfällige Abreibung? Kann sie haben.

»Den scheiß Laptop habe ich aus dem Fenster geschmissen, sobald ich geschnallt habe, dass du Ernst machst«, presse ich hervor. »Du bist abgehauen, während ich auf der Gala war,

Kathrine! Du hast klammheimlich deine Sachen gepackt und als ich in die Villa zurückkam, warst du weg!«

Sie schnaubt zynisch durch die Nase und verschränkt die Arme vor der Brust. »Was hast du denn erwartet?«

»Das wir verfickt nochmal drüber reden«, erwidere ich ernst. »Wenn ich den Kopf dafür frei gehabt hätte, hättest du mir einfach sagen können, was dein Problem ist.«

In ihren Augen blitzt es gefährlich auf. Drohend streckt sie mir den Zeigefinger der rechten Hand entgegen und ihre Stimme bebt vor verhaltenem Zorn, als sie sagt: »Siehst du? Genau das! Das hat mich immer dermaßen angekotzt! Es musste alles nach deiner Pfeife tanzen. Wenn ich Probleme hatte, hat es dich nie interessiert. Nein, dann hieß es immer, ich solle warten, bis du Zeit hast.«

Ich verwerfe die Hände, um ihr nicht an die Gurgel zu gehen und meinen Plan vorzeitig selbst zu vereiteln. »Ich wollte immer nur sichergehen, dass ich dir meine ganze Aufmerksamkeit schenke, wenn du zu mir kamst! Wenn ich dir jedes Mal nur mit halbem Ohr zugehört hätte, wie hättest du dich dann erst gefühlt, hä?«

Darauf antwortet sie nicht mehr. Sie wirft mir einen seltsamen Blick zu und ihre Wut scheint auf einen Schlag verraucht zu sein.

Scheiße, habe ich was Falsches gesagt? Mir ist gerade die Sicherung durchgebrannt und ich hatte mich nicht mehr unter Kontrolle. Genauso wie es immer gewesen ist, wenn es um Kathrine Solomon ging – ich wusste nie, was mich erwartet, wenn ich sie sah oder mit ihr allein war. Sie war unvorhersehbar, unberechenbar – und ich liebte genau das an ihr, weil sie mich wieder und wieder in ihren Bann zog.

Tja, dieser Charakterzug scheint sich an ihr nicht verändert zu haben ...

Wachsam mustere ich ihr Gesicht und versuche, darin abzulesen, was ihr durch den Kopf geht. Sie hält den Blick für mehrere Herzschläge auf die Handtasche in ihrem Schoss gesenkt, dann ruckt ihr Kopf hoch und sie inspiziert die Häuser um uns herum.

»Ich steige hier aus«, entscheidet sie in eisernem Ton. Fahrig schnallt sie sich los und öffnet die Tür des Fords.

»Scheiße«, stoße ich heftig aus und fahre mir ratlos mit den Handinnenflächen übers Gesicht. »Warte!«

Aber sie reagiert nicht, stemmt sich aus dem Sitz und will die Tür zuknallen. Ich komme ihr zuvor, indem ich mich hinüberlehne und sie von unten herauf anschaue.

»Kathrine«, sage ich in flehendem Ton, »es tut mir leid.«

Sie hält inne. Ihr Gesicht bleibt abgewandt, sodass ich bloß das Profil erkenne. Ihre Lippen sind zu einem dünnen Strich zusammengepresst und die Augen blicken überall hin, nur nicht zu mir.

»Lass mich dich nach Hause bringen. Ich schwöre, kein Wort mehr über unsere Trennung zu verlieren, solange wir zusammen hier drin sitzen«, verkünde ich. »Versprochen.«

Entweder ist der Weg zu ihrer Wohnung doch zu lang oder mein Flehen hat sie weichgemacht. Mit steinerner Miene und ohne ein weiteres Wort sinkt sie zurück auf den Beifahrersitz und schlägt die Tür zu.

»Danke«, nuschle ich und lege den Gang ein.

»Mach dir keine falschen Hoffnungen«, grummelt Kathrine. »Ich lasse mich nur von dir kutschieren, damit du dich nachher nützlich machen kannst.«

Völlig perplex frage ich: »Wie meinen?«

»Das siehst du dann schon.«

❄

Knappe zwanzig Minuten später verstehe ich tatsächlich, was sie gemeint hat: Ich stehe auf einer klapprigen Leiter in der Diele ihrer Schuhschachtelwohnung und drehe die letzte Schraube einer winzigen Kamera in den Putz der Decke.

»Wenn du damit fertig bist, kannst du die zweite im Wohnzimmer anbringen«, fordert Kathrine, indes sie frisch geduscht vom Bad in besagtes Zimmer tapst. Ihre Haare sind lose in ein Handtuch gewickelt, das über ihre linke Schulter hängt. Sie trägt ein Spaghettiträgertop und lange Leggins, die in dicken Wollsocken verschwinden.

Brummelnd gebe ich zurück: »Such dir 'nen Hausmeister.«

»Gibt's hier nicht«, flötet sie aus der Miniküche zurück. »Was denkst du, warum ich die Türkette selber installieren musste?«

Wofür braucht sie hier Kameras? Ist das Viertel dermaßen gefährlich? Um mich von meinen düsteren Gedankengängen abzulenken, grummle ich nochmals unverständlich vor mich hin, schalte die Kamera ein und stampfe hinterher mitsamt Leiter ins Wohnzimmer. »Wohin?«

Kathrine deutet mit der Holzkelle in ihrer Linken in eine ungefähre Richtung parallel zur Schlafzimmertür und ich stelle die Leiter auf. Eine weitere Kamera liegt eingepackt auf dem kleinen Tisch, und ich mache mich daran, die Folie aufzureißen. Für die Verpackung braucht man beinahe schon Spezialwerkzeug, aber ich halte die Klappe und mühe mich möglichst unauffällig ab.

Die Stimmung zwischen uns ist seltsam, seitdem ich gesagt habe, was ich Idiot halt eben gesagt habe. Und immer noch habe ich keinen blassen Schimmer, was daran falsch war. Sie spricht nur das Nötigste mit mir und hat sich nach der knappen Vorstellung ihrer vier Wände und den Instruktionen bezüglich des Überwachungssystems ins Bad verzogen. Jetzt steht sie am Herd und kocht Nudeln. Irgendeine Soße brodelt auf der zweiten Platte und unwillentlich läuft mir das Wasser im Mund zusammen.

In unserer gemeinsamen Zeit ist Kathrine eine verdammt gute Köchin gewesen. Wenn sie auch nur einen Bruchteil dieser Fähigkeiten ins Abendessen investiert, dann werde ich verdammt nochmal Himmel und Hölle in Bewegung setzen, um eine Portion abzukriegen. Aber erst werde ich das Überwachungssystem wie von ihr gefordert sachgemäß anbringen.

»Wenn du damit fertig bist, wasch dir die Hände und deck den Tisch«, murrt sie zu mir herüber.

Mit ausgestreckten Armen, die die Kamera befestigen, nicke ich. »Geht klar.«

Yes! Ich komme in den Genuss ihrer Kochkünste! Ich erlaube mir, das heimliche Grinsen gen Decke voll auszukosten, und drehe mit mehr Elan als noch vor einer Minute die Schrauben in den Putz. Hinterher räume ich die Leiter weg, kehre den Staub, der heruntergerieselt ist, vom Fußboden auf und wasche mir die Hände, wie Kathrine es mir befohlen hat.

Gerade rechtzeitig werde ich mit Tischdecken fertig. Sie stellt zwei Teller mit Spaghetti auf die Platzdeckchen. Die Teigwaren dampfen in brauner Hacksoße vor sich hin und verströmen einen hammermäßig appetitlichen Duft.

»Sieh es als Dankeschön fürs Fahren«, nuschelt Kathrine und meidet meinen Blick. Sie setzt sich mir gegenüber und dreht die erste Portion auf ihren Löffel. »Und fürs Montieren.«

»Alles klar.« Es verlangt alles von mir ab, meine Stimme nicht vor freudiger Erregung beben zu lassen.

Hastig folge ich ihrem Beispiel und bemühe mich um Manieren, während ich mir den ersten Happen in den Mund stopfe. Fuck ist das geil! Wenn es eines gibt, was ich jeden verfickten Tag vermisst habe, dann sind es genau diese herzhaften Gerichte – nebst Kathrine selbst, versteht sich.

Beinahe hätte ich laut aufgestöhnt und genüsslich die Augen verdreht, doch ich kann es gerade noch unterdrücken. Sie soll nicht jetzt schon an meiner geistigen Gesundheit zweifeln. Dafür ist noch Zeit genug.

In stiller Eintracht essen wir, und ich hole mir nach kurzem Zögern Nachschlag, worüber Kathrine schnaubend den Kopf schüttelt und ich frech grinse.

Beim Vernichten meiner dritten Portion wage ich schließlich die Frage zu stellen, die mir seit meiner Ankunft hier durch den Kopf geht: »Warum brauchst du die Kameras?«

Einen Augenblick versteift sie sich und ich trete mir innerlich in den Arsch für meine verdammte Neugier. Sie schaut in ihr Weinglas, das mittlerweile leer zwischen ihren Fingern hin und her kreist.

»Für meine Sicherheit«, erwidert sie knapp. Wieder weicht sie meinem fragenden Blick aus, greift nach der Rotweinflasche und kippt kurz entschlossen den Rest in ihr Glas. Nach zwei Schlucken sieht sie mich endlich an. In ihren Augen steht ein Schmerz geschrieben, den ich mir nicht erklären kann, der mir aber trotzdem unter die Haut geht und mich verunsichert. Irritiert halte ich mit Essen inne.

»Vor ein paar Wochen hat sich jemand Zutritt zu meiner Wohnung verschafft«, erklärt sie mit sachlicher Stimme. »Die

Polizei war nicht im Stande, jemanden festzunehmen, was heißt, der Typ ist noch da draußen.«

Alles in mir verkrampft sich, als ich begreife, was sie sagen will. Kathrine atmet kontrolliert aus, versucht, ihre Angst zu zügeln und mir nicht mehr als nötig von sich preiszugeben. Dennoch ist es kinderleicht zu erkennen, wie sehr ihre Finger zittern, die den Hals des Weinglases umklammern. Um ihre Gefühle nicht zu verletzen, gebe ich mich betont lässig und greife erneut zum Besteck.

»Steht deshalb der Fernseher nicht mehr an seinem Platz?«, frage ich leise und nicke in Richtung des Sideboards, auf dem ein staubfreier Fleck genau das verrät.

Sie ruckt die linke Schulter hoch und lässt sie wieder fallen.

»Seit dem Vorfall ... schlafe ich nicht sonderlich gut«, gibt sie zu und schluckt merklich.

Die Wut brodelt heiß in meinem Bauch, vermischt sich mit den Spaghetti und lässt mich beinahe würgen.

Aber ich muss gleichgültig bleiben, ermahne ich mich. Distanz wahren. »Und, welche Serie läuft jetzt als Endlosschleife auf deinem Fernseher?«

Ein winziges Heben ihrer Mundwinkel zeigt mir, dass ich die richtige Wortwahl getroffen habe. Meine Muskeln entspannen sich, die Übelkeit verfliegt und ich bin in der Lage, weiter zu essen. Auch wenn es jetzt nur noch nach Pappe schmeckt – der Appetit ist mir verdammt nochmal gehörig vergangen.

»Keine Serie«, korrigiert sie mich. Als ich sie mit fragend erhobenen Augenbrauen anschaue, verkündet sie: »Ich sehe mir die Spiele an.«

Die Spiele...? Doch nicht etwa... »Die Eishockeyspiele der *Ice Jedis*?«

Kathrine nickt. Ein waschechtes, fieses Grinsen huscht über ihre Züge und sie legt den Kopf schief. »Jetzt, wo der Kotzbrocken aus dem Team ist, kann man sich die Matches endlich ohne Würgereiz anschauen.«

Ich breche in Gelächter aus und zeige mit den Zinken der Gabel in ihre Richtung. »Gut gebrüllt, Löwe.«

Ihr Grinsen wird zu einem Schmunzeln, sie betrachtet meinen Teller und meint: »Wenn du dann damit fertig bist, meine mikrigen Vorräte zu vernichten, kannst du zur Strafe abwaschen.«

Mein Blick huscht von ihr zur Küche. »Kein Geschirrspüler?«

»Nope.«

»Mist«, seufze ich gespielt zerknirscht. Innerlich zucke ich bloß mit der Schulter. Für diese Verköstigung hätte ich weitaus mehr auf mich genommen, als das bisschen Abwasch.

Den letzten Bissen noch kauend, erhebe ich mich und trage unsere Teller zur Spüle. Routiniert spüle ich Pfanne und Teller erst grob ab, dann lasse ich Wasser ein und mische es mit Spülmittel, bevor ich routiniert zum Schwamm greife und mich ans Spülen mache.

Kathrine stellt sich verkehrt herum neben mich, lehnt sich mit den Unterarmen auf die Arbeitsfläche und mit dem Rücken ein Stück weit zurück, sodass ich einen ausgezeichneten Blick von oben herab in ihr Spaghettiträgertop habe. Direkt auf die vertrauten Rundungen ihrer Titten.

Ich bin ich nicht deswegen hier... Ich werde mich verdammt nochmal von ihren Titten fernhalten – die gehören nicht zum Plan. Genauso wie der Rest ihres verfickt verführerischen Körpers.

Verärgert ziehe ich die Brauen zusammen und schrubbe die Teller mit bewundernswerter Intensität.

»Das war übrigens Veggie-Hack«, eröffnet sie mir nach längerem Schweigen.

Überrascht halte ich im Scheuern inne.

»Hätte ich nie herausgeschmeckt«, gestehe ich. Ich lege ein unbeschwertes Grinsen auf mein Gesicht und zwinkere ihr zu. »Deine Kochskills sind weiterhin ungeschlagen.«

Eine hauchzarte Röte legt sich auf ihre Wangen, und sie lächelt selbstgefällig. »Ist ja nicht schwer – du Scheunendrescher vertilgst immer noch alles, was auf den Tisch kommt.«

Ich lasse mir nicht anmerken, wie weit sie mit dieser Aussage daneben liegt. Stattdessen lächle ich eisern vor mich hin und widme mich aufs Neue dem Abwasch.

Eine Erinnerung blitzt vor meinen Augen auf: *Ich liege lethargisch in meinem Kingsize-Bett, ein Tropf an meinem linken Arm. Die schweren Vorhänge sind zugezogen, um jegliches Licht nach draußen zu bannen.*

Matthew steht im Türrahmen, die Arme vor der Brust gefaltet und die Augen vor unterdrücktem Zorn zusammengekniffen. »Dein Verhalten nimmt langsam verdammt selbstmörderische Züge an, Const.«

Jede Faser meines Körpers schreit nach Hilfe, verfällt wieder und wieder in rasenden Jähzorn und wütet innerlich, dass mir schlecht wird. Ich kann nicht essen, nicht trinken, ohne dass ich an der Vergangenheit zerbreche.

Nichts davon gelangt an die Oberfläche. Meine Augen bewegen sich keinen Millimeter von einem fixen Punkt an der Wand gegenüber meines Bettes. Meine Lippen sind ein lebloser, dünner Strich in der Kraterlandschaft meines Gesichts.

Matthew seufzt und schüttelt enttäuscht den Kopf. »Lange kann ich das nicht mehr mitansehen, Mann. Du brauchst echt dringend Hilfe, und ich kann sie dir nicht bieten. Das geht mir verdammt nah. Nein, das muss jemand machen, der sich damit auskennt ...«

Ich will nicht hören, wie Matt mir vorhält, dass mein Verhalten falsch ist oder wie heftig ich abgestürzt bin. Ich will nicht einsehen, dass mein Körper mir langsam aber sicher den Dienst versagt, weil ich Ladung um Ladung an Scheiße in ihn rein pumpe und mir in jedem dämmerfreien Moment die Kante gebe, bis ich wieder in sorgenfreie Lethargie versinke. Mein Leben ist ein fucking Albtraum, wenn ich meinen Verstand beisammen habe – also schieße ich mich ab, bis sich mein Grips in wabbelige Sülze verwandelt.

»Wenn ich noch einmal mitkriege, dass du dir dieses Zeug in den Körper pumpst, manövriere ich dich höchstpersönlich in die Entzugsklinik«, droht Matthew in bissigem Ton.

In meinem Inneren schreie ich ihn an, dass ich es nicht aushalte. Dass ich hundertpro verrückt werde, wenn ich gezwungen bin, in der Realität festzusitzen und dabei zuzusehen, wie mein Leben den Bach runtergeht. Wie meine Karriere mir entgleitet, weil ich verfickt nochmal keinen blassen Schimmer habe, wie ich mich selbst managen und das Lügengerüst aufrechterhalten soll, dass sie mit mir um mich herum aufgebaut hat. Wenn ich gezwungen bin, an sie *zu denken.*

Sie... Meine Kathrine... Meine wunderschöne, eisige Lady. Meine Eiskönigin. Sie ist mein Fels in der Brandung. Und mein verfickter Untergang.

❄

Mein Gehirn schnellt zurück in die Realität. Der Abwasch ist erledigt und ich drehe gerade den Stöpsel auf, um das Abwasser abzulassen.

Kathrine lehnt nach wie vor gegen die Anrichte. Ihr Blick ist auf mein Gesicht gerichtet und für die Dauer eines Augenblickes kommt es mir vor, als würde sie direkt in meine Seele schauen und all die hässlichen, dunklen Flecken durchleuchten, die sich in den letzten Jahren darauf angesammelt haben.

Das darf ich nicht zulassen! Sie darf um nichts in der Welt hinter die wahren Absichten meines Aufenthalts in diesem Kaff kommen. Rasch wende ich den Blick ab und täusche Verlegenheit vor.

»Alles erledigt«, bedeute ich betont fröhlich und zeige auf die gestapelten Kochutensilien.

Kathrine folgt meiner Geste und nickt ernst. Schwungvoll stößt sie sich von der Anrichte ab.

»Ich will nicht unhöflich erscheinen«, sagt sie, »aber ich glaube, dann ist es jetzt Zeit für dich, zu gehen.«

Ein Stein fällt mir vom Herzen bei diesen Worten. So langsam verliere ich alle meine eisern gesetzten Ziele aus den Augen, und wenn ich noch länger mit ihr in dieser Streichholzschachtel von einer Wohnung sitzen würde, ich wüsste nicht, was ich tun würde.

So viel zu meiner knallharten Kaltherzigkeit ...

Ich nicke knapp, schnappe mir meinen Mantel von der Lehne des Stuhls, den ich vorhin noch eingenommen habe, und wende mich der Diele zu. Ich höre ihre Schritte hinter mir, sanft und zögerlich. Beinahe ängstlich. Meine Brust zieht sich unwillkürlich zusammen, doch ich schüttele die neu aufkommende Wut auf den unbekannten Einbrecher ab und lege die Hand auf den Türgriff.

»Komm gut nach Hause«, erklingt Kathrines Stimme in meinem Rücken.

Alles, zu was ich noch in der Lage bin, ist ein Nicken. Ich reiße die Tür auf und stürme mit wehenden Fahnen das Treppenhaus hinab. Erst vor der Haustür halte ich inne und atme tief ein. Es hat zu regnen begonnen und dicke Tropfen prasseln mir ins Gesicht. Die nasskalte Realität hilft mir, meine Fassung wiederzufinden.

Ich krame in meinem Mantel nach dem Smartphone und wähle eine Nummer, während ich auf meinen Wagen zuhalte, der unbeschadet am Straßenrand parkt.

»*Desmond and Partners*, Aaron Walsh am Apparat.«

»Aaron«, belle ich.

»Mr Rush!« Aarons Stimme ist eine Mischung aus Überraschung und Selbstgefälligkeit. Als hätte er gewusst, dass ich seine Hilfe noch einmal brauchen werde. Scheißpenner.

»Was kann ich heute für Sie tun?«

Sein arroganter Ton gefällt mir nicht. Eisig fahre ich ihn an: »Finde heraus, was mit Kathrine Solomon passiert ist.«

Einen Moment lang herrscht Stille am anderen Ende der Leitung. Dann: »Könnten Sie das Anliegen ein klein wenig konkretisieren?«

»Kathrine Solomon«, presse ich hitzköpfig hervor. »Deine Leute haben sie hier in Snow Falls gefunden. Jetzt schick sie aus, um herauszufinden, was Kathrine zugestoßen ist. Checkt die Akten der Polizei und die aller Krankenhäuser in dieser Scheißstadt. Bis morgen Abend habe ich jedes noch so kleine Detail in meinem E-Mail-Postfach liegen, ist das klar?«

Der jüngere Mann seufzt theatralisch in den Hörer. »Wie Sie wünschen, Mr Rush.«

KATHRINE

15

Constantines Anwesenheit in meiner Wohnung hat mich aus der Bahn geworfen. Mein Verstand hat sich während der gesamten zwei Stunden in hitzigen Diskussionen selbst zerfetzt, während mein Körper wie ein verknalltes Mädchen auf Hormon-Injektion sich ihm am liebsten um den Hals geworfen hätte.

Mit einer Mischung aus Scham und Wut auf mich selbst im Bauch liege ich im Bett. Der Fernseher flimmert im Hintergrund und ich weiß, dass ich bald schlafen muss, weil ich mich ansonsten morgen früh als Zombie durch den Tag schleifen werde. Aber mein Kopf kommt einfach nicht zur Ruhe. Constantine Rush nimmt jeden freien Gedanken ein, und von seinem Aussehen bis zu seinen Worten analysiere ich jedes winzige Detail, bis ich frustriert das Kissen auf mein Gesicht drücke und hinein schreie. Sein Besuch sollte mich nicht so beeinflussen. *Er* sollte mich kaltlassen… Es ist jetzt über sechs Jahre her, und ich hatte seither weiß Gott ausreichend Zeit, um über ihn hinwegzukommen!

Das sanfte Klicken der Wohnungstür lässt mich mitten im Nachdenken erstarren. Mein Gehirn ist von einer auf die andere Sekunde wie leer gefegt, und ich versuche verzweifelt, mein Gehör stärker anzustrengen. Habe ich mir das gerade bloß eingebildet? Spielt meine Angst mir einen Streich?

Es klickt erneut, der sanfteste Ton, beinahe lautlos – aber mein permanent in Alarmbereitschaft befindlicher Verstand hat das Geräusch trotzdem registriert.

Aus einem trotzigen Impuls heraus schlage ich die Decke zurück und greife nach dem metallenen Baseballschläger neben dem Bett, den Fiona mir nach dem letzten Stalkerbesuch geschenkt hat. Mit dem Herz in der Kehle und zittrigen Knien drücke ich geräuschlos die Türklinke hinunter. Vorsichtig tapse ich durch die Dunkelheit meines Wohnzimmers, meine Ohren prickelnd vor Anstrengung, die Augen weit aufgerissen, um jeden Zentimeter Finsternis zu durchdringen.

Mit einem letzten innerlichen Mutholen schwinge ich kampfbereit um die Ecke in den Flur, bereit, mich auf Leben und Tod zu verteidigen.

Die Diele ist leer. Hastig stürme ich ins Bad und schaue mich um. Auch hier herrscht gähnende Leere. Meine Arme sinken kraftlos herab und der Schläger prallt auf die Fliesen. Der markerschütternde Nachhall lässt mich nach Luft schnappend zusammenfahren, und ich hebe ihn über meine linke Schulter, ehe ich zurück in den Eingangsbereich trete und die Wohnungstür inspiziere. Sie ist abgeschlossen, die Kette steckt ordnungsgemäß in der Halterung.

Mein Gehirn spielt eindeutig verrückt. Mit einem Kopfschütteln drehe ich mich auf den Fersen herum, um mich wieder ins Bett zu legen. Aus den Augenwinkeln blitzt mir etwas Helles auf der Anrichte entgegen. Meine Stirn legt sich in perplexe Falten. Hat Constantine vielleicht versehentlich etwas hier liegenlassen?

Meine Augen gewöhnen sich an die Umrisse in der Dunkelheit und ein eisiges Zittern überkommt mich. Auf dem dunklen Holz liegt ein Zettel. In fetten, schwarzen Lettern prangen zwei Sätze zu mir nach oben:

WER ZUR HÖLLE WAR DAS?!
DU GEHÖRST MIR!

Mein Herz hämmert in meinen Ohren. Mein Atem stockt und ich japse krampfhaft nach Luft, doch sie will einfach nicht kommen. Ich habe das Gefühl, meine Augen ploppen im nächsten Moment aus ihren Höhlen, so weit aufgerissen sind sie. Die krakelige Schrift brennt sich in meine Netzhaut. Etwas Ekliges regt sich in meinem Magen, schlängelt sich meine Speiseröhre hinauf und kitzelt züngelnd an meinem Gaumen. In einer Kurzschlussreaktion hechte ich ins Badezimmer, wuchte den Klodeckel hoch und übergebe mich, bis ich nur noch Galle würge.

Erst jetzt wird mir bewusst, dass ich weine. Rotz läuft mein Kinn hinab und ich wische ihn mithilfe von Toilettenpapier fort, gefolgt von den nassen Spuren auf meinen Wangen.

Ich kann mir nicht länger etwas vormachen: Ich bin ein verfluchtes Wrack. Die Furcht hat mich bereits wieder vollständig in ihren Krallen. All meine Bemühungen um Mut und Kraft, um Selbstbewusstsein... Sie alle waren umsonst. Sinnloser Peppalk, den ich tief im Inneren sowieso nie geglaubt habe. Lange habe ich mich nicht mehr derart hilflos gefühlt.

Haltlos schluchzend lege ich mich vor der Kloschüssel auf den kalten Boden, ziehe die Beine an meinen Körper und umarme mich selbst.

In diesem Moment bin ich mir absolut sicher, dass ich nie wieder angstfrei sein werde. Dieser Typ – wer auch immer er sein mag – wird mich mein Leben lang verfolgen. Oder er wird sich mich schnappen; gnade mir Gott, wenn das geschieht ...

❄

Dass ich in dieser Nacht nicht viel Schlaf abbekommen habe, wundert mich nicht wirklich. Irgendwann bin ich aus meiner Schockstarre erwacht und habe meinen ausgebrannten Körper ins Schlafzimmer geschleppt. Ich glaube, zu dem Zeitpunkt hätte selbst ein Wohnungsbrand mich nicht mehr aus dem Bett bringen können, so wie mein Gehirn abgestumpft vor sich hin dümpelte.

Dementsprechend gebe ich heute Morgen mein Bestes, um mit meinen ultimativ dunklen Augenringen nicht komplett wie ein Panda auszusehen. Doch sowohl Fiona als auch Brandon bemerken, wie ich bei jedem ungewohnten Geräusch aus der Haut fahre. Sie sind allerdings gütig genug, es bei fragenden oder mitfühlenden Blicken zu belassen, wofür ich ihnen dankbar bin... Bis ich auf der Suche nach meiner Minihaarbürste den notdürftig in einen Klarsichtbeutel gezwängten Notizzettel aus der Handtasche fische. Ich habe ihn aus einem Impuls heraus heute früh beim Rausgehen hinein gestopft.

Eine Welle heiß brennender Wut überrollt mich, und ich bin drauf und dran, das Papier zu zerknüllen und in den Mülleimer zu pfeffern und loszubrüllen, da erinnert mich mein Verstand daran, dass ich das Ding eigentlich meinem Chef übergeben wollte.

Im Aufstehen packe ich mir einen Stressball und malträtiere ihn, indes ich zu Brandons Bürotür stürme und nach einmaligem Anklopfen eintrete. Scheiß aufs Protokoll – heute bin ich auf Krawall gebürstet.

Der Captain mustert mich mit einem scharfen, missbilligenden Blick. Er ist in ein Telefonat vertieft, nickt permanent vor sich hin und seine Miene verrät, dass er innerhalb der nächsten fünf Minuten explodieren wird, wenn die Quasselstrippe am anderen Ende nicht aufgibt. Mit einem Fingerschnippen bedeutet er mir, auf einem der Stühle Platz zu nehmen.

»Ich habe verstanden. Ja... Ja, das werde ich. Ich leite es weiter. Wir tun unser Bestes.« Seine Züge verhärten sich, als wäre er soeben beleidigt worden. »Wiederhören«, knurrt er regelrecht und knallt den Hörer auf die Anlage.

Ich gebe ihm einen Moment, um sich zu sammeln. Brandon seufzt tief, lehnt sich in seinem ledernen Chefstuhl zurück und legt den Kopf in den Nacken. Einen Moment lang schließt er die Augen, dann strafft er die Schultern und nimmt Haltung an.

»Was kann ich für Sie tun?«, fragt er geradeheraus.

»Ich habe eine weitere Botschaft erhalten«, sage ich und reiche ihm den Notizzettel.

Die Brauen des Captains wandern in die Höhe, als er die krakelige Schrift durch den Eisbeutel inspiziert. »Warum ist das hier drin?«

Sofort komme ich mir wie ein Stümper vor und meine Wangen beginnen zu brennen. Ich schlage die Augen nieder und erkläre in Richtung meiner Knie, was letzte Nacht vorgefallen ist.

»Ich verstehe.« Brandons Tonfall ist ernst geworden.

Ich schaue hoch und direkt in seine grünen Augen.

»Ausgezeichnet mitgedacht«, lobt er. »Ich werde dieses Beweisstück direkt an Claudette weiterleiten lassen.« Er wirft einen kritischen Blick auf die Nachricht. »Hoffen wir, dass er diesmal unvorsichtig war.«

»Er scheint ziemlich auf mich fixiert zu sein«, steuere ich zurückhaltend bei.

Brandon nickt und lächelt. »Und genau das könnte ihn zu Fehlern verleiten.«

»Sie meinen, weil er eifersüchtig sein könnte?«, spreche ich die Mutmaßung aus, die mir seit letzter Nacht im Kopf herumspukt.

»So krank das für Sie klingen mag: ja«, erwidert er. »Ich habe da so eine Theorie über den Verfasser dieser Zettelchen.« Die Hand, die den Beutel hält, wedelt auf und ab, während er mich intensiv mustert und schließlich erklärt: »Nehmen wir mal an, dieser Kerl hier ist derselbe, der Sie vor sechs Jahren angegriffen hat …«

Mein Atem gerät ins Stocken. Meine rechte Hand umklammert den Stressball, während die linke sich in die Armlehne des Stuhls vergräbt. Mein Puls jagt nur so dahin. »Sie glauben, dass …« Meine Stimme bricht. Ich wage es nicht, es auszusprechen.

Brandon hebt mahnend seinen Zeigefinger wie ein altkluger Meister.

»Ich bin zu der These gelangt«, betont er, »dass er an Ihnen einen Narren gefressen hat.« In seinen Augen steht Mitgefühl geschrieben. »Es könnte sein, dass Sie seit jener Nacht in seiner Fantasie so etwas wie sein Eigentum sind. Er könnte sicherstellen wollen, dass Sie nur ihm gehören.«

Galle steigt mir den Hals hoch und ich schlucke. Urplötzlich kommt alles in mir zur Ruhe, und mein Körper vibriert vor Anspannung und Zorn. »Was empfehlen Sie mir zu tun, Captain?«, frage ich mit gefasster Stimme.

»Ich stelle zur Sicherheit eine Einheit ab, die nachts nahe ihres Wohnviertels patrouilliert.« Er seufzt erneut. »Lieber wäre es mir natürlich, wenn Sie näher ans Revier ziehen würden. Dort draußen ist es selbst für uns Polizisten schwierig.«

Vehement schüttele ich den Kopf. »Ich kann nicht.«

Brandon hebt eine Hand im Verständnis. »Und ich mache Ihnen auch keinen Vorwurf deswegen. Es wäre ja auch nur temporär – bis wir den Täter geschnappt haben.«

»Ich…« Ich ringe um Worte. »Ich kann es mir nicht leisten, weiter ins Zentrum zu ziehen und meine alte Wohnung zu halten.« Das ist keine Lüge und umschifft den eigentlichen Grund, warum ich keinesfalls zurück in den Dunstkreis des *Dr. Jekyll* ziehen will.

Der Captain sieht mich für die Dauer einiger Herzschläge wortlos an, ehe er erneut nickt. »Dann rate ich Ihnen, so viel Zeit wie möglich außerhalb Ihrer eigenen vier Wände zu verbringen, und zwar bei Leuten, denen Sie vorbehaltlos vertrauen. Am besten lassen Sie eine Liste dieser Personen inklusive Telefonnummern auf Gordons Schreibtisch, bevor Sie heute nach Hause fahren.«

Seinem Tonfall entnehme ich, dass ich mit dieser Ansage entlassen bin. Deshalb stimme ich stumm zu und stemme mich aus dem Stuhl, um das Büro zu verlassen.

»Einen Moment noch.«

Ich erstarre mitten in der Bewegung und wende ihm überrascht das Gesicht zu.

»Sie haben nicht zufällig etwas von dem Hackerangriff mitbekommen, der hier heute Morgen stattgefunden hat?«, fragt der Captain.

»Nein«, entgegne ich wahrheitsgemäß – und überaus verwirrt. Was soll ich bitteschön von einem Hackerangriff wissen? Geschweige denn davon profitieren?

Das Telefon auf seinem Schreibtisch schrillt aufs Neue. Brandon wedelt ungeduldig mit der Hand und ich eile aus seinem Reich, bevor er mir abstruse Machenschaften unterstellt.

Den Rest des Nachmittages verbringe ich damit, meinem Chef beim Fluchen zuzuhören, handschriftliche Notizen von abgeschlossenen Fällen ins System abzutippen und zuzuordnen und Gordon beim Verlassen des Reviers die Nummer von Fiona als meinem Notfallkontakt zuzuschieben.

Ich winke Susan der Rezeptionistin zum Abschied zu und erhalte ihr perfektioniertes Fake-Lächeln zur Antwort, gemeinsam mit einem distanzierten Nicken.

Kaum habe ich die Doppeltüren aufgestoßen, weht mir ein kühler Wind entgegen. Er fährt mir direkt in den offenstehenden Mantel. Der Sommer neigt sich definitiv dem Ende zu. Bald schon wird Snow Falls in weißem Puderzuckerschnee erstrahlen – und das Revier überquellen vor Arbeit. Jedes Jahr ist es dasselbe: Sobald der Winter über die Stadt hereinbricht, verfallen die Menschen zuerst in eine Art Schockstarre. Dann freuen sie sich über den vielen Schnee, zelebrieren seine Ankunft regelrecht – und dann, wenn es auf die Vier-Monatsgrenze zugeht, werden sie unruhig; wie wilde Tiere, die in Käfigen eingesperrt sind, tigern sie auf den Straßen umher und suchen förmlich nach Streit. Die Aggressivität nimmt von Tag zu Tag zu, bis sie sich in Form von Barschlägereien oder Autounfällen entlädt. Das ist der Zeitpunkt, in dem das Snow Falls P.D. buchstäblich aus den Nähten platzt und meine Kolleginnen und Kollegen zu überreizten Bären mutieren.

Zielstrebig schlendere ich den Bürgersteig entlang Richtung Supermarkt. Nebenbei krame ich in meiner Handtasche nach meinem Smartphone, weil ich mir sicher bin, dass ich es vorhin hineinfallen ließ. Meine Einkaufsliste ist auf dem Ding, ohne es bin ich komplett aufgeschmissen.

Meine Finger bekommen das Gerät zu fassen, als ich den Laden betrete. Erleichtert schnappe ich mir einen Einkaufswagen und mache mich daran, der Liste gemäß alles hineinzulegen. Ich bin dermaßen vertieft in meine momentane Aufgabe, dass ich gar nicht bemerke, wie jemand an mich herantritt. Erst die Stimme der Person reißt mich aus meinen Gedanken.

»Hallo Cathy.«

Mein Körper reagiert, indem er einen halberstickten Schrei ausstößt und einen gewaltigen Schritt zur Seite macht. Dann erst trifft mich die Realisation, wessen Gestalt sich da neben mir auftürmt. Mein Herz flattert nervös in meiner Brust und ich lege meine Hand darauf. Ich bemühe mich um ein freundliches Lächeln. »Oh! Hallo, Riley. Entschuldige, ich habe dich gar nicht bemerkt.«

Seine grauen Augen sind aufmerksam auf mich gerichtet. Meine Reaktion scheint ihm nicht verborgen geblieben zu sein, denn er lächelt verlegen und meint: »Nein, nein, mein Fehler. Ich hätte früher auf mich aufmerksam machen sollen.«

Mir fällt auf die Schnelle keine Antwort ein und so lächeln wir für einen langen Moment – ich peinlich berührt, er entschuldigend.

»Tja…«, sage ich lang gezogen und breche den Blickkontakt ab.

»Cathy«, unterbricht mich Riley und meine Augen schnellen zurück zu seinem Gesicht. Aus der Nähe sind seine grauen Augen noch farbintensiver, und feine Bartstoppeln fügen seinem Aussehen eine gewisse Verwegenheit hinzu, die mich anzuziehen scheint. Er ist ein echt heißer Typ, das kann ich nicht leugnen.

»Hast du einen festen Freund?«, fragt er da, und mir fällt die Kinnlade hinunter.

»Äh, nein«, entgegne ich überrumpelt.

Prompt wird sein Lächeln eine Spur breiter und seine Augen funkeln regelrecht vor Freude. »Dann… Darf ich dich auf ein Abendessen einladen?«

Mein Gehirn hat irgendwie den Faden verloren. Da oben herrscht Funkstille, schwarzes Nichts, weißes Rauschen. Riley King, der feuchte Traum der meisten Frauen in Snow Falls, will mich, die unscheinbare Kathrine Solomon, auf ein Date einladen? What the fuck? Was passiert hier gerade? Habe ich im Restaurant irgendwelche Signale gesendet, die mir nicht bewusst waren, oder hat er eine meiner Bemerkungen falsch interpretiert?

»Nicht heute«, fügt er an, als ich nichts erwidere. Die Freude weicht aus seinen Zügen und macht Besorgnis Platz. Verlegen greift er sich in den Nacken und meint: »Na ja, innerhalb der nächsten Wochen vielleicht? Vor dem ersten Schnee.«

In meinem Kopf schwirren tausend Fragen umher, aber das Einzige, wozu mein dummer Mund fähig ist, ist: »Wieso?«

»Wieso nicht?«, kontert er und lässt die Hand sinken. Seine Züge sind ernst, und wenn mich nicht alles täuscht, liegt darin so etwas wie Enttäuschung. »Du bist immer noch eine tolle Frau, unfassbar klug und dazu echt rattenscharf – sorry, ist aber so... Dein Lächeln ist wunderschön, also wieso sollte ich mein Glück nicht so lange versuchen, bis du ja sagst?«

Weil du mit der halben Stadt schläfst, wenn du im Tal bist?, erwidere ich fast. Ich kann mich gerade noch zurückhalten, entscheide mich jedoch, diesem Gedanken zu folgen. Riley King scheint ein Mann zu sein, der sich nimmt, was er will, wenn er es kriegen kann. Aber genauso schnell lässt er es auch wieder fallen – und da scheiden sich unsere Geister. Ich bin nicht auf eine schnelle Nummer aus – oder zwei oder drei – und schon gar nicht will ich jemanden über Nacht in meine Wohnung lassen. Nicht, wenn ich, wie dieser Tage, ein mentales Wrack bin.

Nebenbei bemerkt empfinde ich Rileys Verhalten mir gegenüber unpassend; viel zu vertraut. Das kann natürlich auch daran liegen, dass ich aus der anderen Ecke des Landes komme... Trotzdem ist es mir unangenehm, wie intim er mit mir spricht. Als würden wir uns weitaus länger kennen als seit jenem Abend im Restaurant.

»Das ist wirklich lieb von dir, aber nein«, lehne ich deshalb so höflich wie möglich ab. »Ich glaube nicht, dass unsere Lebensstile kompatibel sind.«

Irgendetwas verändert sich in seinen Augen, doch die Emotion ist zu schnell wieder verschwunden, als dass ich sie hätte analysieren können. Riley wirkt sichtlich geknickt.

»Das ... ist wirklich schade«, murmelt er.

Wieder entsteht eine peinliche Pause, in der wir uns stumm ansehen. Diesmal ist er es jedoch, der zuerst den Blickkontakt abbricht, indem er sich dem Regal zuwendet und gespielt auflacht. »Tja, dann überlasse ich dich mal wieder deinem Einkauf. Einen schönen Abend noch, Cathy. Und sei vorsichtig da draußen.«

Unwillkürlich bekomme ich eine Gänsehaut, nicke aber und winke ihm lächelnd zum Abschied, ehe er um die Ecke verschwindet. Ich soll vorsichtig sein da draußen? Wer sagt denn bitte sowas? Klingt mehr nach einer Warnung als nach einem gebräuchlichen Abschiedsgruß.

Mein Blick wandert grüblerisch von den Regalen zu meinem Smartphone. »Shit!«

In zwanzig Minuten kommt mein Bus und ich bin noch nicht einmal zur Hälfte mit dem Einkauf durch. Hastig stolpere ich über die Ladenfläche und greife mir die Produkte, die ich aufgeschrieben habe.

Obwohl ich mir einen Ast abhetze, verpasse ich den Bus um Haaresbreite. Zornig schimpfe ich dem Gefährt hinterher und stoße ein frustgeladenes Grollen aus. Alles nur wegen dieses Scheißcreeps Riley King, der offenbar mit dem Schwanz denkt und annimmt, ich sei leicht rumzukriegen!

In solchen Situationen wünsche ich mir, dass ich nie fortgegangen wäre. Dann wäre alles noch wie vorher: Ich hätte ein geregeltes, erfolgreiches und erfülltes Leben, in welchem mich die Menschen nur selten von der Seite anmachen – und wenn sie realisieren würden, wen sie da schief angesehen haben, wären sie schneller von der Bildfläche verschwunden, als ich »Eishockey« hätte sagen können.

Constantine wäre noch immer an meiner Seite und würde mir die penetranteren Schwärmer vom Hals halten, so wie ich es bei ihm tat… Moment. Warum denke ich denn jetzt an ihn? Hier geht es um ein erfülltes Leben und widerliche Typen, nicht um verflossene Liebe und Herzschmerz.

Das Hupen eines Autos holt mich aus meinen Grübeleien und ich schaue von meinen Einkaufstaschen hoch. Fionas Gesicht strahlt vom Beifahrerfenster zu mir herüber. Sie winkt mir ungestüm zu. »Hüpf rein, ich fahre dich.«

Dankbar folge ich der Einladung. Wenige Minuten später sind Riley King und Constantine Rush aus meinem Kopf verpufft, denn Fiona erzählt mir von ihrem Date gestern Abend mit niemand anderem als Gordon Grey vom Revier.

»*Du*«, wiederhole ich ungläubig, »und Gordon? Auf einem Date?« Schon allein die Vorstellung ist so abwegig, dass ich den Kopf schüttele. »Sicher, dass du ihn nicht verwechselt hast?«

Ich sage das nicht ohne Grund: Gordon hat vor sieben Jahren seine Frau an Lungenkrebs verloren. Seither bleibt er außerhalb der Arbeit eher für sich, und kollegiale Einladungen zum Trinken oder Feiern lehnt er kategorisch ab. Bislang machte er auf mich den Eindruck, als wäre er noch nicht über den Verlust seiner Frau hinweg.

Fiona wirft mir einen entsprechend bösen Seitenblick zu. »Er hat mich um ein Date gebeten und ich war mit ihm essen, Cathy. Es war ein schöner Abend.«

Als ich sie gespannt anstarre, atmet sie hörbar entnervt aus und fügt hinzu: »Kein Sex.«

Na immerhin. Das hätte ich Gordon aber auch nicht zugetraut – er ist ein anständiger Kerl, ein waschechter Gentleman.

»Nicht einmal ein Küsschen gab's.«

»Denkst du, es wird zu einem zweiten Date kommen?«

»Ganz ehrlich? Ich habe keine Ahnung.«

»Oh! Du magst ihn!«, necke ich sie.

Sie versucht, das verräterische Lächeln zu unterdrücken, schafft es aber nicht.

Ich schlage mir die Hand vor den Mund und hole gespielt bestürzt Luft. »Oh mein Gott«, hauche ich, »ich habe recht!«

Sie bemisst mich mit einem weiteren säuerlichen Seitenblick. »Na ja, eventuell ein bisschen.«

»Wow, ich bin beeindruckt«, sage ich. »Wie hat Gordon das bloß hingekriegt?«

Fiona zuckt die Achseln und eine sanfte Röte kriecht in ihre Wangen. »Er und ich hatten mal was während der Schulzeit.«

»Erzähl mir alles, girl!«

»Er war drei Stufen über mir und ein absolutes Ass im Basketball. Er war in der Schulmannschaft und ich hatte einen absolut krassen Crush auf ihn, das kannst du dir nicht vorstellen.« Sie seufzt, während sie in Erinnerung schwelgt. »Ich hätte damals nie gedacht, dass er mich wahrnimmt – du weißt schon, privilegiertes weißes Richkid und die kleine Austauschschülerin aus Madagaskar? Not happening.«

Sie parkt den Wagen vor meinem Wohnblock und legt die Hände locker unten auf das Steuerrad, während sie mich belustigt ansieht. »Ich war ja bloß für zwei Semester an der Snow Falls High eingeschrieben und eigentlich hätte ich danach wieder zurückfliegen sollen, aber…«

Ich platze vor Neugier. »Aber?«

»Na ja, Daddy hat ein super Jobangebot bekommen und gefragt, ob ich hierbleiben will, also habe ich ja gesagt.«

»Okay«, unterbreche ich, »das alles weiß ich bereits. Du fliegst alle paar Monate nach Hause und besuchst deine Mutter in deiner Heimat. Aber was hat das mit Gordon zu tun?«

Sie kichert und meint: »An dem Tag, an dem ich die unterschriebenen Dokumente meiner Eltern eingereicht habe, sass er im Flur vor dem Direktorat. Er hatte sich mit einem Jungen geprügelt, der rassistische Sachen über mich gesagt hat.«

»Oh.«

»Es war, als wären meine Gebete erhört worden«, fährt sie immer noch amüsiert fort. »Gordon und ich hatten ein Jahr lang eine feste Beziehung – er war mein erster Freund.«

»Aber er war drei Stufen über dir«, entrüste ich mich.

Sie winkt ab. »Das war uns egal.«

»Aber…« Ich zögere einen Moment, stelle die Frage dann doch. »Warum ist eure Beziehung dann in die Brüche gegangen?«

Diesmal ist ihr Seufzer deutlich trauriger. »Auf der Polizeiakademie hat er Hannah kennengelernt.«

»Woah, warte, warte. Hannah war auf der Akademie?« Totaler Unglauben tränkt meine Stimme. Gordons Frau Hannah, die zierliche Verkäuferin im Supermarkt – eine Polizistin? Ich glaub's nicht!

Fiona nickt und lächelt. »Ja, ich konnte es mir auch kaum vorstellen, als ich ihr das erste Mal begegnet bin. Sie ist nach drei Semestern ausgestiegen und hat danach im Supermarkt angefangen, aber der Schaden war angerichtet. Gordon hat mich verlassen, um mit ihr zusammenzusein.«

Innerlich hängt meine Kinnlade kurz überm Boden ob der Offenbarungen, die sie gerade gemacht hat, aber äußerlich gebe ich mein Bestes, eine verständnisvolle Freundin zu sein.

»Das war sicher eine harte Zeit«, meine ich sanft und streiche ihr mit der Hand über den Arm, um sie zu trösten.

Fiona gluckst jedoch. »Iwo!« Sie öffnet die Fahrertür und steigt aus, um mir beim Hochtragen der Einkäufe zu helfen. »Dank der Trennung habe ich endlich meine Sexualität entdeckt, girl! Ich habe mit allen rumgemacht, die Bock hatten, um ihn zu vergessen, das gebe ich zu.« Sie stemmt die Tüte auf ihren Arm und gestikuliert fieberhaft. »Aber dadurch habe ich erkannt, dass ich gut und gerne auf einen Schwanz verzichten kann, wenn eine Frau mir dafür die Pussy leckt. Niemand kann deine Pussy lecken wie eine Frau – wir wissen einfach auf natürliche Weise, was sich toll anfühlt.«

Wie immer, wenn Fiona so krass offen über ihre Sexualität spricht, werde ich ein wenig verlegen. Ich bewundere sie dafür, wie frei sie sich damit fühlt und entsprechend ihrer Laune die Sexualpartner auswählt. Sie hat auch mir angeboten, mich ab und an ein wenig zu verwöhnen, um mental runterzukommen, aber ich bin einfach nicht der Typ dafür. Vielleicht schäme ich mich zu sehr, vielleicht bin ich zu verklemmt – jedenfalls fühle ich mich mit dem Gedanken an eine Mann-Frau-Beziehung einfach wohler. Genauer gesagt, mit einer Constantine-Kathrine-Beziehung. Die es, wohlgemerkt, seit sechs Jahren nicht mehr gibt.

Ich verabschiede Fiona, nachdem ich mich überschwänglich bei ihr für ihre Hilfe bedankt habe. Sie winkt mir ein letztes Mal zu, dann verschwindet ihr Auto um die Kurve und ich lehne mich mit der Schulter gegen die Haustür, um noch ein wenig darüber nachzudenken, was sie mir erzählt hat.

Doch schnell wird mir zu kalt dafür, also drehe ich mich um und will die Tür ins Schloss fallen lassen, als ein Ruf mich davon abhält.

»Cathy!«

Ein Blick über die Schulter verrät mir, wer da auf mich zu hastet: Gunny trabt heran, auf seinem Gesicht ein breites Grinsen. Sobald er vor mir steht, vergräbt er die Hände in den Hosentaschen. »Hey, Cathy. Was geht?«

»Hey, Gunny«, erwidere ich amüsiert. Ich mag den Jungen. Seine Schwester und er waren früher oft bei mir, um Nachhilfe zu bekommen, aber seitdem Gunny von der Schule abgegangen ist, um Geld für Sandrine und sich zu verdienen, sehe ich die beiden Geschwister bloß noch selten.

»Was macht die Arbeit?«, frage ich.

Er grinst und zieht die Hand aus der Tasche, um mir den Daumen-hoch zu zeigen. »Ich habe jetzt ’nen echt geilen Job.« Er sprüht regelrecht vor Freude. »Sechshundert pro Woche – dafür muss ich kaum was tun. Echt genial.«

Meine Miene verfinstert sich augenblicklich und ich schaue besorgt auf ihn hinunter. Er sieht die Veränderung und hebt in beruhigender Geste die Hände. »Nein, nein, Cathy, nichts Illegales, versprochen.«

»Das will ich auch hoffen«, entgegne ich streng. »Wenn du schon arbeitest, anstatt zur Schule zu gehen, dann zumindest etwas, das ehrlich ist.«

Ich weiß, ich bin nicht seine Mutter – niemand wird nach dem tödlichen Autounfall seiner Eltern diese Rolle jemals wieder einnehmen, aber ich mache mir Sorgen um ihn und seine jüngere Schwester.

Gunny grinst wieder und zwinkert mir zu, während er meint: »Keine Sorge, Cathy, ich gebe gut auf uns acht.« Dann wechselt er das Thema und fragt: »Und bei dir? Alles beim Alten?«

Misstrauisch hebe ich die Brauen. »Braucht Sandrine Nachhilfe oder wieso fragst du das so komisch?«, will ich wissen.

»Nö. Wollte nur nett sein.«

»Okay…?« Ich habe keine Ahnung, was in dem Jungen vorgeht. Um seinem aufmerksamen Gesicht Genüge zu tun, antworte ich: »Zu viel Arbeit, zu wenig Freizeit, Gunny.«

»Also alles wie immer«, fasst er zusammen, klatscht in die Hände und dreht sich halb weg, um zu gehen. »Dann lasse ich dir deine Freizeit. Man sieht sich, Cathy!«

Mit einem perplexen Kopfschütteln winke ich ihm zu und trete ins Haus. Was ist nur in ihn gefahren, dass er sich plötzlich für mein Leben interessiert?

CONSTANTINE

16

Früher war Kathrine an meiner Seite, jetzt ist es der Alkohol – das einzige Laster außer den gelegentlichen Zigaretten, das ich mir dieser Tage noch erlaube.

Aber je mehr ich trinke, desto düsterer wird meine Stimmung. Der Alkohol macht, dass ich die eisernen Ketten um meine Erinnerungen lockere, sie zulasse oder gar willkommen heiße. Viele dieser vergangenen Momente handeln von ihr. Der rationale Teil meines Gehirns beginnt dann jeweils zu argumentieren, dass das durchaus verständlich ist, weil sie eine verdammt lange Zeit an meiner Seite war. Aber der emotionale Teil schmerzt, verarbeitet, weigert sich zu akzeptieren. Diesen Teil hasse ich wie die Pest. Leider ist es aber laut Psychologe genau der Teil, den ich zulassen muss.

Heute verbringe ich den Morgen damit, in meinem neu gestalteten Wohnzimmer auf der Couch zu fläzen und mir hart die Kante zu geben. Ich warte auf Aarons E-Mail. Der miese Penner hat sich nicht an meine Anweisung gehalten. Aber das tut er nie. Nicht, dass ich ihm ernsthaft einen Vorwurf deswegen mache – schließlich ist er nicht *mein* Angestellter. Und ich bin ein viel zu großes Arschloch ihm gegenüber, als dass er mich als problemfreien Kunden einstufen und mehr Elan als nötig in meine Forderungen stecken könnte.

Als hätte ich es mit meinen Überlegungen heraufbeschworen, gibt mein Smartphone einen Ton von sich. Meine Hand schnellt vor und schnappt sich das Gerät vom Couchtisch. Dabei verschwimmt meine Sicht bedenklich. Eventuell sollte ich mit dem Besäufnis aufhören und mich der Realität stellen. Ein dümmliches Grinsen huscht über mein Gesicht. *Wer's glaubt, wird selig, Mann.*

Demonstrativ nehme ich einen weiteren, großen Schluck und widme mich der eingetroffenen E-Mail, die tatsächlich von Aaron stammt. Er hat eine komprimierte Datei angehängt, die ich in meiner Ablage entpacke. Sofort springt mir ein Ordner ins Auge: eine Fallakte des Snow Falls P.D.. Ohne zu zögern, öffne ich die einzelnen Dateien und lese mich in den Fall ein. Doch je länger ich lese, desto mehr regt sich blinder Zorn in mir. Um ganz sicherzugehen, prüfe ich den Status der Ermittlungen dreimal, ehe ich das Gerät sinken lasse und mir mit den Fingern der freigewordenen Hand die Stirn massiere – ein kläglicher Versuch, mich zu beruhigen.

Status der Ermittlungen: Ungelöst

Die Buchstaben tanzen vor meinem inneren Auge, als ob sie mich verhöhnen wollen.

Kathrine... Oh Kathrine.

Das Herz sitzt mir in der Kehle vor Anteilnahme. Ein gemartertes Stöhnen entfährt mir und ich schließe die Lider, will die wiedergefundene Realität der letzten Minuten von mir stoßen. Aber es funktioniert nicht.

»Verdammte Scheiße«, fluche ich leise. Dann noch einmal, aber diesmal ist es ein Schrei: »Verfickte Scheiße!«

Wieso fühle ich mich jetzt wie der letzte Dreck, verflucht? Nur weil Kathrine in den Jahren, in denen ich nicht an ihrer Seite war, mit fucking K.O.-Tropfen betäubt wurde und seither mit einem Erinnerungsverlust von drei Tagen zu kämpfen hat, was laut ihrer Patientenakte in einem Aggressionsproblem mündete?

Menschen sind scheiße, jeden Tag sterben Tausende von ihnen – und ich werde schwach, weil ausgerechnet der einen, die mich und mein Leben zerstört hat, etwas zugestoßen ist... Fuck, was bin ich armselig... Auf diese Weise werde ich niemals an meine Rache kommen!

Meine Augen finden wie von selbst zurück zum Bildschirm. Noch ehe mir bewusst wird, was ich da überhaupt tue, scanne ich ein Dokument nach dem anderen in Windeseile durch. Stirnrunzelnd und mit neugefundener Verärgerung schließe ich schlussendlich das Letzte davon. Weder in der psychologischen Untersuchung und der Krankenhausakte ist notiert worden, was sich genau zugetragen hat. Das Ereignis blieb bis zum heutigen Tag für alle Beteiligten – inklusive Kathrine – ein Mysterium.

Das kann ich nicht so stehenlassen.

Bevor ich nach Snow Falls gezogen bin, war ich mir sicher, dass ich jeden Aspekt von Kathrines Leben genaustens kenne. Ich habe mir nicht einmal die Mühe gemacht, nach möglichen Vorfällen zu suchen, weil sie in der Vergangenheit eine blütenweiße Weste hatte – wie die Eiskönigin, die sie nun mal war. Matt hat die ersten Zweifel gesät und *natürlich* hatte er den richtigen Riecher: Es ist offensichtlich, dass ich so einige Variablen in der Berechnung nicht einkalkuliert und mich zu sehr darauf verlassen habe, dass sich Kathrines Leben nicht ändern würde. Für diesen Fehler bezahle ich jetzt mit einer Stolperfalle nach der anderen – dieser Vorfall hier ist bisher die gefährlichste.

Wenn ich Kathrine davon überzeuge, dass sie mir vertrauen kann, dass sie sich mir öffnet… Vielleicht verrät sie mir dann, ob sie sich unterdessen an mehr erinnert. Ich könnte zwei Fliegen mit einer Klappe schlagen, indem ich ihr Vertrauen gewinne und den Penner schnappe, der sie betäubt hat.

Meine Hand bewegt sich wie von selbst, greift zum dritten Mal nach dem Smartphone und wählt Kathrines Nummer. Während es klingelt, nehme ich zwei tiefe Atemzüge, um meinen inneren Tumult zu besänftigen.

»Solomon?«, meldet sie sich mit professionellem Unterton in der Stimme.

»Kathrine?«, frage ich, als wäre ich unsicher, ob ich richtig verbunden bin. Was völliger Quark ist – natürlich habe ich mir die Nummer von Aaron besorgt, als ich hergezogen bin.

Sie zieht vor Verblüffung scharf die Luft ein.

»Constantine?«, erwidert sie nach wenigen Sekunden.

Ich lasse die perfekte Menge Erleichterung in ein Auflachen fließen, bevor ich sage: »Oh, wow, ich bin richtig verbunden!«

»Woher hast du diese Nummer?«, fragt sie. Diesmal ist ihre Stimme hart vor Skepsis und ich kann es ihr nicht verübeln. Ich wäre auch misstrauisch, wenn mich meine Ex aus heiterem Himmel anrufen würde.

»Matthew«, haue ich entschuldigend raus. »Er meinte, wenn wir schon im selben Ort wohnen, dann...« Ich lasse den Satz absichtlich ins Nichts auslaufen, weil ich Matts Beteiligung nicht größer machen will, als sie tatsächlich ist.

Das Seufzen am anderen Ende lässt mich triumphierend grinsen.

»Vergiss es, ich kann's mir vorstellen.« Etwas raschelt im Hintergrund, dann fragt sie: »Weshalb rufst du mitten am Tag an? Ist dir Snow Falls jetzt schon zu langweilig geworden?«

Ich mache einen zufriedenen Laut in der Kehle und lehne mich in meine Couch zurück.

»Ja und nein«, gestehe ich ehrlich. »Möglicherweise bin ich zu früh hergezogen. Mein Körper fiebert auf den Schnee hin, der dauernd angepriesen wird.«

Sie schnaubt zynisch durch die Nase. Wieder raschelt es, und ich höre, wie sie irgendwas abstellt. »Bist du in *Fiona's Decor*?«

»Ja«, nuschelt sie verhalten. Gleich darauf flüstert sie: »Sie sieht schon die ganze Zeit mit untertassengroßen Augen zu mir rüber, seitdem ich deinen Namen ausgesprochen habe.«

Ich verkneife mir ein Lachen und stelle amüsiert fest: »Deine Chefin ist notorisch neugierig.«

»Du hast ja keine Ahnung«, kontert sie mit einem leidgeplagten Seufzen.

Überdeutlich höre ich, wie Fiona im Hintergrund aufgeregt flüstert: »Telefonierst du echt mit *Constantine Rush*?«

»Einen Moment, bitte«, sagt sie in meine Richtung, dann wird die Verbindung mit gedämpftem Gemurmel erfüllt, das ich nicht verstehe.

»Fünf Minuten«, zischt Kathrine und eine Tür wird in ein Schloss geklickt. Anschließend: »Constantine? Bist du noch dran?«

Mit einem fetten Grinsen im Gesicht stimme ich zu. »Jepp.«

»Okay. Also, warum rufst du an?«, hakt sie nach, diesmal ruhiger.

Gut, ich habe sie so weit, dass sie mir aktiv zuhören will. Kommen wir also zum Punkt. »Ich wollte fragen, ob du mit mir zu Abend essen möchtest.«

Wenige Herzschläge lang herrscht Stille zwischen uns.

»Ähm... Essen?«, wiederholt sie stotternd. »Mit dir?«

»Jepp.«

»Wieso sollte ich?«

»Weil ich neu hier bin und du nicht«, hole ich zu einer Erklärung aus. »Du kannst mir sicher einiges über Snow Falls berichten, sodass ich mich schneller wie zu Hause fühle.« Baaam, Totschlagargument.

»Das ...«

Sie zögert, shit! Schnell füge ich hinzu: »Ich fahre dich im Anschluss auch nach Hause, wenn du willst.«

»Ich weiß nicht, ob das so eine gute Idee ist ...«

»Bitte, Kathrine«, flehe ich, »ich suche doch nur ein wenig Anschluss in einer neuen Stadt. Ich hege keinerlei Hintergedanken dabei, falls du dir darüber Sorgen machst.« *Nein gar nicht – Augenzwinker, Fingerkreuz ...*

Wieder zögert sie. Dann gibt sie nach. »Na gut.«

Innerlich jubiliere ich.

»Aber eine Frage habe ich da noch ...«

»Und die wäre?«

»Seit wann kannst du kochen?«

Ich mache ein gespielt beleidigtes Geräusch. »Ich gebe zu, ich bin nicht so gut darin, wie du. Allerdings habe ich den ein oder anderen Kochkurs besucht, seitdem ich für mich selbst verantwortlich bin, und Matt schwört Stein und Bein, dass ich nicht allzu miserabel dabei abschneide.«

»Jetzt hast du mich neugierig gemacht«, sagt sie mit einem hörbaren Lächeln.

»Dann hole ich dich um sechzehn Uhr an der Bushaltestelle ab, ja?«, frage ich erwartungsvoll.

»Geht klar.«

Diesmal muss ich nicht einmal schauspielern, meine Lippen sind bereits zu einem Lächeln verzogen, als ich sage: »Ich wünsche dir einen schönen Tag, Kathrine. Bis später.«

»Bis dann.«

Sie kappt die Verbindung und ich lasse meinen Hinterkopf auf die Rückenlehne fallen. Das breite Grinsen in meinem Gesicht scheint festgeklebt zu sein, aber das ist mir für einen Moment lang scheißegal. Alles läuft wie am Schnürchen.

Jetzt muss ich nur noch überlegen, was ich kochen soll. Für mich hat sie letztens Spaghetti gemacht, also sollte ich mich mit etwas revanchieren, das simpel, aber doch lecker ist. Ah, ich weiß: Risotto Milanese. Kathrine fährt total ab auf Risotto, egal welches. Früher waren wir Stammkunden bei einem Italiener, der ihr bei jedem Besuch eine neue Eigenkreation serviert hat. Ich konnte den Typen nicht ausstehen, weil er sie immer so angelächelt hat, als wäre sie seine persönliche Muse oder sowas. Aber was habe ich nicht alles getan, um ein wenig Alleinzeit mit Kathrine zu verbringen ...

Entschieden dränge ich die Vergangenheit zurück in ihre Box und verschließe sie. Daraufhin stehe ich auf und mache mich daran, die Bude auf Vordermann zu bringen.

❄

Punkt sechzehn Uhr fahre ich an der Bushaltestelle vor dem Revier rechts ran. Kathrine steht bereits am Straßenrand und eilt auf die Beifahrertür zu, sobald sie mich hinter dem Steuer erkannt hat.

»Brrr, ist das kalt«, murmelt sie in ihren Mantel, indes sie sich angurtet.

»Dann wärmen wir dich mal auf!« Ich drehe die Heizung auf volle Kanne. »Wir wollen schließlich nicht, dass du als Frostbeule bei mir ankommst.« Mit einem Zwinkern lächle ich ihr zu und konzentriere mich auf den Verkehr.

»Wo wohnst du eigentlich?«, will Kathrine wissen, sobald wir auf der Hauptstraße kehrtgemacht haben.

Ich zucke mit den Schultern und feixe. »Die Gegend nennt sich *Fallen Heights*.«

Ihre Augen werden groß.

»Da wohnen die reichsten der Reichen der Stadt«, plappert sie, hält sogleich inne und schlägt sich mit der flachen Hand gegen die Stirn. »Klar wohnst du dort – du *bist* stinkreich.«

Mit einem entschuldigenden Lächeln erwidere ich: »Schuldig.«

»Ist es eine Villa?«, bohrt sie weiter.

Mit einem Kopfschütteln versuche ich, meine Belustigung über ihre kindliche Neugierde zu verbergen. »Es ist ein echtes Downgrade verglichen zu früher. Ich besitze hier bloß ein stinknormales Haus.«

»Kaum zu glauben«, haucht sie gespielt ungläubig. »Constantine Rush gibt sich mit einem simplen Wohnhaus zufrieden.«

Ich kann es nicht länger zurückhalten: Ich lache lauthals los und werfe ihr einen Seitenblick zu. Sie grinst zufrieden vor sich hin.

»Vielleicht verliere ich auf die alten Tage meinen snobistischen Schneid«, kontere ich ironisch.

»Niemals«, behauptet Kathrine felsenfest. »Du wirst ein aufgeblasener Bock bleiben, bis du tot im Sarg liegst.«

»Tja«, gebe ich verspielt zurück, »da hast du wohl recht.«

Ich biege rechts ab und folge der Straße, bis sie eine Linkskurve macht und stetig ansteigt. Hier beginnt *Fallen Heights*: Ein Viertel, welches sich einen Hügel hinauf schlängelt und in dem die Häuser mit gefühlt zwei Fußballfelder Garten jeweils vorne und hinten raus ausgestattet sind, sodass jeder Familie ausreichend Freiraum zur Verfügung steht – und damit die kreischenden Kinder den Nachbarn nicht allzu sehr auf den Sack gehen, vermute ich mal.

Kathrines Gesicht schnellt von rechts nach links und wieder zurück. Sie will jedes der Häuser so lange wie möglich ansehen und ich drossle erheitert das Tempo, damit sie mehr Zeit hat, all die Eindrücke in sich aufzunehmen.

Auf Höhe des letzten Hauses auf der rechten Straßenseite biege ich in die Auffahrt.

»Willkommen bei mir zu Hause«, verkünde ich trocken.

Kathrines Augen sind immer noch vor Neugierde aufgerissen, doch sie lächelt nervös und wartet auf mich, während ich die Einkäufe aus dem Kofferraum hole. Ich schließe nonchalant die Haustür auf und bitte sie herein.

»Woah!«, haucht sie verblüfft, lässt ihre Handtasche auf den Dielenboden sinken und gafft ungeniert.

»Ich habe dir Hausschuhe hingestellt«, informiere ich sie im Vorbeigehen. »Die Jacke kannst du da drüben aufhängen.« Mein Kopf nickt nach links zum weißen Dielenschrank.

»Okay«, antwortet sie kleinlaut, entledigt sich ihres Mantels und ihrer Schuhe und wirft immer wieder heimliche Blicke ins Wohnzimmer.

Ich kann ein selbstzufriedenes Schmunzeln nicht unterdrücken. Der Ausblick aus den deckenhohen Fenstern hatte denselben Eindruck bei mir hinterlassen – mit ein Grund, warum ich mich für dieses Haus entschieden habe.

Die Südseite des Hauses ist beinahe vollständig mit Glasfenstern versehen worden, die allesamt auf die Berge ausgerichtet sind, welche sich rund um Snow Falls erheben. Die Sonne geht gerade unter und der Himmel hat sich violett gefärbt. Die Berggipfel thronen hoch oben, berühren die Wolkenfetzen und versinken in deren grauschwarzen Schatten, was sie noch imposanter wirken lässt.

»Bald schon werden sie alle in weißen Schnee gepudert sein«, sinniere ich so, dass Kathrine mich hören kann, derweil ich auf die Küche zusteuere.

»Unglaublich«, flüstert sie. Sie schreitet auf die Glasfront zu, als wäre sie vollends verzaubert.

Das letzte Licht des Tages fällt auf ihre Gestalt, hüllt sie in goldenes Licht und lässt die braunen Wellen ihres Haars in Rost- und Kastanientönen glänzen. Ein paar goldene Strähnen mischen sich darin – das weiß ich, weil ich das Farbenspiel ihrer Haare auswendig kenne. Sie trägt einen fliederfarbenen Feinstrickpulli, der ihr bis über den Po fällt, und darunter rotbraune Leggins. Sie strahlt geradezu im letzten Tageslicht, und auch wenn ich nur ihre Kehrseite sehe, schwirrt mir leicht der Kopf davon.

Nur mit großer Mühe reiße ich mich von ihr los und fokussiere mich mit zusammengebissenen Zähnen auf meine eigentliche Aufgabe: Einkäufe auspacken. Bedächtig ziehe ich nacheinander ein Safranpäckchen, Butter, Parmesankäse, eine Packung Risottoreis, ein Netz Zwiebeln und eine Flasche trockenen Weißwein aus der Tüte. Dabei gebe ich mein Bestes, Kathrines Präsenz zu ignorieren. Kurzerhand mache ich mich daran, mir die Hände zu waschen und die Zutaten vorzubereiten, um mein abgefucktes Gehirn mit irgendwas zu beschäftigen, was nicht mit erotischen Szenen zwischen uns beiden zu tun hat.

»Ich könnte den ganzen Tag hier stehen und die Berge betrachten«, drängt ihre sanfte Stimme an mich heran.

»Mhmm«, murmele ich unbestimmt und schneide die Zwiebeln.

»Wirst du Snowboarden oder Skifahren gehen?«, fragt sie, ihr Gesicht weiterhin der Naturszenerie zugewandt.

»Natürlich.«

Der Ton ihres verhaltenen Lachens lässt mich wohlig schaudern.

»*Natürlich*«, wiederholt sie verträumt. »Ich habe es geliebt, mit dir die Pisten abzufahren, weißt du.«

Das Messer in meiner Hand erstarrt, mein Kopf ruckt hoch und ich betrachte ihren Hinterkopf. Was genau will sie mir damit sagen? Dass sie es vermisst? Will sie mich indirekt fragen, ob ich sie dieses Jahr mitnehme? Oder ist es schlicht und ergreifend ein bloßer Moment der Nostalgie, der gleich vorüber sein wird?

Fuck, ich werde aus dieser Frau einfach nicht schlau.

»Es ist die letzte glückliche Erinnerung«, fährt sie fort. Sie verschränkt die Hände hinter dem Rücken ineinander und konzentriert sich für meinen Geschmack ein Stück weit zu sehr auf einen Punkt da draußen vor dem Fenster.

»Damals, als wir den Winter über in dein Chalet gezogen sind.«

»Das ist verdammt lange her«, erwidere ich deshalb perplex. Zur Hölle, das war fast ein Jahr vor unserer Trennung ...

Sie nickt. Ihre Stimme klingt ein klein wenig erstickt, als sie flüstert: »Das ist es in der Tat.«

Scheiße, weint sie etwa? So langsam bekommt meine sorgfältig vorbereitete Maske Risse ob ihrem unberechenbaren Verhalten. Und ich kann es mir verdammt nochmal nicht leisten, aus meiner Rolle zu fallen... Aber ich hasse Tränen – besser gesagt: ich hasse Kathrines Tränen. Habe ich immer schon. Zu sehen, wie sie leidet, hat mich jedes Mal innerlich zerrissen. Ein Teil von mir war in solchen Moment blind vor Rage auf den Grund ihrer Tränen, auch wenn ich ebenjener gewesen bin – dem anderen Teil wurde gleichzeitig mit einem brennendheißen Löffel das Herz herausgefurcht.

Wie es scheint, hat sich nichts an meiner Gefühlswelt geändert, denn jetzt entdecke ich das sachte Schütteln ihrer Schultern, das mir beweist, dass sie ihre Schluchzer hinunterschluckt.

Hektisch wasche ich mir die Hände und eile zu ihr hinüber. Meine Arme finden wie von selbst ihren Weg um ihren Bauch und ich stelle mich hinter sie, stütze sie wortlos und lege sanft das Kinn auf ihren Scheitel, wie ich es früher getan habe. Scheiße, das fühlt sich viel zu vertraut an. Sie wird mich garantiert zurückstoßen. Und da, Kathrine versteinert für eine Sekunde. Doch sie lässt die Berührung zu, bis sich das Zittern ihrer Schultern beruhigt hat. Danach windet sie sich aus meiner Umarmung und wischt sich mit den Fingern die Spuren aus dem Gesicht.

»Verzeih«, nuschelt sie verlegen und meidet meinen Blick. »Ich wollte dich nicht in Verlegenheit bringen, indem ich in alten Erinnerungen ertrinke.«

Ich zucke mit der Schulter und studiere ihr Gesicht.

»Das Bad ist da drüben«, erwidere ich und zeige auf den Flur, der von der Küche ins Innere des Hauses führt. Ihre Augen folgen meinem Fingerzeig und ich nutze die Gelegenheit, um in die Küche zu flüchten. Nur weg von ihr und ihrem verfickt schönen Wesen. Ich darf es nicht überstürzen – wir sind uns gerade eben erst wieder begegnet, da muss ich einen kühlen Kopf bewahren.

Kathrine verschwindet im Gang und ich kann mich endlich mit voller Aufmerksamkeit dem Abendessen widmen. Als sie zurückkehrt, ziehe ich gerade die Teller aus dem Oberschrank, gefolgt von zwei Esslöffeln aus der Besteckschublade. Den Rest des Weins stelle ich auf den Couchtisch, die beiden Weingläser daneben.

»Setz dich schon mal«, bitte ich sie, gieße uns ein und mache mich daran, aufzutischen.

Kathrine wartet schweigend auf das Essen. Als ich ihr den Teller reiche, entschlüpft ihr ein »Wow!« und sie sieht mich mit großen Augen an.

Ich kann das Grinsen, das auf diesen Ausruf folgt, nicht aufhalten. »Risotto Milanese, mit extra viel Safran und Parmesan, genau wie du es magst.«

Sie nimmt einen ersten Bissen, schließt genießerisch die Augen und stöhnt kehlig auf. »Oh mein Gott, das ist himmlisch.«

»Ich weiß«, gebe ich selbstzufrieden zurück. Zufrieden lasse ich mich in die Polster sinken und schalte den Fernseher an. »Heute läuft ein Spiel«, informiere ich sie.

»Ich weiß«, imitiert sie meinen Ton.

Ich greife nach dem Weinglas und leere es in einem Zug, bevor ich mir nachschenke. Kathrine tut es mir wenige Sekunden später gleich. In stummer Harmonie sitzen wir auf meiner arschteuren Couch und futtern Risotto, trinken Wein und schauen ein Eishockeyspiel auf meinem übergroßen Fernseher. Es fühlt sich verdammt gut an, und das macht mir Muffensausen. Ich bin aus einem bestimmten Grund nach Snow Falls gezogen – ich darf nicht in den Schatten alter Erinnerungen versinken!

»Wir sollten uns mit dem Wein ein wenig zurückhalten«, sagt Kathrine plötzlich. Gerade wurde zur Halbzeit abgepfiffen und ein erster Werbeblock flimmert über den Bildschirm.

Ich werfe erst dem Wein, dann ihr einen bedeutungsschweren Blick zu und ziehe die Augenbrauen hoch. »Wie sollen wir das anstellen, wenn die Flasche leer ist?«

Ihre Augen fixieren sich auf das Gefäß. Sie zieht die Brauen zusammen und sieht mich erwartungsvoll an, als würde sie mich fragen wollen, wann das denn passiert ist. Dabei sieht sie dermaßen süß aus, dass ich nicht widerstehen kann: Meine linke Hand hebt sich von meinem Schoss, Zeige- und Mittelfinger streifen ihre Wange.

In ihrem Blick steht Verwirrung. »Was–?«

Umgehend lasse ich die Hand sinken und schüttele den Kopf.

»Sorry«, beeile ich mich, die Situation zu retten. »Du hattest da was.«

»Aha…«

Wir schauen uns noch immer in die Augen. Und wenn mich nicht alles täuscht, sehe ich in ihren etwas aufkeimen, das verdächtig nach Verlangen aussieht.

Ist jetzt der richtige Zeitpunkt? Fuck, was denke ich da? Wird das meine Pläne voranbringen oder ihnen schaden?

Erneut schüttele ich den Kopf, diesmal, um ihn freizukriegen. Scheiße, ich habe eindeutig zu viel intus. Der Whiskey wirkt noch nach und der Wein hat definitiv nicht dazu beigetragen, mir den Kopf zu klären.

Eine sanfte Berührung an meiner Hand lässt meinen Blick zu ihrem Gesicht zurückschnellen. Die Finger ihrer linken Hand zeichnen feine Muster auf meinen Handrücken, ehe sie sie mit meinen verwebt.

»Wir sollten nicht...«, murmele ich.

»Ja«, stimmt sie mir flüsternd zu. Im nächsten Moment rutscht sie näher an mich heran. »Das sollten wir nicht.«

»Warum also...«, sinniere ich weiter.

Sie legt den Kopf schief und mustert mich eingehend. »Ja, warum nur fühle ich diese irrationale Nähe zu dir ...« Ihr Körper kommt immer näher.

Meine Finger schlingen sich fester um die ihren, ziehen sie regelrecht an mich heran. »Warum nur möchte ich genau das tun, was wir nicht tun sollten?«

Ihre Lippen schweben so knapp vor den meinen, dass ich die Hitze spüre, als sie wispert: »Es ist doch schon Ewigkeiten her.«

Ich schlucke hart. Mein Körper kribbelt vor Erwarten, mein Herz hämmert laut in meiner Brust. Sie muss es hören, da bin ich mir sicher. »Da kann unmöglich noch etwas zwischen uns sein.« Meine Stimme ist nur noch ein Hauch.

»Und doch...« Beim Sprechen streift sie meine Lippen und tausend kleine elektrische Schläge fahren mir durch die Glieder, treiben meinen Puls höher, bis er mir in den Ohren rauscht. Das Verlangen, sie zu berühren und ihre Lust in ungeahnte Höhen zu jagen, schwappt über mich herein wie ein Tsunami. Es ist erschreckend, diese alten Emotionen aufblühen zu sehen, und es braucht meine gesamte Zurückhaltung, Kathrine nicht auf der Stelle zu küssen, in die Polster zu drücken und meinen Mund sowie meine Hände erkundend über ihre Gestalt wandern zu lassen.

Sie scheint einen Teil von dem, was in mir vorgeht, in meinen Augen zu lesen, denn ich sehe dasselbe Verlangen. Ihre Lippen öffnen sich, ein zittriger Atemzug entweicht. Und damit ist es um meine Selbstbeherrschung geschehen. Einem Orkan gleich rauscht die Gier nach dieser Frau durch mein gesamtes Wesen, vernebelt jeden Sinn und Verstand. Alles, was mein Gehirn zustande bringt, sind erotische Bilder von Kathrine und mir, auf diesem Sofa, bis morgen früh.

Mein Mund drückt sich auf ihren, meine Zunge fordert Einlass, und als sie ihn mir gewährt, erobere ich. Fuck, wie ich Kathrines Art zu küssen vermisst habe – diese unfassbar weichen Lippen kombiniert mit der Hitze des Höllenfeuers ihrer Lust. Ich kann mich kaum im Zaum halten.

Ein leises Stöhnen löst sich aus ihrer Kehle. Sie drängt sich an mich, fasst mit der freien Hand in meinen Nacken und reißt an den feinen Härchen, die dort wuchern. Ich schlinge den Arm um ihre Mitte, um sie noch enger an mich zu ziehen. Scheiße, diese Kurven bringen mich noch um den letzten Rest Kontrolle! Unsere verschlungenen Finger pressen sich aneinander, als wäre die einzige Alternative, uns gegenseitig auseinanderzureißen wie zwei wilde Tiere.

Der Nebel in meinem Hirn wird dichter. Dinge wie: »Sie gehört mir!«, tanzen mir vor den Augen.

Ein weiterer Laut entflieht ihr, und ich nutze die Gelegenheit, ihm Raum zu geben, indem ich meinen Mund von ihrem löse und mich ihrem Hals widme. Die Haut unter meinen Lippen brennt vor Hitze, als ich Mal um Mal Küsse darauf platziere. An ihrem Schlüsselbein sauge ich mich fest, knabbere und lecke über dieselbe Stelle – ganz so, wie sie es früher geliebt hat. Sie wird die ganze Woche über mein Zeichen tragen. Dieser Fakt turnt mich unfassbar an, dabei bin ich schon so steinhart, dass es wehtut.

Kathrines Finger streifen über mein T-Shirt nach unten. Zielstrebig hält sie auf meinen Schritt zu, und innerlich zucke ich bereits vor Vorfreude. Aber als sie mich durch die Hose hinweg berührt, brennen meine Sicherungen durch ...

Heftig keuchend schrecke ich zurück, entziehe ihr meine Hand, und schüttele ununterbrochen den Kopf.

»Nein«, murmele ich, »nein, nein.«

Mein Verstand schaltet sich lange genug ein, um mich an mein Vorhaben zu erinnern, und ich sinke rückwärts in meine Ecke des Sofas, eine Hand halb abwehrend, halb erklärend vor mir ausgestreckt, die andere frustriert in meine Haare verkeilt.

»Wir sollten das nicht überstürzen«, sage ich schwer atmend. »Nicht so.« Ich schlucke. »Besoffen, meine ich.«

Kathrines Blick ist noch verschleiert vor Lust und Erregung, ihre Augen mustern mich durch halb geschlossene Lider, bevor auch sie auf ihr Polster zurücksinkt und nickt.

»Ja«, haucht sie, die Fingerspitzen ihrer rechten Hand an ihren Lippen, »du hast recht.«

Meine Hand sinkt kraftlos herab. »Nicht, dass ich nicht will«, fahre ich fort, meine Stimme voller Sehnen.

Sie lächelt tatsächlich wehmütig und fuck! Am liebsten würde ich sie weiter küssen, bis wir ineinander versinken und alles um uns herum vergessen – scheiß auf die Vergangenheit, auf die Zukunft... Aber sie dreht sich bereits wieder in Richtung Fernseher, greift nach dem Weinglas und stürzt den Rest in einem Zug hinunter.

»Betrunken rummachen ist nie eine gute Idee«, verkündet sie schließlich. Entschieden stellt sie das Glas wieder hin, lehnt den Kopf an meine Schulter und meint: »Lass uns einfach das Spiel zu Ende sehen.«

Keine fünf Minuten später geht ihre Atmung in ein winziges Schnarchen über. Ein Schmunzeln zupft an meinen Mundwinkeln, aber ich lasse sie schlafen und schaue das Match allein zu Ende. Danach winde ich mich vorsichtig neben ihr hervor, nehme sie auf die Arme und trage sie ins Gästezimmer, wo ich sie zudecke – ein Bein bleibt frei, das habe ich mir aus vergangenen, ähnlichen Situationen gemerkt – und ihr einige wirre Haarsträhnen aus dem Gesicht streiche.

Erschöpft drehe ich mich um. Es wird Zeit aufzuräumen und ins Bett zu gehen. Ich bin definitiv besoffen, und die andauernde Selbstbeherrschung hat mich ausgelaugt.

Nach dem ersten Schritt gen Tür greift Kathrine nach meiner rechten Hand. »Bleib.«

Ich drehe mich halb zu ihr, erstaunt über den verzweifelten Unterton in ihrer Stimme. Doch als ich ihr ins Gesicht schaue, realisiere ich, dass sie nach wie vor schläft. Sie hat instinktiv nach mir gegriffen, um nicht allein zu sein. Leise schnaubend setze ich mich auf den Bettrand, verschränke unsere Finger locker ineinander und studiere ihre Züge. Tiefer und tiefer versinke ich in ihrem Anblick, der selbst jetzt angespannt zu sein scheint.

»Wer hat dir bloß etwas so Schlimmes angetan, dass du nicht einmal mehr in Frieden ruhen kannst?«, flüstere ich, streiche ihr eine weitere Strähne aus dem Gesicht und warte, bis sie mich gehen lässt.

KATHRINE

17

Aufzuwachen stellt eine unfassbare Herausforderung dar. Es fühlt sich an, als würde ich mit dem Gesicht eine Wasseroberfläche durchstoßen und endlich frei atmen, während mein ganzer Körper unter Wasser gezogen wird, als hingen Magneten an jedem Einzelnen meiner Glieder. Träge öffne ich die Augen und blinzle ein paar Mal, um mich an die Umgebung zu gewöhnen. Dabei registriere ich zwei Dinge: Das hier ist nicht mein Zimmer. Und es ist ebenfalls nicht Constantines Wohnzimmer.

Panik ätzt sich in mein Blut. Wirre Bilder stürzen auf mich ein, die ich nicht zuordnen kann. Sie alle tragen das Gefühl von Verzweiflung mit sich.

Im nächsten Moment sitze ich mit donnerndem Herzen aufrecht im Bett und versuche, nicht durchzudrehen. Oh mein Gott, wurde ich wieder entführt? Wessen Zimmer ist das hier? Ich strenge mein Erinnerungsvermögen an, um wenigstens einzelne Anhaltspunkte zu erhalten. Träge kehren die Augenblicke des gestrigen Abends zu mir zurück. Mein Körper entspannt sich, nur um gleich darauf zusammenzusacken. Himmel, ich habe hemmungslos mit Constantine geknutscht!

Ich stöhne auf und verstecke mein vor Scham brennendes Gesicht in den Händen.

Nicht nur haben wir uns geküsst, nein: Ich wäre ungeniert weiter gegangen, hätte er mich nicht zur Vernunft gebracht! Oh mein Gott, ich habe ihn sogar angefasst–!

Ich glaube, ich bekomme Schnappatmung. Hastig nehme ich einige kontrollierte Atemzüge, richte mich im Anschluss wieder auf und inspiziere das Zimmer auf ein Neues. Das Bett steht im Zentrum der Wand gegenüber der Tür. Eine kastanienfarbene Kommode schmückt die Wand links von mir, darüber verbergen dicke Vorhänge ein Fenster. Die rechte Seite wird von einer Kombination aus klappbarem Schreibtisch und Bücherregal eingenommen. Der passende Stuhl ist im Moment auf das Bett ausgerichtet, ein brauner Duschmantel liegt sorgfältig gefaltet darauf. Eine weitere, leicht angelehnte Tür führt in ein angrenzendes Badezimmer.

Eindeutig das Gästezimmer, schlussfolgere ich. Diese Feststellung beruhigt meine flatternden Nerven gewaltig, und ich bin in der Lage, den Kuss in eine Ecke meines Bewusstseins zu verdrängen und zu ignorieren. Mit neugefundenem Elan stehe ich auf und schnappe mir den Bademantel, dann gehe ich duschen.

❄

Irgendwo in der Ferne höre ich eine andere Dusche, als ich zwanzig Minuten später aus dem Gästezimmer tappe. Zeitgleich realisiere ich, dass ich im selben Gang stehe, in dem ich gestern das Bad aufgesucht habe. Erleichtert atme ich auf und tigere zielsicher zur Küche. Was ich jetzt brauche, ist ein frischer Kaffee, um den leichten Kater und den Schrecken hinter mir zu lassen.

Dank der langjährigen Arbeit als Managerin bin ich mit etlichen Kaffeemaschinen dieser Welt vertraut, weswegen Constantines Gerät kein Hindernis für mich darstellt. Ich finde alles, was ich benötige im näheren Umkreis der Maschine – etwas, das ich ihm immer und immer wieder eingebläut hatte, als wir noch zusammen waren.

Tja, scheint so, als wären einige Dinge doch hängen geblieben. Eventuell stellt sich mein Schützling ja doch nicht als purer Reinfall heraus.

Im nächsten Moment ohrfeige ich mich selbst für diesen fiesen Gedanken. Constantine war und ist kein Reinfall – ja, er ist abgestürzt, aber niemand kennt die Hintergründe oder weiß, was genau für Auswirkungen er hatte. Nicht einmal ich. Was erdreiste ich mich also, ihn so zu betiteln? Damit bin ich keinen Deut besser als die Journalisten, die ihn nach über sechs Jahren immer noch bei jeder Gelegenheit auseinandernehmen.

Selbstvergessen lehne ich an der Arbeitsplatte und starre auf die Kaffeemaschine.

»Gibt es ein Problem?«

Constantines Stimme reißt mich aus meinen Überlegungen und ich zucke heftig zusammen. Rasch wende ich mich ihm zu und setze ein Lächeln auf. »Guten Morgen. Nein, alles gut – ich war bloß in Gedanken.«

Sein Blick ist skeptisch, doch er stellt keine tiefer gehenden Fragen, sondern lehnt sich neben mir an die Arbeitsplatte und massiert sich verlegen den Nacken.

»Wegen letzter Nacht«, hebt er an, doch ich unterbreche ihn sofort. »Schon vergessen.« Zur Verdeutlichung wedle ich mit der linken Hand und verschränke im Anschluss die Arme vor der Brust.

Die himmelblauen Augen, die während unseres gestrigen Techtelmechtels die Farbe eines Sommersturms angenommen hatten, wirken nun zurückhaltend – und sehe ich da Enttäuschung? Nein, ich muss mich täuschen.

Die Maschine beendet ihren Durchlauf und ich nehme den Krug, dankbar um etwas Ablenkung. Vorsichtig gieße ich die Flüssigkeit in zwei Tassen und schiebe Constantine eine zu. Die zwei Würfelzucker, die ich vorhin aus der Packung genommen habe, lasse ich in meine eigene Tasse gleiten, bevor ich sie in die Hände nehme und mich daran aufwärme.

»Möchtest du frühstücken?«, fragt Constantine in die Stille hinein. »Ich kann uns Croissants besorgen. Wenn du Brot willst, das ist da drüben. Es sollte auch noch Marmelade im Kühlschrank stehen, und der Honig ist da drüben.« Seine Tasse schwenkt in Richtung einer hölzernen Teebox.

Schon bei dem Gedanken an Essen wird mir schwummrig, also schüttele ich den Kopf. »Ich möchte nach dem Kaffee lieber nach Hause und meine Kleidung wechseln.«

Er studiert meine Klamotten und nickt. »Natürlich. Wie du willst.«

Ich fühle mich gezwungen, irgendetwas Nettes zu sagen, also hasple ich: »Aber wir sollten das definitiv wiederholen.«

Erst nachdem die Worte ausgesprochen sind, merke ich, wie zweideutig sie klingen. Da ich Constantines hochgezogene Augenbrauen und seinen halb herausfordernden, halb fragenden Blick bemerke, kriecht mir prompt die Hitze in die Wangen.

»Also das Abendessen und die nette Gesellschaft«, plappere ich drauflos. »Nicht das mit dem Küssen. Das ... war falsch.« Mein Arm ruckt vor und ich mache eine verneinende Geste. »Nein, nicht falsch, einfach... Also...« Mit sengendheißem Kopf presse ich die Lippen aufeinander und verstumme. Meine Magengegend hat sich zu einer hypernervösen Masse verknotet und ich taxiere verschämt meine Kaffeetasse.

Constantines leises Lachen lässt mich zu ihm aufblicken. Seine Augen strahlen vergnügt und er kämpft eindeutig darum, mich nicht aufzuziehen. Mein Gehirn erleidet einen Kurzschluss – ich schlage ihm spielerisch auf den Oberarm und ziehe einen Flunsch.

»Schon okay«, beschwichtigt er mich. »Ich weiß, was du meintest. Und ich bin voll auf deiner Seite: Es war schön, sich wieder einmal mit jemandem hinzusetzen und ein Spiel zu genießen.«

»Hat Matthew das nie mit dir gemacht?«

Er stiert einen Moment lang in die braune Flüssigkeit, bevor er leise antwortet: »Mit Matt war es anders. Er hat die meiste Zeit damit verbracht, mich vor mir selbst zu schützen, indem er auf mich aufgepasst hat.«

Verwirrt runzle ich die Stirn. Was soll das heißen: *vor sich selbst schützen*? Wollte Constantine sich etwas antun? War er womöglich selbstmordgefährdet? Aber wenn dem so war ... wie steht es dann jetzt um ihn?

Unbehagen breitet sich in mir aus und ich nehme mir fest vor, mich demnächst wieder mit Matthew kurzzuschließen – der letzte Anruf liegt schon Monate zurück.

Bewegung kommt in den Ex-Starspieler neben mir. Er stellt die Tasse auf die Arbeitsfläche und wendet sich halb ab. »Na dann ...«

»Oh, ja klar, einen Moment.« Ich leere den Rest Kaffee in einem Zug. Nachdem ich das Geschirr neben seinem platziert habe, suche ich meine Siebensachen zusammen und mache mich auf den Weg in die Diele, um mir die Schuhe anzuziehen. Constantine folgt mir dichtauf, hält allerdings mitten im Schritt inne. Seine Hände fahren in seine Hosentaschen. »Verdammt, mein Handy. Warte hier auf mich, ja? Ich bin gleich zurück.«

Stumm nicke ich und beobachte ihn dabei, wie er durchs Wohnzimmer eilt, um nach seinem Smartphone zu suchen. Wenige Augenblicke später verschwindet er in seinem Schlafzimmer.

Um mir die Zeit zu vertreiben, lasse ich den Blick durch den Eingangsbereich schweifen. An einer einzelnen, schulterhohen Tür bleibe ich hängen. Mir ist durchaus bewusst, dass das die Kellertür sein muss, aber das ist nicht, was mich an ihrem Anblick aus der Bahn wirft... Drei verschiedene Arten von Schlössern sichern diese Tür: ein Fingerscan, ein Vorhängeschloss und ein Riegel.

Welche Kellertür braucht bitte drei Schlösser? Was zur Hölle hat er dort unten gebunkert – Dynamit? Einen Bunker mit Privattresor, vollgestopft mit Goldbarren?

Neugierig nähere ich mich der Tür und inspiziere die einzelnen Verschlüsse genauer. Dabei fällt mir ein Bolzen im Boden auf und ich korrigiere die Anzahl Schlösser auf vier. Ich hebe die linke Hand und fahre den Kettengliedern des Vorhängeschlosses entlang, weiter hinauf zum Riegel und schließlich zum Fingerscanner. Sobald ich mit dem Ding in Berührung komme, piept es lauthals los und ein rotes kleines Lämpchen rechts oben am Gerät beginnt hektisch zu blinken.

»Was machst du da?«

Constantines eiskalte Stimme schneidet förmlich durch die Luft und ich fahre überrumpelt zurück. »Ich wollte nur–«

Ich schaue hoch in sein Gesicht und verstumme. Der Ausdruck darin ist mörderisch. Gänsehaut kribbelt mir über die Arme und postwendend bekomme ich es mit der Angst zu tun. Ich stolpere noch einen Schritt rückwärts in Richtung Haustür.

»Halte dich gefälligst von dieser Tür fern!«, grollt er drohend. Er macht einen großen Schritt auf mich zu und verhindert auf diese Weise den Sichtkontakt zur Kellertür. Es bleibt mir nichts anderes übrig, als ihn erneut anzusehen. Wieder tobt ein Sturm in seinen Augen, aber diesmal ist es ein Tornado, der aus lauter Vernichtungsgier alles mit sich reißt und in den Abgrund zieht. Ihn so außer sich zu erleben, weil ich eine simple *Tür* angeschaut habe – ich verstehe die Welt nicht mehr.

Er scheint zu durchschauen, dass ich drauf und dran bin, Kontra zu geben, nachzufragen, was daran so schlimm ist. Seine Hand schießt nach vorn, der Zeigefinger ist drohend auf mich gerichtet. »Es geht dich nichts an, verstanden?«

Die Geste ist dermaßen hart, dass ich starr vor Schreck bin. Alles, was ich zustande bringe, ist ein winziges Nicken. Meine Arme sind zur Abwehr vor meinen Oberkörper gepresst und ich bin kurz davor, in Tränen auszubrechen. Noch nie in unserer gemeinsamen Zeit habe ich Constantine so voller Zorn gesehen.

Er scheint zu begreifen, dass ich mir beinahe in die Hose mache vor Furcht, denn er weicht wie in Zeitlupe vor mir zurück und bändigt die Wut in seinen Zügen. »Ich glaube, es ist besser, wenn du allein nach Hause fährst. Hier.« Er wirft mir die Schlüssel seines Autos zu, die ich reflexartig auffange, dreht sich auf dem Absatz um und verschwindet wortlos im Inneren des Hauses, ehe ich noch einen Mucks von mir geben kann.

Mit schlotternden Knien haste ich zum Wagen, reiße die Tür auf und lasse mich in den Sitz sinken. Sofort verschließe ich die Türen von innen. Ich brauche einen Moment, um mich zu beruhigen und diese skurrile Situation zu verarbeiten, weshalb ich die Arme aufs Lenkrad lege und meine Stirn darauf abstütze.

Wann ist aus Constantine ein Mann mit gespaltener Persönlichkeit geworden? Im einen Augenblick ist er völlig unbeschwert und will mir Frühstück anbieten, im nächsten dreht er komplett durch – weil ich einer verdammten *Tür* zu nahe gekommen bin!

Diese grausam kalte, zornige Version von ihm ist neu… Und ich beginne, meine Unschuld was seinen Absturz zu hinterfragen. Könnte es sein…? Ist das mein Werk? Habe ich ihn dazu getrieben, so zu werden, wenn es um etwas geht, das er um jeden Preis geheim halten will? Ein Leben im Rampenlicht lässt es im Normalfall nicht zu, Geheimnisse lange für sich behalten zu können. Dass wir damals nicht aufgeflogen sind, lag hauptsächlich an meinen ununterbrochenen Bemühungen; Constantine hat irgendwann aufgegeben, gegen mich anzukämpfen und sich gefügt.

Waren meine Intentionen damals so falsch? Hätten wir durchsickern lassen sollen, dass wir ein Paar sind und entgegen aller Kritiken, Hasstiraden und Intrigen versuchen sollen, unser Leben einfach nur zu genießen?

Ich gelange zu der einen Frage, die mir nur Constantine selbst beantworten könnte: Ist es meine Schuld gewesen, dass er abgestürzt ist und sein Leben eine drastische Wendung genommen hat? Alles nur aus Eigennutz, weil ich mich selbst kennenlernen wollte und den Eindruck hatte, niemals aus diesem Käfig der verbotenen Liebe ausbrechen zu können …

Zum ersten Mal seit sechs Jahren lasse ich die Möglichkeit zu, dass es unter Umständen falsch war, Constantine zu verlassen. Mein Herz, das bereits angeknackst ist von den wirren Gedanken, bricht erneut für meinen Ex. Tränen rinnen über meine Wangen und ich schluchze auf.

Ich hätte damals wahrscheinlich bleiben, ihn weiter unterstützen müssen. Wenn ich mit ihm geredet und ihm meine Sorgen und Wünsche offen mitgeteilt hätte, hätten wir einen Weg gefunden – gemeinsam, wie er gesagt hat. Aber er hatte recht mit dem, was er letztens im Auto zu mir gesagt hat: Ich bin geflohen. Wie ein Feigling habe ich mich aus dem Staub gemacht und ihn aus meinem Leben verdrängt; niemals ganz weg, niemals ganz vergessen.

Ich weiß nicht, wie lange ich da sitze und mir die Augen ausheule, aber ich gelange zu der Erkenntnis, dass ich mehr erfahren muss. Ich will wissen, wie es dazu kam, dass Constantine eine völlig neue, eiskalte Seite entwickelt hat – und wie es ihm wirklich ergangen ist nach unserer Trennung.

Unter Tränen starte ich den Motor, lege den Gang ein und breche auf.

CONSTANTINE

18

Wer auch immer der Meinung war, dass man in Konfliktsituationen unter allen Umständen einen kühlen Kopf bewahren muss, ist ein verfickter Penner. Wie hätte ich das bitte anstellen sollen?

Gereizt raufe ich mir die Haare. Ich stehe vor dem Panoramafenster im Wohnzimmer und stiere seit gefühlt Tagen irgendwo ins Nirgendwo, während mein Verstand sich den Kopf über alles Mögliche zerbricht. Kann ich Kathrine nochmals unter die Augen treten, nachdem ich sie derart angefahren habe? Wird mein ganzer schöner Plan etwa wegen dieser Auseinandersetzung scheitern?

Die Erinnerung an ihr angstverzerrtes Gesicht lässt mich wieder und wieder aus der Haut fahren. Ihre ganze Gestalt hat sich hinter ihren Armen versteckt, und ihre geweiteten Augen haben mich furchtsam angestarrt, als wäre ich ein Fremder – ein Monster, das sie im nächsten Moment auffressen würde.

Ich hätte sie nicht so behandeln dürfen, das weiß ich. Aber als ich den Alarm des Fingerscanners gehört und sie vor der Tür stehen sehen habe, ist mir das Herz in die Hose gerutscht und ich mein Verstand hat einfach abgeschaltet.

Fuck! Wenn ich mein Vorhaben weiter durchsetzen will, darf ich nichts von all dem hier denken. Ich muss eiskalt bleiben und meine Figuren platzieren, ohne dass mich Gewissensbisse auffressen.

Scheiße... Einfach nur Scheiße ...

Das Klingeln meines Smartphones bringt mich zurück ins Hier und Jetzt. Ich blinzle mehrfach, indes meine Hand in die Hosentasche langt und den Anruf entgegennimmt. »Ja.«

»Hey, Bro. Wie geht's wie steht's da drüben in Snow Falls?«, meldet sich Matthew Daveys mit seinem Übelkeit erregenden, sonnigen Gemüt.

Ich verdrehe entnervt die Augen. »Fick dich und deine gute Laune.«

»Oh, so gesprächig heute, ja?«, frotzelt er. »Hör mal, Mann, ich will dich dieses Wochenende besuchen kommen. Hast du ein Bett oder eine Couch, auf der ich crashen kann?«

»Du fragst mich gar nicht erst, ob ich überhaupt Zeit habe?«, kontere ich arrogant.

»Nö. Du hast sowieso nichts zu tun, solange kein Schnee in den Bergen gefallen ist.«

Unwillentlich ziehen sich meine Brauen zusammen. »Was, wenn ich damit beschäftigt sein werde, eine Schnalle aufzureißen?«

Matt bricht in Gelächter aus, was meinen Missmut zu Wut steigert. Ich warte zähneknirschend darauf, dass er sich beruhigt, und zische dann: »Was ist daran bitte so lustig?«

»Oh, vielleicht der Fakt, dass du keine Frau mehr hattest, seitdem du aus dem Team ausgeschieden bist?«, stellt er ironisch fest. »Oder dass die letzte Begegnung mit einer Frau darin endete, dass sie dir ihre Handtasche über den Kopf gezogen hat als sie aus deinem Zimmer stürmte?«

Ah ... da war ja was. Nach und nach kommen die Erinnerungen zurück – und die Nacht, auf die Matt anspielt, ist tatsächlich unschön gelaufen. Ich habe ein Model auf einem Event aufgegabelt und während des Vorspiels *könnte* Kathrines anstatt ihr Name meinen Lippen entschlüpft sein – ich werde das jedoch bis ins Grab bestreiten. Auf jeden Fall hat das dem Model gar nicht gefallen und sie hat sich, halb angezogen, davongemacht, obwohl ich auf ein Missverständnis plädierte.

Mit Zeigefinger und Daumen meiner linken Hand massiere ich mir die Nasenwurzel. Verdammte Fickerei. Verdammte Gefühlsscheiße. Das ist alles so anstrengend.

»Also?«, bohrt Matt nach.

»Ja ja«, gebe ich genervt zurück. »Ich habe ein Gästezimmer. Da kannst du pennen.«

»Stark! Hey, lad doch Kathrine ein, dann feiern wir zu dritt.« Er legt auf.

Das war dann wohl ein Befehl ...?

Ich stehe da und starre auf mein Smartphone hinab, unsicher, ob ich es an die Wand werfen oder wieder einstecken soll.

Wie kann ich Kathrine jemals wieder zu mir nach Hause einladen, wenn ich ihr gerade eben an die Kehle gesprungen bin, nur weil sie zu nah an der Kellertür gestanden hat? Fuck, ich bin so ein abgewrackter Scheißkerl.

Mit einem riesigen Seufzer wende ich mich vom Fenster ab und speedwalke in die Diele. Wenn ich mich beeile, schaffe ich es noch rechtzeitig zum Revier, um Kathrine abzufangen. Was nur logisch ist, denn ich brauche meinen Wagen zurück. Zudem könnte ich sie dazu bringen, mich sie fahren zu lassen und sie einzuladen. Sofern sie meine Entschuldigung annimmt, verdammt.

Ich schlüpfe in meine Sneakers und den grauen Mantel. Das hier wird ein strammer aber langer Marsch, also greife ich zusätzlich nach einem Schal, den ich locker um den Hals hänge.

Für eine Entschuldigung brauche ich Blumen... Aber Kathrine hasst Schnittblumen. Scheiße, was habe ich ihr geschenkt, wenn ich mich entschuldigen musste? Ah, ich weiß: Schokolade und Snacks!

Neugefasster Mut blüht in mir auf und ich schreite schnell und weit aus, meine Gedanken auf den bevorstehenden Einkauf fokussiert. Immer wieder prüfe ich die Zeit und sporne mich an, noch schneller zu gehen, um Kathrine ja nicht zu verpassen.

Als ich beim Revier ankomme, bin ich völlig fertig. Schweißperlen prickeln meiner Wirbelsäule entlang und lassen mich schaudern. Um wieder zu Atem zu kommen, bleibe ich an meinem Auto stehen, das ich schon von Weitem erkannt habe und am Straßenrand parkt.

Aus diesem Grund sehe ich sie, sobald sie aus dem Gebäude kommt. Die Doppeltüren schwingen auf und Kathrine geht zielstrebig am Securitymann vorbei, der dort positioniert ist. Er sagt etwas und sie nickt stumm, sieht nicht einmal in seine Richtung – ihr Blick ist fest auf die Straße gerichtet.

Erst als sie an der Ampel steht, sieht sie mich. Prompt verlangsamen sich ihre Schritte und ihr Gesichtsausdruck zeigt, dass sie aus dem Konzept gebracht ist. Fuck! Ich muss schnell handeln, sonst entgleitet sie mir vollends. Ergo packe ich mein verfickt nettestes Lächeln aus, das ich in petto habe und strecke ihr die Tüte aus dem Supermarkt entgegen, sobald sie vor mir steht. »Es tut mir leid. Ich habe mich wie ein völliger Arsch benommen, und das war nicht akzeptabel.«

Zaghaft greift sie nach der Tüte und sieht hinein. Ein winziges Lächeln zeichnet sich auf ihren Zügen ab.

»Ist das alles für mich?«, will sie wissen.

»Jepp«, gebe ich grinsend zurück. Meine Nerven sind gespannt wie Drahtseile.

»Hmm«, macht sie, kneift die Augen zusammen und studiert mich eingehend. Dabei legt sie ihren Zeigefinger gespielt tiefsinnig an die Unterlippe und neigt den Kopf leicht zur Seite. »Das ist doch Erpressung.«

Ich zucke hilflos mit den Schultern. »Nenn es wie du willst«, gebe ich mit geschlagenem Ton zurück. »Ich will sichergehen, dass zwischen uns beiden alles okay ist. Wenn ich dir dafür ab heute jedes Jahr eine solche Tüte kaufen muss, ist das für mich völlig okay.«

Ihre Augen weiten sich erstaunt. »Jedes Jahr?«

»Jeden Monat?«, wende ich ein.

»Deal!«

Ich schüttele den Kopf und schnaube belustigt durch die Nase. »Du bist so einfach zu beeinflussen, Kathrine.«

Sie zieht eine gekünstelte Schnute und dreht sich weg, um zur Beifahrerseite zu gehen. »Nur du kennst die Geheimwaffe.«

Der Autoschlüssel kommt mir in hohem Bogen entgegengeflogen und ich packe reflexartig im richtigen Moment zu. Wir steigen ein, ich drehe die Heizung auf und frage: »Müssen wir noch Umwege machen oder willst du direkt nach Hause?«

»Direkt nach Hause, danke.« Kathrine wühlt hoch konzentriert in der Tüte und zieht einen Bananen-Schoko-Riegel heraus. »Lecker.«

In mich hineinlachend, fädle ich mich in den Verkehr ein und lasse ihr den Schokohimmelfrieden, in den sie verfällt, wann immer sie ihre Lieblingssnacks isst.

Erst als wir vor ihrem Wohnblock anhalten fällt mir wieder ein, dass ich einen Grund hatte, mich bei mir zu entschuldigen.

»Hey, ähm«, sage ich, »Matt hat angerufen.«

Sie schenkt mir ihre Aufmerksamkeit, indem sie mich strahlend lächelnd ansieht. »Ach ja? Was für ein Zufall, ich wollte mich heute bei ihm melden.«

Aus einem unerfindlichen Grund gefällt mir die Vorstellung nicht, dass Kathrine mit Matt telefoniert und dabei Spaß haben könnte.

»Das musst du nicht«, erwidere ich. »Er kommt übers Wochenende zu Besuch und hat gefragt, ob du nicht auch dabei sein möchtest.«

»Na klar«, stößt sie erfreut aus. »Ich liebe Matthew! Er ist wie ein großer Bruder für mich.«

Ah ja... Großer Bruder, ja? Giftige Eifersucht quetscht mir die Brust zusammen und ich weiß nicht, was ich darauf erwidern soll.

Kathrine scheint zu merken, dass mit mir etwas nicht stimmt, denn sie lacht und legt mir die rechte Hand an die Wange. »Keine Sorge, Mr Superstar. Zwischen Matt und mir wird nie mehr sein als bloße Bruderschaft. Brother from another mother – du weißt schon.«

Warum zum Fick bin ich dermaßen erleichtert über diese Worte? Das sollte mich nicht die Bohne interessieren! Trotzdem kollert mir in diesem Augenblick ein tonnenschwerer Stein vom Herzen.

»Gut«, seufze ich und breche den Blickkontakt ab. Aus der Windschutzscheibe starrend füge ich hinzu: »Dann hole ich dich am Freitag von der Arbeit ab. Du kannst ruhig ein paar Sachen packen, damit du das Wochenende über bleiben kannst. Das Gästezimmer gehört dir.«

Matthew fucking *Bruder* Daveys kann zur Hölle fahren und auf dem Sofa schlafen. Oder noch besser: in meinem Zimmer und ich in Kathrines – neben ihr, in ihrem Bett. Woah, halt, stopp! Immer langsam mit den jungen Pferden.

Das Leder um das Lenkrad knirscht hörbar, da meine Finger sich fester darum klammern.

Kathrine strahlt mich ganz aus dem Häuschen an, als hätte ich soeben Weihnachten vorverschoben.

»Im Ernst?«, hakt sie nach.

Ich nicke. »Natürlich. Möchtest du vielleicht etwas unternehmen, während wir schon mal alle zusammen sind?«

Sie wippt auf dem Sitz auf und ab wie ein Kind.

»Ich überlege mir was«, sagt sie feierlich. »Etwas, das ihr beide noch nicht kennt – hmm... Eine Stadtführung?« Sofort verwirft sie die Idee mit einem Kopfschütteln, bei dem die Haare fliegen. »Nein. Nein, es muss etwas Besonderes sein.«

»Wenn du sie machst, ist das doch besonders«, argumentiere ich erheitert.

Kathrine hält inne und sieht mich mit großen Augen an. »Stimmt. Na ja, bis Freitag werde ich garantiert noch ein paar mehr Vorschläge parat haben.« Sie öffnet die Tür, stoppt noch einmal und grinst mich an. »Danke fürs Fahren, Constantine.«

»Kein Ding«, gebe ich so snobistisch wie möglich zurück. Wie erwartet lacht sie befreit, steigt aus und winkt mir zum Abschied, bevor sie im Haus verschwindet.

Die plötzliche Stille im Wagen hallt unangenehm in meinem Inneren nach. Eine böse, feine Stimme flüstert mir zu, dass ich sie zu mir holen und für immer in meinem Haus einsperren sollte. Rasch dränge ich diesen Gedanken zurück in die Böser-Bube-Box in meinem Kopf. Es ist falsch und krank, so zu denken. Aber das ständige Grundsummen in meinem Hinterkopf kann ich nicht ignorieren. Das Wispern, das aus den Schatten heraus kommt und mit dem eine starke Emotion einhergeht: Sie könnte mich immer noch lieben. Ihr Herz könnte immer noch mir gehören. Kathrine Solomon könnte immer noch meine Zukunft sein ... wenn ich meinen Gefühlen freien Lauf ließe und die ihren nicht zu sabotieren plane.

KATHRINE

19

Tatsächlich bin ich überrascht über mich selbst. Ich kann es immer noch nicht richtig fassen, dass ich Constantine derart schnell für seine Aktion verziehen habe. Und ich bin mir ziemlich sicher, dass es nicht an den Snacks gelegen hat.

Mit dem Kopf weiterhin bei Constantine, öffne ich den Briefkasten und nehme die Post in die linke Hand, dann mache ich mich an den Aufstieg in den dritten Stock.

Es besteht die Möglichkeit, dass ich irgendwo, tief unter den Ängsten und Sorgen, noch eine Chance für uns sehe. Und je öfter wir uns begegnen, desto deutlicher wird mir, dass ich mir das von Herzen wünsche. Das bedeutet aber auch, dass mein Gehirn damit beginnt, sich damit abzufinden, dass ich mein Leben erneut mit jemandem teilen könnte ... und das gefällt mir nicht. Nicht so kurz vor Beginn meines Masterstudiums, das ich mir so hart erkämpft habe.

Ein plötzliches, unangenehmes Kribbeln in meiner linken Hand lenkt mich von meinem inneren Konflikt ab. Hitze breitet sich in meinen Fingerspitzen aus, wandert in die Handfläche. Einen Herzschlag später brennt meine Hand vor Schmerzen und ich lasse die Post erschüttert auf den Treppenabsatz fallen.

»Was zur Hölle?!«, fluche ich lautstark.

Fassungslos starre ich hinab; meine Finger haben einen ungesund Lilarotstich angenommen. Feines, weißes Pulver rieselt zwischen den Gliedern zu Boden.

Mein Verstand kurbelt hektisch in den Turbomodus. Ich ziehe das Smartphone aus der Jackentasche und wähle Constantines Nummer. Er sollte noch nicht weit entfernt sein – näher als alle Krankenwagen der Stadt auf jeden Fall. Zur gleichen Zeit schießt mir Adrenalin durch die Blutbahnen und lässt mein Herz höherschlagen. Kalter Angstschweiß breitet sich auf meiner Haut aus und sie geht gefühlsmäßig in lodernde Flammen auf.

»Kathrine?«, meldet sich Constantine nach dem zweiten Klingeln verdutzt.

»Hilfe!«, bringe ich keuchend heraus. »Meine Hand... Irgendwas war in der Post... Es brennt!«

Ich höre, wie Reifen quietschen und das Hupen mehrer Autos.

»Gib mir fünf Minuten – nein, drei«, bellt er angespannt ins Telefon. »Was auch immer du angefasst hast, pack es in eine Tüte oder was auch immer du dabei hast. Nicht direkt anfassen, hörst du?«

»Okay«, presse ich schmerzerfüllt hervor. Ich lege auf und zücke den Einkaufsbeutel, den ich stets in der Handtasche mit mir herumtrage. Vorsichtig und mit vor Pein verschwommenem Sichtfeld packe ich die Post hinein und wanke anschließend die Stufen wieder hinunter. In all der Aufregung vergesse ich komplett sein Versöhnungsgeschenk, aber es fällt mir erst wieder ein, als ich auf dem letzten Absatz ankomme. Ich mache mir keine Hoffnungen: Irgendjemand wird sich die Süßigkeiten gönnen, bevor ich zurückkomme.

Sobald ich aus der Haustür trete, kommt der Ford Ranger am Straßenrand mit kreischenden Reifen zum Stehen. Constantine reißt die Tür auf und stürzt mir entgegen.

»Was ist los?«, fordert er fieberhaft.

Ich zeige ihm meine inzwischen rote Hand und breche in diesem Moment überraschend in Tränen aus.

»Es brennt wie Feuer!«, schluchze ich, die wenigen Nachbarn ignorierend, die neugierig aus ihren Fenstern gaffen.

»Das da ist die Ursache?« Er deutet auf den Beutel.

Ich nicke und reiche ihm das Ding, will am liebsten nichts mehr damit zu tun haben.

»F-Fährst du mi-mich in K-krankenhaus?«, bringe ich zwischen mehreren Heulsalven zustande.

»Natürlich. Komm.« Constantine eilt um den Wagen herum und beobachtet mich dabei, wie ich Häufchen Elend mich auf den Beifahrersitz fallen lasse. Keine Minute später sitzt er neben mir, eine Packung Taschentücher in der Hand.

»Hör zu«, sagt er in sanftem Ton. »Um zu vermeiden, dass das Zeug irgendwo sonst hinkommt, wickeln wir deine Hand in meinen Schal, okay?«

»Okay«, krächze ich. Mittlerweile sind meine Augen geschwollen vom Weinen und ich schnoddere vor mich hin, aber es ist mir egal. Meine Hand ist ein einziger fleischiger Schmerzklumpen, und hätte ich weniger Selbstbeherrschung, ich würde schreien vor Qual.

Constantine zieht sich den Schal vom Hals, nimmt eines der Taschentücher und wickelt es geschickt um meine Hand ohne mich übermäßig zu berühren, bevor er den Schal nimmt und dasselbe damit anstellt.

»So«, meint er, »jetzt können wir los. Lotst du mich?«

Durch seine freundliche, ruhige Art legt sich meine initiale Panik, und ich habe das Gefühl, meine Heulkrämpfe ein Stück weit in den Griff zu bekommen. Constantine ist bereits losgefahren und ich beeile mich, meine normale Stimmlage wiederzufinden.

»Es ist hinter dem Revier«, informiere ich ihn, trotz allem etwas heiser. »Bloß ein paar Querstraßen weiter.«

Er wirft mir einen Seitenblick zu und lächelt schwach. »Gut, dann sag mir einfach Bescheid, wenn ich abbiegen muss.«

Ich halte es keine fünf Minuten aus: Die Tränen rinnen mir aufs Neue über die Wangen und mein Körper wiegt sich wie von selbst vor und zurück, während ich tief ein- und wieder ausatme, um mit dem Schmerzpegel klarzukommen. Dabei murmele ich sinnloses Zeug vor mich hin und versuche, mich auf andere Dinge als meine Hand zu konzentrieren, was sich als verdammt schwierig herausstellt. Dabei verliere ich jegliches Zeitgefühl und achte nicht weiter auf die Umgebung, die an uns vorbeirauscht.

»Okay, Kathrine«, meldet sich Constantine wie aus dem Nichts und ich fahre erschrocken zusammen. »Welche Straße zum Krankenhaus?«

Ich schaue auf und blinzle aus der Frontscheibe. Wir stehen an der Ampel zum Revier. »Hier links abbiegen.«

Er folgt der Anweisung, sobald die Ampel auf Grün geschaltet hat, und fährt ein wenig langsamer, um mir Zeit zu geben.

»Jetzt rechts«, nuschele ich. »Jetzt alles geradeaus, da hinten dann nochmal links.«

Sein Kopf dreht sich kurz in meine Richtung und die himmelblauen Augen mustern mich mit unverhohlener Besorgnis. »Alles klar. Halte durch.«

Ich versinke wieder in meiner Atmung und schotte alles ab, was nicht unbedingt nötig für mich ist. So bekomme ich erst mit, dass Constantine das Auto geparkt hat und mir die Tür aufhält, als die kühle Herbstluft mir unangenehm ins Gesicht weht. Hastig hieve ich mich aus dem Sitz und wehre mich nicht, als er sicherheitshalber einen Arm um meine Mitte legt, um mich auf dem Fußmarsch zur Notaufnahme zu stützen. Erleichtert gebe ich die Verantwortung in seine Hände ab, setze mich in den Wartebereich und versuche, nicht in Schreikrämpfe auszubrechen.

Verspätet fällt mir ein, dass ich diesen Vorfall dem Captain melden sollte. Mühselig ziehe ich einhändig das Smartphone aus meiner Jacke und wähle seine Nummer.

»Cathy?«, brummt Brandon schon nach dem zweiten Klingeln.

Unwillkürlich steigt die Erinnerung an das letzte derartige Telefonat in mir auf und ich fühle mich noch miserabler.

Der Bariton des Captains dröhnt aus dem Gerät. »Was ist los?«

»Entschuldigen Sie«, beeile ich mich zu sagen, »man hat mir eine unbekannte Substanz per Post geschickt. Ich bin im Krankenhaus, weil meine Hand dadurch ungesund angeschwollen ist, und habe die Beweismittel bei mir – besser gesagt: meine Begleitung hat sie.«

Stille breitet sich aus. Dann zieht Brandon scharf die Luft ein und ich höre, wie er sich aus dem Stuhl hievt.

»Gordon!«, bellt er. »St. Judiths, jetzt! Cathy wurde angegriffen und sie hat Beweismittel bei sich, die Sie sicherstellen müssen.«

Der Befehlston des Captains beruhigt meinen Schrecken und ich bedanke mich bei ihm, sobald er mir wieder die volle Aufmerksamkeit schenkt.

»Sie wissen, was das bedeuten könnte«, stellt er deutlich unzufrieden fest.

»Ja«, murmele ich. »Sie haben mich davor gewarnt, dass so etwas passieren könnte. Ich habe es ignoriert.« Ich ziehe rasch die Unterlippe zwischen die Zähne und beiße darauf, um ein qualvolles Stöhnen zu unterdrücken.

»Es tut mir leid«, presse ich hervor.

Er seufzt lang. »Kommen Sie irgendwo unter, Cathy. Es ist besser, wenn Sie nicht mehr allein da draußen in dieser Ecke der Stadt wohnen, bis wir ihn geschnappt haben.«

»Versprochen.«

»Oh, und mailen Sie mir hinterher, wie lange Ihr Krankenstand sein wird – egal wie lange er dauert«, sagt er noch, bevor er auflegt.

Ich stecke das Smartphone wieder ein und blende die Umgebung komplett aus. Dabei zerquetsche ich meine vor Schmerzen stechende Hand, um das fiese Pulsieren darin loszuwerden. Es funktioniert nicht.

CONSTANTINE

20

Was ist es nur mit dieser Frau? Kein Tag scheint mehr zu vergehen, an dem sie nicht Grund für einen ausgewachsenen Wutanfall meinerseits ist. Wenn das so weitergeht, wird sie meine Gesundheit ernsthaft aufs Spiel setzen.

Ich bedanke mich bei der Krankenschwester, die Kathrines Daten aufgenommen hat, und sehe nach ihr. Sie telefoniert gerade mit dem Captain des Snow Falls P.D. und es scheint ihr minimal zu helfen, seine Stimme zu hören. Ergo eile ich hinaus auf den Gang, um selbst einen Anruf zu machen. Erst nach dem sechsten Klingeln geht jemand ran.

»Was?«, fragt Gunny missgelaunt.

Meine Hand ballt sich unwillkürlich zur Faust. Am liebsten würde ich ihn am Schlafittchen packen und schütteln, bis ihm das Wort Respekt und dessen Bedeutung wieder in den Sinn kommt. Übers Telefon bleibt mir nur, einen eiskalten Ton anzuschlagen. »Berichte mir, was du heute gesehen hast.«

Erst ist es still am anderen Ende, dann höre ich, wie etwas raschelt. »Bleib mal dran, Mann.«

Meine Nerven sind zum Zerreißen gespannt, als ich mit anhöre, wie der Bengel jemandem zuruft, dass er rausgeht, die Tür lautstark ins Schloss knallen lässt und dann die Straße entlang joggt.

»Okay, bist du noch dran?«, fragt er schließlich außer Atem.

»Ja«, erwidere ich gedehnt – und außer mir vor Zorn.

»Okay, cool. Also«, beginnt er und flüstert: »Also heute Vormittag war da so ein Typ am Haus. Den habe ich vorher noch nie gesehen.«

»Wie sah er aus?«, fordere ich umgehend mehr Details ein.

»Nu-uh«, macht er abfällig, »der hat natürlich ’nen Hoodie getragen.«

Mein rechtes unteres Augenlid beginnt zu zucken. »Wie willst du dann wissen, dass du ihn noch nie gesehen hast?«

»Sowas erkennt man an der Gangart, dude«, vertritt Gunny besserwisserisch seine Meinung. »Der war viel zu selbstbewusst für unser Viertel. Und ich würde dein Schmiergeld darauf verwetten, dass er ein Gymer ist.«

»*Ein was?*«

»Ein Gymer – jemand, der regelmäßig ins Training geht, um Mukkis aufzubauen, hauptsächlich in den Armen und der Brustregion.« Der Junge seufzt theatralisch. »Was *weißt* du eigentlich, Mann?«

Eins ist klar: Wenn ich ihn das nächste Mal treffe, reiße ich ihm sowas von den Arsch auf.

»Sonst noch was?«, knurre ich.

»Nee Mann, er hat schwarze Sachen getragen. Alles abgetragen, aber nicht kaputt oder so. Er ist rein ins Haus und direkt wieder raus, also denke ich mal, er war nur am Briefkasten. Könnte also für jeden gewesen sein – dachte ich zumindest.«

Ein frustrierter Laut bahnt sich seinen Weg aus meinem Mund.

»Hat das was mit Cathys Verletzung zu tun?«, will Gunny leise wissen. Ich kann die Sorge aus seiner Stimme heraushören und fahre mir mit den Fingern der freien Hand durch die Haare, um die Hand nicht in der Krankenhausmauer zu versenken und selbst zum Notfallpatienten zu mutieren.

»Ich weiß noch nichts Konkretes«, gebe ich zerknirscht zu. »Wir sind gerade eben erst im Krankenhaus angekommen.«

»Schreib mir, wenn ihr mehr wisst«, bittet Gunny mich.

Ernsthaft? Wieso sollte ich das tun, nachdem er mir dermaßen auf die Eier gegangen ist? Der Junge ist so hilfreich wie ein Stück Toast: absolut zero.

Trotzdem höre ich mich sagen: »Natürlich.«

What the fuck! Was mache ich da?

»Schreib mir ’ne SMS, wenn dir noch was einfällt, okay?«

»Klaro.« Gunny beendet den Anruf, bevor ich mich mit meiner Gefühlsduselei noch weiter in die Scheiße reiten kann.

Fuck… Also keine Identifikation bezüglich des Täters. Wer würde ihr das antun wollen und warum?

Ich glaube, es wird Zeit, Antworten zu fordern und der Krankenschwester auf den Sack zu gehen, damit wir früher dran kommen. Aber als ich an der Rezeption ankomme, steht dort ein Cop in voller Uniform. Er lehnt sich deutlich zu weit über den Tresen, die Krankenschwester maßregelt ihn mit missbilligenden Blicken.

»Sieh mich nicht so an, Gordon«, schimpft sie leise. »Ich weiß von Susan, dass du dich neuerdings mit Fiona aus dem Dekoladen triffst. Dein Charme zieht bei mir nicht mehr.«

»Ich muss sie befragen, Franny«, kontert der Cop sanft aber bestimmt. »*Sie* hat *uns* gerufen, schon vergessen?«

Da macht es Klick in meinem Kopf. Der Captain muss einen Beamten hergeschickt haben, um die Beweise zu sichern.

»Sind Sie der Cop, den Kathrine Solomon verständigt hat?«, frage ich und trete ihm entgegen.

Der Mann rückt vom Tresen ab und richtet sich auf, unterzieht mich einer eingehenden Musterung – und stutzt. Erkennen zeigt sich in seinen Augen und innerlich grinse ich überlegen. Äußerlich bleibe ich ernst und wachsam.

»Sie sind … *Constantine Rush*?«

Ich nicke, lese seinen Namen vom Schild auf seiner Brust ab. »Und Sie sind Gordon Grey. Ausgezeichnet, jetzt wo wir uns einander vorgestellt haben, folgen Sie mir bitte.«

Ohne seine Antwort abzuwarten, stiefle ich in Richtung Wartezimmer, wo Kathrine auf einem Stuhl sitzt, die Augen leer gegen die Wand starrend und die heile Hand um die andere geklammert.

»Kathrine«, mache ich leise auf mich aufmerksam.

Ihr Blick schnellt zu mir herüber, dann zu Gordon. Mühsam erhebt sie sich und tritt zu uns auf den Gang.

»Gordon«, begrüßt sie den Cop und drückt seine Hand mit der gesunden. Eindeutig zwei Sekunden zu lang für meinen Geschmack. Ich kneife alarmiert die Augen zusammen und studiere den Cop eingehender. Er ist zwar groß, aber mit mir kann er nicht mithalten: Ich überrage ihn um mindestens fünf Zentimeter. An seinen Schläfen zeigen sich erste graue Haare und die dunklen Tränensäcke verraten mir, dass er mordsmäßig überarbeitet sein muss – es sei denn, er schläft nicht gut oder zu wenig. Die Krankenschwester hat erwähnt, dass er seit neustem Cathys Chefin dated, also könnte das der Grund für seine Schlaflosigkeit sein.

Das wichtigste aber ist, dass er keinerlei Anzeichen von Anziehung gegenüber Kathrine zeigt. Das beruhigt mein hitziges Gemüt und ich entspannte mich wieder.

»Danke, dass du so schnell gekommen bist«, sagt sie in diesem Moment.

»Selbstverständlich, Cathy«, entgegnet er. »Du sagtest, es gab einen Unfall – erzähl mir davon.«

Kathrine gibt zum Besten, was sie mir bereits anvertraut hat, und ich überreiche dem Cop die Post in der Tüte. Gordon nickt mir dankend zu, nimmt den Beutel entgegen und verspricht, sich darum zu kümmern, dass die Beweise sofort ausgewertet werden.

»Ich rufe dich an, wenn wir Neuigkeiten haben. Pass auf dich auf, Cathy.« Er wendet sich mir zu. »Mr Rush?«

»Ja.«

»Geben Sie mir Ihre Nummer, dann füge ich Sie Cathys Notfallkontakten hinzu.«

Völlig perplex frage ich: »Warum?«

Er schmunzelt nachsichtig. »Ihre Nummer wird ins System eingespeichert. Falls Sie oder ein anderer Notfallkontakt anrufen sollten, wird der Anruf direkt zu einem von uns durchgestellt, ohne vorher in der Zentrale zu landen.«

Nachdem der Cop von dannen gezogen ist und ich mich davon überzeugt habe, dass Kathrine tapfer durchhält, widme ich mich der Aufgabe, ihre Behandlung zu beschleunigen.

KATHRINE

21

Ich weiß nicht, wie er es gemacht hat, aber eine Stunde später sitze ich in einem Behandlungszimmer und tupfe mir die letzten Tränen vom Gesicht.

»Bleiche?«, wiederholt Constantine entgeistert. »Sie wollen mir sagen, dass *das* Bleichmittel war?« Er zeigt auf meine Hand, die dank einer bereits eingezogenen Creme und einer verabreichten Spritze ihren üblichen Hautton wieder annimmt.

»Unter anderem, ja«, gibt der Arzt fachkundig zurück. »Die genauen Resultate liegen noch nicht vor, aber der Hauptbestandteil war ziemlich schnell gefunden und so konnten wir Ihre Freundin rasch behandeln.« Er sieht von ihm zu mir und meint: »Es kommt nicht selten vor, dass allergische Reaktionen wie die Ihre in Verbindung mit Bleiche auftreten. Behalten Sie das ab jetzt im Hinterkopf und meiden Sie den direkten Hautkontakt, wenn Sie Reinigungsmittel verwenden.«

»Vielen Dank«, nuschle ich verlegen aus meiner Ecke, während Constantine sichtlich um Kontrolle ringt.

Der Arzt scheint den drohenden Wutausbruch ebenfalls wahrzunehmen, denn er nickt mir ein letztes Mal aufmunternd zu und verdünnisiert sich, so schnell er es in seinen weißen Schlappen vermag.

Mit düsterer Miene dreht Constantine sich zu mir um. »Welcher kranke Bastard verschickt denn bitteschön säurehaltiges Pulver?«

Ich seufze und wäge ab, ob ich lügen soll. Aber dann fallen mir Brandons Warnungen wieder ein und ich entscheide mich dagegen. Es wird Zeit, mich Fiona und Constantine gegenüber zu öffnen, wenn ich die nächsten Wochen überleben will.

»Es gibt da etwas, das ich dir erzählen möchte«, eröffne ich ihm leise, »aber erst will ich dich um etwas bitten.«

»Alles, Kathrine«, beteuert er, während er sich neben mich stellt und mich vorsichtig in den Arm nimmt.

Ich nehme allen Mut zusammen, den ich finden kann und frage: »Kann ich bei dir wohnen?«

Perplex sieht er auf mich herab.

»N-nicht für immer«, hasple ich rasch, »nur bis sie den Täter gefunden haben.«

Ein fragender Ausdruck ersetzt die Verwirrung in seinen Zügen. »Den Täter?«

Mist. Jetzt muss ich ihm tatsächlich alles erzählen. Ich kenne den Sturkopf von Constantine Rush – er wird nicht aufgeben, bis er jedes Detail kennt.

Müde reibe ich mir mit der schmerzfreien Hand über das Gesicht. Ich bin es so leid, jeder Person in meinem Leben vorzuspielen, dass mit mir alles in Ordnung ist. Vielleicht ist das hier der Wendepunkt. Die Chance, mich endlich jemandem zu öffnen, von dem ich weiß, dass er bedingungslos auf meiner Seite sein wird. Aber ... ist er das denn? Oder vertraue ich zu vorschnell?

»Wir fahren jetzt zu dir und packen ein paar deiner Sachen«, bestimmt Constantine schlussendlich in die entstandene Stille hinein. »Danach kommst du zu mir und erklärst mir, was auch immer du möchtest. Und natürlich bleibst du so lange, wie du willst.«

Mit sanftem Nachdruck manövriert er mich mit dem Arm, der um meine Schultern liegt, von der Pritsche hoch und aus dem Behandlungszimmer. Gemeinsam nehmen wir die Medikation für meine Hand entgegen und fahren anschließend zu mir nach Hause.

Mein Herz legt einen Marathon hin, sobald wir die Schwelle des Wohnblocks übertreten. Angstschweiß legt sich klamm über meine Haut und ich spüre, dass ich zu zittern beginne. Verkrampft stelze ich die Stufen im Treppenhaus hoch in den dritten Stock, wo ich Constantine die Schlüssel überreiche.

»Mach du auf«, flüstere ich elend.

Er studiert mein Gesicht gründlich, tritt an mir vorbei und schließt die Wohnungstür auf. Ich folge ihm zögernd ins Innere und untersuche jede Ecke, jeden Winkel nach einer möglichen Veränderung. Es scheint alles wie immer zu sein, und ich entspanne mich ein winziges Bisschen.

»Komm«, fordert Constantine mich auf und geht mir voran ins Schlafzimmer. Dort lässt er sich aufs Bett sinken und deutet auf die Kommode. »Pack alles ein, auf das du nicht verzichten möchtest.«

Mit einem stummen Nicken mache ich mich daran, meinen Reisekoffer aus der verstaubten Ecke zu ziehen und ihn mit meinen Habseligkeiten zu befüllen. Als ich nichts mehr finde, das ich unbedingt dabeihaben will, bitte ich ihn: »Jetzt das Wohnzimmer.«

Er schwingt sich elegant aus dem Bett und führt mich nach nebenan, wo er sich mit der linken Schulter gegen den Türrahmen zum Flur lehnt und die Arme vor der Brust verschränkt. In dieser Position verharrt und beobachtet er mich dabei, wie ich meine karge Büchersammlung, meinen Pass und einige wichtigen Dokumente in den Koffer neben die Klamotten staple. Wenn ich meine Sachen so betrachte, fällt mir wieder ein, wie wenig ich eigentlich besitze... Als ich Constantine fluchtartig verlassen habe, habe ich das mit genau diesem Reisekoffer und meiner Sporttasche getan, die noch in der Kommode liegt.

Ob er sich an jenen Tag erinnert? Schmerzt es ihn, diese Dinge wiederzusehen?

Ich werfe einen verstohlenen Blick auf meinen Ex. Sein Gesicht wirkt verschlossen und ernst, die himmelblauen Augen huschen aufmerksam und streng über die Wohnungseinrichtung. Diese Verkörperung des achtsamen Beschützers geht mir an die Nieren. Unwillkürlich wünsche ich mir, dass er früher so für mich da gewesen wäre – schon damals, als es passierte ...

Eine einzelne Träne schafft es aus meinem Augenwinkel. Hastig wische ich sie fort und reiße mich zusammen. Ich werde Constantine heute sowieso alles erzählen, da kann ich mir den Nervenzusammenbruch auch für später aufheben.

Mit neu gefasster Entschlossenheit krame ich die Sporttasche aus der Kommode hervor und gehe zu ihm.

»Das Bad«, ordne ich an.

Sein Körper reckt sich in die Höhe, lässt mich vorbei und er folgt mir, nur um gegen den anderen Türrahmen zu lehnen.

Schweigend setzen wir diese Art des Einpackens fort, bis ich sämtliche wichtigen Habseligkeiten in meinem Reisekoffer und der Sporttasche verstaut habe.

»Alles dabei?«, will Constantine wissen, als ich die schwere Last im Flur abstelle. »Auch an den Wintereinbruch gedacht und die entsprechenden Schuhe dabei?«

Ich nicke und nehme den Wintermantel vom Haken. Der wird nirgends reinpassen, weshalb ich ihn auf dem Arm tragen werde.

»Gut, dann hauen wir hier ab.« Er gurtet die Tasche um und hebt den Koffer an, als wären beides Leichtgewichte.

»Abschließen solltest du aber selbst können, oder?«, vergewissert er sich mit einem Blick zurück über die Schulter.

»Ja«, bestätige ich hastig und mache mich daran, alles für eine längere Abwesenheit abzuriegeln.

Constantine wartet am Treppenabsatz auf mich. Vorsichtig steigt er die Treppe hinab und hievt meine Siebensachen auf die Ladefläche des Ford Rangers, wo er sie mit ein paar Spanngurten festzurrt.

Ich werfe einen letzten, gedankenverlorenen Blick zurück auf den Wohnblock. Drei Jahre lang ist das hier mein zu Hause gewesen… Drei Jahre habe ich in dieser winzigen Wohnung gehaust und mich versteckt, eingeschüchtert von einem Ereignis, an das ich mich nicht einmal mehr erinnern kann.

Eventuell ist es ganz gut, hier wegzukommen, und sei es nur für ein paar Tage oder Wochen. Ein Tapetenwechsel könnte zur Folge haben, dass ich mich aus meinem Schneckenhaus wage und mich der Welt da draußen wieder öffne. Angefangen mit – ausgerechnet – Constantine Rush.

»Wenn du deine Meinung geändert hast, dann–«

»Nein«, falle ich ihm fest ins Wort und steige ins Auto.

Die Fahrt über schweigen wir, und auch nachdem er mein Gepäck ins Gästezimmer seines Hauses gestellt und mir Raum gegeben hat, herrscht angespannte Stille zwischen uns. Ich schiebe die Stunde der Wahrheit immer weiter vor mich her, indem ich erst auspacke, dann eine lange Dusche nehme und mir die Hand eincreme.

In Kuschelpullover und Leggins trete ich letzten Endes ins Wohnzimmer, wo Constantine vom Sofa aus auf den Fernseher starrt, in seiner rechten Hand ein Glas Whiskey.

Mit einem leisen Räuspern mache ich auf mich aufmerksam. Sein Kopf fährt halb herum und diese unfassbar blauen Augen nehmen meinen Anblick in sich auf.

»Hey«, sagt er schließlich. »Alles okay?«

Mit einem Kopfschütteln setze ich mich zu ihm auf die Couch. »Ich glaube, mit mir wird erst wieder alles okay sein, wenn dieser Horror endlich vorbei ist.«

Er erwidert nichts, aber ich spüre seinen Blick auf mir, kann die unausgesprochenen Fragen beinahe hören. Bevor ich noch ein Wort herausbringe, streckt er mir das Glas entgegen und ich nehme dankbar einen Schluck der brennenden Flüssigkeit. Um diese Sache hier irgendwie zu überstehen, muss ich mir definitiv Mut antrinken.

Constantine will den Fernseher ausmachen, aber ich halte ihn auf. »Lass ihn ruhig an. Möglicherweise hilft es mir dabei ...«

Wieder misst er mich mit einem dieser undeutbaren Seitenblicke, senkt die Lautstärke des Geräts auf ein Grundrauschen im Hintergrund und gießt sich selbst ein neues Glas Whiskey ein, das neben der Flasche auf dem Beistelltisch bereitgestanden hat.

»Ich will noch einmal betonen, dass ich dich zu keiner Aussage zwinge«, stellt er leise fest, bevor er einen großen Schluck nimmt.

»Das ist mir bewusst«, gebe ich zurück und tue es ihm gleich. »Aber ich habe es lange genug vor mich hergeschoben.«

Ich nehme einen tiefen Atemzug, stoße die Luft aus und lasse mich in Gedanken zurück in jene Nacht versetzen. Automatisch spannt mein gesamter Körper sich an vor unterdrückter Wut, ich lasse die Finger knacken und ein Zittern wandert über meine Haut, das nichts mit Angst zu tun hat – eher mit Mordlust.

»Vor knapp drei Jahren bin ich mit Fiona im *Dr. Jekyll* gewesen – das ist die einzige Bar, die Snow Falls zu bieten hat. Wir feierten die Neueröffnung ihres Ladens.« Ein weiterer Schluck braunes Gold findet den Weg meine Kehle hinab. »Irgendwann haben wir uns aus den Augen verloren. Sie ist hinausgestolpert, um mich zu suchen. Zumindest hat sie mir das im Nachhinein so erzählt.« Mir stockt der Atem und mein Hals zieht sich zusammen. Trotzdem zwinge ich mich, weiterzusprechen. »Ich war die ganze Zeit über hinten, im Restaurant. Ich hatte Heißhunger auf Pommes, und im *Dr. Jekyll* gibt es diese Pommes mit so einem himmlischen Paprikapulvermix.«

Auf Constantines Gesicht zeigt sich ein Lächeln, doch es erreicht nicht seine Augen.

»Jedenfalls weiß ich noch, dass ich mit einem Drink im Restaurant gesessen und Pommes gefuttert habe. Die haben dort alte Holzplanken zu Tischen gezimmert, indem sie sie auf Fässer genagelt haben. Dutzende Barhocker passten an eine Längsseite.«

In Erinnerungen versunken schweige ich ein paar Herzschläge lang, dann fahre ich fort. Diesmal schlägt mir das Herz hoch im Hals. Meine Stimme klingt seltsam kratzig, als ich fortfahre. »Mir ist seltsam schwummrig geworden und die Lichterketten, die von Baum zu Baum gespannt waren, sind immer unschärfer und greller geworden. Ich werde den Moment niemals vergessen, als ich beinahe vom Barhocker fiel: Es war stockfinster, aber gleichzeitig war da eine glitzernde Reihe goldener, verschwommener Lichtpunkte. Mir ist bewusst gewesen, dass ich gegen etwas fiel – oder jemanden. Und dann war da dieser seltsame Geschmack in meinem Mund, wie Kupfer, aber es war kein Blut. Dazu ein stechender Kopfschmerz. Ich habe mitbekommen, dass irgendjemand geredet hat, aber ich kann mich schlichtweg nicht erinnern, wer. Das einzige, was ich noch weiß, ist, dass er mich irgendwann gebeten hat, ihm etwas zu versprechen.«

Ein scharfes Zischen aus Constantines Richtung lässt mich innehalten. Der letzte Rest Whiskey verschwindet in meinem Mund, um die Galle zu verdrängen, die ihren Weg nach oben gefunden hat. Ich vermeide es, zu meinem Ex rüber zu schauen, und starre stattdessen ins leere Glas. Meine Stimme halte ich so neutral wie möglich. »Das ist das Letzte, an das ich mich erinnere. Ich bin drei Tage später in einer Scheune nicht weit außerhalb aufgewacht, mit nichts am Leib außer meinem BH und meiner Shorts. Meine Haare waren komplett zerzaust und mein Körper von oben bis unten mit blauen Flecken bedeckt. Ich bin barfuss zum nächsten Haus gelaufen und habe die Polizei verständigt.«

Die Erinnerung an jenen Vormittag überschwemmt mich wie eine Welle der Pein: Sobald mein Kopf nicht mehr wie eine Scholle auf dem Wasser hin und her geschwappt ist, habe ich mich an dem Stützbalken hochgezogen, an den ich gelehnt hatte. Nur mit großer Mühe habe ich begriffen, dass ich allein und ungefesselt war. Ich war so benommen, dass ich ziellos in irgendeine Richtung losgestolpert bin, den Arm vors Gesicht geschoben, weil das Sonnenlicht mir dermaßen in den Augen gestochen hat. Mein Mund war schnurztrocken, jedes Schlucken brannte wie Feuer und ich bin das Gefühl nicht losgeworden, dass er wundgescheuert war – ob von Hustenanfällen oder etwas anderem, keine Ahnung.

Es hat sich wie Tage angefühlt, bis ich in der Ferne ein Schemen ausgemacht habe, auf das ich mich fixieren konnte. Der schockierte Ausdruck in den Gesichtern des Seniorenpärchens wird mich bis an mein Lebensende verfolgen. Sie haben sich um mich gekümmert, bis Gordon und Sam aufgetaucht sind, um mich abzuholen und ins Krankenhaus zu fahren.

Ich habe mich seither kein einziges Mal getraut, wieder dorthin zu fahren und mich bei den beiden für ihre Hilfe zu bedanken, obwohl ich mir einen Satz Klamotten der alten Frau geliehen habe, da meine als Beweisstücke herhalten mussten …

Meine Glieder schmerzen von der starren Position, in der ich sie gehalten habe, also versuche ich, die Muskeln zu lockern und mich ein wenig zurückzulehnen. Stockend nehme ich den Faden der Geschichte wieder auf. »Nachdem ich aus dem Krankenhaus raus war, habe ich Tag und Nacht damit verbracht, eine Möglichkeit zu finden, wie ich meine Erinnerung zurückbekomme. Ich wollte unbedingt mithelfen, habe mein ganzes Leben danach ausgerichtet, den Täter zu fassen. Dabei bin ich immer weiter vom Pfad der Gerechten abgekommen und habe irgendwelchen Typen aufgelauert, die ich verprügelt habe, bis die Cops kamen und mich nach Hause kutschierten.« Feixend betrachte ich meine Hände. »Mein Aggressionsproblem ist zu jener Zeit völlig aus dem Ruder gelaufen. Ich hatte mich kaum mehr unter Kontrolle.« Ein Seufzen löst sich von meinen Lippen. »Brandon – der Captain des Snow Falls P.D. – hat mir schlussendlich einen Job angeboten, um sichergehen zu können, dass ich keinen waghalsigen Scheiß mehr anstelle.«

Ich lehne mich vor und gieße Whiskey nach.

»Und das heute hat was genau mit all dem zu tun?«, will Constantine wissen. Seine Stimme klingt hart und angestrengt – ganz so, als müsse er seine ganz eigenen Dämonen niederringen.

»Nun... Diesen Sommer gab es vier weitere Vorfälle. Vier Frauen, die wie ich mittels K.O.-Tropfen besinnungslos gemacht und weggebracht wurden, um Tage später irgendwo im Nirgendwo wieder aufgefunden zu werden.«

»Es ist für ihn zur Sucht geworden«, stellt er kühl fest. Seine Augen schimmern Unheil verkündend über dem Glasrand in meine Richtung, als er einen Schluck nimmt.

»Darüber können wir zum jetzigen Zeitpunkt nur spekulieren«, gebe ich zurück. »Der Captain jedenfalls glaubt, dass der Täter einen gewissen Besitzanspruch mir gegenüber entwickelt hat. Er weiß, wo ich wohne und hinterlässt mir hie und da bekritzelte Papierchen auf meiner Anrichte. Er ist auch schon in meiner Wohnung gewesen, während ich unter der Dusche gestanden habe.«

Etwas knackt hörbar und einen Augenblick später zerspringt das Whiskeyglas in Constantines Hand in tausend winzige Splitter. Für die Dauer einiger Herzschläge gaffe ich bloß verblüfft, dann wird mir klar, dass ich ihm helfen sollte, und ich schnelle vom Sofa hoch, greife wahllos ein Handtuch aus dem Bad und haste zurück zu ihm.

»Okay, vorsichtig aufstehen«, befehle ich, halte das Handtuch geöffnet an seinen Oberkörper und warte darauf, dass er meiner Aufforderung folgt. Doch als nichts passiert, schaue ich perplex hoch in sein Gesicht. Seine Züge sind hart, ein Muskel zuckt an seiner Wange und aus seinen Augen blickt mir der absolute Todesblick entgegen.

In dem Moment, in dem ich zurückschrecke, packt er mein Handgelenk mit der linken Hand und zieht mich näher zu sich. Nur wenige Zentimeter von seinem Gesicht entfernt raunt er: »Ich werde diesen Mistkerl finden, Kathrine. Und wenn ich ihn gefunden habe, dann gnade ihm welcher Gott auch immer für das, was er dir angetan hat – und heute noch antut.«

Meine Brust verengt sich und ich muss meinen urplötzlich ausgetrockneten Mund befeuchten.

»Warum solltest du das tun?«, flüstere ich. »Du bist mir zu nichts verpflichtet.«

Constantine stößt einen tadelnden Laut irgendwo zwischen einem Zischen und einem Schnauben aus, legt den Kopf schief und intensiviert den Blick, mit dem er mich ansieht.

»Auch wenn wir nicht zusammen sind – er hat sich an dir vergriffen. Das wird er bitter bereuen. Niemand fügt dir Schaden zu, ohne mindestens ein paar Rippen gebrochen zu bekommen. Dafür bist du mir zu wichtig.«

Meine Augenbrauen wandern fragend nach oben. Ich bin ihm wichtig? Doch anstatt die Frage laut zu formulieren, entziehe ich ihm mein Handgelenk und richte mich auf. »Weder unterstütze ich die Androhung von Straftaten, noch brauche ich deine Hilfe in dieser Sache, Constantine. Die Cops sind an dem Fall dran. Das muss für mich – und dich – ausreichen.«

In einer einzigen, flüssigen Bewegung fährt er vom Polster hoch. Scherben fallen klimpernd zu Boden, verteilen sich über den Stoff und den Fußboden. Seine Augen jedoch sind weiterhin auf mich gerichtet. Er macht einen Schritt auf mich zu, der die Splitter unter seinen Hausschuhen knirschen lässt. Langsam gleitet sein Arm um meinen Rücken. Unsere Oberkörper berühren sich. Meine Atmung setzt aus und mein Herz macht einen Sprung.

»Es tut mir leid«, sagt er in eindringlichem Ton. »Und damit meine ich alles an dieser Geschichte. Dass dir etwas dermaßen Schreckliches widerfahren ist, dass du durch die Zeit danach allein gehen musstest, dass er wieder da ist – einfach alles.«

»Es ist Vergangenheit«, will ich abwinken, doch er legt seine Finger um mein Kinn und zwingt mich, zu ihm hochzusehen. »Das ist es offensichtlich nicht, sonst wärest du beim Erzählen nicht beinahe vor Wut erstickt«, stellt er mit sanftem Spott fest.

Ertappt zucke ich zusammen, weigere mich allerdings, etwas darauf zu erwidern, was ihn dazu bringt, zu grinsen. »So langsam beschleicht mich der Gedanke, dass mein Umzug nach Snow Falls Schicksal gewesen sein muss.«

Übertrieben verdrehe ich die Augen. In seinen beginnt der Schalk zu glitzern, als er sich näher zu mir herab beugt und flüstert: »Es scheint, als ob alles, was ich seitdem tue oder anfasse, irgendwann bei dir endet.«

Ein zitternder Atemzug entweicht mir. Er ist viel zu nah. Wenn ich wollte, könnte ich seinen Mund mit dem meinen berühren, wenn ich auch nur ein wenig den Kopf anhebe. Rasch fahre ich mit der Zunge über meine Lippen, um sie zu befeuchten. Seine Augen schnellen nach unten, um der Bewegung zu folgen, dann wieder zurück. Ein neuer Funke wurde entfacht, ich sehe es, spüre das erregende Kribbeln in meiner Magengegend und die Spannung, die in diesem Atemzug zwischen uns entsteht.

»Ich wollte das hier nicht mehr, weißt du?«, fährt er zurückhaltend fort. »Diese Gefühle zwischen uns, diese Nähe. Ich wollte dich fertigmachen, Kathrine Solomon – so wie dein Verschwinden mich fertiggemacht hat. Aber jetzt…« Constantine hält inne, wirkt seltsam überrascht über sein Geständnis, fügt dann allerdings couragiert hinzu: »Jetzt ist es, als ob ich immer mehr will und nicht genug von dir kriegen kann. Ich will den Kuss von letzter Nacht für gefühlte Ewigkeiten wiederholen. Ich will deinen Körper anfassen und deine Haare auf meinem Kissen ausbreiten, weil du so aussiehst wie ein verdammter Engel. Ich will deine Hand halten und nie wieder loslassen.« Ein schwaches Lächeln huscht über sein Gesicht. »Es ist ein verfickter Albtraum, aus dem ich nicht mehr aufwache.«

»Es muss kein Albtraum bleiben«, gebe ich zurück, bevor ich überhaupt über meine Worte nachdenken kann. »Constantine ich…«

»Sag mir jetzt nicht, dass du mich liebst oder so einen Scheiß«, fällt er mir ins Wort und zieht sich langsam zurück.

Unwillentlich ziehe ich eine Schnute und grummle: »Ich bin nicht gegangen, weil ich dich nicht mehr liebte.«

Einen Wimpernschlag lang erstarrt er zur Eissäule und seine Gesichtszüge entgleisen komplett.

»Warum denn dann?«, hakt er nach, sein bohrender Blick auf mich gerichtet. »Warum hast du mir das Leben zur Hölle gemacht, wenn nicht deswegen?«

Die Worte kommen mir unfassbar klischeehaft vor, als ich sie mir durch den Kopf gehen lasse – trotzdem spreche ich sie aus. »Weil ich das Gefühl hatte, nur für dich zu leben. Ich spielte nie eine Hauptrolle in meiner eigenen Geschichte, habe alles aufgegeben und immer gespurt. Für dich. Sogar mein Liebesleben war ein Geheimnis!«

Constantine sieht mir noch zwei Sekunden lang in die Augen, sein Ausdruck deutlich verwirrt. Dann lässt er die Arme sinken und tritt einen Schritt zurück. »Du willst mir also sagen, dass ich an allem Schuld war?«

»Nein«, widerspreche ich hastig. »Nein, ich…« Ein frustgeladenes Seufzen kommt über meine Lippen, als ich sehe, wie er sich weiter von mir entfernt, sich vor mir verschließt. »Ich hatte den Eindruck, bloß noch eine leere Hülle zu sein. Deswegen wollte ich mich selbst neu entdecken. Ich wollte wissen, wer ich wirklich bin – ohne dich.« Der Kloß, der mit den letzten Worten in meinem Hals entsteht, macht die nächsten umso schwerer. »Es hat mir das Herz gebrochen, dich zu verlassen, und es war die härteste Entscheidung, die ich je im Leben getroffen habe.«

»Bullshit«, presst er zwischen zusammengebissenen Zähnen hervor. »Das ist doch Bullshit!« Sein Kopf ruckt von einer Seite auf die andere. »Das kann nicht der Grund sein!« Seine Augen sind geweitet und er starrt vor sich hin, als hätten ihm meine Worte komplett den Boden unter den Füßen weggerissen.

Constantines Reaktion ist so anders, als ich es mir vorgestellt habe, dass ich wie erstarrt an Ort und Stelle verankert bleibe und ihn mit einer Mischung aus Zorn und Beklommenheit ansehe. Ich hatte angenommen, dass er im ersten Augenblick sauer sein, aber sich dann mit mir versöhnen würde – oder etwas ähnlich Kitschiges eben.

Sein linker Arm schießt in die Höhe und er verbirgt das Gesicht hinter der Hand.

»Das kann nicht…«, murmelt er.

Stille breitet sich zwischen uns aus und ich bin kurz davor, das Heil in der Flucht zu suchen, weil ich die Anspannung nicht mehr ertragen kann. Aber Constantine scheint so etwas in die Richtung zu ahnen, denn er sagt heiser: »*Du* warst doch diejenige, die all die Jahre über unsere Beziehung geheim halten wollte.«

Ich nicke knapp. »Das heißt nicht, dass es mir Spaß gemacht hat, das zu tun. Ein Teil von mir hat sich gewünscht, dass du ablehnen und uns der ganzen Welt schreiend mitteilen würdest.«

»Fuck«, murmelt er. »Das wollte ich doch! Kathrine, ich…« Die zuvor geschaffene Distanz überwindend, greift er nach meinen Händen und hält sie fest in den seinen. »Es ging mir nie gut damit, dich jedes Mal zurückzulassen und mit einer anderen auf eines dieser bescheuerten Events zu gehen. Die Einzige, die ich an meiner Seite haben wollte, warst ganz allein du.«

»Und trotzdem haben wir entgegen unseren Herzen gehandelt. Das ist genau das, was ich nicht länger ertragen konnte.«

Seine Arme legen sich um meinen Körper und ich werde an ihn gedrückt.

»Ich…« Constantine stockt. »Es tut mir leid.«

Diesmal winke ich nicht ab, sondern umarme ihn, so fest ich nur kann. Ich versenke meine Nase in seinem Shirt und atme den Geruch ein. Verdutzt stelle ich fest, dass sich trotz neuer Noten weiterhin der alte Duft darin befindet. Ein Bruchstück meines Herzens zieht sich vor bittersüßer Freude zusammen.

»Von jetzt an«, dringt seine sanfte Stimme zu mir herab, »offen und ehrlich, okay?«

»Okay.«

Widerstrebend lösen wir uns ein Stück weit aus der Umarmung, aber nur so weit, dass wir uns anschauen können. Constantines Kopf senkt sich im selben Moment zu mir herab, in dem ich mich ihm entgegenstrecke, und unsere Lippen treffen sich zu einem behutsamen Kuss, der schnell in Leidenschaft umschlägt. Ohne den Scherben auch nur die geringste Beachtung zu schenken, dirigiert er mich rückwärtsstolpernd in sein Schlafzimmer.

Wir brauchen kein Licht, spüren keine Scham mehr. Es ist, als wären wir nach langer Zeit endlich zu Hause angekommen – nur dass zu Hause in diesem Fall der jeweils andere ist.

CONSTANTINE

22

Kaum erreichen wir mein Schlafzimmer, dränge ich Kathrine in Richtung meines Bettes, ohne den Kuss zu unterbrechen. Ihre Hände fingern an meiner Hose herum und ich werde verfickt nochmal die Fassung verlieren, wenn ihr sündhaft verführerischer Körper nicht innerhalb der nächsten Minuten über oder unter mir ist.

All die Jahre, die ich mit Racheplåneschmieden verbracht habe... Dabei war Kathrine einfach nur zu sehr von meinem Ruhm verletzt, der verhinderte, dass wir uns offen und ehrlich lieben konnten. Dieses Scheißeishockey mit seinem verfickten Vertrag hat dazu geführt, dass ihr Herz mir entglitten ist.

Diesen Zustand werde ich hier und jetzt ändern. Ich mag zwar noch genauso blasiert sein wie damals, aber nichts – *nichts* – kann mir Kathrine je wieder nehmen, dafür sorge ich. Wir werden lernen, unsere Gefühle offen anzusprechen, und unsere Kommunikation verbessern. Ich werde Rücksicht auf ihre Wünsche nehmen... Nein, verdammt, ich werde ihr jeden Wunsch von den Lippen ablesen lernen und ihr mein Leben und meinen Körper zu Füßen legen. Nicht weniger hat sie verdient.

Eventuell überstürze ich diese ganze Angelegenheit gerade hoffnungslos. Aber das ist mir scheißegal. Ich habe verfickte sechs Jahre meines Lebens weggeworfen, weil Kathrine sich nicht sicher genug bei mir gefühlt hat, um offen mit mir zu sprechen. Meine Gesundheit war im Eimer, ich habe mir verdammte Drogen ins Blut gejagt, um zu vergessen… Ich werde den Teufel tun und es jetzt langsam angehen lassen!

Kathrines Stöhnen reißt mich aus dem Strudel meiner Gedanken.

»Hör endlich auf zu denken«, wispert sie außer Atem.

Leicht glucksend erwidere ich: »Woher weißt du, dass ich gerade nachdenke?«

Sie sieht mich spöttisch an. »Du bist eines dieser seltenen Exemplare von Mann, das mehrere Dinge auf einmal leisten kann. Und du hältst dich dadurch zurück, was *das hier* angeht.« Sie zeigt mit dem Finger abwechselnd von sich zu mir.

»Das geht natürlich gar nicht«, raune ich und erobere ihren Mund zurück. Zeitgleich umfasse ich ihre Mitte und hebe sie spielend leicht hoch. Ein leises Quieken verrät mir, dass ich sie überrascht habe.

»Darf ich dich jetzt ausziehen?«, frage ich sie heiser.

Mit einem kecken Lächeln nickt sie. »Nur, wenn ich auch darf?«

»Ich dachte schon, du fragst nie.«

Ihre Lippen finden die meinen für einen weiteren, langen Kuss.

Eine Sekunde lang überlege ich, ob ich die Vorhänge des Panoramafensters, über welches auch mein Schlafzimmer verfügt, per Knopfdruck vorziehen soll, verwerfe den Gedanken jedoch sofort wieder; seitdem ich hier wohne, habe ich keine Menschenseele da draußen rumgeistern sehen. Die Menschen, die hier wohnen, tummeln sich in ihren eigenen Fußballfeldvorgärten wie es sich gehört.

»Wollen wir nicht doch ein wenig Licht hier reinbringen?«, schlägt Kathrine zwischen zwei Küssen vor. »Ich für meinen Teil bin ganz heiß darauf, dich nach all der Zeit neu zu erkunden.«

Erkunden … ja … wundervoll. Wohlige Schauer rinnen mir den Rücken entlang und ich taste bereits blind hinter meinem Rücken nach der Nachttischlampe.

Fuck!

Wenn wir das Licht einschalten, wird sie sie sehen! Aber wenn wir es auslassen, wird sie die Narben spüren. Wie ich es drehe und wende, sie wird es bemerken … und Fragen stellen.

»Constantine?«, fragt sie, inzwischen verunsichert.

»Ja«, beeile ich mich, ihr zuzustimmen. Scheiß drauf – wenn sie das Scheißlicht haben will, soll sie es bekommen.

»Auf dem Nachttisch ist eine Lampe«, informiere ich sie. Währenddessen verteile ich hungrige Küsse auf ihrem Hals, die sie erschauern lassen.

»Ziehst du mir jetzt endlich die Hose aus?«

Meine Mundwinkel heben sich belustigt und ich knie mich vor sie hin. Mit sanftem Nachdruck ziehe ich die Leggins und ihren Slip hinab bis zu ihren Knöcheln. Kathrine hebt den einen Fuß und ich ziehe die Leggins ab, dann wiederholen wir das Spielchen auf der anderen Seite. Während ich ihre Hose irgendwohin schmeiße, umfasse ich ihren Knöchel und fahre mit den Fingern meiner linken Hand darüber, folge dem Bein entlang der Wade, bis ich über ihren inneren Oberschenkel streiche. Ein weiteres Beben verrät mir, dass sie Feuer und Flamme für meine Berührung ist, also nutze ich die Chance und presse meine Lippen auf die zarte Haut an ihrem Oberschenkel. Meine Finger wandern weiter, streicheln und necken.

Mein Gesicht steuert auf ihre Mitte zu, meine Zunge leckt über die sensitive Haut, und Kathrines Hände vergraben sich grob in meinem Haar. Das Stöhnen, welches ihr zeitgleich entschlüpft, macht, dass ich ihre Pobacken packe und mit der Zunge einmal lang und heftig über sie gleite.

Ihr Atem stockt hörbar, was mich grinsen lässt. Mit gleichmäßigen Bewegungen kreist meine Zunge um ihren Kitzler, streicht hinab und wieder hinauf. Ihre Fingernägel graben sich in meine Kopfhaut. Irgendwann halte ich es nicht mehr aus: Ich will sie schmecken. Ruckartig vergrabe ich mein Gesicht in ihrem Geschlecht und tauche in ihre Vagina ein. Fuck, ich will so viel mehr. Ich will sie hier und jetzt, auf dem Teppichboden, auf dem Bett, an der Wand, wenn es sein muss – mir scheißegal.

»Constantine«, haucht sie atemlos, »bitte.«

Ich stehe komplett unter Strom, schnelle bei ihrer Bitte hoch wie ein Aufstehmännchen und dränge sie in Richtung Bett, wo sie sich auf die Matratze fallen lässt.

Rasch tippe ich gegen die Lampe und ein sanfter Lichtschein erfüllt die Dunkelheit des Schlafzimmers. Kathrine hatte recht: sie nach all den Jahren nackt vor mir zu sehen, flößt dem Ganzen nochmals eine ganz andere Note ein. Wie gebannt betrachte ich ihre Rundungen, die vertrauten Leberflecke und neue, winzige Sommersprossen, die auf ihren Schultern und Oberarmen erschienen sind. Meine Augen wandern über ihren Körper hinweg wie zwei Süchtige, die nach Jahren der Enthaltsamkeit die erste Dosis verabreicht kriegen.

An ihrer linken Brust stoppe ich und kneife die Augen zusammen.

»Ist das ein Tattoo?«, will ich wissen und nähere mich auf Händen und Knien.

Kathrine windet sich urplötzlich unter mir. Ich werfe ihr einen Blick zu, der in etwa »Ernsthaft?« übermitteln soll, dann inspiziere ich ihre Seite. Tatsächlich: Unterhalb ihres Brustansatzes, auf ihrem Rippenbogen, ist ein Datum in römischen Nummern tätowiert. Ich bin unfassbar schlecht in diesem Umrechnungsscheiß, weswegen ich schlicht frage: »Was ist das?«

Kathrines Wangen und Hals sind in der Zwischenzeit rosa angelaufen, doch sie nuschelt: »Der Tag, an dem wir uns getroffen haben.«

»Oh wow«, flüstere ich staunend und fahre die Zahlen nach. »Das war der sechzehnte September 2009.«

»Du weißt es auswendig?«, kontert sie verblüfft.

Ich nicke und lächle ihr zu, indes ich mich über ihr Gesicht lehne. »Wie könnte ich dieses Datum je vergessen?« Mit meiner Nase stupse ich an ihre. »Es war der schönste Tag meines damaligen, jämmerlichen Lebens, in den du da hineingeplatzt bist.«

»Rutsch nicht gleich auf der Schmalzspur aus«, spottet sie, drückt ein Küsschen auf meine Nasenspitze und hebt demonstrativ die Hüfte an, um sich an meinem Schwanz zu reiben. »Wir waren übrigens schwer beschäftig, Mr Rush.«

Ein zischender Laut formt sich in meiner Kehle. Ich knurre gespielt auf und küsse sie stürmisch.

»Wieso hast du immer noch etwas an?«, tadelt sie zwei Atempausen später und zieht die Augenbrauen zusammen.

Ich lache leise in mich hinein und verlagere das Gewicht auf Knie und Füße, um meine Hose abzustreifen. Beim Anblick meines besten Stücks entschlüpft ihr ein vor Sehnsucht erfülltes Stöhnen. Ich grinse wölfisch und schaue auf sie hinab.

»Gib es zu, du hast mich vermisst«, verlange ich halb spöttisch, halb im Ernst.

»Und wie«, gibt sie unumwunden zu. »Irgendwann sind alle Hilfsmittel nur noch langweilig. Der beste Dildo vermag einen echten Penis nicht zu ersetzen, wenn jener zu Constantine Rush gehört.«

Mit dieser Antwort nimmt sie mir komplett den Wind aus den Segeln. Mein Mund steht offen, meine Augen sind vor Verblüffen geweitet. »Du hast nie mit–«

Breit lächelnd schüttelt sie den Kopf.

»Aber wie hast du das ausgehalten?«

»Gar nicht mehr«, erwidert sie mit einem Schulterzucken. »Es war mir irgendwann egal.«

Während ich noch auf dem Bettrand knie wie der Idiot, der ich bin, seufzt sie entnervt auf und schlängelt sich unter mir hervor. »Wo sind deine Kondome?«

»Äh... Hier.« Bevor ich den Arm voll ausgestreckt habe, hat ihre Hand die Schublade meines Nachttischchens bereits erreicht und aufgezogen. Sie greift zielsicher nach der brandneuen Packung Kondome, die ich nach dem Einzug gekauft habe, und zieht eines heraus.

»Letzte Chance, den Schwanz einzuziehen«, trällert sie mit einem Schmunzeln und frechem Blick.

»Lass mich das machen«, entgegne ich und nehme ihr das Kondom aus der Hand. »Du legst dich jetzt sofort schön brav wieder unter mich, Madame.«

Kathrine grinst, befolgt jedoch meine Aufforderung und legt sich auf den Rücken. Allein dieser Anblick reicht aus, um mich auf ein Neues steinhart zu machen, sodass ich keinerlei Probleme damit habe, das Kondom überzustülpen.

Ich ziehe sie an der Hüfte näher zu mir heran und positioniere mich zwischen ihren Schenkeln. Dann verlagere ich das Gewicht, komme über sie und dringe langsam in sie ein, während ich sie erneut küsse.

Gäbe es die Option eines Paradieses für mich, dieser Moment hier wäre der Himmel auf Erden. In Kathrine zu versinken, ihr so nah zu sein wie nur menschenmöglich – vor einem halben Jahr hätte ich selbst mir nicht geglaubt, hätte ich es mir erzählt. Der Rausch, der ihr Körper mir bereitet, ist so viel besser als jedes Besäufnis, ihre Haut und ihr Mund schmecken tausendmal besser als jeder Alkohol dieser Welt. Und wäre ich nicht schon seit drei Jahren clean, ich würde es jetzt werden, weil das Gefühl, mit Kathrine Sex zu haben, mehr ist, als ich verkraften kann.

Sowie ich einmal ganz in ihr bin, halten wir inne und schwelgen im Augenblick. Es ist, als ob sich alle Puzzleteile für eine Sekunde lang an die richtige Stelle legen und ein Gesamtbild ergeben, das sowohl bekannt als auch völlig unerwartet scheint. Jede Emotion, jede Bewegung, jedes Wort ergibt einen Sinn – und dann zerspringt der Moment in winzige Fragmente, teilt sich auf in einzelne Fasern, denen der Verstand nicht zu folgen vermag – und ich ziehe mich heraus, stoße wieder zu.

Kathrines wohliges Seufzen treibt mich zu einem schnelleren Tempo an. Gleich darauf merke ich, wie nah ich an meinem Höhepunkt kratze und verlangsame die Stöße.

»Warte«, keucht Kathrine plötzlich, »das ist mir nicht nah genug.«

Fuck, diese Frau!

Ich reagiere, indem ich mich aus ihr herausziehe, mich neben sie lege und sie zärtlich auf die Seite drehe, sodass meine Brust ihren Rücken berührt. Mit meinem Mund an ihrem Ohr hauche ich: »Nah genug?«

»Noch nicht ganz«, antwortet sie sehnsüchtig. »Nimm mich endlich, Const.«

Ein aufpeitschender Schauer rieselt mir den Rücken hinab. Sie hat mich zum ersten Mal, seit wir uns wiedergetroffen haben, Const genannt.

»Ich stehe auf deinen Dirty-Talk«, raune ich. Sie hebt leicht das Bein und ich packe meinen Schwanz und stoße ihn langsam in sie. Ihr Rücken drückt sich durch und sie schließt die Augen. Gleichzeitig öffnet sie die Lippen und ein gutturaler Laut entschlüpft ihnen, der mich jeden Nonsens vergessen lässt. Fasziniert von ihrem verträumten Anblick treibe ich uns voran, spiele abwechselnd mit ihrem Nippel oder packe sie an der Hüfte, um tiefer in sie zu dringen. Der Raum ist erfüllt von unseren Lauten und dem Klatschen von Haut auf Haut.

Ich bin kurz davor, in tausend Teile zu zerspringen, als Kathrine sich urplötzlich so gewaltig um meinen Schaft herum zusammenzieht, dass mir die Luft wegbleibt. Ihr gesamter Körper erzittert, sie japst nach Luft und vergräbt ihre Fingernägel in meiner Pobacke, die sie haltsuchend umklammert hat.

»Oh fuck!«, stöhne ich. Mein Sack zieht sich zusammen und bei Kathrines nächster Kontraktion kann ich nicht mehr an mich halten: Ich presse meinen Penis so tief wie möglich in ihre Mitte und pumpe alles hinaus, was ich zu bieten habe.

Auch sie stöhnt ein letztes Mal auf, als wäre sie über alle Massen verzückt darüber, mich dermaßen tief in sich zu spüren.

Ich bin völlig außer Atem, lasse es mir jedoch nicht nehmen, sie flüsternd aufzuziehen. »Jetzt nah genug?«

»Mhmm«, murmelt sie verträumt, kuschelt sich an mich und greift nach meiner Hand, um unsere Finger zu verschränken und sie sich auf den Bauch zu legen.

»Perfekt«, haucht sie.

Verkackte Schnulzklischees, warum schwillt mir vor Stolz der Kamm wie einem verfickten Scheißhahn? Ja, wir hatten Sex, ja sie ist vollends zufrieden – damit hat es sich auch schon, verdammt. Innerlich verdrehe ich die Augen über meine Scheißgefühlsduselei. Trotzdem küsse ich Kathrine sanft auf die Schulter und löffle sie noch ein wenig weiter. Ich bin eben doch verfickt zufrieden mit der momentanen Situation.

»Wann können wir das wiederholen?«, dringt Kathrines Stimme zu mir durch und zaubert ein Grinsen auf mein Gesicht.

»Gib mir noch fünf Minuten«, fordere ich.

»Mhh«, macht sie und streckt die Beine lang wie eine zufriedene Katze, wobei mein bestes Stück endgültig aus ihr herausflutscht.

»Shit«, zische ich und lange nach dem Kondom, ehe es abrutschen kann.

»Ich werf das mal kurz weg.« Ich entwirre meine Beine aus den ihren und tapse nackt durchs Schlafzimmer ins Bad. Dort knote ich den Gummi zu und lasse ihn in den Mülleimer fallen, drehe den Wasserhahn auf lauwarm und säubere meinen Schwanz mit einem frischen Lappen.

Beim Rausgehen registriere ich eine Bewegung im Augenwinkel und mein Kopf dreht sich zur Fensterwand. Kathrine hat sich, die Decke um die eigene Gestalt gewickelt, davor hingestellt und betrachtet die schwarzen Silhouetten der Berge, die den wolkenlosen Sternenhimmel verdecken.

»Es ist wunderschön hier«, stellt sie leise fest.

»Das ist es«, stimme ich zu und trete hinter sie. Ich nehme sie in die Arme und lege mein Kinn auf ihren Scheitel, mein Blick in die Ferne gerichtet. Stille breitet sich zwischen uns aus; einer dieser zufriedenen, einträchtigen Momente im Leben, der keine Worte braucht.

Nichtsdestotrotz frage ich nach einigen Minuten: »Hast du sie gesehen?«

Kathrine nickt stumm. Ein Ziehen macht sich in meiner Magengegend breit und mein Puls beschleunigt sich. »Und du fragst gar nicht nach?«

Sie lehnt den Kopf seitlich, bis ich mein Kinn wegnehme und auf sie herabschaue. Ihre Augen sind erfüllt mit Sorge, mit Neugierde, aber ich lese darin auch eine Spur Zurückhaltung. Deswegen bin ich nicht überrascht, als sie meint: »Du wirst es mir sagen, wenn du so weit bist. Wie du vorhin sagtest: offen und ehrlich. Und ohne Zwang.«

Mein Herz scheint plötzlich zu klein zu sein für all die Emotionen, die darin aufploppen wie Schneeglöckchen. Ein dicker Kloß sitzt mir in der Kehle und ich räuspere mich, ehe ich ein »Danke« flüstere und ein Küsschen auf ihre Stirn platziere. Scheißgefühlsduselei.

Wir richten unsere Blicke zurück aufs Fenster und starren in die Finsternis, während wir unseren jeweils eigenen Gedanken nachhängen.

Irgendwann dreht Kathrine sich in meinen Armen zu mir um und küsst mich um den Verstand. Wer bin ich, dass ich dieser wortlosen Aufforderung nicht nachkomme?

KATHRINE

23

Es ist unglaublich befreiend, meinen Gefühlen zur Abwechslung freien Lauf zu lassen. Constantine und ich haben uns noch dreimal geliebt, bevor wir fest aneinandergekuschelt eingeschlafen sind.

Auch jetzt, beim Frühstück, können wir nicht lange voneinander lassen. Er findet laufend neue Gelegenheiten, um mich zu berühren, mich mit Küsschen zu verführen oder meine Hand zu halten. Es macht beinahe den Eindruck, als ob er es genauso wenig fassen kann wie ich – und dass er sich immer wieder aufs Neue versichern muss, dass wir uns wiedergefunden haben.

»Willst du heute echt arbeiten gehen?«, hakt er zum gefühlt zehnten Mal nach, nachdem ich frisch geduscht aus seinem Schlafzimmer komme. Am heutigen Tag habe ich mich für ein luftiges braunes Kleid mit Blumenmuster entschieden, dazu eine rostrote Strumpfhose. Ich liebe Braun-Rot-Kombis, ich glaube, sie heben meine Haare hervor – und die sind aus meiner Sicht mein herausstechendstes Merkmal.

»Fuck ich würde dich so gern in diesem Kleid ficken«, rutscht es Constantine heraus, der der mich mit leuchtenden Augen ansieht, als wolle er mich mit Haut und Haaren verschlingen.

Kichernd drehe ich mich um die eigene Achse, sodass der Rock mitschwingt, und zwinkere ihm kokett zu.

Sein Blick wirkt eindeutig hungrig, und er lässt mich für keine Sekunde aus den Augen, als er sich vom Sofa erhebt und auf mich zukommt. »Wann musst du in Fionas Laden sein?«

Ich werfe einen Blick auf die Uhr am Ofen in der Küche und erwidere: »In vierzig Minuten.«

Mein Herz schlägt bereits Purzelbäume, und als Triumph in seinen Augen aufblitzt, kribbelt es in meiner Magengegend.

Ein freudiges Grinsen breitet sich auf seinem Gesicht aus. Er schließt zu mir auf und zieht mich an der Hand zur Küche, wo er mich kurzerhand auf die Arbeitsplatte hebt.

»Das reicht locker für das, was ich mit dir vorhabe«, raunt er. »Trägst du einen BH unter dem Kleid?«

Ich nicke, bereits jetzt atemlos vor Erregung.

Seine Hände gleiten von meinen Pobacken nach vorn zu meinem Venushügel. Aufreizend langsam kreisen seine Finger über das Kleid hinweg und lassen die Haut darunter in Feuer und Flamme zurück.

»Und einen Slip unter der Strumpfhose?«, will er mit verführerischer Stimme wissen.

Wieder ein stummes Nicken. Ich bin überzeugt, würde ich zu sprechen versuchen, käme bloß ein Stöhnen heraus.

»Nun«, teilt er mir mit hämisch entschuldigendem Unterton mit, »leider wirst du nach dieser Aktion eine neue Strumpfhose brauchen.« Seine Augen fixieren mich und er grinst wieder. »Wie gut, dass ich reich bin und dir unendlich viele davon kaufen kann.«

Ehe ich darauf reagieren kann, schlüpfen seine Hände unter mein Kleid und reißen die Strumpfhose über meiner Intimzone mit spielender Leichtigkeit auseinander. Zu meinem eigenen Erstaunen ärgert mich seine Aktion überhaupt nicht, nein: Sie macht mich unfassbar an.

Gespannt warte ich ab, was Constantine als Nächstes tun wird. Dabei spüre ich, wie ein sanftes Pulsieren in meinem Kitzler einsetzt und mein Unterleib sich vor Vorfreude zusammenzieht.

Constantine holt die Hände unter dem Rock vor und streicht damit über meine Rippen nach oben zu meinen Brüsten.

»Das hier sollte kein Problem sein«, merkt er an, bevor er den v-förmigen Ausschnitt weiter auseinanderzieht, den BH gleich mit. Meine Brüste quellen hervor, die Brustwarzen bereits zu festen Knospen geformt.

»Genauso will ich das«, haucht Constantine, lehnt sich vor und leckt über meinen linken Nippel, während er den anderen mit der Hand zwirbelt.

Das Stöhnen, das ich nach wenigen Sekunden ausstoße, lässt seine Bewegungen energischer werden. Meine Hüften bewegen sich wie von selbst nach vorn und ich fühle die Delle in seiner Jogginghose. Bei der Berührung zieht Constantine scharf die Luft ein. Dadurch angestachelt, beuge ich mich leicht hinab und massiere ihn durch den Stoff. Ein Laut entschlüpft ihm, der mir erwartungsvolle Schauer über die Haut jagt, und ich zerre den Bund der Hose hinunter, befreie seinen Penis und nehme ihn in die Hand, massiere ihn eifrig.

Constantines Blick ruckt von meiner Brust zu mir hoch, sein Atem geht schnell und die Lippen glänzen feucht, als er flüstert: »Wir brauchen ein Kondom. Jetzt.«

Am liebsten hätte ich »Scheiß drauf« erwidert, aber wir beide sind noch nicht wieder so weit, auf den kleinen Helfer zu verzichten. Deshalb hauche ich: »Wo?«

»In meiner Hosentasche.«

Ein Kichern löst sich in mir und ich greife in seine Tasche, lange nach der Packung und reiße sie auf.

»Fuck bist du sexy, wenn du geil bist«, beteuert er heiser.

Ich drücke ihm ein schnelles Küsschen auf den Mund und rolle den Gummi über sein Glied.

»Du hast noch zwanzig Minuten«, erinnere ich ihn mit einem breiten Grinsen.

Fachmännisch rückt er sich zurecht, dann nickt er mir zu und zieht mir den Slip zur Seite, fährt mit dem Zeigefinger meinen unteren Lippen entlang und tippt ihn rasch hinein, um mich zu befeuchten.

»Scheiße bist du geil«, raunt er grienend, packt meine Hüfte und zieht mich zu sich.

Grob und erregend zugleich dringt er in mich ein, füllt mich aus und ich stöhne laut auf, lehne den Kopf zurück und verkralle mich in seinem Nacken.

Seine Stöße sind hart und unnachgiebig und treffen auf meinen G-Punkt. Mit seinem Mund bearbeitet er unerbittlich meine Brüste, meine Nippel schmerzen bereits vor kribbeligem Verlangen. Innerhalb weniger Minuten baut sich mein Höhepunkt auf, ein verkrampfter Ball in meinem Unterleib, der verzweifelt nach Befreiung lechzt. Alle meine Sinne sind auf den Punkt ausgerichtet, an dem wir vereinigt sind, und mit jedem Vor und Zurück unserer Hüften, mit jedem Ruck, der durch mich hindurchgeht, entlasse ich mehr meiner Hemmungen, stöhne und seufze lauter, kralle mich ungeniert in seine Haut.

Im Gegenzug lässt Constantine alle Vorsicht fallen und hämmert in mich hinein. Seine Augen sind auf mich gerichtet, himmeln mich an, als wäre ich seine ganz persönliche Göttin.

»Komm für mich«, bittet er mich und umschlingt mich mit den Armen, sodass wir Haut an Haut reiben, wann immer wir uns rühren. Ich spüre die Arbeitsfläche nicht länger, also muss er mich allein mit seinen Händen in der Luft halten.

Wir sehen uns tief in die Augen, ich lustvoll zu ihm hinauf, er mit purer Verehrung im Blick zu mir herab.

»Komm für mich«, wiederholt er flehend. »Ich halte es nicht mehr aus, Cat. Bitte komm.« Er bricht den Blickkontakt ab und lässt den Kopf hängen.

»Scheiße!«, stöhnt er erstickt und sein Körper erstarrt.

Ich spüre, wie sein Glied in mir wild zuckt, und das Wissen, dass er sich in diesem Moment in mich ergießt, spült mich über die Klippe. Ich falle, zerberste, zerstäube in winzige Einzelteile und dränge mich Halt suchend an ihn. Das Herz galoppiert in meiner Brust, meine Finger kribbeln vor Taubheit und ein zarter Schweißfilm hat sich auf meiner Haut gebildet.

Constantine zieht sich leicht zurück, sieht zu mir herab und grinst wie ein Schuljunge. »Wie liegen wir in der Zeit?«

Ich kann nicht anders, ich lache auf und schaue zur Digitaluhr rüber. »Drei Minuten, bis wir losmüssen.«

Er gibt mir einen Popoklapser und befiehlt theatralisch: »Na dann: auf, auf!«

Ich ziehe eine Schnute und klammere mich an ihn wie ein Äffchen. »Jetzt will ich nicht mehr.«

Seine Miene hellt sich noch mehr auf und er lacht befreit auf. »Mein Schwanz hat dich also überzeugt, ja?«

»Mhh, vielleicht.«

»Na komm«, sagt er und drückt mir einen Schmatzer auf die Lippen. »Jetzt bist du doch schon so hübsch angezogen.« Er sieht auf meine Brüste, die immer noch aus dem Kleid quellen und ein spitzbübisches Grinsen huscht über sein Gesicht. »Wobei ... vielleicht sollten wir das ein oder andere daran wieder zudecken, bevor du das Haus verlässt.«

Lachend lasse ich von ihm ab und haste ins Gästebad, um mich frisch zu machen. Als ich wieder in den Gang trete, kommt er aus dem Schlafzimmer, eine andere Hose über die Hüften ziehend. Er inspiziert meine Gestalt, lächelt und nickt anerkennend. »Und jetzt hopp, hopp!«

In Wahrheit würde ich lieber blaumachen und mit Constantine im Haus bleiben, aber ich bin eine viel zu getreue Arbeitnehmerin, als dass ich einen derartigen Wunsch in die Tat umsetzen würde.

Im Vorbeigehen schnappe ich mir Smartphone und Handtasche, lasse mir von Constantine meinen Mantel reichen und eile im Stechschritt auf den Ford Ranger zu. Er selbst joggt um den Wagen herum und beeilt sich, den Motor zu starten. Keine Minute später fahren wir die Straße hinab gen *Fiona's Decor*.

»Wann soll ich dich heute abholen?«, will er an der Kreuzung wissen.

»In all den Wochen warst du überpünktlich, um mich abzufangen, und jetzt fragst du mich ernsthaft, wann du da sein sollst?«, witzle ich und stupse ihn in die Schulter.

Er grinst frech. »Na ja, ich dachte, ich gebe zumindest den Anschein des wohlerzogenen Mannes.«

»Ha ha!«, mache ich. »Als ob du deinen Hang zur Besessenheit so leicht verbergen könntest.«

Er legt den Kopf schief und wirft mir einen Seitenblick zu, den ich nicht so ganz zu deuten vermag.

»Sieh es als Kompliment – ich bin besessen von *dir*, Cat«, schnurrt er einige Oktaven tiefer.

Wir biegen bereits in die Hauptstraße ein und ich ziehe den Mantel enger um mich. Auf der Strecke zwischen Revier und Dekorladen findet Constantine schließlich eine Lücke und parkt den Wagen am Straßenrand. Stille breitet sich zwischen uns aus. Er dreht sich zu mir und streichelt mit den Fingern seiner linken Hand über meine Wange. Ich lehne mich in die Liebkosung und senke die Lider, genieße jede Sekunde davon.

»Es ist lachhaft, wie verdammt schwer es ist, nicht direkt zurückzufahren und dich den ganzen Tag lang zu verführen«, gesteht er mit leiser Stimme. »Es ist, als ob mein Körper die letzten sechs Jahre unbedingt wieder wettmachen möchte.«

Als ich die Augen öffne und ihn anschaue, steht ihm der innere Konflikt ins Gesicht geschrieben. Ich hebe meinerseits die Hand und fahre ihm sanft über die Unterlippe, wandere weiter über die Wange zum Hals und letztendlich zum Nacken, um ihn an mich heranzuziehen und zu küssen.

Constantine stöhnt auf, rückt näher an mich heran und umschließt mein Gesicht mit den Händen. Sein Mund öffnet sich leicht und meine Zunge taucht blitzschnell hinein. Verloren in aufwallendem Verlangen und kribbeliger Hitze vergesse ich alles um mich herum. Nur er und ich zählen in dieser winzigen Welt aus Sehnsucht.

Mein Smartphone vibriert in kurzen, regelmäßigen Abständen und ich zucke ertappt zurück. Das ist mit hundertprozentiger Garantie Fiona, die wissen will, wo ich stecke.

Constantines beschwörender Blick verspricht mir die Erfüllung all meiner Wünsche, doch ich schüttle leicht feixend den Kopf und löse den Sicherheitsgurt.

»Ich muss jetzt reingehen«, sage ich unnötigerweise und mit viel zu viel Bedauern.

»Ich weiß«, gibt er im selben Tonfall zurück.

»Bis dann.«

»Bis später. Pass auf dich auf.«

Ehe ich mich spontan umentscheide, entschlüpfe ich dem warmen Auto und haste ohne einen Blick zurück zu *Fiona's Decor*.

Meine Chefin erwartet mich bereits. Sobald ich den Laden betrete, stapft sie auf mich zu, die Hände in die ausladenden Hüften gestemmt. Ihre Kreolen – heute in Gold – klirren aufgeregt und die zurückgebundenen Locken zittern regelrecht über ihrem Kopftuch.

»Wo warst du?«, fährt sie mich an. »Du bist nie zu spät, Cathy.«

Sie hat recht: Ich bin im Normalfall die Pünktlichkeit in Person, wenn es um die Arbeit geht. Aber anstatt ihr Kontra zu geben, ignoriere ich ihr Fauchen und gehe mit langen Schritten nach hinten ins Lager, wo mein Spind steht.

»Ich bin temporär umgezogen«, informiere ich sie über die Schulter, indes ich den Mantel ausziehe und mir die Arbeitsschürze umschnüre. »Das Zeitmanagement ist zugegebenermassen noch etwas verbesserungswürdig.«

Ich drehe mich auf dem Absatz um und gewahre erst jetzt Fionas verdatterte Miene.

»Umgezogen?«, wiederholt sie. Dann: »Wann? Wieso? Wohin?«

Siedendheiß fällt mir ein, dass sie nicht auf dem neusten Stand der Ereignisse ist, und so atme ich einmal tief durch, hänge mich bei ihr ein und verbringe den Vormittag damit, ihr alles haarklein zu berichten, was mir widerfahren ist. Als ich bei dem Teil ankomme, bei dem Constantine und ich uns näherkommen, quietscht Fiona entzückt und klatscht in die Hände.

»Ich wusste doch, dass da mehr läuft als diese Freundschaftsnummer!«, ruft sie triumphierend.

»Ja ja«, versuche ich, sie lächelnd zu besänftigen. »Ist ja gut.«

Sie hat sich über den Tresen gebeugt, um mir beim Kistenauspacken zuzusehen. »Und?«, bohrt sie sofort weiter. »Wie ist der Star der *Ice Jedis* so im Bett?«

Beinahe verschlucke ich mich an meiner eigenen Spucke. Ich hüstle ein paar Mal und entgegne: »Das ist privat.«

»Ach, komm schon!« Fiona zieht eine Schnute und kommt von hinterm Tresen hervor, um mir mittels ihrer überkreuzten Arme zu verstehen zu geben, dass sie nicht einverstanden ist. »Ich erzähle dir auch von meinem letzten Date mit Gordon.«

Ich ziehe wissend die Augenbrauen hoch. »Wenn es keinen Sex gab, ist es für dich kein erwähnenswertes Date, Fiona. Ergo kann ich mir denken, dass ihr in der Kiste wart.«

Baff sieht sie auf mich herab. Ihr Anblick lässt mich kichern und ich bekomme Mitleid mit meiner besten Freundin – weswegen ich aufmunternd auf den Fußboden neben mir klopfe. »Hilf mir beim Auspacken und ich gebe dir den einen oder anderen Appetithappen.«

Umgehend erhellt sich ihre Miene und sie folgt meiner Aufforderung.

»Ist er gut gebaut?«, feuert sie die erste Frage ab.

Ich nicke und stoße ein Stöhnen aus. »Er ist unfassbar heiß. Er ist durchtrainiert und stark – er kann mich hochheben, als wäre ich federleicht.«

Fiona hängt an meinen Lippen.

»Und bevor du fragst: Er hat einen Großen«, füge ich amüsiert hinzu.

Sie schnappt hörbar nach Luft und schiebt dramatisch die Hand über ihren Mund wie eine Lady aus dem siebzehnten Jahrhundert, die mit ihren Klatschbasen flüstert. Völlig vergessen sind die Boxen, die vor uns stehen und geleert werden müssen.

»Und... Und wie ist es?«

Ich lege eine bühnenreife Pause ein und tue so, als würde ich ernsthaft darüber nachdenken, indem ich den Zeigefinger rhythmisch an die Unterlippe tippe. Dann setze ich ein süffisantes Lächeln auf und flüstere: »Es ist bombastisch.«

Sie stößt einen Laut zwischen Seufzen und Stöhnen aus und meint: »Girl, ich bin gerade furchtbar neidisch auf dich!«

Verwundert warte ich auf mehr Infos.

»Gordon und ich haben nicht miteinander geschlafen«, offenbart sie mir und knibbelt am Etikett der vor ihr liegenden Kiste herum.

»Ich wollte«, fügt sie rasch an, »aber er bestand darauf, dass wir es langsam angehen.«

Sie findet meinen fragenden Blick und ihre Schultern fallen hinab, als sie gesteht: »Ich hab nachgegeben.«

Was auf Fiona übersetzt heißt: Sie hat einen hilflosen Crush auf Gordon Grey. Ob es ein Aufflackern alter Gefühle oder eine neue, erwachsenere Version davon ist, sei dahingestellt.

»Das ist doch nichts Schlimmes«, beteuere ich. »Gordon scheint ein ziemlich bodenständiger Typ zu sein. Zumindest habe ich ihn während der Arbeit so wahrgenommen.«

Das, und dass er seit dem Tod seiner Frau Hannah mit keiner anderen ausgegangen ist, außer mit Fiona. Allein diese Tatsache lässt durchsickern, dass es Gordon verdammt ernst ist. Aber es ist nicht an mir, ihr das zu verklickern – das ist Gordons und Fionas Angelegenheit.

Meine Chefin nickt gedankenverloren und lächelt schwach. »Ich hoffe nur, dass ich nicht wieder von ihm sitzengelassen werde. Vor allem jetzt, wo ich anders bin.«

Leicht verärgert über ihre Wortwahl, ziehe ich die Brauen zusammen.

»Du bist nicht *anders*«, sage ich harsch. »Nur weil deine sexuellen Interessen nicht mit denen anderer Menschen kongruieren, heißt das nicht, dass sie weniger Wert sind.«

Sie verdreht die Augen. »Ich bin mir deiner persönlichen Ansicht auf meine Bisexualität durchaus bewusst, danke.«

Ich nicke und widme mich den restlichen Boxen.

»Aber nur weil du so denkst, findet das nicht direkt Anwendung auf den Rest der Menschheit.«

Schnaubend schüttele ich den Kopf und schweige. Ich werde heute nicht in dieses Kaninchenloch hinab steigen; wann immer Fiona und ich über ihre sexuelle Orientierung sprechen, artet das in eine hitzige Diskussion aus, die im Nichts endet, weil wir beide auf derselben Seite stehen.

Den Rest des Vormittags verbringen wir mit entspanntem Small Talk über den baldigen Wintereinbruch und den damit verbundenen Aufgaben, die auf uns zukommen. Fiona möchte dieses Jahr an Advents- und Weihnachtsdeko aufstocken und trägt mir auf, mich dahingehend im Internet nach möglichen Lieferanten umzusehen.

Der Gedanke an den baldigen Schnee lässt mich schaudern, als ich aus dem Laden trete und mich auf den Weg zum Revier mache.

Aber Schnee muss nicht immer gleichbedeutend mit Weihnachten sein, überlege ich, indes ich die Straße überquere. Eventuell könnte ein Sortiment an verschiedenen Duftkerzen und Badeschaum ebenfalls erfolgreich bei Fionas Kundschaft ankommen, schließlich können wir davon ausgehen, dass mindestens eine Schwangere darunter sein wird.

Ich nehme mir vor, das gleich am Montag mit ihr zu besprechen, und nehme die wenigen Stufen zur Doppeltür des Reviers mit hüpfenden Schritten. Innerlich frohlocke ich bereits: Nur noch wenige Stunden, bis Constantine mich abholt!

Eine Hand packt mich am Unterarm und hält mich auf. Mein Herz kommt polternd zum Stehen, nur um gleich darauf doppelt so schnell zu schlagen. Mit schreckgeweiteten Augen schaue ich nach oben in das Gesicht der Person, die mich aufgehalten hat.

»Entschuldige Cathy«, meint Riley King und zieht die Hand zurück, als hätte er sich an meinem Mantel verbrannt.

Mein Puls kommt zur Ruhe, obwohl das überschüssige Adrenalin noch in meinem System kreist, und ich setze mein bestes Fake-Lächeln auf. »Kein Problem. Was ist denn los?«

Entgegen meiner Erwartungen erwidert Riley mein Lächeln nicht, sondern heftet seinen undeutbaren Blick auf mich. »Ist der Typ mit dem Ford Ranger dein Freund?«

Im ersten Moment bin ich komplett baff. Dann lodert Ärger in meinem Bewusstsein auf. Was bildet der Typ sich eigentlich ein? Erst baggert er mich von der Seite an, kennt keinen Respekt und jetzt benimmt er sich, als ob er auch nur einen Fetzen Mitspracherecht hätte, mit wem ich mich treffe!

Recht unhöflich blaffe ich: »Das geht dich einen Scheiß an!«

Rileys Gesichtsausdruck verdüstert sich augenblicklich. Er greift erneut nach meinem Arm und will etwas sagen, doch ich weiche ihm rechtzeitig aus und presche ins Innere des Reviers.

Was ist das nur mit diesen Typen aus den Bergen?, sinniere ich geladen. Die benehmen sich wie die brunftigen Hirsche, sobald sie ihre Augen auf eine Frau geworfen haben. Dass jemand auch mal Nein sagen kann, kommt bei denen auch nur mit Verwendung eines Elektroschockers an oder wie!

Mir ist bewusst, dass ich unfair bin. Ich sollte nicht alle Bergbewohner über einen Kamm scheren und was ich gedacht habe, ist maßlos übertrieben. Gleichwohl hat mir der Zwischenfall die Stimmung gründlich verdorben. Entsprechend kurz angebunden bin ich, als ich an meinen Kollegen und Kolleginnen vorbeiziehe, mich auf den Drehstuhl im Vorraum von

Brandons Büro fallen lasse und gezielt nach dem Stressball greife, um meinem Ärger ein Ventil zu bieten. Keine Sekunde später lasse ich das Teil mit einem wütenden »Scheiße!« fallen. Ich habe in meinem Zorn völlig verdrängt, dass meine Hand empfindlich auf Druck reagiert.

Die Tür wird aufgerissen und das missbilligende Gesicht meines Chefs erscheint im Spalt.

»Was genau tun Sie hier, Cathy?«, herrscht er mich an.

»Ich arbeite«, brumme ich unwirsch.

Er stößt die Tür weiter auf und verschränkt die Arme vor der Brust. »Warum sind Sie nicht zuhause und kurieren Ihre Hand?«

Wenn mein Körper es zuließe, würden Dampfschwaden aus meinen Ohren pfeifen vor unterdrückter Wut. Zum Ausgleich beiße ich die Zähne zusammen. »Weil ich arbeiten muss.«

Seine Brauen wandern in die Höhe, doch er beendet das Verhör und zieht sich in seinen Bau zurück. Wahrscheinlich hat er spitzgekriegt, dass er sich im Moment nicht mit mir anlegen sollte. Mit einem gereizten »Hmpf«-Laut lasse ich mich auf den Stuhl sinken und stürze mich in Ermangelung anderer Ventile auf meine Arbeit.

CONSTANTINE

24

Endlich! Der erste Schnee des Jahres wird innerhalb der kommenden Woche erwartet. Mein Magen beginnt, aufgeregt zu kribbeln, wenn ich daran denke, bald von weißem, herrlich gefrorenem Regen umgeben zu sein. Um Snow Falls herum liegen einige Seen verteilt und wie ich auf der Wikipediaseite der Stadt gelesen habe, frieren diese regelmäßig zu. Vielleicht kann ich Kathrine dazu überreden, mit mir ein wenig Eishockey zu spielen, sobald die Gewässer für Schlittschuhe freigegeben worden sind, wer weiß?

In letzter Zeit fehlt mir meine Karriere sehr; ich merke es daran, wie ich mir jedes noch so unbedeutende Eishockeyspiel im Fernsehen reinziehe und zu Tode analysiere. Ich schreibe Matt oft ellenlange Textnachrichten, um das Team aus der Ferne mit meinen Eindrücken zu unterstützen – obwohl ich kein Teil mehr davon bin. Mein scheißbester Freund schickt mir daraufhin augenrollende Emojis oder Sprachnachrichten, in denen er sich zwar bedankt, aber gleichzeitig unterschwellig durchsickern lässt, dass das nicht länger meine Aufgabe ist – ich bin schon lange nicht mehr Captain der *Ice Jedis*.

Es ist für mich keine sonderlich überraschende Offenbarung, dass ich meine Leute nie wirklich losgelassen, sondern irgendwo in der Dunkelheit meines Gehirns geparkt habe, bis ich die Kapazitäten finde, erneut mit ihnen zu arbeiten. Dieser Augenblick scheint dann wohl jetzt gekommen zu sein.

Meine Gedanken schweifen wieder und wieder zu der luftdichten Plastiktüte im Keller, in der meine Ausrüstung bunkert. Es juckt mich in den Fingern, sie aufzumachen und die Gegenstände durchzugehen, möglicherweise einen Waschgang mit den Hosen und Shirts zu starten, um den sicherlich muffigen Geruch darin loszuwerden.

Dieses Mal hält mich eine einzige Tatsache davon ab: Wenn ich diese Tür aufstoße, steige ich in die Vergangenheit hinab. Nach dem gestrigen Abend – und dem heutigen Morgen – bin ich nicht mehr sicher, ob ich diese Tradition fortführen sollte. Ja, früher hat mich die Zuflucht gerettet; sie hat mich zumindest nicht wahnsinnig werden lassen. Aber jetzt ... ist vielleicht der Zeitpunkt gekommen, an dem ich die Vergangenheit ruhen lassen sollte. Ich befürchte, dass wenn ich das nächste Mal dort runtergehe, ich alles abhängen und in Kisten packen werde. Genau wie meine Eishockey-Karriere: eingetütet und bereit zum Einstauben. Ein nicht geringer Teil von mir fürchtet diesen Moment, denn es bedeutet, dass ich bis zu einem gewissen Grad damit abgeschlossen habe. Und mit Kathrine werde ich niemals abschliessen; unsere geteilte Vergangenheit gehört zu uns, genauso wie unsere Zukunft.

Scheiße, früher war ich nie so ein verdammter Feigling. Kathrine Solomon verdreht meine ganze verfickte Welt, bis ich nicht mehr weiß, was unten und oben ist. Und ich grinse dabei wie ein Vollidiot und lasse es zu, denn sie ist alles für mich und ich *will* ja, dass sie es tut.

Mit einem schweren Seufzer lasse ich den Kopf gegen die Rückenlehne der Couch sinken und versuche, mich wieder auf das vor mir liegende Problem zu konzentrieren. Kathrine hat mir während der letzten Tage von ihrem Blog erzählt. Sie hat so selbstbewusst und begeistert davon gesprochen, das hat mir imponiert.

Deswegen habe ich mir nach dem nach Hausekommen direkt meinen Laptop geschnappt und den Blog aufgerufen. Aber dann ist mir der Arsch doch wieder auf Grundeis gelaufen: Ich sitze seit knapp dreißig Minuten hier und traue mich nicht, ihren Blog zu lesen. Nicht weil ich glaube, damit in ihre Privatsphäre einzudringen, nein: Ich habe Muffensausen vor meiner eigenen Reaktion. Sie hat mir schon gesagt, was mit ihr passiert ist, aber es innerhalb einer so kurzen Zeitspanne nochmals durchzugehen, diesmal schwarz auf weiß – ich weiß nicht, wie ich das verkraften werde.

Fuck, sei nicht so ein Loser, schelte ich mich innerlich und lasse den Blick auf den Bildschirm sinken.

Der Tag, an dem ich in einer Scheune aufwachte
09. Februar 2022, von Solkapi

Nein, das ist kein neumodischer Anime-Titel, sondern die nackte Wahrheit.
Am Abend des 06. August 2021 wurde ich in einer Bar mit K.O.-Tropfen gefügig gemacht und anschließend an einen anderen Ort gebracht. Kurz: Ich wurde entführt.
Ich habe keinerlei Erinnerung an die Zeitspanne zwischen diesen beiden Daten. Niemand hat etwas gesehen oder bemerkt, was auf einen spezifischen Täter hinweisen könnte.
Von einem auf den anderen Tag hat sich mein Leben überschlagen, meine Denkweise verändert und nun stehe ich hier, ohne Antworten, ohne Hinweise ... nur ich, die nichts mit sich selbst anzufangen weiß, außer nach ebendiesen Dingen suchen zu wollen.
Es frisst mich auf, absolut nichts zur Lösung des Problems beisteuern zu können. In meinen Augen habe ich auf ganzer Linie versagt; ich habe keine verwertbaren Erinnerungen, die den Täter überführen könnten.
Wochenlang habe ich darüber nachgedacht, was geschehen sein könnte. Ich bin die Möglichkeiten penibel und eiskalt durchgegangen und habe abgewägt, wie es mir wohl damit ginge, wenn ich wüsste, was geschehen ist. Und ganz ehrlich, von Frau zu Frau? Ich bin zum jetzigen Zeitpunkt ein bisschen froh, dass ich es nicht weiß.
Hey, lies erst weiter, bevor du urteilst: Wäre ich vergewaltigt worden und könnte mich an etwaige Details erinnern, ich glaube, ich würde daran zerbrechen. Ich mag zwar eine starke, unabhängige Frau sein, aber auch ich habe meine Grenzen – und dieses Szenario wäre weit über das hinausgegangen, was ich glaube, ertragen zu können.

Jede von uns wunderbaren Wesen verfügt über ein unfassbar großes Mass an Leid, das sie ertragen kann – aber auch das ist von Person zu Person unterschiedlich. Meine Stärken liegen ganz woanders; ich leide seit vier Jahren an heftigem Liebeskummer, und ich würde ihn tausendmal lieber auf mich nehmen als jegliche Form von Gewalt gegenüber meiner Person.
Mir ist klar, dass viele von euch da draußen nicht wählen können; dass ihr missbraucht wurdet oder es noch werdet. Ich will euren Schmerz nicht schmälern oder ihn gar wegreden. Mir ist es einfach nicht gegeben, still zu bleiben oder schlicht damit zu leben und es zu vergessen.
Nehmt es mir nicht übel, dass ich diejenige bin, die wütend über sich selbst ist, weil sie nichts tut. Nehmt es mir nicht krumm, dass ich jeden Tag da draußen bin und nach Hinweisen suche. Ich will dieses Schwein finden, das sich zwei Tage meines Lebens geklaut hat!
Der Captain des hiesigen P.D. ist bereits dermaßen genervt von mir, dass er mir gestern eine Anstellung vorgeschlagen hat. »Damit Sie nicht dauernd Ihre Nase in irgendwelche Dinge stecken, die Sie nichts angehen«, war seine Begründung.
Aber wir beide wissen, dass er insgeheim total auf die Wahrscheinlichkeitsdiagramme abfährt, dich ich ihm immer wieder vorlege.
Ich werde euch wissen lassen, wie es weitergeht und ob der Täter gefunden wurde.

So long,
Solkapi

Fuck… Sie hat meine Befürchtungen und Ängste genommen und sie auf diesen Bildschirm gepflastert. Alle Eventualitäten, die mir seit ihrer Offenbarung durch den Kopf gegangen sind … sie sind hier. Und ich begreife eine wichtige Tatsache: Ich bin nicht derjenige, der Kathrine zu schwören brauchte, dass der Täter gefunden wird; sie ist diejenige, die ihn finden und zerstören wird. Da bin ich mir tausendpro sicher. Kathrine Solomon liegt seit drei Jahren auf der Lauer. Sie ist ein Panther, bereit zum Sprung, sobald sich das Opfer zu weit aus dem Gebüsch wagt, um am Wasserloch zu trinken. Sie braucht keinen Mann, der sie vor einem anderen Mann schützt, denn sie ist das gefährlichste Raubtier hier in diesem Dschungel namens Snow Falls. Ihr Rachedurst treibt sie ungehindert voran und sie wird nicht ruhen, bis sie sie bekommen hat. Sie ist wie die dunkle Eiskönigin in ihrem Reich, stets darauf bedacht, die gefürchtetste Kraft darin zu sein. Sie anzufassen ist absolut tabu, außer sie erlaubt es von sich aus.

Neugierig scrolle ich durch die vielen Kommentare unter dem Eintrag und finde fast ausschließlich positive Rückmeldungen. Die wenigen negativen Kommentare drehen sich eher um die persönliche Interpretation des Textes als um den übertragenen Gesamteindruck.

Ich bin angefixt und lese in chronoligsch aufsteigender Reihenfolge alle ihre Beiträge. Sie schreibt viel über ihre Gefühlswelt, um die sie sich Sorgen zu machen scheint. Dann wiederum nimmt sie das Thema Anzeige ausgiebig in Angriff und als ich unter diesem Post die Kommentare überfliege, sind mehrere Stimmen dabei, die sich bei Kathrine bedanken. Sie hat mindestens vier Menschen den Mut gegeben, einen durchlebten sexuellen Übergriff zu melden, weil sie emotional durch eine ähnliche Hölle gehen und sich selbst am meisten für etwas hassen, für das sie absolut nichts können.

Ohne es zu merken, vergeht die Zeit wie im Flug und ich stehe kurz auf, um mir einen Snack zu holen, dann versinke ich sofort wieder in *Solkapis* Blog.

Eintrag folgt nach Eintrag, und ich lerne so einiges über Kathrine, das mir vorher nicht wirklich präsent gewesen ist. In einem speziellen Beitrag neueren Datums fasst sie die Anzeigen ihrer Follower zusammen und listet das jeweilige Urteil auf. Der Sinn des Beitrags ist es, aufzuzeigen, wie unfair die Rechtssysteme auf der gesamten Welt über Frauen urteilen, denen ein ähnliches oder viel schlimmeres Leid angetan wurde.

Das ist der Punkt, an dem ich die Reißleine ziehe. Ich merke, wie meine Finger vor innerem Zorn zu zittern beginnen und klappe den Deckel des Laptops zu. So viele Frauen, denen nahegelegt wird, keine Anzeige zu erstatten; und wenn sie es doch durchziehen, sind die Urteile weit unter dem, was diese Bastarde verdient hätten. Und wie mit ihnen umgegangen wird... Kein Mann würde jemals danach gefragt werden, was er denn Aufreizendes getragen hat, wenn eine Frau ihn sexuell misshandelt hätte. Oder dass er es gar verdient hätte. Was für eine abartige Scheiße!

Aber was kann ich kleines Licht in dieser Welt schon dagegen unternehmen? Ich bin niemand, der nennenswert Einfluss auf das Rechtssystem hat. Ganz zu schweigen davon, dass meine Karriere absolut im Eimer ist und ich wahrscheinlich nie wieder in eine Kamera grinsen werde, die nicht wegen meiner Vergangenheit auf mich gerichtet ist. Besten Dank an Lance King an dieser Stelle ...

So ganz will ich den Gedanken an Unterstützung nicht sterben lassen, weshalb ich später Kathrine fragen will, was sie davon hält, gemeinsam mehr auf solche Themen aufmerksam zu machen. Aber vielleicht will sie gar nicht, dass ich mich in diese Dinge einmische. Es ist ihr privates Ding, das sie seit Jahren mit Leidenschaft verfolgt – eine Beteiligung meinerseits könnte auf sie wie eine Übernahme durch einen privilegierten Mann wirken, der die Früchte harter weiblicher Arbeit ernten will. Was absolut nicht der Fall ist; ich verspüre bloß das ehrliche Bedürfnis, zu helfen.

Mein Smartphone klingelt und ich erspähe Matts Namen auf dem Bildschirm.

»Wo bist du?«, nehme ich den Anruf mit einer Frage entgegen.

Mein bester Freund lacht einmal bellend auf. »Dir auch einen wunderschönen Freitag.«

Ich achte nicht auf seinen Spott, sondern hake nach: »Du kommst doch noch, oder?«

»Klaro«, entgegnet er süffisant.

Der Wichser weiß ganz genau, dass ich ihn genauso sehr vermisse wie er mich. Wahrscheinlich sogar noch mehr, da ich den ganzen Tag nichts mehr zu tun habe, wohingegen er einer bis zum Anschlag ausgefüllten Agenda hinterherrennt.

»Wollte nur ausrichten, dass ich mich jetzt auf den Weg mache. Ich werde also erst ziemlich spät ankommen und dann wahrscheinlich sofort auf deiner Couch crashen, wenn's okay geht.«

»Wir warten auf dich«, gebe ich schlicht zurück.

Hellhörig geworden wiederholt Matt: »Wir?«

Fuck, ich habe total vergessen, ihm von unserer Versöhnung von vor zwei Tagen zu erzählen! Das hole ich nach, wenn er hier angekommen und ausgeschlafen ist.

»Ja, wir«, sage ich in gespielt ruhigem Ton. »Kathrine wohnt zurzeit hier.«

»Ah ja?«

»Ja Mann, und jetzt stell keine Fragen mehr und beweg deinen Arsch hierher«, grummle ich ins Telefon und lege auf. Sein Lachen ist trotzdem noch zu mir durchgedrungen und ich grinse stumm vor mich hin.

Ich schaue auf das Display und erstarre. Scheiße, schon so spät! Ich muss Kathrine von der Arbeit abholen!

Hektisch flitze ich in die Diele, ziehe mir Mantel und Schuhe an und schnappe mir den Schlüssel.

❄

»Du bist spät dran«, begrüßt mich Kathrine mit einem breiten Lächeln. Sie stand bereits an der Bushaltestelle, als ich mit dem Ford Ranger angebraust kam.

»Sorry«, antworte ich, »Matt hat noch angerufen und mich aufgehalten.« Ich verdrehe theatralisch die Augen und Kathrines Lächeln wird ausgelassener.

»Wann wird er hier sein?«, will sie wissen.

Ich hebe die Schultern und lasse sie wieder sinken. »Er meinte, dass es sehr spät wird.«

»Hmm«, macht sie, »dann bereite ich am späten Abend einen Auflauf vor. Den können wir im Ofen stehen lassen, bis Matt hier sein wird.«

»Genial, da freue ich mich drauf!«, kommentiere ich freudestrahlend. »Deine Gerichte sind bis dato das beste, was ich jemals essen durfte.«

Ein Seitenblick verrät mir, dass Kathrine leicht errötet, jedoch unbeschwert weiter lächelt. »Und was stellen wir beide bis dahin an?«

Bevor ich aus dem Haus bin, habe ich einen Entschluss gefasst. Jetzt ist der ideale Zeitpunkt, also schlage ich mit Vorsicht in der Stimme vor: »Ich könnte dir zeigen, was im Keller ist.«

Das Stocken ihres Atems dringt zu mir herüber, doch ich konzentriere mich angestrengt auf die Straße und zwinge mich, sie nicht anzusehen. Ich habe Schiss, dass sie mich verurteilen wird, wenn sie all das sieht, was mich die letzten Jahre über am Leben erhalten hat.

»Na ja«, fahre ich angespannt fort, da sie beharrlich schweigt. »Ich dachte mir, dass es ganz gut für meine mentale Gesundheit sein könnte, das mit dir zu teilen, weißt du?«

»Okay«, haucht sie.

Scheiße ich habe keine Ahnung, wie ich ihr von diesen dunklen Zeiten in meinem Leben erzählen soll, ohne eine Panikattacke zu bekommen und nach einem Fix zu verlangen, aber ich werde es verfickt nochmal durchziehen.

KATHRINE

25

Bevor ich die Ehre erhalte, den tresorgleichen Keller zu betreten, stelle ich mich rasch unter die Dusche und ziehe mir hinterher bequemere Kleidung an. Die ganze Zeit über mutmaße ich, was jetzt kommen wird – ich habe keinen blassen Schimmer, was Constantine vor allen anderen verbergen muss, also schießen mir allerhand Ideen durch den Kopf, jede wilder als die andere.

Als ich das Schlafzimmer schließlich mit frisch eingecremter Hand verlasse und ins Wohnzimmer gehe, muss ich mir gut zureden, um die Nerven nicht jetzt schon zu verlieren. Constantine wartet an die Arbeitsplatte gelehnt auf mich, seine Arme vor der Brust verschränkt und das Gesicht in Gedanken versunken gen Boden gerichtet. Erst als ich neben ihm stehen bleibe, hebt er den Kopf und lächelt mich an. Seine Arme lockern sich und er greift nach meiner rechten Hand, um mich mit sich zu ziehen.

»Na, schon gespannt?«, zieht er mich mit einem Grinsen auf, als wir vor der verbarrikadierten Tür stehen.

»Ha ha«, mache ich. Ich habe sehr wohl spitzgekriegt, dass er seine Anspannung mit Blödeleien zu überspielen versucht.

Mit gemischten Gefühlen beobachte ich ihn dabei, wie er erst den Riegel löst, dann das Schloss aufschließt. Der Bolzen folgt als Nächstes.

»Ich hoffe, dass da unten keine Leichenteile lagern«, kommentiere ich verspätet. »Oder blutige Messer, Scheren und Sägen oder sowas.«

Konsterniert wirft er mir einen Blick zu, dann schüttelt er den Kopf und lacht leise vor sich hin, indes er den Fingerscanner betätigt. Ein grünes Licht signalisiert, dass sein Abdruck akzeptiert wurde, und er drückt den Türgriff runter.

Instinktiv halte ich den Atem an. Ich weiß nicht, was ich erwartet habe: geheimnisvolle Nebelschwaden, die uns sofort einhüllen… Gespenstisch flackernde Lichtquellen oder unheimliche Laute aus der Tiefe. Eventuell habe ich auch schlicht zu viele Horrorstreifen gesehen und eine zu lebhafte Fantasie.

Jedenfalls ist ein klitzekleiner Teil von mir enttäuscht, als Constantine den Lichtschalter an der linken Innenseite anknipst und vor mir eine prima beleuchtete Holztreppe hinabsteigt. Nicht eine einzige der Stufen knarzt unheilvoll, was mich dazu bringt, mich ein Stück weit zu entspannen.

Unten angekommen wartet er auf mich und verdeckt gleichzeitig mit seinen breiten Schultern meinen Blick auf den Rest des Raumes.

»Ich…« Er zögert, stößt heftig die Luft aus und sucht meinen Blick. »Fuck, ich weiß nicht, wie ich anfangen soll, also zeige ich es dir einfach und dann versuche ich mich an einer Erklärung, okay?«

Ich nicke stumm. Ihn so zu erleben, lässt mein Herz in meiner Kehle schlagen, so aufgeregt bin ich.

Constantine tritt einen weiten Schritt zur Seite in Richtung des Treppengeländers und senkt den Kopf wie zur Einladung. Ich trete vor und nehme den Raum in Augenschein.

Die Fläche ist bis auf ein schwarzes Zweisitzer-Ledersofa mit metallenen Verstärkungen im Rücken in der Mitte des Raumes frei von Möbeln. Rund um die Sitzmöglichkeit herum sind Whiteboards aufgestellt worden. Das Licht, das von der Decke hängt, stellt den Anblick in ein grandioses Rampenlicht, blendet den Rest des Kellers beinahe vollständig aus, sodass ich die Regalreihen am hinteren Ende im Zwielicht erst erkenne, als ich nähertrete.

Mein Blick huscht über das erste Whiteboard – und ich bleibe wie vom Schlag getroffen stehen. Das Blut rauscht mir in den Ohren und mein Herz stolpert, bevor es dreimal so schnell zu hämmern beginnt. Ein Kloß bildet sich in meinem Hals und ich schlucke etliche Male, um ihn loszuwerden – vergeblich.

»Das...«

In meinem Rücken spüre ich Constantines Blick.

»Das sind...«

Meine Hand streckt sich aus wie ferngesteuert. Die Fingerspitzen fahren vorsichtig den Rändern der Fotos entlang.

»Du hast sie behalten?«, bringe ich schließlich heraus.

Constantine sagt nichts, und ich erwarte keine Antwort, denn nach einem genaueren Rundumblick ist offensichtlich, dass er jedes einzelne Foto, jeden Zeitungs- und Magazinausschnitt, auf dem wir gemeinsam abgelichtet sind, aufbewahrt hat.

Eine Erinnerungen nach der anderen dringt in mein Bewusstsein, je näher ich die einzelnen Aufnahmen betrachte. Constantine und ich auf dem College, sein Arm um mich gelegt und grinsend wie ein Honigkuchenpferd. Wir beide im Kino bei unserem ersten Film – ironischerweise hieß der Streifen mit Keanu Reeves *Constantine*, weswegen wir ihn uns unbedingt ansehen wollten. Dann ein Bild, in dem er bei meinen Eltern im Garten auf einem Stuhl sitzt, meine Arme sind von hinten um ihn geschlungen, während ich ihm ein züchtiges Küsschen auf die Wange gebe.

Meine Kehle zieht sich schmerzhaft zu und etwas sticht in meiner Brust.

»Sieh genauer hin«, meldet sich Constantines Stimme leise aus dem Hintergrund.

Ich wage es nicht, ihm einen Blick über die Schulter zuzuwerfen, und so laufe ich weiter die Whiteboards ab. Auf dem nächsten hängen keine Fotos; stattdessen steht dort in fetten Lettern: WARUM? Darunter folgt eine fein säuberliche Auflistung von möglichen Gründen für... Ja für was? Nachdenklich ziehe ich die Brauen zusammen und gehe weiter. Das nächste Board stellt einen groben Plan auf, in dem Constantine sich mir nähern will, um mich am Ende fallenzulassen. Der letzte Absatz rammt sich mir förmlich in die Brust.

SIE WIRD LEIDEN, SO WIE ICH LEIDEN MUSSTE. SIE WIRD SPÜREN, WIE ES IST, JEMANDEN MEHR ALS SICH SELBST ZU LIEBEN, NUR UM DANN FALLEN GELASSEN ZU WERDEN.

»Bevor du ausrastet«, sagt Constantine, nun um einiges deprimierter als vorher, »diesen Plan konnte ich absolut null durchziehen. Du hast mich umgehauen, Cat. Ich hatte nie auch nur den Hauch einer Chance.«

Seine Worte lassen das Fass überlaufen: Eine erste Träne rinnt mir die Wange hinab.

»Du wolltest…« Ich stocke und räuspere mich. »Du wolltest dich an mir rächen?« Immer noch wage ich es nicht, ihn anzusehen. Meine Augen suchen nach einer Ablenkung, nach etwas anderem als diesen düsteren Worten auf weißem Grund.

Neben dem Sofa steht ein kleiner Beistelltisch, und darauf thront ein altes Radio mit CD-Fach. Ohne zu überlegen, drücke ich auf die Play-Taste. Die Töne des ersten Songs meines früheren Lieblingsalbums von *Linkin Park* hallen durch den Keller.

Mein Blick verlässt den CD-Player und wandert über die Couch. An einem lila Stück Stoff bleibe ich hängen. Ich mache einen großen Schritt und schnappe mir mit rasendem Herzen meinen alten Lieblingspulli. Ja, es ist meiner – die gelben Blüten darauf sind unverkennbar.

Mein Gehirn fügt auf Hochtouren all die einzelnen Teile zusammen. In dem Moment, in dem ich von meinem Pulli zu Constantine aufschaue, *Linkin Park* im Hintergrund, macht es endlich Klick.

»Du hast nicht einfach nur ein paar Dinge aufbewahrt«, stelle ich leise fest. »Du hast *alles* hier unten.«

Er steht immer noch am Treppengeländer, die Hände zu Fäusten geballt und sein Gesicht zur Seite geneigt, um meinem Blick auszuweichen. Ein Muskel an seiner Wange zuckt, und ich glaube, er presst die Zähne zusammen. Seine Miene drückt Wut aus, aber auch Verzweiflung.

»Ich habe es nicht verkraftet«, raunt er, kaum lauter als die Musik. Automatisch spitze ich die Ohren, um ihn besser zu verstehen.

»Ich kam von der Gala wieder, alle deine Sachen waren noch da… Aber du warst weg.«

Eine seiner Hände knackt deutlich hörbar und ich schlucke schwer.

»Ich habe es sofort gespürt«, fährt er fort, den Blick weiterhin auf die Erde neben sich gerichtet. »Hier drin.« Die linke Faust löst sich langsam und er legt die Handinnenfläche dorthin, wo sein Herz schlägt. Gleich darauf sackt sie seitlich hinab. »Dann habe ich deinen Brief gesehen… Ich bin ausgerastet, habe den Laptop aus dem Fenster geworfen und das Zimmer verwüstet. Matt musste mich k.o. schlagen, ansonsten wäre wohl noch weitaus mehr Zeug zu Bruch gegangen.«

Er erzählt es mir, wird mir plötzlich klar. Er will mir von seiner Zeit ohne mich erzählen und ich stehe hier wie angegossen und gehe kein Stück auf ihn zu. Das ist nicht fair. Und aus meiner Sicht hat er nichts falsch gemacht. Schnell umrunde ich das Sofa und stelle mich vor Constantine hin.

»Hey«, sage ich sanft, hebe meine rechte Hand und stupse ihm damit in die Wange. Die himmelblaue Iride, die ich sehen kann, fixiert sich auf mich, aber er hält das Gesicht weiterhin abgewandt.

»Komm schon«, bitte ich ihn. »Sieh mich an.«

Zögernd dreht er seinen Kopf. Mit einem Schmunzeln packe ich seine Hand und zerre ihn hinter mir her zum Sofa, wo ich mich ins Polster fallen lasse und bedeutungsvoll neben mir auf den Sitz klopfe.

Constantine folgt meiner Aufforderung und setzt sich steif neben mich.

»Okay, jetzt erzähl weiter«, fordere ich ihn auf und senke zeitgleich die Lautstärke des CD-Players.

»Das ist so abgefuckt«, stößt er aus, seine Augen weiterhin auf mich gerichtet. »Du hier, in meiner Zuflucht. Mit mir. Es fickt mein Gehirn.«

Ich bleibe stumm, halte seine Hand und warte ab, ob er fortfahren wird.

Er scheint sich zu sammeln, denn er räuspert sich und meint: »Na ja, jedenfalls war ich damals total neben der Spur. Du weißt, wenn ich mich auf eine Sache fokussiere …«

Ich steuere ein Nicken bei. Constantines Art und Weise, obsessiv zu werden, war am Anfang, als wir uns kennenlernten, echt beängstigend. Er hat wortwörtlich alles stehen und liegen lassen, um mich zu finden, wann immer er eine freie Minute übrig hatte. Das hat ihm damals extremen Ärger mit den Lehrkräften eingebrockt, also habe ich angefangen, seinen Stundenplan mit meinem abzugleichen und ihn, wenn möglich, abzufangen, damit er seinen Pflichten trotzdem nachkommen konnte.

Auf meine entsprechenden Fragen hin hat er mir erklärt, dass er diese Charaktereigenschaft entwickelt hat, weil ihm ohne seine Eltern etwas im Leben fehlte und sein Gehirn seither unwillkürlich an allem festklammert, was auch nur ansatzweise an Glücksgefühl oder Liebe rankommt.

»Dein Weggang hat mir den Boden unter den Füßen weggerissen. Ich hatte keinen Anker mehr – keinen Fixpunkt.« Seine freie Hand gräbt sich in seinen blonden Schopf und zerwühlt die Frisur. »Da war nichts mehr, was mich interessierte, was mich über Wasser hielt – also habe ich aufgegeben.«

Seine Augen finden meine. Es steht so viel unterdrückter Schmerz darin, dass ich mich augenblicklich wie ein mieses Dreckstück fühle für das, was ich ihm angetan habe. Mitfühlend streiche ich mit dem Daumen über seinen Handrücken.

»Ich habe mit Trinken angefangen«, fährt er fort. »Der Alkohol ließ mich vergessen, wie abgefuckt ich mich fühlte. Laut Matt war ich in jener Zeit entweder besoffen oder unausstehlich. Ich denke mal, deswegen haben sie mich auch vom Trainig befreit – ich muss ziemlich scheiße zu meinem Team gewesen sein.«

Das Mitgefühl wandelt sich in kleine stechende Nadeln, die mir ins Herz gerammt werden. Ich verziehe das Gesicht zu einer Grimasse und lasse den Kopf hängen.

»Tja und dann kamen die Drogen.«

Oh mein Gott!

Bitte nicht... Was habe ich ihm nur angetan ...

Constantine lacht hart auf. »Das war nach einem dieser beschissenen Events. Eine der Tussen, die mich begleitet hat, hat sich eine Line gezogen und mich gefragt, ob ich auch mal probieren will. Ich dachte mir, warum nicht? Mein Leben ist sowieso am Arsch, also kann ich es auch mit einem High beenden.«

Er wirft mir einen prüfenden Blick zu. Ich bemühe mich um Contenance, kann die Tränen allerdings nicht zurückhalten. Sein Ausdruck wird weicher und nun streichelt er besänftigend meinen Handrücken.

»Von jenem Abend an habe ich mir den Kopf vollgedröhnt. Ich habe mir einen Schuss nach dem anderen reingejagt, um von dir zu tagträumen und zu vergessen, dass du nicht mehr da bist. Und wenn ich keinen Stoff mehr hatte, habe ich mir mit Alk die Kante gegeben. Ich wollte um keinen Preis zurück in die Realität – denn da warst du nicht mehr an meiner Seite.«

Er seufzt schwer und lässt sich gegen die Rückenlehne sinken. Mehr Tränen hinterlassen ihre Spuren auf meinem Gesicht und ich schniefe.

»Viermal«, murmelt er mit geschlossenen Augen.

Gänsehaut wandert über meinen Körper.

»Viermal hätte ich mir fast das Licht ausgeknipst.«

Ein Wimmern entschlüpft mir. Constantine schielt zu mir herüber und lächelt, doch er erzählt trotz meiner Reaktion weiter. »Matt war derjenige, der mich jedes Mal gefunden und zurück unter die Lebenden geholt hat. Und bei der letzten Überdosis versprach er mir, mich in eine Entzugsklinik zu fahren, wenn ich nicht aufhörte.« Das Lächeln wird zu einem Grinsen. »Ich habe ihn ein paar Tage danach angerufen und ihn gebeten, das Versprechen auch ohne Schuss einzulösen. Von da an habe ich nie wieder Drogen genommen.« Seine freie Hand fährt über sein Gesicht. »Ich trinke, um das schwammige Gefühl beizubehalten. Aber es ist ein schmaler Grat: Werde ich zu betrunken, lasse ich die Erinnerungen zu und denke an dich. Dann ziehe ich mich für gewöhnlich in meine Zuflucht zurück und lasse meine Emotionen heraus. Hier hört mich keiner Schreien und Fluchen.« Er sieht mich an und grinst wölfisch.

»Wichsen ist auch total geil, wenn man danach nicht sofort saubermachen muss.«

»Igitt«, entfährt es mir und ich muss ungewollt lachen. »Jetzt hast du die Stimmung versaut.«

Das spöttische Zwinkern, das er mir daraufhin schenkt, lässt mich erneut lachen. Er hebt meine Hand und presst seine Lippen auf den Handrücken. Dann sieht er hoch und meint: »Die Narben an meinen Unterschenkeln sind von den Nadeleinstichen.«

Nach einem kurzen Zögern nicke ich. »Das habe ich mir schon gedacht, als du vorhin die Drogen erwähntest.«

Die Beine eines Eishockeyspielers sind stets von Hosen und Schützern bedeckt. Auch die ein oder andere Narbe von Schlittschuhkufen ist keine Seltenheit. Dass er diese Stelle gewählt hat, ist daher verständlich.

Um von diesen schweren Sachverhalten abzulenken, mache ich mit dem Arm eine ausladende Geste und frage: »Und wieso genau hattest du jetzt Muffensausen, was das hier betrifft?«

Das Grinsen verschwindet und er sieht mich verunsichert an. »Ist es nicht total abgefuckt für dich, dass ich alles aufbewahrt habe, was mit dir zu tun hat? Dass ich mich hierher zurückziehe, um dir nahe zu sein – obwohl wir bis vor Kurzem nicht zusammen waren? Jedes deiner Kleidungsstücke ist hier unten, jede Notiz und alle deine CDs.« Er schüttelt leicht den Kopf. »Das zeigt doch, wie krank ich bin.«

Ich lehne mich zu ihm und schaue ihm in die Augen. »Ich weiß, wie du tickst, Constantine Rush. Deine Sucht nach mir war mir seit Anfang an bewusst und du bist super offen damit umgegangen. Das hier...« Ich nicke in Richtung der Whiteboards. »Ist, was dich betrifft, total normal. Es ist nicht abgefuckt und schon gar nicht krank.« Ich nehme einen tiefen Atemzug. »Es ist schon fast süß. Und heiß.«

Seine Augen weiten sich perplex. »Heiß?«

Ich nicke erneut. »Es bedeutet, dass du all die Jahre an mich gedacht hast, so wie ich an dich gedacht habe. Du hast hier gesessen und es dir besorgt, während ich in meinem Bett lag und es mir zu Erinnerungen an uns beide gemacht habe.«

Seine Augen werden noch größer. Die Hand, die meine weiterhin festhält, drückt fester zu, und ich erwidere den Druck.

»Möglich, dass wir beide geistig nicht ganz hundert sind«, relativiere ich. »Aber für mich ist das alles hier ein Beweis dafür, dass du mich all die Zeit über nicht vergessen konntest – oder wolltest. Und das berührt mich tief in meiner Seele, denn ich konnte es ebensowenig.«

Seine Augen leuchten vor Verlangen, und er fragt leise: »Trotz deines Wunsches, dich selbst zu finden?«

Ein Lächeln zupft an meinen Mundwinkeln. »Trotz dessen. Kaum war ich weg habe ich eingesehen, dass es einfach nur dumm war, dich nicht miteinzubeziehen. Aber ich war zu stolz und zu dickköpfig, um direkt wieder umzukehren. Und dann war es zu spät für einen Rückzieher. Also glaube mir, wenn ich dir versichere: Ich habe jeden Tag gelitten, so wie du gelitten hast.«

Im nächsten Moment presst sich sein Mund auf meiner. Unsere Körper kollidieren und sein fordernder Kuss verwandelt mich zu Wachs in seinen Händen.

CONSTANTINE

26

Ich hätte nie im Leben gedacht, dass ich einmal mit der einen Person in meiner Zuflucht sitzen würde, der diese gewidmet ist. Kathrine hat meinen Seelenstriptease nicht nur akzeptiert, sie hat mir das verfickte Brett vor meinem Schädel weggesprengt, das mich über all die Jahre blind gegenüber ihrer eigenen Gefühlswelt hat sein lassen.

Jetzt, wo sie mir gesagt hat, wie sehr auch sie unter unserer Trennung gelitten hat, komme ich mir verdammt dumm vor, zu denken, dass sie wie eine emotionslose Statistin abgewartet hat, bis meine nächste Szene einsetzt. *Natürlich* hat sie ein eigenes Leben geführt; sie sass nicht einfach zu Hause und hat sich darüber ins Fäustchen gelacht, wie ich abstürze.

Letzten Endes waren wir beide zu sehr in unserer jeweiligen Rolle gefangen, um daraus auszubrechen, das sehe ich jetzt ein.

Kathrine löst sich von mir, in ihren Augen steht die Lust geschrieben, die auch in mir brodelt.

»Wenn das hier nicht der geeignete Augenblick für dich ist, dann sag es mir«, sagt sie. »Ich möchte nicht, dass du dich zu etwas hinreißen lässt, was du nicht möchtest.«

Irritiert starre ich sie an. »Warum sollte ich dich nicht wollen?«

Sie zuckt mit den Schultern. »Na, vielleicht bist du im Moment zu verletzlich oder möchtest gern auf Distanz gehen. Schließlich besprechen wir hier gerade schwierige Themen.«

Amüsiert lege ich meine Stirn an ihre und raune: »Ich bin in der Tat emotional angeknackst. Aber das wird mich nicht daran hindern, dich hier auf diesem Sofa zu ficken, Cat.«

Das Schmunzeln, das auf ihre Lippen tritt, reizt mich, sie augenblicklich auszuziehen und meine Aussage wahr zu machen. Aber weil ich ihre Stimme genauso gerne höre wie ihre Sexgeräusche, falle ich nicht wie ein verdammtes Tier über sie her.

»Unsere Vergangenheit hat zwar ihre Schattenseiten, aber sie liegt bereits hinter uns. Wir müssen sie nicht länger betrauern«, meint sie flüsternd.

Meine verkackte Vergangenheit kann bleiben, wo der Pfeffer wächst, wenn es bedeutet, Kathrine wieder in meine Arme schließen zu können, wann immer mir der Sinn danach steht.

Ich mache ein Geräusch in der Kehle und sage: »Ich will nicht mehr darüber reden.«

Umgehend lasse ich meinen Worten Tagen folgen, indem ich meine Hände an ihren Seiten entlang nach oben gleiten lasse und dabei den Pulli samt Shirt mit hochziehe.

»Oh, kein Bügel-BH heute Abend«, stelle ich erfreut fest, als ich den Gummizug eines Sport-BHs erspüre. Ich hasse die Dinger sowieso; viel zu starr für Kathrines wundervolle Wölbungen. Sie erinnern mich an die Zeit, in der sie Etuiröcken getragen hat, mit der Bluse drei Knöpfe zu weit offen, um eine gewisse Wirkung beim Management zu bewirken. Und das alles wegen meiner verflucht snobistischen Wenigkeit.

Sie hebt grinsend die Arme und mein Gehirn leert sich augenblicklich. Ich streife ihr die Schichten ab; sie fallen neben uns zu Boden – aus den Augen aus dem Sinn. Meine Hände finden zurück zu ihrer Taille, während ich mich hinab beuge und ihr mit meinem Mund zeige, wie sehr ich ihre Titten vergöttere.

In Zeitlupe schiebe ich ihr die restlichen Klamotten bis zu den Knien hinunter, lasse meine Finger hauchzart über ihre Haut gleiten, sodass sie Gänsehaut bekommt. Als ich bei ihrem Venushügel ankomme, zittert Kathrine bereits vor Ekstase.

»Du machst es mir so leicht«, stelle ich fest. »Ich muss fast gar nichts mehr tun. Wahrscheinlich bist du schon so feucht, dass ich direkt in dir versinken könnte.«

Sie sieht aus halb gesenkten Lidern auf mich herab, ihre Augen vor Leidenschaft verhangen. »Du hast mir Sex versprochen, Const.«

Fuck. Ich beiße mir auf die Unterlippe und unterdrücke ein erregtes Aufstöhnen. Die braunen Wellenhaare fallen über ihre Schultern und rahmen ihre Brüste ein wie ein verficktes Kunstwerk. Ich will an ihnen saugen, sie beglücken, bis sie schreit vor Begierde – und darüber hinaus.

Aber Kathrine hat andere Pläne. Kurz entschlossen setzt sie sich aufrecht hin und zerrt am Saum meines Hoodies. Ihre Kleidung auf dem Boden bekommt nun Gesellschaft, und gleich danach folgen meine Hose und Boxershorts, nachdem sie die Kondomverpackung aus der Hosentasche gezogen hat.

Sie öffnet die Packung und stülpt mir den Gummi ohne viel Federlesen über, ehe sie sich über meine Beine schwingt und sich vorsichtig auf mich niederlässt. Reflexartig umfasse ich ihre Hüften, um ihr Halt zu bieten. Wir halten beide die Luft an. Millimeter vor Millimeter senkt sie sich über meinem Schwanz herab – eine heißfeuchte Beengtheit, die mich Sterne sehen lässt vor Verzückung.

Sobald sie sich wohl mit meiner Größe fühlt, beginnt sie damit, auf und ab zu gleiten. Mein Kopf sinkt über den Sofarand hinaus und ich senke die Lider, um mich zu sammeln. Fuck, ich könnte bei jedem Senken ihres Körpers kommen, wenn ich die Konzentration nicht sofort in den Griff kriege. Also reiße ich die Augen auf und beobachte Kathrine, lasse ihr die Oberhand über meinen Schwanz. Sie hat ihre Hände auf meine Schultern gelegt, um sich abzustützen, und ihre Brüste wackeln bei jedem Auf und Ab im Takt. Den Oberkörper lehnt sie ein Stück weit zurück und ihr Kopf ist in den Nacken gelegt, die Lippen geöffnet.

Ich gleite mit meiner linken Hand ihrem Rückgrat entlang nach oben zu ihrem Nacken, zwinge sie näher an mich heran. Mit der Rechten umfasse ich so viel ihrer Hüfte, wie ich zu fassen kriege. Dann stoße ich zu, raube ihr die Kontrolle. Und Kathrine stößt endlich den ersten dieser unfassbar erotischen

Laute aus, die mir beim Sex zusätzlich das Gehirn ficken. Es ist ein Stöhnen aber gleichzeitig so etwas wie ein Wehklagen, und es variiert in der Tonlage, je näher sie ihrem Höhepunkt kommt.

Nach dem dritten Stoß krallt sie die Fingernägel in meine Schultern und ich weiß, ich bin auf dem richtigen Weg. Ich nehme meinen Mund zu Hilfe und sauge mich an ihrer rechten Brust fest. Da ist sie empfindlicher, weil sie unter der linken Achsel einmal einen Abszess rausoperieren musste, der die Nervenbahnen zur Brust geschädigt hat. Scheiße, an was ich mich alles erinnere ...

Ein Schauer der Erregung rieselt mir den Rücken hinab, in meinen Schwanz hinein, überträgt sich auf Kathrine und sie sieht mich an, die tiefblauen Augen dermaßen auf mich fokussiert, als existiere in diesem Moment nichts anderes auf der Welt. Als wäre ich der einzig wahre Fix – ihre Droge. Nur sie und ich, schwitzend, miteinander vereint und voneinander abhängig wie Junkies auf einem Trip.

Sie senkt ihre Lippen auf meine, küsst mich unfassbar sanft, und haucht: »Lass mich ab jetzt deine einzige Obsession sein, Const.«

Fuck, sie ist einfach so perfekt. Mein Sack zieht sich zusammen und mein gesamter Körper schüttelt sich einmal vor Ekstase, bevor mein Schwanz zu zucken beginnt und in meinem Gehirn die Synapsen durchbrennen.

Kathrine spürt wohl meinen Höhepunkt, denn sie schließt genießerisch die Augen, drückt sich gegen meinen Schaft – und dann, wie sanfte Wellen auf einem See, erbebt sie aus ihrer Mitte heraus. Die Wände ihrer Pussy kontrahieren, quetschen meinen Schwanz bis zum letzten Tropfen leer. Schwer atmend lehnt sie ihre Stirn gegen meine und lächelt süffisant.

»Du bist alles, was mich in diesem verfickten Leben interessiert«, raune ich. »Also hoffe ich inständig, dass du das eben ernst gemeint hast.«

»Absolut ernst«, verspricht sie mir.

Für die Dauer zweier Herzschläge tauche ich in ihre Augen ein, lese die Aufrichtigkeit darin, den Schmerz, die Freude, die Erregung. Im Anschluss finden sich unsere Münder wie von selbst, und Kathrine beginnt auf ein Neues, sich langsam auf und ab zu bewegen.

KATHRINE

27

Fünf Stunden, nachdem Constantine mir seine Zuflucht gezeigt hat, erklimmen wir die Stufen zurück in den Flur des Hauses.

Eigentlich könnte ich mich jetzt ins Bett kuscheln und sofort einschlafen, so wohlig zufrieden fühlt sich mein Geist. Ganz davon abgesehen bin ich absolut wabbelig auf den Beinen – aber ich habe Constantine versprochen, für uns alle Auflauf zuzubereiten, und genau daran mache ich mich, nachdem er die Kellertür wieder ordentlich verriegelt hat. Mein Magen ist nicht der einzige, der während der letzten Stunde weithin hörbar geknurrt hat.

»Kann ich dir zur Hand gehen?«, offeriert Constantine. Er stellt sich schräg hinter mich und umfasst meine Mitte mit einem Arm. Sofort kommt die Erinnerung an die letzten paar Stunden wieder hoch und ich schüttele vehement den Kopf.

»Das wäre keine gute Idee.« Ich schaue hoch in sein verständnisloses Gesicht. »Du würdest mich nur ablenken.«

Er scheint zu begreifen, denn ein wissendes Grinsen breitet sich auf seinen Zügen aus. Nichtsdestotrotz begnügt er sich damit, mir ein Küsschen zu geben und in Richtung Wohnzimmer davon zu schlendern, die Hände in den Taschen seiner Jogginghose vergraben.

Nun frei von allen Ablenkungen widme ich mich dem Gericht, das ich für heute vorgesehen habe: Kartoffelgratin.

Während ich die Kartoffeln schäle und in Scheiben schneide, wandert mein Blick immer wieder zu Constantine hinüber, der erst den Fernseher einschaltet und daraufhin am Panoramafenster stehen bleibt, um in die Dunkelheit zu schauen.

»Es schneit«, informiert er mich irgendwann.

Mein Kopf ruckt von den Knoblauchzehen hoch, die ich gerade klein hacke.

»Jetzt schon?«, frage ich besorgt. »Ich hoffe, Matt schafft es trotzdem zu uns.«

Constantine dreht sich grinsend um und legt den Kopf überheblich in den Nacken, um mich von oben herab zu mustern. »Matt ist ein Profi, wenn es um Schnee geht, genau wie ich, schon vergessen?«

»Ja ja.« Ich winke ab und widme mich der Zubereitung des Gusses. Nachdem ich Milch, Sahne und Salz vermengt habe, verteile ich den Knoblauch gleichmäßig in einer Backform, dann drapiere ich die Kartoffelscheiben darüber. Zuletzt gieße ich den Rahm-Milch-Mix dazu und toppe das Ganze mit Pfeffer und Muskat.

Der Backofen ist bereits vorgeheizt, ergo schiebe ich die Form hinein und setze den Timer auf eine Stunde.

»Ich räume auf.« Constantine ist in die Küche zurückgekehrt und drängt mich unter Einsatz seines Körpers sanft aber bestimmt hinaus. Mit einem warmen Lächeln meint er: »Du hast heute wirklich genug getan.«

Rein aus Höflichkeit will ich protestieren, doch ich beginne, die Auswirkungen unserer Sexeinlagen deutlich zu spüren, weshalb ich ihm ein Küsschen auf die Lippen drücke und mich aufs Sofa fallenlasse. Im nächsten Moment fallen mir auch schon die Augen zu.

❄

»Cat.« Constantines sanfte Stimme weckt mich aus einem traumlosen Schlaf. Sein Handrücken streicht sachte über meine Wange, während ich mehrfach blinzle.

»Der Timer ist hat sich gerade gemeldet und du hast nicht einmal mit der Wimper gezuckt.« Ein winziges Lächeln umspielt seine Lippen.

Ich stemme mich hoch und setze mich erst einmal hin.

»Was soll ich tun?«, will er wissen. »Wegen des Ofens meine ich.«

»Schalt ihn aus«, gebe ich verschlafen zurück. Prompt überkommt mich ein Gähnen und ich schaffe es gerade noch rechtzeitig, die Hand vor den Mund zu heben.

Constantine verschwindet in die Küche und ich folge ihm nur einen Augenblick später, um den Auflauf zu prüfen. Durch die Scheibe des Backofens erkenne ich, dass sich eine goldbraune Kruste gebildet hat. Zufrieden mit meinem Werk nicke ich und werfe einen Blick auf die Uhr: 23:20 Uhr.

»Hat Matt von sich hören lassen?«, frage ich.

»Er meinte, es dauert noch sicher bis nach Mitternacht.«

»Hmm. Tja, da kann man nichts machen: wir essen jetzt«, verkünde ich und öffne die Backofentür.

Constantine bewegt sich, holt Teller aus einem Oberschrank, indes ich die Form auf zwei nebeneinander liegendende Brettchen stelle. Er überreicht mir eine Kelle und ich trenne zwei Auflauf-Vierecke aus der Form, die dampfend auf den Tellern landen.

»Es ist zwar offensichtlich unnötig zu erwähnen, dass es heiß ist, aber ich kenne deinen Heißhunger, also: Vorsicht heiß«, sage ich in spöttischem Ton.

Er trägt die Teller hinüber zum Sofa und winkt mich zu sich.

»Dann kuscheln wir eben noch, bis es ein wenig abgekühlt ist«, antwortet er verspätet und mit einem zufriedenen Ausdruck. »Möchtest du einen Film sehen oder reicht dir der Sportkanal?«

»Lass uns *Constantine* schauen«, schlage ich vor und ernte prompt ein weiteres Grinsen. Tatsächlich ist mir der Streifen ans Herz gewachsen und ich stelle sicher, dass ich ihn mindestens einmal im Jahr streame, schlicht aus Nostalgie.

Minuten später flimmert das vertraute Intro über den Bildschirm und ich kuschle mich enger an Constantines Seite. Er hat seinen linken Arm um mich gelegt und drückt mich an sich. Als ich zu ihm hochblicke, werde ich Zeugin seiner äußerst selbstzufriedenen Miene, und ich kann ein Schmunzeln nicht verhindern.

Nach der Fünfzehnminutenmarke stupse ich ihn leicht in die Seite und nicke in Richtung meines Tellers. Wortlos reicht er ihn mir, gemeinsam mit einem Esslöffel, danach nimmt er sich seine eigene Portion vor. In einträchtigem Schweigen verputzen wir den Kartoffelauflauf – und anders als bei den Spagetthi gönne auch ich mir einen Nachschlag.

Wir sind gerade eben fertig mit Aufräumen und Abwaschen, als es an der Haustür klingelt. Constantine eilt in den Flur, die Hände trocknet er sich unterwegs am Handtuch, das über seiner Schulter gelegt ist.

»Hey Mann!« Matt fegt mit einer Schneewehe herein und schließt seinen besten Freund in eine bärenartige Umarmung. Sein Gesicht strahlt vor Freude und Constantine antwortet ihm mit einem Grinsen und ein paar Klopfer auf den Rücken.

»Lange nicht gesehen«, merkt er an.

Matt entlässt ihn aus seiner Umarmung und wendet sich mir zu. Er breitet die Arme mit einem breiten Lächeln aus und ich lasse mich hineinfallen.

»Matt!«, juble ich. »Endlich sehen wir uns wieder.«

»Aww Cathy, es klingt fast so, als hättest du mich vermisst«, spöttelt er, bevor er auch mich wieder gehen lässt.

Grinsend stehen wir uns gegenüber und sein Blick schweift bedeutungsschwer von mir zu Constantine und wieder zurück. Doch anstatt ihm eine Erklärung zu liefern, winke ich ihn in die Küche, wo ich schnell einen Teller mit Kartoffelauflauf fülle und vor ihn auf die Arbeitsplatte stelle.

»Hau rein«, fordere ich ihn auf.

Matt nickt grinsend und schaufelt das Essen in sich hinein, als hätte er heute noch nichts gegessen. Früher, als Constantine und ich noch zusammen in der Villa wohnten, waren Matt und die anderen oft bei uns zu Hause, und ich habe für sie alle gekocht – natürlich nahmen alle an, dass ich als persönliche Managerin auch Constantines Ernährung überwachte. Mir sind die Portionen also durchaus vertraut, die diese Männer vertilgen. Trotzdem ist es ein klitzekleiner Schock, als Matt schon nach fünf Minuten nach Nachschlag fragt.

»Hast du etwa in letzter Zeit nichts Anständiges hinter die Kiemen gekriegt?«, hakt Constantine nach einem Blick auf mich skeptisch nach.

Matt strahlt erneut und zuckt mit den Schultern. »Kathrines Essen muss man zu würdigen wissen, Mann.«

Constantines Miene verdüstert sich und er gibt zerknirscht zurück: »Dann solltest du lernen, es zu genießen, anstatt es hirnlos in dich reinzuschaufeln.«

»Ah«, macht Matt und hebt belehrend den Zeigefinger seiner löffelfreien Hand. »Die erste Portion war reine Gier und Hunger, das gebe ich zu. Die zweite ist die, mit der ich Kathrines Essen würdige.«

Mit einem Kopfschütteln und einem Schmunzeln stelle ich ihm den wieder vollen Teller hin. »Es ist genug da.«

Constantine grummelt etwas Unverständliches und hievt Matts Tasche in die Höhe, die dieser neben sich hat fallen lassen. »Ich bringe dein Gepäck ins Gästezimmer.«

Matts Stimme wird durch seinen vollen Mund gedämpft. »Okidoki.« Hastig schluckt er runter und meint: »Aber schläft dort nicht Kathrine?«

»Nein«, gibt Constantine lässig zurück und taxiert mich mit feurigem Blick. »Dieser sexy Hintern gehört einzig und allein in *mein* Bett.«

Mein Herzschlag beschleunigt sich bei seinen Worten und ich fühle, wie Hitze in meine Wangen schießt. Trotzdem erwidere ich seinen festen Blick und nicke einmal. Ein spitzbübisches Grinsen erscheint auf seinen Zügen, er dreht sich um und verschwindet im Gang, Matts Tasche über seine rechte Schulter tragend.

Dieser stößt einen leisen, anerkennenden Pfiff aus und mustert mich mit neuem Interesse. »Na, das war 'ne Ansage. Also seid ihr wieder zusammen?«

Ich weiß nicht, was ich darauf antworten soll, denn wenn ich ehrlich bin, weiß ich nicht, was Constantine und ich sind. Sind wir zusammen? Wir finden gerade eben erst den Weg zurück zueinander, tasten uns vor in die Traumata der Jahre, die wir getrennt verbracht haben. Kann man auf dieser Ebene von einer Beziehung sprechen? Nicht dass ich glaube, dass wir uns wieder aus den Augen verlieren würden, nein ...

Letztendlich entscheide ich mich für ein ratloses Heben meiner linken Schulter. »Keine Ahnung. Irgendwie schon, denke ich.«

Matt sieht mich lange an, nickt schließlich und widmet sich voll und ganz dem Auflauf. Er scheint erkannt zu haben, dass es noch zu früh für Witze und dumme Sprüche ist.

Constantine schlendert zu mir herüber und umarmt mich auf seine übliche Art: seine Brust an meinem Rücken, sein Kinn sanft auf meinem Scheitel und die Arme um meine Mitte. Ich muss zugeben, mir war nicht bewusst, wie sehr ich es vermisst habe, so umarmt zu werden, bis er es an jenem Tag wieder getan hat.

Die beiden Freunde unterhalten sich über Gott und die Welt, während ich weiter und weiter in meine Gedanken abdrifte.

Nach der zweiten Portion stößt Matt ein erleichtertes Seufzen aus, reibt sich demonstrativ den flachen Bauch und meint: »Das war echt lecker, Cathy. Danke, dass du für mich gekocht hast.«

Ich winke ab. »Quatsch.«

Er streckt sich und gähnt, dass die Kieferknochen knacken. Sofort davon angesteckt, verstecke auch ihn ein Gähnen hinter vorgehaltener Hand. Mit einem Seitenblick prüfe ich die Uhr und entscheide, dass es Zeit für mich ist, ins Bett zu gehen. »Es ist schon spät.«

Sanft löse ich mich aus Constantines warmen Armen, wobei er einen missmutigen Laut von sich gibt, der mich kichern lässt. Ich nicke in Richtung Matt und schlage vor: »Warum zeigst du ihm nicht, wo er schläft?«

»Au ja«, antwortet Matt enthusiastisch. »Ich will nach der langen Fahrt und dem hammer Essen nichts lieber, als mich aufs Ohr hauen.«

Constantine geht voraus und erklärt im Flur: »Hier links ist ein kleines Bad, danach kommt unser Zimmer. Deins ist hier vorne rechts. Du hast auch ein eigenes Bad da drin, also bewahre uns *bitte* vor deinem nackten Hintern.«

Ich bleibe auf Höhe *unseres* Schlafzimmers stehen. »Schlaf gut, Matt. Ich werde dich nicht vor elf Uhr wecken.«

Er grinst und winkt mir zu, bevor er sich Constantine zuwendet und ihm die Hand auf die Schulter legt. In seinem Blick liegt viel mehr verborgen, als er ausspricht, als er sagt: »Schlaft gut. Und danke, Mann. Wir reden morgen, okay?«

Constantine nickt, wartet, bis Matt im Gästezimmer verschwunden ist und schlendert dann auf mich zu. Der grübelnde Gesichtsausdruck wandelt sich in amüsiertes Schmunzeln. »Bereit fürs Bett, meine Schöne?«

Der spielerische Ton in seiner Stimme lässt meinen Bauch kribbelig werden und ich gebe keck zurück: »Bist du es denn?«

Er umfängt mich mit seinen Armen und lenkt mich rückwärts durch die Tür, die er mit dem Ellbogen aufgestoßen hat.

»Du hast ja keine Ahnung«, murmelt er und beugt sich herab, um mich mit neu entfachter Leidenschaft zu küssen.

CONSTANTINE

28

Das alte Holzhaus, in dem wir seit gefühlt Stunden herumstehen und uns die Historie von Snow Falls von einer älteren Dame mit Hornbrille und Silberkettchen erklären lassen, verfügt zwar über einen warmen Kachelofen, aber den haben wir vor drei Räumen hinter uns gelassen. Entsprechend tief sind meine Hände in den Jackentaschen vergraben – was mich nur noch griesgrämiger werden lässt, denn eigentlich wollte ich mit Kathrine Händchen halten.

Ich stehe schräg hinter ihr und beobachte sie dabei, wie sie gebannt den Anekdoten der Dame lauscht. Kathrines Gesicht ist bis über die Nase in einem dicken blauen Wollschal vergraben, der dreimal um ihren Hals gewickelt ist. Sie trägt eine graue Jacke – die aus meiner Sicht viel zu dünn aussieht – und ihre Hände stecken in schwarzen Stoffhandschuhen, die sie in diesem Moment nutzt, um sich die Haare aus dem Gesicht zu streichen.

Meine Finger zucken vor Verlangen, sie zu berühren, zu umarmen, ihr die Schichten vom Körper zu friemeln und sie vor Begehren erglühen zu lassen. Am liebsten auf der Sitzbank des Kachelofens in dem zurückgelassenen Raum von vorhin.

In diesem Moment verkündet die alte Dame: »Damit kommen wir zum Schluss der kleinen Museumsführung. Schauen Sie sich ruhig noch ein wenig selbstständig um, wir führen viele weitere Exponate neueren Datums in der zweiten Etage.«

Matt und Kathrine klatschen begeistert, und ich falle aus Höflichkeit mit ein. Scheißegal, ob ich zugehört habe oder nicht, sie hat sich die Mühe gemacht, sich einen ganzen Wochenendplan auszudenken, den wir zu dritt abarbeiten können, wenn wir Bock drauf haben.

Sie dreht sich zu mir um und lächelt. »Ich muss mal kurz wohin.«

Mein bester Freund schaut ihr hinterher, dann lehnt er sich vor, um mir zuzuflüstern: »Es ist gruselig, was für einen Einfluss sie auf dich hat.«

Total perplex gaffe ich ihn an. »Wie bitte?«

»Ach komm, als würdest du die Veränderungen nicht selbst bemerken.« Er bewegt seinen Zeigefinger kreisförmig um mein Gesicht und meint: »Du Miesepeter lächelst so viel wie seit sechs Jahren nicht mehr. Und oh – wenn du sie noch länger so anstarrst, wenn wir zu dritt in der Öffentlichkeit sind, verlange ich, dass du dir auf dem Klo einen schrubst, um von deiner Geilheit runterzukommen.«

»Ich soll es mir besorgen, weil ich sie anschaue?«, wiederhole ich konsterniert.

Matt nickt und grinst frech. »Man sieht dir an, dass du sie am liebsten auf der Stelle in Ohnmacht ficken würdest, Mann.«

Beinahe entsetzt fahre ich mir mit der linken Hand übers Gesicht und erflehe von irgendwoher die Kraft, meine Züge unter Kontrolle zu kriegen.

»Tut mir leid«, murmle ich verlegen. »Das mit uns ist noch ziemlich frisch und ich…« Ich halte inne und seufze ergeben. »Ich bin absolut verrückt nach Kathrine.«

»Das ist offensichtlich«, gibt er amüsiert zurück. Er verschränkt die Arme vor der Brust und meint: »Du solltest mir die ganze Geschichte heute Abend erzählen. Ich will jedes Detail von dir hören, lass nichts aus!«

Meine Mundwinkel heben sich gegen meinen Willen. »Du altes Klatschweib!«

Bevor Matt reagieren kann, habe ich ihn im Schwitzkasten und zerstrubble seine Haare. Er lacht ungeniert und boxt mir in die Rippen, bis ich ihn loslasse. Wir teilen gespielte Hiebe mit der flachen Hand aus, bis wir die strengen Blicke der alten Dame im Rücken spüren und uns mit einer halb garen Verbeugung entschuldigen. Warum wir uns dabei dauernd verbeugen, weiß selbst ich nicht. Es ist eine instinktive Reaktion aus unserer Kindheit im Heim.

»Komm, wir warten am Souvenirshop auf sie«, meint Matt.

Wir schlendern zurück in Richtung Ausgang, wo ein paar Regale aufgestellt wurden, die mit Krimskrams aus Snow Falls vollgestellt sind. Unauffällig zücke ich mein Smartphone und überprüfe die Uhrzeit. Zehn Minuten sind seit Kathrines Toilettengang vergangen. Na ja, eventuell braucht sie etwas länger – kommt schließlich vor ...

Matt sieht sich die Auslegeware genau an und entscheidet sich tatsächlich für ein paar Kleinigkeiten, die er bei einem mürrisch dreinblickenden jungen Mann bezahlt, der uns im Blick behält, solange wir in der Nähe seiner heiligen Hallen rumstehen. Der Verkäufer reicht Matt einen kleinen Papierbeutel und mein bester Freund lässt seine Einkäufe hineingleiten. Zufrieden nickend stellt er sich zu mir und wir warten stumm auf Kathrines Rückkehr.

Nach weiteren zehn Minuten werde ich nervös – sie wollte doch nur schnell auf Klo, wieso braucht sie denn so lange?

»Warte hier«, sage ich zu Matt und eile die Treppe hinab ins Kellergeschoss, wo die Toiletten ausgeschildert sind. Ohne zu zögern halte ich auf die Damentoilette zu und klopfe leise an.

»Cat?«, frage ich laut. »Bist du okay?«

Keine Antwort.

»Cat?«, wiederhole ich, diesmal lauter.

Warum zum Fick werden meine Handflächen auf einmal kalt? Es wird schon alles gut sein; vielleicht hat sie einfach ihre Tage und braucht einen Tampon und schämt sich dafür oder sowas Banales.

Etwas auf dem Fußboden vor der Tür schillert im Schein der Deckenlampe und ich lasse mich in die Hocke sinken, um es genauer zu inspizieren. Vorsichtig strecke ich die rechte Hand aus und greife nach dem braunen Gegenstand. Eine Scherbe ... hier? Vor der Tür der Damentoilette? Was zur Hölle...? Je näher ich das braune Glasstück halte, desto seltsamer riecht es;

ein penetranter Gestank, der in der Nase kitzelt, aber gleichzeitig schmerzhaft stechend in den Schädel fährt.

Hinter mir knarzen die Stufen der Treppe. Ich wirble erschrocken herum und richte mich gleichzeitig auf. Die alte Dame klammert sich ans Geländer und sieht mich ablehnend an.

»Was machen Sie da?«, fordert sie mit eiserner Stimme.

Mein Instinkt schreit mir zu, dass etwas stimmt nicht. Irgendetwas ist hier faul.

Ich deute auf den Fußboden. »Hier liegen Scherben. Ich suche nach meiner Freundin – sie wollte sich die Nase pudern. Das ist jetzt schon über zwanzig Minuten her und sie antwortet nicht auf meine Rufe.«

Während ich spreche, erhöht sich mein Puls. Kalter Schweiß bildet sich in meinem Nacken und auf den Schläfen und ich schlucke hart, um nicht im nächsten Moment zu schreien und die Tür einzutreten. Stattdessen balle ich die freie Hand zur Faust und taxiere die Frau.

»Wären Sie so freundlich, kurz nachzusehen, ob es ihr gut geht?«, bitte ich so höflich wie ich es gerade zustande bringe.

Sie schlurft allerdings bereits an mir vorbei, die kleinen Äuglein auf den Fußboden gerichtet.

»Tatsächlich«, murmelt sie. »Da liegen überall Scherben.« Sie schüttelt den Kopf. »Also wirklich, die jungen Menschen von heute ...«

Mit einem vernichtenden Blick auf mich verstummt sie und öffnet die Tür der Damentoilette.

»Hallo?«, ruft sie hinein. »Junge Frau, Ihre Begleitung macht sich Sorgen um Sie.«

Wieder antwortet uns niemand.

Die alte Dame runzelt die Stirn und tritt ein. Sie lässt die Tür einrasten, sodass ich überwachen kann, wie sie jede der drei Kabinentüren öffnet und schließlich wieder zu mir schaut. Ratlos hebt sie die Arme ein Stück weit nach oben. »Hier ist niemand.«

Was zur ...?

Ich werfe jeden Restfunken Anstand über Bord und haste zu ihr. Ich muss mich selbst vergewissern – es mit eigenen Augen sehen ...

Beim Anblick der mittleren Kabine stutze ich. Kathrines Handschuhe liegen auf einem Kästchen, das an die Wand angebracht wurde. Darauf liegt ihr Smartphone.

Das Herz rutscht mir in die Hose.

Was in allen sieben verfickten Höllen ist hier los?!

Völlig von der Rolle schnappe ich mir ihre Sachen.

»Das– das sind ihre«, stammle ich. »Aber ... wo ist sie?«

Als ob die alte Frau eine Antwort für mich hätte, starre ich sie Hilfe suchend an. Doch sie zuckt mit den Schultern und meint: »Möglicherweise haben Sie sich verpasst?«

In diesem Augenblick verdunkelt ein Schatten den Eingang und Matt lugt hinein. »Äh... Alles fein hier?«

Sein Erscheinen lässt etwas in mir einrasten zu lassen, als wären alle Puzzleteile endlich an Ort und Stelle. Ich stürme auf ihn zu wie ein Güterzug.

»Kathrine ist nicht hier!«, fahre ich ihn an.

»Okay«, erwidert er verwirrt.

Ich packe ihn am Arm und meine Stimme überschlägt sich beinahe, als ich ihn hastig aufkläre. »Sie hat einen Stalker, Mann! Der Typ hat sie sogar mit Bleichmittel an der Hand verletzt.«

Sofort verfinstern sich seine Züge und er zieht die Brauen zusammen. »Deswegen wohnt sie bei dir.«

Ich nicke ernst und will bereits vorschlagen, die Polizei zu rufen, als die alte Dame sich räuspert.

»Lassen Sie uns erst alle Räume absuchen, bevor wir das Snow Falls P.D. verständigen«, schlägt sie vor. »Es kann durchaus sein, dass die junge Frau nochmals nach oben gegangen ist, während Sie ...« Sie gestikuliert mit der Hand durch die Luft, als würde sie das richtige Wort suchen. »Sich die Zeit vertrieben haben«, schließt sie.

Matt sieht von ihr zu mir und nickt ernst. »Sie hat recht. Lass uns das erst machen – und am Auto nachsehen. Ich übernehme die obere Etage, du schaust im Erdgeschoss nach.«

»Sagen Sie Nils, er soll den Souvenirladen prüfen«, steuert die Dame bei. Sie scheucht uns mit den Händen fort und grummelt: »Und für mich bleibt dann wohl dieses Malheur hier übrig.«

Ich schenke ihr keinerlei Beachtung mehr, nehme immer zwei Stufen auf einmal und jogge im Anschluss durch die einzelnen Räume des Snow Falls Museums. Von Kathrine keine Spur. Als ich am Souvenirshop ankomme, poltert Matt die Treppe hinunter und schüttelt bei meinem Anblick den Kopf. Umgehend drehe ich mich auf dem Absatz um und renne hinaus auf den steinigen Pfad, der durch einen schmalen Vorgarten zur Straße führt, wo mein Auto geparkt ist. Meine innere Stimme rattert die Worte »dort ist sie nicht« in meinem Kopf herunter wie ein Mantra, und ich habe das Gefühl, in der nächsten Sekunde durchzudrehen.

Am Ford Ranger angekommen schaue ich in jedes vor Kälte angelaufene Fenster, umrunde ihn und suche den schneebedeckten Boden nach anderen Fußspuren außer den meinen ab.

Nichts.

Kathrine bleibt wie vom Erdboden verschluckt.

Meine Sicht verengt sich auf einen schmalen Spalt, die Ränder sind unnatürlich verwaschen. Der unterschwellige Zorn, der die gesamte Zeit über in meinen Gedärmen gebrodelt hat, bricht einem Vulkanausbruch gleich an die Oberfläche.

»FUCK!«, schreie ich komplett außer mir und trete nach dem Hinterrad meines Wagens. Schnee rieselt auf die Straße.

Matt sieht stirnrunzelnd auf den Bürgersteig hinab und schweigt. Wie zur Hölle kann er in diesem Moment so ruhig bleiben? Ich weiß nicht, ob ich mir die Haare ausreißen, die Seele aus dem Leib schreien oder mich mit Waffen eindecken soll, um den Stalker zu finden und ihm eigenhändig die Haut vom Leib zu ziehen, sobald ich ihn in die Finger kriege.

»Hey Mann, sagte die Alte nicht was von Scherben?«

Ich fahre zu ihm herum. »Wieso?«

Er deutet auf etwas, das ich nicht sehen kann, also spurte ich im Schneematsch schlitternd um den Wagen herum und stelle mich neben ihn. Es ist ein Taschentuch, das sich in einem Brombeerstrauch verfangen hat, der aus dem Vorgarten des Museums wächst. Und es ist rot vor Blut.

»Scheiße, denkst du…« Ich schlucke den Rest des Satzes hinunter.

Fuck, ich will nichts manifestieren, aber alle Zeichen deuten darauf hin, dass der Stalker sich vor knapp dreißig Minuten meine süße Kathrine geschnappt hat. Während sie in meiner Obhut war – wo sie sicher hätte sein sollen, *verfickte Scheiße!* Und dabei hat entweder er oder sie sich verletzt, was das Taschentuch erklären würde. Aber möglicherweise hat es zero mit unseren Umständen zu tun.

Ich raufe mir die Haare und mache ein paar Schritte weg von dem Taschentuch. Mir wird verdammt nochmal speiübel, aber zur gleichen Zeit sehe ich rot vor Zorn und meine Atmung grenzt inzwischen an Hyperventilation.

»Ich rufe die Cops«, meldet sich Matt nach einem Moment des Schweigens. Er hält das Smartphone ans Ohr und nach wenigen Sekunden beginnt er zu sprechen. »Matthew Daveys hier, wir wollen eine Entführung melden.«

Mit geschlossenen Augen flehe ich sämtliche Gottheiten an, die mir in den Sinn kommen, dass es Kathrine gut geht. Meine Schuldgefühle rasseln in meiner Brust und lassen meinen Atem nur stockend und mühsam frei.

Du hattest exakt eine Aufgabe, du Wichser, fahre ich mich in Gedanken selbst an. *Sie sollte sich bei dir sicher fühlen können!*

Nicht einmal das kriege ich anständig hin. Innerlich zerrissen reibe ich mir erneut über das vom Schnee feucht gewordene Gesicht. Scheiße, ich hätte besser aufpassen müssen! Ich hätte die Tatsache nicht ignorieren dürfen, dass es in den letzten Tagen verdammt ruhig um den Stalker gewesen ist – *zu ruhig*. Ich bringe diesen Dreckskerl um!

Matts Stimme schwappt über mich hinweg wie ein weit entfernter, beinahe zur Undeutlichkeit verzerrter Lautsprecher, der mal auf-, mal wieder runtergedreht wird.

»Kathrine Solomon, ja. Sie arbeitet bei Ihnen?« Seine Stimme klingt überrascht. »Wir sind am Snow Falls Museum, wo sie verschwunden ist. Ja... Ja, wir warten.«

Das ist doch alles ein verfickter Witz!

Ich glaube, meine Beine tragen mich keine Sekunde länger, ergo lasse ich mich in ans Chassis gelehnt in die Hocke sinken. Die Finger meiner Hände krallen sich in meine Haare, bis ich den Schmerz spüre, der das Reißen an deren Wurzeln verursacht.

»Verdammte Scheiße!« Meine Stimme ist zu einem heiseren Flüstern verkommen.

Mein bester Kumpel hält mir etwas vor die Nase und ich identifiziere ein frisches Taschentuch. Irritiert schaue ich zu ihm auf.

»Du heulst«, informiert er mich knapp und fordert mich mit einem Wink dazu auf, das Teil endlich anzunehmen.

Ich tue ihm den Gefallen, wische mir mit dem Papier übers Gesicht – und tatsächlich, es ist feucht, als ich es erneut betrachte.

Matt geht vor mir in die Hocke und sieht mich auffordernd an. »Du meintest, Kathrine hat einen Stalker?« Als ich nicht sofort antworte, wird seine Stimme härter. »Erzähl mir sofort, was hier verdammt nochmal vor sich geht, Rush, oder ich schwöre dir, ich haue dir dermaßen eine rein, dass du die nächsten zwei Tage im Krankenhaus liegen wirst.«

Ich setze gerade zu einer Erklärung an, als die alte Dame in Matts Rücken auf dem schmalen Pfad erscheint. Sie sieht uns beide am Boden kauern und schnalzt mit der Zunge.

»Setzen Sie sich gefälligst in den Wagen, während Sie auf die Polizei warten«, rügt sie uns beide harsch. »Ansonsten holen Sie sich beide bei dem Wetter noch eine Lungenentzündung.«

Unter ihrem eisernen Blick erheben wir uns und Matt nimmt mir die Schlüssel ab, die ich völlig weggetreten aus dem Mantel klaube. Er nimmt mich am Arm und führt mich zur Beifahrertür, wo er mich kurzerhand ablädt und im Anschluss auf der Fahrerseite einsteigt und die Heizung aufdreht.

Die Wartezeit verdreht und dehnt sich, bis ich dem Eindruck unterliege, schon stundenlang hier zu sitzen. Gleichzeitig hämmert der Sekundenzeiger meiner Armbanduhr in meinen Ohren und ich mein Puls tanzt im Takt dazu, als wäre ich Teil einer exzessiven Sambasession.

Das Blaulicht des Polizeiwagens kündigt ebendiesen lange vor seiner Ankunft an. Auch wenn der Fahrer keine Sirene verwendet hat, so verknoten sich meine Gedärme, kaum registriere ich das Blinken der Lichter. Ein großer Typ steigt aus, setzt sich den breitkrempigen braunen Hut auf und schlüpft in die typische, dicke Winterjacke, wie alle Cops sie zu tragen pflegen. Sein braungrauer Schnauzer und die Art, wie er geht, erinnern mich an eine Begegnung vor wenigen Tagen – das ist Gordon Grey, der Cop, der Kathrine im Krankenhaus befragt hat. Er nickt der Museumsbesitzerin kurz zu und tippt sich an den Hut, dann wendet er sich Matt und mir zu, die wir eben ausgestiegen sind.

»Abend. Sie haben eine Entführung gemeldet?«, fragt er in professionellem Ton. Sein Blick liegt erst auf Matt, dann wandert er zu mir – und er stutzt.

»Mr Rush!«, entfährt es ihm mit großen Augen. Sämtliche Professionalität weicht aus seinem Benehmen und er tritt einen Schritt näher heran. »Es ist also wahr? Cathy ist entführt worden?«

Ich nicke und hoffe, dass mein todbringender Blick ihn verfickt nochmal davon überzeugt, dass es mir ernst ist.

»Wir haben an einer Führung im Museum teilgenommen«, leiere ich die vorher vorbereiteten Worte herunter. Gordon zückt rasch Block und Stift und macht sich Notizen.

»Danach wollte sie kurz austreten und kam nicht wieder. Mr Daveys und ich warteten erst in einem der Ausstellungsräume, danach sind wir in den Souvenirladen gegangen. Nach zwanzig Minuten bin ich runter und habe nach ihr sehen wollen.« Ich deute auf die alte Frau. »Diese freundliche Dame hier hat sich anerboten, auf der Damentoilette nachzusehen.« Mit einem Kopfschütteln schließe ich den Bericht ab. »Sie war fort.«

Gordon sieht von seinen Notizen auf. »Irgendwelche Hinweise?«

Matt zeigt auf das blutige Stofftaschentuch, das weiterhin im Busch festhängt. »Das habe ich vorhin entdeckt, als wir am Wagen nachsehen wollten.«

Der Cop zückt ein Paar Latexhandschuhe aus einer der Taschen seiner Jacke, einen Plastikbeutel aus einer anderen und tütet das Tuch ein.

»Vor der Damentoilette lagen braune Scherben wie von einer Flasche oder etwas Ähnlichem«, steuere ich hinterher bei.

Die Dame zieht nun ihrerseits etwas aus ihrem dicken Wollmantel und reicht es Gordon: Es ist ein Eisbeutel voller Glasscherben.

»Tut mir leid, dass ich keine Beweistüten bereitliegen hatte«, meint sie trocken. »Ist nicht jeden Tag notwendig, etwas zu einer Ermittlung beizutragen.«

Gordon schmunzelt und legt ihr eine Hand auf die Schulter, indes er den Beutel entgegennimmt. »Danke Francine. Sie sind eine wunderbare Hilfe.«

Dann wendet er sich meinem Kumpel und mir zu und winkt uns mit sich über die Straße zu seinem Auto. Wir folgen ihm, sehen dabei zu, wie er die Beweise auf dem Beifahrersitz verstaut und einen Funkspruch ans Revier absetzt, dass er gleich mit Beweisen zurückkäme.

Meine Nerven liegen blank. Ich hoffe für das Snow Falls P.D., dass sie etwas finden, denn ich schwöre, ich mache auch ohne ihre Hilfe Jagd auf diesen Bastard, der es gewagt hat, meine Kathrine zu entführen.

Gordon seufzt und schüttelt den Kopf, ehe er uns ansieht und meint: »Ich weiß, das klingt jetzt nicht nach dem, was Sie gerne hören werden, aber: Fahren Sie erst einmal nach Hause und gönnen Sie sich ein paar Minuten Verschnaufpause.«

Was zur Hölle?!

Er muss meinen Gesichtsausdruck richtig gedeutet haben, denn er hebt abwehrend die Hände. »Das Snow Falls P.D. wird mindestens eine Stunde brauchen, um alle verfügbaren Kräfte für eine Großsuchaktion aufzubringen.« Sein Blick wandert von mir über Matt hinweg in Richtung der Berge. Ein weiterer Seufzer entfährt ihm. »Es kommt mir beinahe so vor, als wäre die Entführung punktgenau geplant gewesen.«

Auf meine fragende Miene hin erklärt er: »Der Schneefall läutet die Straßensperren in die Berge ein. Niemand wagt es jetzt noch, ohne triftigen Grund dort hinauf zu fahren – oder hinunter. Das wäre Selbstmord.«

»Sie glauben, die Entführung und der Sturm könnten zusammenhängen?«, vergewissere ich mich, ihn richtig verstanden zu haben.

Gordon hebt die Schulter und lässt sie ratlos wieder fallen. »Es ist eine Spekulation unter vielen. Erst einmal trommeln wir alle verfügbaren Leute zusammen, dann beginnen wir innerorts mit der Suche und breiten uns kreisförmig immer weiter aus, bis wir die Straßensperren erreichen.« Er öffnet die Fahrertür und steigt ein, hält aber nochmals inne und mustert uns eingehend. »Ich meine es ernst, Mr Rush. Fahren Sie erst nach Hause und bereiten Sie sich auf die Suche vor. Sie erwartet ein langer Tag und vielleicht sogar eine noch längere Nacht.« Er stutzt und brummelt in den Schnauzer: »Ich muss das Date mit Fiona absagen.«

Wir nicken ihm zu, dass wir verstanden haben, und der Cop fährt so schnell wie das Gesetz es ihm erlaubt zurück gen Revier.

Mein bester Freund legt mir die linke Hand auf die rechte Schulter und drückt sie mitfühlend.

»Lass uns zu dir fahren, Mann«, schlägt er sanft vor. »Dort erzählst du mir erst einmal im Detail, was hier eigentlich vor sich geht, während wir uns mit Thermoskannen und Taschenwärmern eindecken, okay?«

Wieder nicke ich, steige in den Wagen und lasse Matt uns nach Hause fahren. Sein Gefühl für Schnee auf den Straßen ist schon immer besser gewesen als meines und im Moment traue ich mir nicht einmal zu, eine Toilettenspülung anständig zu betätigen, also lasse ich mich von seinen beruhigenden Worten einlullen und hoffe auf einen baldigen Anruf von Gordon Grey.

KATHRINE

29

Ein stechendes Brennen durchdringt das wattige Gefühl in meinem Kopf. Ich befehle meinen Augen, sich zu öffnen, aber sie wollen mir nicht gehorchen. Der Schmerz zieht sich in die Länge, breitet sich um meine Schläfen herum aus und wandert in die Stirn. Ich stöhne gepeinigt auf und will mir mit den Händen an die pochenden Stellen fassen.

Meine Hände... Wieder forciere ich meine Muskeln, aber die Hände bleiben, wo sie sind: hinter meinem Rücken zusammengebunden. Um etwas Hartes herum, um genau zu sein. Diesmal fliegen meine Lider wie von selbst auf, und ich bereue es auf der Stelle. Grelle Lichtlanzen spießen sich in meine Netzhaut und meine Augen beginnen umgehend zu tränen. Ich senke die Lider und gönne ihnen einen Moment, bevor ich sie einen Spalt weit öffne, sodass sie sich an die Umgebung gewöhnen.

Ich bin nicht mehr im Snow Falls Museum, so viel ist sicher.

Zwar ist dieses Gebäude ebenfalls aus Holz gebaut, doch es ist viel mehr eine Blockhütte, das Braun des Holzes ist geschmackvoll dunkel lasiert und auf dem Boden liegt ein cremefarbener Teppich aus, der mich an Schaffell erinnert.

Mein Blick beginnt zu wandern und ich erkenne Einzelheiten mir gegenüber wie eine handgefertigte Kommode, die rechts in der Ecke steht, ein großes Dachschrägfenster, auf dem sich der Schnee sammelt und einen waschechten Schaukelstuhl links von mir auf dessen Sitzfläche eine flauschig aussehende Decke gefaltet liegt.

Meine Nase kribbelt wie verrückt, und ich unterdrücke ein Niesen, so gut es mir möglich ist. Indessen befühle ich mit meinen Händen, an was ich gefesselt bin, und meine Befürchtung bestätigt sich nach nur wenigen Herzschlägen: Es ist ein Holzbalken. In einem Anflug reiner Panik zerre ich an meinen Fesseln und muss feststellen, dass meine Handgelenke mit einem Seil gebunden sind, das mittels einer Kette an einem Ring im Balken hängt.

Die Aktion bewirkt, dass sich ein kühler Windhauch entwickelt, der über mich hinfort weht. Mir stellen sich sämtliche Haare auf. Erst jetzt wird mir bewusst, dass ich meine Jacke nicht mehr trage. Auch meine Schuhe fehlen. Mein Blick senkt sich auf meine Gestalt und mein Herz setzt einen Schlag aus. Ich trage bloß noch meine Unterwäsche.

Eiskalter Angstschweiß bildet sich auf meiner Haut. Diese Situation kommt mir allzu vertraut vor. Adrenalin schießt in meine Adern und mein Atem kommt ins Stocken.

Das hier ist ähnlich wie vor drei Jahren... *Nein*, korrigiere ich mich sofort. *Es ist exakt dasselbe Szenario, bloß ein anderes Gebäude.*

Mein Atem kommt jetzt keuchend. Ich spüre, wie meine Lungen krampfen und ich versuche, mehr Luft hineinzukriegen, doch es ist, als hätte jemand eine Falltür über meiner Luftröhre zufallen lassen – es passiert gar nichts. Schwarze Flecken tanzen vor meinen Augen, werden größer und größer, und meine Sicht beginnt zu verschwimmen. Mein Gehirn scheint mir den Dienst zu versagen, denn ich weiß nicht mehr, wie ich Herrin über die Panikattacke werde, die mich zu verschlingen droht.

»Ah, du bist wach.«

Vor lauter Schreck ziehe ich die allzu dringende Luft in mich hinein und bekomme schnurstracks einen Hustenanfall, bei dem ich würgen muss.

Leichte Schritte nähern sich in meinem Rücken.

»Es wäre schade, wenn du als allererste Aktion in deinem neuen Heim gleich auf den Boden kotzen würdest«, tadelt die Stimme. Sie ist männlich und tief, aber auch unerwartet sanft.

Mein Verstand schaltet ratternd in den ersten Gang. Ich kenne diese Stimme. Dumpf melden sich erste Erinnerungsfetzen, doch ich blende sie aus, um mich zu konzentrieren.

»Keine Sorge«, fährt die Stimme fort. »Ich werde dich schon noch dazu bringen, deine Innereien auskotzen zu wollen. Aber das folgt erst später. Für den Moment…« Die Schritte kommen etwas näher. »Wird es allerdings hierbei bleiben müssen. Bis du dich an dein neues zu Hause gewöhnt hast.« Da liegt eindeutige Belustigung in der Stimme. Als ob sich der Typ köstlich über etwas amüsieren würde, das ich nicht begreife.

Das Herz schlägt mir in der Kehle, ich klaube all meinen Mut zusammen und frage in kratzigem Ton: »Wer bist du?«

Ein leises, ehrlich erheitertes Lachen folgt meinen Worten. »Oh, Cathy. Als ob du das nicht schon längst wüsstest.«

Okay? Ich habe keinen blassen Schimmer, was er mir damit sagen will. Möglicherweise hat er sogar recht – aber mein Gehirn ist schlichtweg noch nicht ausreichend in der Realität angekommen, um kreative Schlüsse zu ziehen. Deswegen frage ich weiter: »Warum tust du das?«

Diesmal erklingt ein Zischen, als hätte ich einen Nerv getroffen. Seine Schritte poltern über den Boden, mein Herz stolpert vor Grauen, und dann packt mich eine Hand um die Kehle. Die Finger drücken zu, quetschen mir die Luft ab und fixieren mich mit eiserner Härte an Ort und Stelle. Während ich erneut in Panik ausbreche und mich in seinem Griff winde, flüstert er ganz nah an meinem Ohr: »Weil du *ihn* mir vorgezogen hast!«

Die Finger lockern sich und ich atme tief und hektisch ein, während der Puls in meinen Ohren dröhnt. Ich wage es nicht, auch nur einen Muskel zu rühren.

Die nächsten Worte brennen sich in mein Gedächtnis. »Du hast offensichtlich über die Jahre hinweg vergessen, dass du mir gehörst, Kathrine.«

Er ist es! Er ist es! Es ist derselbe wie damals!

Furcht ätzt sich unter meine Haut, legt sich auf meine Knochen und umwickelt meine Glieder, sodass ich stocksteif dasitze, mit vor Angst weit aufgerissenen Augen an die Wand starre und darum bete, dass er mich loslässt. Eine verräterische Träne entflieht meinem Augenwinkel und rinnt über meine

Wange hinab zum Hals, wo sie Kontakt mit seinem Zeigefinger herstellt.

Langsam, wie in Zeitlupe, löst er seine Finger vollständig von meiner Kehle und raunt: »Na na, du musst doch nicht gleich weinen, meine Liebe.«

Sein Atem haucht über meine Schläfe hinab gen Wange und vermischt sich mit dem kühlen Gefühl der Tränenspur. Ein Schauder rieselt meiner Wirbelsäule entlang und ich schließe die Augen, flehe eine höhere Macht an, mich aus diesem Albtraum zu befreien.

Sein Finger streicht über mein Ohr und er flüstert: »Du wirst noch früh genug einsehen, dass es falsch war, dich einem anderen hinzugeben. *Ich* bin dein Mann, Cathy. Du und ich...« Dramatisch holt er Luft. »Wir haben auf magische Weise zusammengefunden, und niemand wird sich je wieder zwischen uns stellen. Das hast du mir damals versprochen.«

Weiche Lippen legen sich auf meine Ohrmuschel und ich zucke instinktiv vor ihm zurück. Er lacht leise in sich hinein und im nächsten Moment erklingen kaum wahrnehmbare, sich entfernende Schritte.

Mein Körper zittert und schüttelt sich vor Ekel, und ich klappere mit den Zähnen vor Angst. Der erste Schluchzer kämpft sich einem Würgen gleich meine Kehle hinauf und ich lasse den Kopf vornüber hängen, während Tränen, Rotz und Speichel in meinen Schoss fallen und meine Oberschenkel entlang in den Teppich rinnen.

CONSTANTINE

30

Matt schließt die Haustür auf und bugsiert mich ohne viel Federlesens in die Diele. Wie ein Zombie stehe ich da, die Arme kraftlos an den Seiten hängend, die Schultern eingesackt. Meine Welt hat sich auf einige wenige Gedanken reduziert, die ich wie Mantras abspiele, um nicht den erstbesten Dealer ausfindig zu machen und mir einen Schuss zu setzen. Mein abgefucktes Gehirn will das Heil in der Flucht suchen, aber ich kann das nicht zulassen. Nicht jetzt, nicht hier. Nicht, wenn es um Kathrines Leben geht und ich die *verfickte* Schuld an der Situation trage, weil ich nicht besser auf sie aufgepasst habe.

Eine neue Welle der Wut baut sich hinter meinem Nabel auf und wandert brennend meinen Magen hinauf. Ein ekeliges Gefühl, ergo lenke ich mich davon ab. Um meinen besten Freund nicht anzusehen, lasse ich den Blick schweifen – und erstarre mitten im Schritt. Matt, der mir auf dem Fuße gefolgt ist, kollidiert mit meinem Rücken und stößt einen erstickten Laut aus.

»Alter!«, beschwert er sich.

»Schhh!« Der Zeigefinger meiner rechten Hand fliegt gegen meine Lippen, indes ich leise auf die Kellertür zu schleiche.

»Fuck.« Meine Stimme bricht mitten im Wort vor Verzweiflung und Beklommenheit. Was meine Augen längst begriffen haben, kommt erst jetzt tröpfelnd in meinem Verstand an: Die

Kellertür ist aufgebrochen worden. Mit fliegenden Fingern prüfe ich mein Smartphone. Tatsächlich, da ist eine Benachrichtigung über Aktivitäten am Fingerscanner. Über die ganze Aufregung mit Kathrines Entführung hinweg muss ich sie überhört haben – dieser Umstand füttert meine Wut auf ein Neues an, und mir bleibt die Luft im Halse stecken.

»Was ist denn los?«, wispert Matt hinter mir. Die Verwirrung in seiner Stimme ist offensichtlich.

Ich deute mit dem Zeigefinger auf die Kellertür und murmele: »Die hier wurde aufgebrochen.«

»Und du glaubst, dass der Einbrecher noch da ist?«, mutmaßt er weiter.

Ich verneine wortlos. Wenn ich eines weiß, dann, dass das hier kein simpler Einbruch gewesen ist. »Das war kein Einbrecher. Das war der Entführer von Kathrine.« *Und er hat mir etwas mitzuteilen*, füge ich in Gedanken hinzu.

»Na dann, worauf wartest du noch?«, spornt Matt mich an.

Spontan fallen mir darauf ein Dutzend Antworten ein, aber ich lasse meine Verunsicherung nicht die Überhand gewinnen, sondern nicke ihm einmal zu und ziehe die Tür weit auf. Der Gestank, der mir entgegen weht, ist bestialisch. Ich ziehe mir das Shirt über die Nase, aber logischerweise hilft das bloß minimal. Nichtsdestotrotz haste ich die bereits beleuchtete Treppe hinab in meine Zuflucht.

In dem Moment, in dem ich den Blick auf die Whiteboards richte, bleibt alles einfach stehen. Die Welt hört auf, sich zu drehen. Mein Herz setzt aus, und meine Muskeln verharren an Ort und Stelle, unfähig, auch nur einen Schritt zu machen.

Matt erscheint neben mir. »Was–«

Meine Brust zieht sich zusammen. Etwas, das ich mit flüssiger Qual beschreiben würde, brennt sich durch meinen Körper, zerstört die letzte und einzige Erinnerung an diesen Raum. Mit dreifacher Geschwindigkeit nimmt mein Puls seine Arbeit spürbar wieder auf, lässt meine Ohren klingeln und mein Herz schmerzhaft springen. Meine Hände ballen sich zu Fäusten, die Gelenke knacken hörbar.

»Er hat es zerstört«, bringe ich mit eisiger Stimme heraus. »Er hat *uns* ausgelöscht, als Zeichen, dass sie ihm gehört.«

Matts verständnisloser Blick zuckt zu mir und wieder zurück auf den Kreis aus Whiteboards. Nur dass diese nicht länger weiß sind – sämtliche Habseligkeiten von Kathrine, all unsere gemeinsamen Fotos... Sie alle wurden auf die Couch geworfen und angezündet. Übrig geblieben ist ein unerträglich stinkender Haufen aus Asche und Plastik.

Die Sprinkler haben ihre Arbeit zuverlässig verrichtet, denn der Fußboden ist bedeckt von weißlichem Schaum, der sich im Schneckentempo in Richtung Abfluss bewegt, welcher im Zentrum des Kellers in den Boden gearbeitet wurde.

Was jedoch meinen Zorn hochlodern lässt, ist der simple Zettel, der an ein verschont gebliebenes Whiteboard geklebt wurde. Der Entführer hat das Papier in weiser Voraussicht in Klarsichtfolie gepackt.

Riley.

Der Scheißpenner hat sich endlich offenbart.

»Das ist echt abgefuckt«, murmelt Matt.

Ein Grinsen breitet sich auf meinem Gesicht aus und ich wende mich ihm zu. »Ja, aber er hat einen bedeutenden Fehler begangen.« Ich deute auf den Zettel. »Er hat uns seinen Namen verraten.«

Er schaut von mir zu dem Papierfetzen. »Kennst du den Kerl?«

»Nein. Aber das wird sich schon bald ändern.«

Was auch immer er in meinen Zügen liest, es lässt ihn schweigend nicken.

KATHRINE

31

Meine Erinnerung ist zurückgekehrt und mir ist bewusst, wer mich hier festhält: Riley King, der saisonale Securitymitarbeiter des Snow Falls P.D.. Der Mann, den ich mehrfach abgewiesen habe und der viel zu vertraut mit mir umgegangen ist, wann immer wir aufeinandergetroffen sind. Na ja, jetzt weiß ich auch, warum dem so ist ...

Als ich heute Vormittag mit Matt und Constantine das Snow Falls Museum besucht habe, hatte ich keine Ahnung, dass Riley mir im Untergeschoss während des Toilettengangs mit Chloroform auflauern würde. Kaum habe ich die Handschuhe ausgezogen und das Smartphone darauf abgelegt, als er auch schon in den Raum gestürmt kam. Ich habe mich gewehrt und ihm das Knie in die Kronjuwelen gerammt – doch außer, dass er die Flasche mit Chloroform hat fallen lassen und gekeucht hat, ist nichts passiert. Ein Tuch, getränkt mit ebenjener Flüssigkeit, wurde mir unbarmherzig aufs Gesicht gedrückt, hat all meine Schreie geschluckt, bis ich am Ende kraftlos in Schwärze gesunken bin.

Die Dämmerung bricht herein, als er zurückkommt. Seine Schritte sind leise und darauf bedacht, keine der Holzdielen knacken zu lassen, mit denen das Zimmer ausgelegt ist.

»Lass mich gehen«, fordere ich ihn auf. Ich bin fest entschlossen, diesmal nicht wie ein wildes Huhn in Panik zu geraten, sondern meine Frau zu stehen, wie ich es als Constantines Managerin stets getan habe. Nicht umsonst war ich als die eisige Lady bekannt.

»Nein.«

Postwendend wechsle ich die Strategie und gehe zu Drohungen über. »Sie werden nach mir suchen. Und wenn sie mich gefunden haben, werden sie dich hinter Gitter bringen, Riley, darauf kannst du Gift nehmen!«

Er schnaubt. »Ist mir egal.« Seine Stimme klingt passiv, als würden ihn meine Drohungen absolut nicht interessieren.

Wütend beiße ich die Zähne zusammen und rucke an meinen Fesseln, so wie ich es in den vergangenen Stunden schon Dutzende Male getan habe.

»Dann sieh mir wenigstens in die Augen, wenn ich mit dir rede«, zische ich.

Riley setzt sich umgehend in Bewegung. Seine hellbraunen Bergstiefel tauchen rechts von mir in meinem Sichtfeld auf und ich hebe den Kopf, um zu ihm aufzublicken. Die muskulösen Arme stecken in einer offenstehenden grünen Flanelljacke mit Karomuster, die Beine in einer braunen Hose mit Seitentaschen auf Kniehöhe. Seine grauen Augen geben nichts preis, sind verschlossen und kühl auf mich gerichtet. Das schwarze Haar ist noch feucht, was bedeutet, dass er es eben erst gewaschen haben muss. Es ist absurd, wie gut aussehend dieser Schweinepriester ist.

Wir schweigen einige Herzschläge lang, dann verschränkt Riley die Arme vor der Brust und seine Miene wird abweisend.

»Du hast diesen Eishockeyspieler gefickt.«

Äh ... okay?!

»Ja und?«, schieße ich zurück.

Seine Brauen ziehen sich zusammen, und wenn mich nicht alles täuscht, ist er tatsächlich sauer wegen meiner Antwort.

»Du hast versprochen, nur mir zu gehören, Cathy«, sagt er. Der Tadel, der in seinem Ton mitschwingt, lässt mich irritiert zurückschrecken.

Wie bitte?! Was hat der denn geraucht?

Rileys Augen durchbohren mich regelrecht, als ich nichts erwidere, und er löst seine Haltung, lässt sich vor mir in die

Hocke sinken und stellt, diesmal versöhnlicher, fest: »Du erinnerst dich nicht.«

Aufgebracht schüttele ich den Kopf. Spielt er gerade auf etwas an, das vor drei Jahren passiert ist? Es reizt mich, mehr Informationen aus ihm herauszukitzeln, aber zugleich habe ich Schiss davor, Dinge zu erfahren, die ich nicht wissen will.

Er streckt die rechte Hand aus, streicht über meine Wange und ich weiche so weit zurück, wie es mir mit dem Balken im Rücken nur möglich ist.

»Ah«, macht er verträumt. »Im *Dr. Jekylls* konntest du nicht genug davon bekommen, wie ich dich angefasst habe.«

Ein grauenhafter Schauder rieselt mir den Rücken hinab bei diesen Worten. Kann es sein, dass er die Wahrheit sagt? Normalerweise trinke ich nicht sehr viel, aber an jenem Abend hat Fiona mich ziemlich abgefüllt. Ist es am Ende meine Schuld, dass Riley sich etwas auf einen simplen Flirt einbildet?

Dieser schmunzelt und schüttelt in diesem Augenblick den Kopf, als wäre bei mir Hopfen und Malz verloren. »Du versuchst krampfhaft, dich daran zu erinnern, hab ich recht?«

Ich werde rot, weil er meine Gedanken erraten hat, und wende verbissen das Gesicht ab. Aus den Augenwinkeln registriere ich, wie er erneut die Hand ausstreckt. Er packt mein Kinn und ruckt es zu sich, sodass ich gezwungen bin, ihn anzusehen. Seine Finger graben sich in meine Haut und ich verziehe das Gesicht zu einer qualvollen Grimasse.

»Nun, lass mich dir erzählen, wovon du noch nicht genug bekommen konntest«, flüstert Riley und lehnt sich weiter zu mir. »Lass mich deinem Gedächtnis auf die Sprünge helfen, Cathy.«

Er quetscht mein Kinn so fest zusammen, dass ich nicht antworten kann. Stattdessen reiße ich die Augen auf und funkle ihn mit der gesamten Wut an, die ich aufbringen kann. Riley sieht es, legt den Kopf in den Nacken und lacht zweimal auf, dann stürzt er sich auf mich, indem er seinen Mund auf meinen presst. Mein Körper reagiert, ich zerre an meinen Fesseln und will ihm mit den Beinen in sein bestes Stück schlagen, doch er lässt sich auf die Knie sinken und nimmt meine Unterschenkel in die Zange.

Seine Lippen lösen sich skurril sanft von den meinen und in seinen Augen stehen Emotionen geschrieben, die ich lieber nicht gesehen hätte.

»Weißt du nicht mehr«, wispert er, »ich sollte dich küssen, bis du den Verstand verlierst.«

Seine Zunge blitzt auf und er leckt mir über die Wange, kostet die ersten verräterischen Tränen, die ich nicht zurückhalten kann.

»Ich sollte dich deine Vergangenheit vergessen lassen«, fährt er raunend fort. Seine Wange legt sich an meine und sein Wispern dringt nah an mein Ohr. »Du wolltest dich an nichts mehr erinnern, was vor mir war, Cathy. Du weißt, dass das die Wahrheit ist.«

Riley weicht zurück, um mich mit einem erwartungsvollen Funkeln in den Augen anzusehen.

Alles in mir blockiert sich gegen seine Worte.

Nein. Das kann nicht sein. Ich hätte Constantine niemals vergessen wollen, ich–!

Meine turbulent kreisenden Gedanken kommen abrupt zum Stillstand.

Genau wie mein Herzschlag.

Er hat recht.

Siedendheiß überkommt mich die Klarheit, dass Riley keinen Anlass hat, mich anzulügen. Und zwar aus einem simplen Grund: Er hat recht.

Es gab eine Zeit, da wollte ich Constantine Rush und alles, was mit ihm zu tun hatte, vergessen. Zu der Zeit hatte ich gerade die vierte Jobabsage bekommen, mit der Begründung, dass es mir an Erfahrung mangelte. Ich hatte die Zeit im Dienste der *Ice Jedis* als soziales Projekt ohne Namen dargelegt und keinerlei Hinweise auf meine Position gegeben. Nach dem Anruf war mir klar geworden, dass ich ohne die Berufserfahrung auf dem Arbeitsmarkt wertlos war. Ich war an einem Tiefpunkt angelangt, wusste nicht, was ich mit meinem Leben anfangen sollte – vom Plan, ein Masterstudium anzugehen, war ich damals noch exakt zwei Monate entfernt.

Wenn ich mich richtig erinnere, war es in exakt diesem Lebensabschnitt, in dem Fiona mich eingeladen hat und ich im Anschluss entführt worden bin. Ergo liegt es durchaus im

Bereich des möglichen, dass ich im Suff Riley gegenüber solche Worte ausgesprochen habe – schließlich wäre er, mal abgesehen von Constantine, genau mein Typ. Aber dass er mein Gelalle dermaßen ernst genommen hat …

Das unverkennbar erfreute Lächeln in Rileys Antlitz lässt mich innerlich ertappt zusammenzucken. Seine Augen sprühen vor Freude über etwas, das ich mir nicht erklären kann.

»Siehst du?«, fragt er sanft. »Ich lüge nicht, Cathy. Nicht, wenn es um dich geht.« Seine Finger streichen eine Haarsträhne aus meiner Stirn und das Grau seiner Augen scheint regelrecht zu leuchten, obwohl er mich immer noch eisern am Kinn festhält.

»Ich habe dir genau das gegeben, was du wolltest: Zwei Tage und zwei Nächte voller tiefgründiger Gespräche, voller Zärtlichkeit und Liebe«, fährt er schließlich fort. »Aber du…« Seine Miene verfinstert sich. »Du hast nach der ersten Nacht bloß geweint, mich getreten und geschlagen! Du hast so getan, als wäre ich gestört! *Krank*! Als wäre das Versprechen, dich mit in mein zu Hause zu holen, sobald ich die Umbauten für dich erledigt habe, reinster Wahnsinn!«

Rileys Miene verdunkelt sich. Der Druck an meinem Kinn nimmt um ein Vielfaches zu und ich wimmere vor Schmerz auf.

»Und dann, bevor ich mein Versprechen einlösen kann, muss ich mitansehen, wie dieser–« Er zieht die Luft ein und zischt den Namen regelrecht. »*Constantine Rush* hier auftaucht und dich in aller Öffentlichkeit umwirbt.«

Sein Gesicht rückt meinem so nahe, dass ich befürchte, er könnte sich mir erneut aufdrängen. Riley ist dermaßen aufgebracht, dass er mich regelrecht anknurrt. »Und du lässt ihn! Du fickst diesen Bastard, und ich muss dabei zusehen, wie du mir mehr und mehr entgleitest!«

»Was–«, bringe ich konsterniert heraus.

Seine Augen zucken zu meinen Lippen und wieder zurück. Ein manisches Glitzern liegt in ihnen, als er flüstert: »Ich habe euch gesehen, Cathy. Wie ihr es in diesem verglasten Haus getrieben habt, wieder und wieder – im Schlafzimmer, im Wohnzimmer, in der Küche – jede Stelle in diesem gottverlassenen Haus schien dir gut genug.«

Seine Hand schüttelt mich leicht und ich merke, dass er sie nach unten verlagert, an meine Kehle. Unbarmherzig drückt er erneut zu. Die Luft bleibt mir im Hals stecken und ich beginne, zu japsen, zu zucken und zu beben vor Furcht.

»Bitte«, flehe ich mit dem letzten Rest Atem in meinem Mund. »Nicht!«

Die Welt bekommt schwarze Ränder, immer mehr flirrende Punkte ploppen vor meinen Augen auf und dehnen sich aus. Meine Ohren klingeln lauter und lauter.

»Ich habe drei Jahre lang einen verfickten Palast für dich aufgebaut!«, knurrt er jähzornig.

Rileys Gesicht verschwimmt, wird wieder klar, nur um sofort wieder unscharf zu werden. Ich spüre, wie meine Augen aus den Sockeln drängen, wie das Blut sich staut. Meine Lider senken sich, während ich um Atemluft kämpfe. Alles in mir fokussiert sich auf diese eine Aufgabe. Alles andere rückt in den Hintergrund, ist nicht länger wichtig.

Die Hand um meinen Hals lockert sich.

»Sieh mich an!«

Gierig ziehe ich die Luft ein, reiße die Augen auf und schaue zu ihm auf. Seine Miene ist steinhart geworden.

»Du wirst schon noch lernen, mir treu zu sein. Genauso, wie ich es ab jetzt sein werde.«

Ist das ... eine Anspielung auf die anderen Opfer?! Ungläubig fixiere ich ihn. Er scheint die stumme Frage in meinen Augen zu lesen, denn er meint: »Ja, Cathy, es ist deine Schuld, dass ich diese anderen Frauen haben wollte. Ich habe dir geschworen, dich nicht mehr anzurühren, bis ich mit dem Umbau fertig bin. Aber du warst so *scharf*!« Er fährt sich mit den Händen über das Gesicht und stöhnt auf, als litte er Höllenqualen. »Ich musste irgendwie Dampf ablassen, um meinen Schwur nicht zu brechen, verstehst du?«

Zur Hölle, nein, ich verstehe gar nichts! Was redet dieser Irre da bloß? Wieso redet er dauernd von diesem Umbau und einem Versprechen mir gegenüber?

Eine Sache ist glasklar: Riley King ist ein wahnsinniger Frauenschänder, der sich auf mich fixiert hat, und wenn ich diese Entführung überleben will, muss ich so schnell wie möglich abhauen.

»Tsse«, macht er in diesem Moment und schlägt sich mit der Handinnenfläche gegen die Stirn. »Wo sind denn bloß meine Manieren geblieben, also wirklich.« Er erhebt sich. »Eigentlich bin ich gekommen, um dich ins Bad zu lassen. Du musst inzwischen sicher eine volle Blase haben, habe ich recht?«

Das ist jetzt ein schlechter Scherz, oder? Weiterhin ungläubig dreinblickend gebe ich keinen Mucks von mir, sondern konzentriere mich auf meine Atmung.

Riley geht um mich herum und informiert mich, während er in die Hocke sinkt: »Ich binde das Seil um meinen Bauch, dann können wir los.«

Das könnte meine einzige Chance sein!

Doch bevor ich mir auch nur den Ansatz eines Planes überlegen kann, warnt er mich: »Wenn du versuchst, dich zu befreien, werde ich dich noch härter festbinden und dann kannst du dich von mir aus einpissen und einscheißen, es wird mir egal sein. Kapiert?«

Schwach nicke ich und warte ab, dass er die Fesseln löst. Die Berührung seiner Finger verursacht mir eine unangenehme Gänsehaut und ich muss ein Schaudern unterdrücken.

»Hoch«, befiehlt er schließlich, und ich gehorche, so gut ich kann. Meine Beine sind eingeschlafen vom langen Sitzen, und da ich mich nicht mit den Händen abstützen kann, fallen meine Schritte ziemlich klein und unsicher aus.

Er zieht die Augenbrauen hoch.

»Da braucht wohl jemand eine aktivere Betätigung, als bloß rumzusitzen«, frotzelt er abfällig. Mit einer Geste bedeutet er mir, an ihm vorbeizugehen und die Stufen in den unteren Stock in Angriff zu nehmen.

»Wir haben es zwar nie wirklich getrieben«, fährt er höhnisch fort, »aber ich wette, bei mir wärst du weitaus quirliger als bei diesem Möchtegernstar.«

Ich beiße mir auf die Zunge, um nichts Schnippisches zu erwidern. Zur gleichen Zeit fällt mir ein regelrechter Geröllhaufen vom Herzen, denn Riley hat mir soeben Gewissheit gegeben, dass er mich nicht vergewaltigt hat. Das wäre der Punkt gewesen, an dem ich gebrochen wäre – das eine, was ich nicht hätte ertragen können: Zu wissen, dass es passiert ist, aber nicht wie oder wie oft und wann.

Meine Beine wackeln nicht mehr so stark und meine Hände sind zwar noch zusammengebunden, aber ich bin zuversichtlich, dass ich sie loskriegen würde. Wenn ich jetzt also ...

Der Geistesblitz kommt und ich handle unverzüglich.

Mit einem beherzten Sprung segle ich ein Stück weit geradeaus durch die Luft und dann hinab, dem Treppenabsatz entgegen. Riley schreit irgendetwas, aber ich gebe mir nicht einmal die Mühe, ihn verstehen zu wollen – ich will kein Wort mehr aus seinem Mund hören, nie wieder.

In rasendem Tempo nähert sich der Fußboden, und ich mache mich so klein, wie ich nur kann, ehe ich mit dem Holz kollidiere. Diesmal wird, gemeinsam mit dem Aufprall, sämtliche Luft aus meinen Lungen gepresst, und ich sehe tatsächlich Sterne. Mir wird schwarz vor Augen und mich beschleicht die seltsame Gewissheit, mir mindestens eine Rippe angeknackst zu haben, denn jeder neue Atemzug sendet stechende Schmerzen in meinen Brustbereich.

Ich schüttele den Kopf, um die drohende Schwärze zu vertreiben. Sobald ich klar sehen kann, drehe ich mich auf dem Boden liegend vorsichtig herum. Rileys Gestalt liegt direkt hinter mir, sein linkes Bein ist unnatürlich verdreht und er scheint ohnmächtig zu sein.

Jetzt, schreit es in mir. *Jetzt oder nie, Kathrine!*

Achtsam ziehe ich die Luft ein und robbe auf der Seite liegend zu ihm. Jede Bewegung rammt mir stechende Qualen in die Seite und ich schluchze bereits nach zwei Herzschlägen vor Schmerzen – was diese natürlich nur noch verschlimmert. Meine Sicht verschwimmt wegen der vielen Tränen und weil ich weiterhin gegen die Ohnmacht ankämpfe, die mich zu übermannen droht.

Ein einziger Gedanke treibt mich an: Ich muss den Knoten des Seils um seinen Bauch lösen, sonst werde ich niemals hier fortkommen.

Meine Hände streifen einen Moment lang sein gesundes Bein. Etwas Hartes befindet sich in der Knietasche, also fummle ich den Klettverschluss auf und zerre einen Gegenstand heraus, der sich kalt und klobig anfühlt, allerdings nicht größer als meine Hand ist. Unter weiterem Wimmern und Schluchzen schiebe ich meinen Körper voran, bis ich das Seil an meinen Fingern spüre. Mein Herz macht einen Sprung, und ich fingere mich dem Strick entlang, bis ich zum Knoten gelange. Er ist seitlich weggerutscht, was mir in diesem Moment äußerst zugutekommt. Mit rasselndem Atem und gekeuchten Flüchen breche ich mir einem nach dem anderen die Fingernägel an dem festen Knoten ab.

Scheiße! Jede Sekunde zählt, Riley kann jeden Augenblick aufwachen! Denk nach, denk nach!

Das harte Objekt kommt mir in den Sinn, und ich betaste es eingehender. Länglich, gleichbleibende Kanten, Abrundung an den Enden… Etwa ein Taschenmesser?! Rasend schnell grabe ich meine Finger in einen möglichen Schlitz, der zum Rausziehen eines Messers dient, befühle behutsam die Schneide und mache mich daran, das Seil um meine Hände schlicht durchzuschneiden.

Wie eine Irre säble und reiße ich an dem Strick, mein Puls auf hundertachtzig in der Annahme, Riley könnte jeden Moment wach werden und mich wieder nach oben bringen – oder Schlimmeres.

Gefühlte Stunden später, in der ich um hundert Jahre gealtert zu sein scheine, gibt das Seil endlich nach. Wie von der Tarantel gestochen springe ich hoch und spurte los. Es ist egal, dass meine Sicht verschwimmt und nach links weg driftet. Es ist egal, dass mein Keuchen einen pfeifenden Ton annimmt. Alles, was hier und jetzt wichtig ist, sind warme Klamotten und ein Autoschlüssel.

Ich stürme in den erstbesten Raum. Er ist leer, und ich verschwende keinen zweiten Blick auf Details, reiße die nächste Tür auf – das Badezimmer. *Nein, nein, nein!* Ich brauche ein Schlafzimmer, verdammt!

Die dritte Tür auf diesem Gang beinhaltet endlich, was ich suche, und sogar mehr: Meine Klamotten liegen fein säuberlich gefaltet auf der Matratze eines Bettendes. Und neben der Tür, an einem einzelnen Haken: meine Winterjacke. Oh danke! Danke, danke, danke!

Mit Rotz im Gesicht und rasch größer werdenden, schwarzen Flecken vor den Augen schlüpfe ich in meine Jeans, ziehe mir mit enormer Mühe T-Shirt und Pulli an und wickle mich in meinen Schal. Ich schnappe mir die Jacke und sehe mich nach einem Ausgang um. Erst jetzt begreife ich, dass das hier die erste Etage eines dreistöckigen Blockhauses sein muss, denn hier ist nichts außer einer Treppe, die weiter hinabführt.

Ein Stöhnen lässt mich mitten im Schritt erstarren. Meine Augen werden wie magisch angezogen, als Riley sich zu regen beginnt.

Alle Alarmglocken in meinem Bewusstsein schrillen vor sich hin, aber ich kann den Blick nicht von diesem unnatürlich abgewinkelten Bein nehmen, unter dem sich mittlerweile eine dunkle, glänzendfeuchte Lake gebildet hat.

Scheiße... Ist das Blut? Ich meine, ja, ich will ihn leiden sehen – aber will ich, dass er hier oben verblutet, während ich fliehe? Er sollte eine saftige Gefängnisstrafe bekommen, aber nicht gleich sterben ... oder?

»Du miese–!« Rileys Beleidigung wird von einem jaulenden Aufschrei unterbrochen und seine Hände umklammern das gebrochene Bein.

»Das ist deine Schuld!«, klagt er.

Ja, das ist es. Soll ich nicht doch lieber die Cops rufen und bei ihm bleiben? Nur um sicherzugehen, dass er nicht einsam und allein auf dem Berg verreckt ...

Seine wunderschönen grauen Augen funkeln mich mordlustig an. »Wenn ich dich in die Finger kriege, Cathy, dann wirst du die längste Zeit das Betthäschen dieses Schlappschwanzes gewesen sein!«

Okay, nope.

Ich wirble herum, wobei ich mich am Treppengeländer festkrallen muss, um den Schwindel in den Griff zu kriegen, und poltere die Stufen ins Erdgeschoss hinab.

»Du gehörst mir!«, schreit Riley mir hinterher.

Meine Sicht schwindet, alles wird unscharf und verzieht sich abartig, sodass mir speiübel wird. Möglicherweise habe ich etwas an den Kopf gekriegt, als ich aufgeschlagen bin.

Die Haustür ragt plötzlich vor mir auf, und ich greife halb blind nach einem Schlüsselbund, der daneben in einer Schale auf einer hölzernen Anrichte liegt. Meine Hand schnappt ins

Leere und ich brauche zwei weitere Versuche, um die Schlüssel zu fassen zu kriegen.

Ein Wagen parkt direkt vor der nun offen stehenden Tür, die Windschutzscheibe ist erst zur Hälfte mit Schnee bedeckt.

Ich muss hier weg. Ich muss auf die Straße, hinab ins Tal. Oh Gott, ich werde es niemals schaffen, ich werde sterben.

Trotz meines Gedankenkarussells stehe ich wie aus dem Nichts vor dem massiven Geländewagen. Es scheint, als ob mir die Zeit in Brocken abhandenkommt, denn ich kann mich nicht daran erinnern, das Haus verlassen zu haben. Ein eindeutiges Zeichen für eine Gehirnerschütterung.

Mit der heilen Seite meines Körpers ziehe ich die Tür auf und hieve mich auf den Fahrersitz. Die Anstrengung ist zu viel: Ich lehne den Oberkörper nach links und übergebe mich. Gleichzeitig fährt ein scharfer Schmerz in meine Seite und ich jaule auf. Fuck, ich habe die möglicherweise angeknackste Rippe vergessen!

»Wenn das hier vorbei ist, mache ich ein Jahr lang Urlaub auf Madeira«, murmle ich vor mich hin. Das Selbstgespräch dient der Ablenkung, um nicht ohnmächtig zu werden.

Mit zittrigen Fingern wuchte ich den Schlüssel ins Schloss, indem ich links und rechts einen Finger als Knotenpunkt hinlege, und starte den Motor.

Ein Umriss erscheint in der offen stehenden Tür. Hastig lege ich den Rückwärtsgang ein. Ein peitschender Knall ertönt und ich zucke unwillkürlich zusammen, einen gellenden Schrei auf den Lippen. Panisch reiße ich das Lenkrad herum und steuere den Jeep aus der Ausfahrt. Ein weiterer Schuss donnert mir um die Ohren, lässt mein bereits zu Matsche verarbeitetes Gehirn erzittern. In meinen Ohren donnern Glockenschläge. Galle steigt meine Kehle hoch. Ich schlucke und schlucke, um nicht wieder anhalten und mich übergeben zu müssen. Stattdessen gebe ich Gas und fahre in viel zu schnellem Tempo auf die Hauptstraße hinaus, die ins Tal hinabführt.

CONSTANTINE

32

»Was zum–« Matt verstummt mitten im Satz, stopft sein Smartphone zurück in die Jackentasche und stiert dermaßen offensichtlich etwas verbergend aus der Windschutzscheibe, dass ich schmunzeln muss.

»Was ist denn?«, frage ich.

Diesmal fahre ich meinen Ford Ranger, und ich bin unendlich dankbar, dass mir der Verleih diesen Wagen empfohlen hat. Die Räder halten mühelos dem Schnee stand. Gleichwohl nehme ich den Fuß vom Gas, bleibe vorsichtig auf dem Weg zum Revier.

Nachdem ich Gordon in der Leitung hatte und ihm berichtet habe, dass ein gewisser Typ namens Riley sich in meinem Keller verewigt hat, wurden wir mitsamt Beweisstück in der Tasche aufs Polizeirevier bestellt. Ist vielleicht auch praktischer so, dann sind wir in der Lage, direkt von dort aus die Suche nach Kathrine zu starten.

Fuck, es juckt mich in den Fingern, diesen Pisser mit bloßen Händen leiden zu lassen. Mich graut vor mir selbst – ich weiß, dass ich in meiner Jugend echt viel Scheiße gebaut habe, aber jemandem die Haut vom Leibe zu ziehen, während derjenige schreit vor Schmerz... Das ist dann doch eine Seite an mir, mit der ich verfickt nochmal niemals hätte Bekanntschaft schließen wollen.

Matt druckst auffällig herum, indem er auf dem Sitz hin und her rutscht. Ich verdrehe entnervt die Augen, setze den Blinker, und parke ein, bevor ich ihn festnagele. »Spuck's aus, Daveys. Ich brauche jede verfickte Hirnzelle, um nicht auszurasten und Kathrine zu finden, also lenk mich nicht ab mit irgendewelchem unnötigen Um-den-heißen-Brei-herum-reden.«

Er sieht mich verunsichert an, dann seufzt er schwer und zückt sein Smartphone. Sobald der Bildschirm aufleuchtet, streckt er es mir so entgegen, dass ich lesen kann, was da steht.

Ex-Eishockey-Star auf Liebestour!

20. September 2024, VON ICKEBORG JOHNSON

Der berühmte Ex-Eishockey-Star der *Ice Jedis*, Constantine Rush, der bereits durch etliche Skandale in den Medien auffällig geworden ist, ist laut dem Bericht einer exklusiven Quelle im kleinen Städtchen Snow Falls gesichtet worden. Snow Falls liegt so weit vom ehemaligen zu Hause des Ex-Stars entfernt, wie es die Landesbegrenzungen zulassen. Leider konnten wir Mr Rush nicht selbst zu der Situation befragen, allerdings versicherte uns unsere Quelle, dass der Ex-Spieler nur zu einem einzigen Zweck in die Provinz gezogen ist: Um seine Ex-Managerin Kathrine Solomon zurückzugewinnen! *Die eisige Lady*, wie sie von allen genannt wurde, hatte kurz vor Rushs erstem Skandal-Interview den Job gekündigt und ward keine vierundzwanzig Stunden später wie vom Erdboden verschluckt.
Wie uns unsere Quelle berichtete, hält Kathrine Solomon sich seit jenem Tag in Snow Falls auf – Zufall? Keineswegs: Laut Berichten sind Constantine Rush und seine *eisige Lady* sich während der letzten Wochen nahegekommen; so nah, dass gar von einer Liebesbeziehung gemunkelt wird!

»Eine Quelle berichtet?«, zitiere ich mit hochgezogenen Brauen. Meine Augen lösen sich vom Display und ich suche seinen Blick. »Bist du damit gemeint?«

»Niemals, Mann!«, kontert er empört. »Ich halte mein Schandmaul wenn nötig bis ins Grab für dich, das weißt du doch.«

Meine Augen verengen sich zu Schlitzen und ich schaue nochmals auf den neuesten Klatschpresseartikel. »Interessant.«

»Das ist alles?«, echauffiert sich Matt. »*Interessant*?«

Ich zucke mit den Schultern und greife nach einem der beiden Rucksäcke, die wir vorhin in aller Eile gepackt haben.

»Wie gesagt«, eröffne ich ihm, während ich mich abschnalle und die Tür öffne. »Ich habe momentan keine Kapazitäten für diesen Mist.«

Ich hieve mich aus dem Sitz und ziehe mir die graue Mütze über den Schädel, warte darauf, dass Matt aussteigt, und schließe hinterher den Wagen ab.

»Ich hoffe, wir finden Cathy«, murmelt er besorgt, als wir im Gleichschritt auf das Snow Falls P.D. zumarschieren.

»Das werden wir.«

»Die Frage ist bloß, in welchem Zustand«, fügt er pessimistisch hinzu.

Meine Gesichtsmuskeln verspannen sich und ich feixe: »Jetzt mal nicht gleich den Teufel an die Wand, Mann.«

Er blinzelt zu mir herüber. »Entschuldige.«

Wir verstummen, beide versunken in unsere individuellen Horrorszenarien, und betreten das Revier wenig später mit entsprechend grimmigen Mienen.

Ein bärenartiger, beleibter Mann mit überraschend stechend grünen Augen erwartet uns in der Eingangshalle. Sobald er mich sieht, eilt er auf uns zu.

»Brandon Solverson, Captain des Snow Falls P.D.«, stellt er sich mit dröhnendem Bariton vor.

Ich muss zugeben, ich bin erleichtert, dass der Captain ein Mann der Tat zu sein scheint – sein Händedruck ist knapp bemessen aber fest, und er verlangt sogleich, das Beweismittel zu sehen.

»Ich werde das hier umgehend an Claudette weiterreichen«, informiert er uns beide, sobald er den Zettel eingehend betrachtet hat. Auf unsere verwirrten Blicke hin konkretisiert er: »Die forensische Kraft, die den Entführungsfällen des *Dr.*

Jekyll zugewiesen ist. Sofern auf diesem Papier auch nur ein Partikel zu finden ist, wird sie diesen sicherstellen, damit wir die Beweislage vergrößern können.« Mit einem donnernden Bellen ruft er in die Räumlichkeiten hinter einer Doppeltür: »Sam! Antreten!«

Ich höre es poltern und fluchen, dann erscheint ein junger Mann im Durchgang, schweratmend und sich das linke Handgelenk haltend. »Captain?«

Solverson überreicht ihm das gekritzelte Herz. »Zu Claudette damit. Das hat höchste Priorität, verstanden? Entreißen Sie Sie ihrer Pause, wenn es sein muss.«

»Ja, Sir!« Sam dreht sich auf dem Absatz um und verschwindet durch die Doppeltür.

Der Captain widmet uns erneut seine volle Aufmerksamkeit, stemmt seine Hände in die Hüften und meint: »Wir haben bereits einen Hauptverdächtigen im Visier: Riley King, einer unserer saisonalen Arbeitskräfte am Eingang, ist heute nicht zum Dienst erschienen. Keine telefonische Krankmeldung oder Abmeldung aufgrund des Wetters.« Der Mann verlagert das Gewicht, dann fährt er fort: »Da Mr King einer der Bergmänner ist, die über den Winter in ihren Blockhütten bleiben, ist es durch den Schneesturm extrem gefährlich, die Straße hinauf zu seinem Wohnsitz zu verwenden. Wir warten gerade das Resultat der Expertenprüfung ab, ob wir die Straße nutzen können.«

Wieder einmal balle ich die Hände zu Fäusten. Selbst wenn die Polizei diese Straße nicht befahren will – ich werde es tun. Scheiß auf den Tod, ich werde Kathrine nach Hause holen!

Der Captain mustert mich aus seinen stechenden Augen ganz genau. Nach zwei Herzschlägen grinst er breit. »Sehr schön, Sie sind ein Mann genau nach meinem Geschmack, Mr Rush.«

Perplex glotze ich zurück. Er deutet auf meine Erscheinung und eröffnet uns seine Analyse. »Sie werden ganz eindeutig nicht aufhören, nach ihr zu suchen – selbst wenn uns Cops die Hände gebunden sein sollten.« Ein leichtes Grinsen erhellt seine Züge. »Ich für meinen Teil muss das Gesetz ehren – und das tue ich selbstverständlich auch. Aber Sie, Mr Rush, sind nicht an unsere Limitationen gebunden. Ich muss sie jedoch darauf hinweisen, dass ich jede mögliche Straftat penibel verfolgen werde.«

»Selbstverständlich«, nuschle ich und zeige ihm ein sorgenfreies Lächeln.

Matt sieht derweilen zwischen uns hin und her und schüttelt hinterher den Kopf.

»Sollten wir nicht endlich losfahren?«, fragt er und bringt mich dazu, meinen Fokus wieder auf andere Dinge zu legen als die üblen Gedanken gegenüber Riley Kings Gesundheitszustand bei einem Aufeinandertreffen.

Wie mich dieser Nachname anwidert: Riley *King*, Lancelot *King* – scheinbar sind die Kings dieses Landes nichts als verfickte Sackgesichter mit Komplexen.

»Wir nehmen den Ford Ranger«, bestimme ich in Richtung des Captains. So kann ich ungeniert vor mich hin fluchen, während wir auf der Suche nach Kathrine durch den Schnee pflügen.

Solverson nickt einmal und bellt: »Gordon! Sam!«

Die beiden Cops erscheinen so schnell, dass ich die Vermutung hege, sie hätten nur darauf gewartet, gerufen zu werden.

»Ja, Captain?« Ein perfektes abgestimmtes Unisono der beiden.

»Gordon, Sie sind der leitende Polizist beim Suchtrupp. Hauptverdächtiger: Riley King. Seine Wohnadresse ist Ihnen ja bereits bekannt. Ich werde Ihnen die Resultate der Forensik funken, sobald ich sie habe. Teilen Sie die Trupps ein und dann Abmarsch!«

»Ja, Sir!«

Der Captain schüttelt zuerst Matt, dann mir die Hand. Wir beeilen uns, den Cops am Arsch kleben zu bleiben, und so stapfen wir zurück zum Ford Ranger, wo ich das Steuer übernehme und Gordons Polizei-Jeep folge, der in diesem Augenblick von der Parkfläche rollt.

Die Fahrt zieht sich, denn weder Matt noch ich finden unter all der Anspannung einen validen Grund, um zu reden. Alles, was mir im Kopf herumspukt, hat mit Kathrines Sicherheit oder aber mit Rileys Ermordung zu tun.

Eine halbe Stunde vergeht, dann eine ganze – wir fahren am Ende der Kolonne auf eine Bergkette zu, deren vorderster Gipfel immer näher kommt, und dessen Massiv einen immer weiteren Schatten zu werfen scheint. Mit einer unbeschreiblichen Erleichterung erkenne ich, dass es sich nicht um den Gebirgszug handelt, den ich von meinem Haus aus sehen kann. Ich glaube, in dem Fall wäre ich komplett ausgetickt.

Weit außerhalb der Stadtgrenze Richtung Norden kommt der Konvoi aus Einsatzwagen schlussendlich zum Stehen. Unzählige Minuten geschieht nichts, und ich trommle gerade einen wilden Rhythmus aufs Lenkrad, als mein Smartphone klingelt.

»Ja?«

»Gordon Grey hier, Mr Rush.«

»Ah, Gordon«, bemühe ich mich um einen freundlicheren Ton. »Warum geht es nicht weiter?«

Er stößt laut die Luft aus und erklärt: »Die Straße ist zu dicht verschneit. Es werden nur Fahrzeuge mit entsprechender Ausrüstung und Motorenleistung durchgelassen.«

»In anderen Worten: Ihr Jeep und meiner«, stelle ich fest.

»Exakt.«

»Sollen wir warten, bis alle anderen abgerückt sind oder…?«

Gordons Stimme wird drängender, als er antwortet: »Nein, nein. Die Trupps bleiben hier – für den Fall, dass wir sie brauchen. Ich würde Sie bitten, die Kolonne zu überholen. Sam und ich warten hier auf Sie.«

Sofort lasse ich den Motor an und schwenke aus. Mein Herz hüpft vor morbider Freude darüber, dass wir nicht daran gehindert werden, zu Riley Kings Haus zu gelangen. Dieser Wichser wird sein blaues Wunder erleben. Er dachte höchstwahrscheinlich, dass der Sturm weitaus mehr Schnee auf die Straßen niederschlägt, aber seit dem Moment an, in dem ich dem Revier von seiner Notiz erzählt habe, haben sie auf dieser spezifischen Talstraße Schneepflüge eingesetzt, um dem Einschneien entgegenzuwirken. Das kommt uns jetzt mehr als zugute.

Langsam ziehen wir an den anderen Autos vorbei, und sobald wir ganz vorne angekommen sind, nickt uns Gordon von seiner Fahrkabine einmal zu, dann sagt er etwas zu seinem Kollegen Sam, der wiederum aus dem Fenster schaut und jemandem ein Zeichen gibt. Die beiden hölzernen Schranken, die mitten auf der Straße aufgestellt wurden, werden von zwei Beamten zur Seite gehoben, und Gordon führt unseren Zwei-Jeep-Trupp die Bergstraße hinauf.

Wieder klingelt mein Smartphone, aber diesmal reiche ich es an Matt weiter, da ich mich auf die Fahrbahn konzentrieren muss.

»Hallo?«, meldet sich mein bester Freund.

»Mr Rush? Hier Samuel Finnicki am Apparat, vom Jeep vor Ihnen.«

Matt schmunzelt. »Ah, Sam – hier ist Matthew Daveys.«

»Oh, Mr Daveys, Torhüter der *Ice Jedis*!«

Das Lächeln wird zu einem Grinsen. »Genau der.«

Ich schnaube übertrieben und beende die Bauchpinselei. »Ja ja, reicht jetzt. Was ist los, Sam?«

»Mr Rush, Riley Kings Haus liegt hinter der zweiten Abzweigung auf der linken Seite der Straße. Gleich hier um die Kurve kommt die erste, dann macht die Fahrbahn eine Biegung – dahinter ist nichts. Dann kommt die zweite Kurve und in dieser ist der Ausläufer zu Rileys Haus.«

In diesem Moment nehmen wir die erste Kurve. »Verstanden«, erwidere ich.

Je näher wir dem Ziel kommen, desto höher schlägt mein Puls. In mir kribbelt es, ich will etwas tun, *irgendetwas*, oder ich drehe verfickt nochmal durch. Wir nehmen die Biegung, und Matt stößt einen überraschten Laut aus. »Da!«

Meine Augen flitzen von der Fahrbahn zu etwas Großem, im Scheinwerferlicht Glänzendem, das die Leitplanke küsst.

»Ist das …?«, beginnt Matt zweifelnd.

Ich falle ihm ins Wort. »Ein Auto, ja.«

»Hatte wohl einen Unfall, nachdem der Sturm begonnen hat«, mutmaßt er und zuckt mit der rechten Schulter.

»Das ist Rileys Jeep!«, gellt es in diesem Augenblick aus dem Smartphone in Matts Schoß. Sams Stimme überschlägt sich beinahe. »Ich bin mir zu hundert Prozent sicher!«

Alle meine Synapsen frieren ein und ich kann gerade noch rechtzeitig auf die Bremse treten, um den vor uns anhaltenden Polizei-Jeep nicht zu rammen.

Kann es sein…? Ist es möglich, dass Riley es nicht bis in sein verschissenes Berghaus geschafft hat, sondern dass er hier verunglückt ist – gemeinsam mit Kathrine?

Heilige Scheiße, Kathrine!

Matt ist bereits draußen und stapft weit ausschreitend auf die Unfallstelle zu, genauso wie Gordon und Sam. Ich hetze ihnen hinterher … hole sie ein… Und dann bin ich da: Rileys Geländewagen liegt auf die Fahrerseite gekippt am Straßenrand und eine ordentliche Portion Schnee hat die Windschutzscheibe fast gänzlich eingehüllt.

Mit hektischen Bewegungen machen wir uns daran, die Scheibe frei zu wischen. Die Scheinwerfer meines Ford Rangers beleuchten uns bei der Arbeit, und ich entdecke sie keine Minute später: Eine Gestalt mit langen braunen Wellenhaaren, die einen dichten Vorhang vor ihrem Gesicht bilden.

»Cat«, hauche ich. Erleichterung durchströmt mich, lässt meine Knie weich werden und ich sacke zu Boden, näher an sie heran.

»Kathrine!«, wiederhole ich, diesmal laut und deutlich, sodass sie mich hören muss. Sie rührt sich keinen Millimeter.

Mein vorheriges Aufatmen wird von einem plötzlichen, eisigen Grauen abgelöst, das sich in meine Glieder festsetzt. Auch Matt scheint zu ahnen, dass etwas nicht stimmt, denn er hämmert gegen das Glas und schreit: »Cathy! Cathy, komm zu dir!«

»Wir müssen ihn wieder aufrichten«, meldet sich Gordon fachmännisch zu Wort. In seiner Stimme liegt eine Härte, die mich nicht einmal überlegen lässt, ob das eine gute Idee ist – ich tue einfach, was in meiner Macht steht. Sam joggt zurück zum Wagen und lässt das Drahtseil vorne an der Winde hinunter. Sobald er die volle Länge des Seils zur Verfügung hat, hastet er zu uns zurück und klemmt den Haken im Bereich der Räder irgendwo fest. Aus meinem Winkel erkenne ich nicht genau, wie er vonstattengeht, aber das interessiert mich einen feuchten Dreck. Hauptsache, wir holen Kathrine da raus und bringen sie schnellstens ins St. Judiths Krankenhaus.

Gordon sitzt bereits wieder im Wagen, als ich das nächste Mal den Blick von ihrer leblosen Gestalt löse.

Schneller!, schreie ich sie alle in Gedanken an. *Macht verfickt nochmal schneller!*

Matt ist nirgends zu sehen. Ein winziger Teil meines Gehirns sagt mir, dass er den Ford Ranger zurücksetzen muss, damit Gordon danach dasselbe tun kann.

»Vorsicht!«, warnt Sams Schrei mich rechtzeitig, bevor Rileys Jeep erst ins Wanken gerät und sich dann – quälend langsam – zur Seite neigt, bis er den Kipppunkt erreicht hat. Mit einem gehörigen Wumms landet das Auto auf allen vier Rädern und federt vehement in alle Richtungen.

»Cat.« Ihr Name ist alles, was ich herausbringe, denn ich stürme bereits an die Fahrerseite des Wagens und zerre am Türgriff wie ein Blödarsch. Der Scheißgriff bockt, also stemme ich das rechte Bein gegen das Chassis und ziehe mit aller Kraft. Die Tür gibt ein Quietschen von sich, dann springt sie mir entgegen und ich falle rückwärts auf den Hintern. Ich ignoriere den Schmerz, der mir scharf die Handflächen hinauffährt, und stemme mich hoch.

Doch dann erstarre ich. Meine Hände fliegen durch die Luft, trauen sich jedoch nicht, Kathrines Körper anzufassen. Was, wenn sie durch meine Berührung nur noch mehr Qualen erleidet? Fuck, was macht man in so einer Situation?

Matts sanfte Stimme erklingt direkt neben mir, und ich bin ihm in diesem Augenblick verfickt dankbar, dass er hier ist und mir beisteht.

»Wir sollten sie vorsichtig da rausholen, Const. Ich schlage vor, dass ich von der Beifahrerseite aus anpacke, und du von hier. Sobald sie draußen ist, legen wir sie auf die Schlafsäcke und wickeln sie in die Notfalldecke. Was hältst du davon?«

Ich nicke. Der Klumpen, der sich in meinem Hals gebildet hat, wächst weiter an und ich bin *so* verfickt kurz davor, loszuheulen wie ein kleiner Junge, der sich das Knie aufgeschlagen hat oder so einen Schwachsinn.

Bitte, lass sie okay sein. Bitte …

Meine Augen sind auf den Vorhang aus Haaren gerichtet, und unendlich zärtlich schiebe ich die Wellen aus ihrem Gesicht, hinter ihre Ohren und über ihre Schultern. Sie ist totenbleich, an ihrem Mundwinkel hängt ein Spuckefaden und ihre Lider sind geschwollen, genau wie ihre Wangen. Auf ihren Lippen zeigt sich getrocknetes Blut. Alle drei Männer um mich herum ziehen scharf die Luft ein.

»Dieser miese Bastard!«, zischt Sam kaum vernehmbar.

»Abschaum!« Ich höre Gordon auf den Boden spucken. »Komm, Sam, wir holen die Trage und die Schlafsäcke. Oh, und roll die Winde wieder ein!«

Die Schritte der beiden Cops entfernen sich, sowie Sam den Haken vom Jeep gelöst hat, aber ich kann meinen Blick nicht von Kathrines Gesichtszügen lösen. Um sicherzugehen, umschlinge ich ihr rechts Handgelenk und fühle nach einem Puls. Er ist da, wenn auch schwach und langsam. Erneut überrollt mich Erleichterung, und ich schiebe sie entschieden von mir. Erst wenn meine Freundin im St. Judiths in einem Stationsbett liegt und eine Fachkraft mir ins Gesicht gesagt hat, dass sie okay ist, werde ich dieses Gefühl wieder zulassen. Vorher werde ich mit allem rechnen müssen.

Fuck... Was hat sie nur durchgemacht? Meine Kathrine ...

Matt taucht auf der anderen Seite ihrer Gestalt auf und sieht mich an.

»Bereit?«, will er wissen.

Stumm gebe ich meine Zustimmung, lege meine rechte Hand hinter ihren Rücken, die linke in ihre Kniekehle. Matt macht es mir nach und so heben wir sie behutsam an. Ich mache einen Schritt nach dem anderen nach hinten und zur Seite, während Matt sich damit abmüht, so ruckelfrei wie möglich aus der Fahrerkabine zu steigen.

»Hierher.« Gordons Stimme lenkt uns zu einer Trage, die in seinem Polizei-Jeep wohl als eine Art Standardausrüstung angebracht wurde, und darauf liegen eine Wärmedecke und meine Schlafsäcke, ordentlich am Reißverschluss aufgezogen.

»Wir legen sie am besten so hin, dass wir die Schlafsäcke und die Wärmedecken um sie herum schlingen können«, instruiert der Cop fachmännisch.

Wir befolgen die Anweisung und lassen Kathrine sinken, dann reicht Matt mir die Enden des ersten, dann des zweiten Schlafsackes und ich ziehe die Reißverschlüsse zu. Danach zupft Sam die Enden der Wärmedecke fest und gibt mit einem Daumen-hoch an, dass Kathrine zum Transport bereit ist.

»Wir legen sie auf die Rückbank des Jeeps«, erklärt Gordon und deutet mit dem Daumen über die Schulter hinweg auf sein Auto.

»Das Ding hat eine Rückbank?«, hakt Matt erstaunt nach.

Gordon nickt ernst und meint: »Sam fährt mit Ihnen, Mr Daveys. Und Sie, Mr Rush, fahren bei mir mit. Sie stabilisieren Cathy, bis wir im Krankenhaus sind. Alle einverstanden?«

Scheiße, als ob ich eine Wahl hätte. Ich bin verdammt nochmal da, wo sie ist, also steige ich schnurstracks in den Polizei-Jeep, nachdem Sam und Gordon die Sitze heruntergelassen und die Trage mit Kathrine auf den Rücksitz verfrachtet haben.

Der Cop steigt ebenfalls ein und verzieht das Gesicht. »Ich werde diesmal ein Auge zudrücken, falls Sie darauf verzichten wollen, den Sicherheitsgurt anzulegen.«

»Danke«, murmele ich und drehe den Oberkörper so, dass ich Kathrine für die Dauer der Fahrt im Auge behalten kann.

Gordon nickt, schnappt sich das Funkgerät von der Mittelkonsole und setzt einen Funkspruch ab. »Einheit 281 an Zentrale: Melde 10-45c, Gesuchte Kathrine Solomon. Fordere 10-39 ins St. Judiths. Talstraße: 10-51. Tatverdächtiger weiterhin flüchtig – ich wiederhole: Tatverdächtiger weiterhin flüchtig.«

Eine weibliche Stimme antwortet: »Einheit 281: 10-4.«

Scheiße, das ist echt viel Code, ich habe absolut zero verstanden. Aber Gordon scheint zufrieden zu sein, denn er wirft noch eine Nummer nach, knallt das Funkgerät zurück in die Halterung und drückt auf einen Knopf, der das Blaulicht startet.

Nach wenigen Minuten der Stille, in denen Gordon so rasch wie möglich, aber auch so umsichtig wie möglich, die Talstraße hinabfährt, sagt er: »Es kommt eine harte Zeit auf Sie zu, Mr Rush. Ich bin kein Arzt, aber Cathys Verletzungen scheinen gravierend zu sein.«

Er legt eine Kunstpause ein, in der ich ihn kalt anstarre.

»Kann ich mich darauf verlassen, dass Sie an Cathys Seite bleiben? Ich frage das, weil wir alle auf dem Revier mit Feuereifer nach Beweisen suchen werden, die Riley King festnageln. Sie ist eine von uns, und sie hat schon zu viel durchgemacht.

Wir können nicht an ihrem Bett weilen und auf ihre Genesung warten, wenn wir so schnell wie möglich Gerechtigkeit wollen.«

Der Kloß von vorhin hat sein mächtiges Comeback in meiner Kehle. Ich räuspere mich und erwidere mit kratziger Stimme: »Sie können sich auf Matt und mich verlassen.«

»Gut.« Er nickt zufrieden und wirft mir einen dankbaren Seitenblick zu. »Ich werde auch Fiona verständigen, damit sie beide sich ausruhen können und Cathy trotzdessen nicht allein sein wird.«

»Das…« Wieder räuspere ich mich, diesmal härter, weil dieser verschissene Kloß einfach nicht weggehen will. »Das ist sehr umsichtig, vielen Dank.«

Erneut schweigen wir, doch bevor wir an der Straßensperre ankommen, die bereits in Sicht ist, sagt Gordon: »Wenn es in Ihrer Macht steht… Wenn Cathy einverstanden ist – eventuell sollten Sie in Betracht ziehen, Snow Falls zu verlassen. Gemeinsam.« Wieder ein Seitenblick, diesmal abschätzend. »Die Art von Traumata, die Cathy durchgemacht hat und jetzt neu erleben wird, sind kein Zuckerschlecken.«

Das kann ich mir denken. Trotzdem senke ich den Kopf in einer Geste der Zustimmung. Ich werde den Teufel tun und Kathrine zu etwas überreden wollen, das sie nicht will. Aber wenn sie von hier weg möchte, dann setze ich verfickt nochmal Himmel und Hölle in Bewegung, sie so schnell wie möglich aus Snow Falls zu karren.

Ist sowieso ein verdammtes Provinzkaff, dieses Snow Falls.

CONSTANTINE

33

Leichenfund am Snow Falls River!

16. Oktober 2024, VON F. HALLIMAN

Am Morgen des sechzehnten Oktobers wurde am Ufer des Snow Falls River die Leiche eines Mannes angespült. Erste Untersuchungen bestätigen, dass es sich bei der Leiche um Mr Riley King handelt, dem Hauptverdächtigen in fünf Entführungsfällen in Verbindung mit K.O.-Tropfen innerhalb der letzten vier Jahre.

Des Weiteren ist Mr King angeklagt, *die eisige Lady* des landesweit berühmten Eishockeyteams *Ice Jedis,* Kathrine Solomon, Ende September entführt und gegen ihren Willen festgehalten, und körperlich angegriffen zu haben (der *Snow Falls Courier* berichtete).

Constantine Rush, Ex-Starspieler der *Ice Jedis*, hat an der Befreiung seiner derzeitigen Freundin Kathrine Solomon maßgeblich mitgewirkt und wurde uns durch verlässliche Quellen als aufbrausend gegenüber dem Toten beschrieben. Bislang liegt kein Haftbefehl gegen Mr Rush vor – wenn sich der Verdacht auf Mord jedoch erhärtet, von dem auf dem Snow Falls P.D. gemunkelt wird, könnte Mr Rush ein solcher durchaus in den nächsten Tagen ins Haus flattern.

Mit einem tiefen Seufzen lege ich das Smartphone auf den Couchtisch, fahre mir mit den Händen übers Gesicht und vergrabe die Finger in meinen Haaren.

Der *Snow Falls Courier* zerreißt sich seit Wochen das Maul über mich. Egal, ob es dabei um Kathrines Rettung geht, die Tage und Wochen im Krankenhaus oder die Hinzuziehung eines Anwalts, nachdem sie Captain Solverson alles über ihre Entführung berichtet hat. Und jetzt das... Es ist ein verfickter Albtraum!

Eigentlich sollte heute ein freudiger Tag sein, denn Kathrine wurde heute früh offiziell aus dem St. Judiths entlassen, und in zwei Stunden kann ich sie abholen. Aber die Nachrichten des *Snow Falls Courier* überschatten alles Gute, was der Vormittag bislang zu bieten hatte.

Vorhin hat Matt angerufen und mir mitgeteilt, dass der Verkauf meiner Villa auf Eis gelegt wurde, ganz wie ich es ihm aufgetragen habe. Er war es auch, der mir vom neusten Klatsch und Tratsch erzählt hat, der zuhause so umgeht. Laut der Großstadtzeitung bin ich bereits ein verurteilter Mörder. Und der *Ice Jedis* Kapitän Lance King lässt keine Gelegenheit verstreichen, um den Journalisten lang und breit zu erklären, er hätte *»schon immer so eine Ahnung gehabt«*, was meinen Charakter angeht. Ich hasse diesen Schwanzlutscher.

Wenn es nach mir gegangen wäre, hätte Matt das Team übernehmen sollen, nachdem ich mich selbst rauskatapultiert habe – aber Derreck, dieser arrogante Schniedel von einem Berater, hat darauf bestanden, dass mein Nachfolger diese Position bekommt. Im Nachhinein betrachtet, scheint mir das ein abgekartetes Spiel gewesen zu sein, aber Matt beschwert sich mit keiner Silbe. Er gehorcht seinem Kapitän, wie es sich für einen Teamplayer gehört. Was mich nur noch mehr abfuckt. Denn in meinem gestörten Kopf bin immer noch *ich* sein Kapitän.

Natürlich habe ich nichts mit dem Tod an Riley King zu schaffen – meine Tage und Nächte verbrachte ich an Kathrines Krankenbett, und wenn ich dort mal ausnahmsweise nicht anzutreffen war, war ich entweder bei Fiona im Laden oder habe mich mit der Maklerin rumgeschlagen, die Kathrines Wohnung bis Ende Oktober zur Neuvermietung freigeben will.

Gunny hat sich anerboten, gemeinsam mit seiner Schwester den Job der Räumung zu übernehmen. Kathrine besitzt sowieso nicht viel, und das wenige, was der Junge zusammengekratzt hat, sammle ich gleich noch ein, bevor ich sie abhole. Die Möbel werden alle in der Wohnung bleiben – ich will diesen Müll nicht mehr sehen, und Kathrine war diesbezüglich ganz ähnlicher Meinung.

Ich stoße ein entnervtes Stöhnen aus und erhebe mich vom Sofa, um mich vor das Panoramafenster zu stellen. Mittlerweile ist Snow Falls im Winter angekommen: Die Berggipfel sind bis weit hinab mit Schnee bedeckt und die Wettervorhersage prophezeit für Ende Woche auch im Tal die ersten Zentimeter, die nun definitiv liegen bleiben sollen. Leider kann ich mich darüber so rein gar nicht freuen – ich verbinde den Schnee mit Kathrines lebloser Gestalt, mit Adrenalin und Verzweiflung.

Eigentlich wäre es für uns beide das Beste, so schnell wie möglich aus Snow Falls zu verschwinden und uns verfickt nochmal therapieren zu lassen. Aber ich Loser traue mich nicht, sie darauf anzusprechen. Gordon hat es mir vorgeschlagen und Matt hat sich später anerboten, Kathrine für mich um eine Rückkehr in die Stadt zu bitten, aber ich habe sie beide mit den Worten abgewimmelt, sie selbst fragen zu wollen. Und ich bräuchte einen Wegzug wirklich dringend! Seit Riley in meinem Keller meine Erinnerungen in einen klebrigen Aschehaufen verwandelt hat, fühle ich mich nackt und beobachtet in diesem Haus. Ich kann nicht schlafen, und wenn, dann schrecke ich aus Albträumen hoch, in denen Kathrine vor meinen Augen schlimme Dinge angetan werden, während ich nur zu einem Häufchen Elend verkomme, das vor sich hin brabbelt, Riley solle damit aufhören. Dabei ist er gar nicht Teil dieser Träume. Es fühlt sich so an, als hätte ich nachts die krassesten Trips meines Lebens – und das ganz ohne Drogen zu pumpen.

Ich habe angefangen, dieses Haus zu hassen. Die wenigen schönen Momente mit Kathrine verblassen im Vergleich zu all dem Scheiß, der passiert ist, seitdem ich hier wohne.

Verdammt, war es am Ende meine Schuld, dass Riley Kathrine entführt hat? Wenn ich nicht wie aus dem Nichts in Snow Falls aufgetaucht wäre, hätte er sie dann in Frieden gelassen?

Es macht mich fertig, nicht zu wissen, was in Rileys Blockhütte passiert ist. Es steht mir nicht zu, Kathrine darüber zu löchern. Aber ich würde verfickt viel dafür tun, es zu erfahren. Gleichzeitig weiß ich nicht, wie ich die Infos verkraften würde. Möglicherweise ist es ganz gut, dass Captain Solverson darauf bestanden hat, dass sie sich mir erst öffnet, wenn sie so weit ist – und unter keinen Umständen, solange sie noch im Krankenhaus ist.

Ach, verdammt. Jetzt bin ich wieder so hibbelig, dass ich eine Kippe brauche. Ich sehe auf die Armbanduhr und entscheide mich, gen Slums aufzubrechen. Mit Winterjacke und Schal ausgerüstet mache ich mich in meinen Winterstiefeln auf den Weg zum Ford Ranger, wo ich stehen bleibe und mir erst einmal meine erste Zigarette von zweien diese Woche gönne. Scheiß Suchtverhalten, sowas von ätzend. Aber immerhin besser, als mir irgendeinen Müll direkt ins Blut zu pumpen. Wenn ich so darüber nachdenke, habe ich schon länger nicht mehr das Bedürfnis gehabt, mir einen Schuss zu setzen. Bei den Scheißträumen ist das aber auch nicht weiter verwunderlich.

Kopfschüttelnd setze ich mich hinters Steuer, schicke Gunny eine Nachricht, um ihm mitzuteilen, dass ich gleich da sein werde, und fahre los zu Kathrines Wohnung. Währenddessen sinniere ich weiter darüber nach, wie es um mich steht, und ich komme zu der Erkenntnis, dass ich durch die Verschiebung meiner Obsession keinerlei Verlangen mehr nach Drogen verspüre. Was bin ich doch für ein absoluter Abfuck ...

Auf dem Bürgersteig vor dem abgeranzten, blauen Wohnblock wartet Gunny bereits auf mich. Zu seinen Füßen stehen zwei sorgfältig zugeklebte Umzugskisten, eine mit der Aufschrift »Bad & Schlafzimmer«, die andere mit »Küche & Wohnzimmer«. Er selbst zieht gelassen an einem Joint, und als ich aussteige, stößt er den Rauch aus und verpestet die Luft um uns herum.

»Alter!«, beschwere ich mich und ziehe eine Grimasse. »Ich bin Ex-Junkie, Gunny. Ein bisschen Nachsicht wäre angebracht.«

Fuck, ich weiß echt nicht, was es mit diesem Jungen auf sich hat, dass ich ihm jeden noch so emotional tiefgreifenden

Schwachsinn an den Schädel schmeiße, sobald ich den Mund aufmache.

Gunnys Augen werden groß und er lässt den Joint umgehend aufs Pflaster fallen.

»Sorry!«, wiederholt er knapp ein halbes Dutzend Mal, indes er den Stummel mit dem linken Schuh zerdrückt. Dann kreist er mit den Schultern, als müsse er sich locker machen und sagt in anklagendem Ton: »Ich wusste nicht, dass du gepumpt hast, Mann, sonst hätte ich dich das gar nicht erst sehen lassen.«

Ich winke ab und gehe um den Wagen herum zum Kofferraum. »Kein Problem. Puste mir die Scheiße nur nicht mehr ins Gesicht.«

Er hebt die Hände in abwehrender Geste. »Klar, klar. Du wirst mich sowieso nie wieder einen rauchen sehen.« Während er die erste Kiste hochhebt und zu mir bringt, führt er seine Aussage weiter aus. »Cathy sagte immer, dass es schlecht für Süchtige ist, den heiß ersehnten Preis vor der Nase baumeln zu haben. Das macht sie unberechenbar.« Er grinst mich schief an. »Und *dich* will ich nicht zum Feind haben, Mann – und sei es nur wegen eines Joints.«

Ich hege eine böse Vorahnung und stöhne gespielt gequält auf. »Du hast den *Snow Falls Courier* gelesen, was?«

Sein Kopf wippt begeistert auf und ab, ehe er sich umdreht und die zweite Box vom Asphalt hochhebt.

»Hast du ihn wirklich umgenietet?«, fragt er mit vor Neugier glitzernden Augen. »Den Typen, der Cathy entführt hat, meine ich.«

Ja, wen den sonst? Ich verdrehe innerlich entnervt die Augen, erlaube mir jedoch einen kurzen Spaß mit dem Knilch.

»Selbst wenn«, entgegne ich lässig und zucke mit der Schulter. »Die Cops könnten es mir niemals nachweisen.«

Gunnys Mund klappt sprachlos auf und seine Augen sind untertassengroß. Die Kiste, die er gerade eben in den Kofferraum bugsieren wollte, schwebt in der Luft, völlig vergessen.

»Echt jetzt?«, haucht er.

Die Spur Verehrung, die in seiner Stimme liegt, bereitet mir eine unangenehme Gänsehaut und ich trete mir innerlich in den Arsch für diese Schnapsidee. Sofort verneine ich stumm, schnaube entsprechend herablassend und spotte: »Du glaubst auch alles, was die Leute sagen, was? Egal ob es aus dem Fernsehen, den Social Media oder aus anderer Menschen Mund kommt.«

Gunny lässt die Box in den Kofferraum fallen und zieht eine beleidigte Schnute. Innerhalb einer Millisekunde treffe ich eine Entscheidung und schnippe ihm fest mit dem Mittelfinger gegen die Stirn.

»Auu!«

»Schalte deinen Grips ein«, belehre ich ihn. Ich meide seinen Blick und schiebe die Kisten so, dass sie während der Fahrt nicht verrutschen. »Alles, was uns ausmacht und was wichtig ist, ist hier.« Ich tippe ihm gegen die jetzt mit seiner Hand bedeckte Stirn, danach gegen seine Brust. »Und hier.« Dann seufze ich und witzle: »Und noch ein bisschen weiter unten, aber das lassen wir für heute bleiben.«

Gunny grinst erst, dann wird er wieder ernst und vergräbt die Hände in den Taschen seiner unendlich hässlichen Wurstpressejacke. Er sieht zu Boden und nuschelt: »Ihr werdet fortgehen, nicht wahr?«

Ach... Scheiße. Wieso nimmt mich der Anblick dieses Knilchs so mit, verdammt?

»Ich weiß nicht«, antworte ich ehrlich.

Gunnys Kopf ruckt hoch und er sieht mich mit einem Ausdruck an, den ich nicht so richtig deuten kann.

»Nimm mich mit, falls ihr geht«, bricht es plötzlich aus ihm heraus. »Bitte, Const, nimm mich mit. Mir ist egal, wohin ihr geht – aber es wird bestimmt besser sein als hier!«

Er hebt den rechten Arm und versinnbildlicht mit einer Geste, was er mit seinen Worten meint: Das Armutsviertel, in dem er aufgewachsen ist und in dem er keine Zukunft sieht.

Ich lasse den Blick von ihm über die Blöcke schweifen, über die neugierig dreinblickenden Menschen, die teils in ihren Gärten, teils hinter den Fenstern ihrer Wohnungen stehen und uns unverhohlen beobachten.

»Cathy hat uns versprochen, mit uns in eines der Reihenhäuser zu ziehen, wenn sie den Master hat«, sprudelt es weiter aus dem Jungen heraus.

Überrascht schiebe ich die Brauen hoch und sehe ihn an. »Ach, hat sie das?«

Er nickt in vollem Ernst. »Ich schwöre. Sandrine – meine Schwester – und ich, wir wohnen bei einer Frau, die uns nach dem Tod meiner Eltern aufgenommen hat.«

»Woah, warte!«, unterbreche ich ihn hastig. »Als ich dich im Krankenhaus angerufen habe, da–«

»Da war ich dort, ja. Sie lässt uns bei sich wohnen, aber nur, weil wir die Hausarbeit machen. Sandrine und ich müssen selber sehen, wie wir an Essen und Kleidung kommen. Deswegen ...«

Mir geht ein Licht auf und ich nicke verstehend. »Deswegen hast du den Deal damals angenommen, ohne nachzufragen.«

Gunny schaut mich an, sein Blick eisern und voller Stolz. »Sandrine soll sich nicht um diese Dinge bemühen müssen. Sie soll einfach nur zur Schule gehen und lernen. Ich sorge für sie.«

Hilflos hebe ich die Schultern. »Hör mal...« Seufzend lasse ich sie fallen. »Ich weiß nichts von diesem Deal zwischen euch. Aber eines weiß ich: Wenn Kathrine etwas verspricht, dann hält sie es auch.« Ich lege eine Hand auf seine Schulter und sehe ihm in die Augen. »Falls wir entscheiden sollten, Snow Falls zu verlassen, dann werde ich sie fragen, was mit dir und Sandrine ist. Abgemacht?«

»Abgemacht.«

Aufatmend schließe ich den Kofferraum und gehe zur Fahrertür. Dort drehe ich mich noch einmal zu ihm um. »Du hast echt ein gutes Herz, Knilch.«

Er öffnet protestierend den Mund, doch ich lache bloß und steige ins Auto.

❄

Kathrine zeigt sich während der Fahrt ziemlich wortkarg. Nach außen hin lasse ich mir nichts anmerken, aber ihr abweisendes Verhalten verursacht mir übelste Bauchschmerzen.

»Was darf ich heute für dich kochen?«, frage ich in die Stille hinein.

Sie stiert weiter aus dem Seitenfenster. »Keine Ahnung.«

»Ich könnte dir Risotto Milanese machen«, schlage ich vor.

»Wenn du willst.«

Wir versinken in erneutem Schweigen. Nervös trommle ich auf dem Lenkrad herum und suche krampfhaft nach einem neuen Gesprächsthema, um mich vor dem Gedankenszenario abzulenken, dass ich zu Hause den Arsch versohlt bekomme, weil ich nichts gegen die Anschuldigungen unternehme – oder schlimmer: ich könnte von ihr verlassen werden!

Kathrine überrascht mich mitten in meinem Suhlen, indem sie verkündet: »Ich will endlich darüber reden dürfen! Es macht mich ganz verrückt, den erlebten Horror in mich hinein fressen zu müssen!«

»Oh.« Perplex erwidere ich: »Dann tu's doch.«

Sie schnaubt und wirbelt mit dem Kopf zu mir herüber, um mich wütend anzufunkeln. »Ich soll doch damit warten, bis wir bei dir sind.«

Ich kann nicht anders, ich muss lachen. Kathrine starrt mich bitterböse von der Seite an, als ich glucksend herausbringe: »Ob jetzt im Wagen oder auf dem Sofa, wo ist da der Unterschied? Es ist ja nicht so, dass der Captain auf dem Rücksitz lauert und dir den Mund zuhält, sobald du es ansprichst.«

Sie zieht eine beleidigte Schnute und wendet sich von mir ab.

»Hey«, sage ich in versöhnlichem Ton, »verzeih, dass ich mich darüber lustig gemacht habe. Ich höre dir zu, wann immer du darüber reden möchtest.«

Ein Seitenblick auf ihre Miene zeigt mir, dass ich sie mit meiner Entschuldigung milde gestimmt habe.

»Ich will Risotto«, meckert sie urplötzlich verschnupft. »Und ich will mich betrinken. Und dann will ich Sex – mit dir.«

Ein Grinsen breitet sich auf meinen Zügen aus und ich nicke untergeben. »Das alles sollst du bekommen. In genau dieser Reihenfolge, oder …?«

»Ja, genau so.«

»Okay. Wie du wünschst, meine holde Eiskönigin.«

KATHRINE

34

Constantine erfüllt die gestellten Forderungen zu meiner vollsten Zufriedenheit. Die Letzte davon allerdings stellt sich als schwieriger heraus als gedacht.

Da ich mit einer schweren Gehirnerschütterung, zwei angeknacksten Rippen, einem gestauchten Handgelenk und etlichen Blessuren ins Krankenhaus eingeliefert worden bin, trage ich zur Stabilisierung eine Schiene an der Hand. Die Gehirnerschütterung und die Rippenschmerzen sind zum Glück innerhalb der letzten Wochen so weit abgeklungen, dass ich mich wieder einigermaßen stabil bewegen kann, aber ob das auch für Sex gilt, werde ich wohl oder übel herausfinden müssen.

Constantine und ich sitzen auf dem Sofa, der Wein ist getrunken, das Risotto aufgegessen. Er sitzt seit drei Stunden neben mir und hält mich im Arm, während wir uns eine Folge nach der anderen *Elementary* reinziehen. Seine Hände streicheln mir die Schultern, die Oberarme, und lassen die Schmetterlinge einen wilden Tango in meinem Bauch tanzen. Aber er geht nie weiter, nähert sich mir nicht und weicht meinen Annäherungen sanft aber bestimmt aus.

»Ich gehe nicht kaputt«, sage ich irgendwann genervt. »Du kannst mich ruhig küssen oder anfassen.«

Er dreht das Gesicht zu mir und zieht die Brauen hoch, als wüsste er nicht, auf was ich anspiele.

»Ich war drei Wochen im Krankenhaus, Const. Das reicht, um als stabil genug zu gelten, nach hause zu dürfen. Ich bin sozusagen fast geheilt.« Ich deute zwischen uns hin und her. »Also behandle mich nicht wie ein rohes Ei, sondern erfülle mir meinen letzten Wunsch.«

Seine Augen umwölken sich verdrossen und ich bin sicher, dass ihm bereits eine spitze Bemerkung auf der Zunge liegt, doch er schluckt sie hinunter und fragt stattdessen: »Bist du dir sicher?«

»Aber hallo«, gebe ich mit herausforderndem Ton zurück. Das zaubert ein Schmunzeln auf seine Lippen und er beugt sich zu mir herab, um mich sanft zu küssen.

»Na dann«, raunt er. »Wie wäre es, wenn wir das ins Bett verlegen?«

Ich antworte mit einem begeisterten Nicken, und sein Schmunzeln wird zu einem ausgewachsenen Grinsen. Er hilft mir auf und wir steuern zielstrebig aufs Schlafzimmer zu, wo ich vor dem Bettende stehen bleibe und ihn abwartend mustere.

»Darf ich?«, will er wissen und umfasst dabei den Saum meines Shirts.

»Ich bitte darum«, kontere ich vornehm.

Er schiebt es unendlich sanft über meine Rippen, meine Brust und zieht es mir über den Kopf. Sein Blick findet den meinen und er lächelt, bevor er sich meiner rechten Brust widmet. Sein Mund findet meinen Nippel und er beginnt, zu saugen und zu lecken, kreist darum herum, während seine freie Hand meine andere Brust massiert.

»Du bist so weich«, flüstert er. »Und doch werden deine Nippel steinhart, wenn ich das hier mache.« Er bläst sachte über die feuchte Stelle und ich stöhne auf und schließe die Augen.

»Genau so.« In seiner Stimme liegt eine tiefe Zufriedenheit, die mich die Lider halb öffnen und auf ihn hinabblicken lässt.

»Komm, wir ziehen deine Hosen aus. Die sind sicher furchtbar eng.«

Er hilft mir, so gut er kann, die Jogginghose und meinen Slip von meinen Hüften zu ziehen. Er platziert beides auf dem Stuhl neben dem Bett, wo bereits mein Shirt liegt, und widmet seine Aufmerksamkeit auf ein Neues meinen Brüsten.

Bald verschwindet seine rechte Hand, und ich antworte mit einem bekümmerten Wimmern auf den Verlust. Er lacht leise in sich hinein und meint: »So hitzig.«

Sein Oberkörper richtet sich auf und er verliert keine Zeit: Seine Lippen senken sich auf meine, teilen sie und erkunden meinen Mund mit seiner Zunge. Im gleichen Augenblick streifen die Finger seiner rechten Hand meinen Kitzler. Heißes Verlangen durchzuckt mich von innen heraus und ich stöhne in seinen Mund hinein.

Constantine zieht sich zurück und betrachtet mich, während er seine Finger spielen lässt. Seine himmelblauen Augen strahlen förmlich vor Lust und sein Atem geht schneller.

»Lass mich dir helfen«, wiederholt er verträumt, senkt den Kopf und setzt das Nuckeln, Saugen und Lecken an meinen Brüsten abwechselnd fort. Seine Finger kreisen unablässig um meinen Kitzler, steigern den Druck und das Tempo und ich versinke in einem Sumpf aus Begierde und Sehnsucht, vergesse meine Sorgen und Ängste und lasse mich von ihm vorantreiben.

Plötzlich taucht sein Zeigefinger in mich hinein und ich schreie tatsächlich auf vor Verlangen. Constantine nutzt jetzt den Daumen, um meinen Kitzler zu bearbeiten, und stößt gleichzeitig mit dem Zeigefinger in mich hinein. Wenige atemlose Herzschläge später kommt der Mittelfinger hinzu, und ich drohe auf der Stelle zu kommen. Er bemerkt es und kurbelt den Rhythmus noch einmal an. Schwarze Flecken explodieren vor meinen Augen und ich schließe die Augen, wo grelle weiße Lichtpunkte die schwarzen Flecken ersetzen. Mein Körper spannt sich an und sehnt mit jeder Faser nach Erlösung.

Const gibt einen animalischen Laut von sich. Ich öffne halb die Augen und sehe auf ihn hinab. Seine Augen sind auf mein Gesicht gerichtet, und in diesem Moment sieht er wild und gierig aus. Irgendetwas in meinem Inneren fährt so sehr auf diesen Anblick ab, dass ich spüre, wie die Wellen der Ekstase über mich hereinbrechen. Mit einem letzten Aufschrei komme ich, meine Glieder zucken unkontrolliert und die Berührungen werden zu viel.

Sanft aber bestimmt lege ich die linke Hand auf seinen Schopf und ziehe an seinen Haaren. Constantine kennt das Signal: Er zieht sich aus mir zurück und grinst wie ein Honigkuchenpferd, bevor er sich genüsslich die benutzten Finger leckt.

Schwer atmend bringe ich hervor: »Das war aber nicht, was ich mir wünsche.«

Ein amüsiertes Glitzern in seinen Augen schnurrt er: »Oh, wir sind noch nicht fertig.« Er legt den Kopf ein wenig schief und mustert mich nachdenklich, bevor er fragt: »Bist du bereit für Teil zwei des Vorspiels?«

Das Kribbeln, das mich von innen heraus erfüllt, ist Antwort genug. Dennoch erwidere ich lasziv: »Gib's mir.«

Constantine lässt sich nicht zweimal bitten. Geschmeidig zieht er sich das Hemd über den Kopf und flickt es auf den Boden. Er zückt ein Kondom und schiebt anschließend die Hose abwärts, steigt daraus hervor und hat den Anstand, sogar an die Socken zu denken.

Sein Glied steht aufrecht und ich kann erkennen, wie der Schaft leicht auf und ab wippt, als würde der Blutfluss ihn erzittern lassen.

»Hier«, sagt er und reicht mir das Kondom. »Für nacher.«

Ich nehme es entgegen und stecke es kurzerhand in meine Handschiene, was ihm ein Grinsen entlockt.

»Setz dich hin und rutsch an die Kante«, befiehlt er.

Mein Herz schlägt vor Erwartung doppelt so schnell, und ich tue wie geheißen. Sobald ich auf der Ecke sitze, stellt Constantine sich zwischen meine Beine und sieht mit arrogant hochgezogenen Brauen auf mich herab. Seine linke Hand findet mein Gesicht und die Finger streichen über meinen Mund.

»Aufmachen.«

Ohne zu zögern öffne ich die Lippen für ihn. Seine Hüften schieben sich nach vorn und er macht einen weiteren Schritt auf mich zu. Seine Rechte umfasst sein Glied und massiert es leicht, hält es gerade. Die Eichel berührt meine Haut und ich begrüße sie mit einem ersten, liebevollen Darüberlecken.

Er stöhnt auf und stößt ein wenig weiter in mich hinein. Rasch sammle ich ausreichend Speichel und nehme seinen Penis in mir auf.

Ich kenne Constantines Vorlieben beim Blasen wie meine Westentasche. Dementsprechend spiele ich mit seinem Schaft, fahre mit der Zunge daran entlang, während ich mit dem Mund vor und zurück gleite. Mit der linken Hand ahme ich die Bewegung am Rest seines Glieds nach – dort, wo ich schlicht nicht hinkomme, weil er derart groß ist.

Er vergräbt beide Hände in meine Haare und seine Hüften zittern vor Zurückhaltung.

Ich entlasse ihn mit einem ploppenden Geräusch und fahre mit der Zungenspitze der Penisnaht entlang bis zum Hoden. Mein Blick wandert nach oben zu seinem Gesicht und ich stelle erfreut fest, dass er mich fasziniert aus halb gesenkten Lidern beobachtet.

»Möchtest du die Führung übernehmen?«, locke ich ihn leise und sauge mich an der Penisnaht fest.

Constantine brummt und seine Finger beben. Ich weiß genau, was er will, also ködere ich ihn weiter. »Ich könnte ihn in den Mund nehmen und dann…« An dieser Stelle lasse ich den Satz absichtlich unbeendet, denn ich fahre mit der Zunge nach oben, zurück zur Eichel, kreise lasziv darum herum, während ich seinen feurigen Blick einfange. Dann öffne ich den Mund aufreizend langsam um ihn herum und bewege den Kopf nach vorn, um ihn so weit wie nur möglich in mich aufzunehmen. Die Spitze presst sich gegen meinen Gaumen. Ich kämpfe gegen den Würgereiz an, drei, vier Sekunden, dann ziehe ich den Kopf zurück, um einzuatmen.

Ich wiederhole das Spielchen ein paar Mal, bevor Constantine jegliche Kontrolle in den Wind schießt, meinen Kopf mit den Händen fixiert und anfängt, in meinen Mund hineinzupumpen. Doch obwohl er kraftvoll zustößt, achtet er darauf, so wenig Aufprall wie möglich zu verursachen, indem er aus den Stößen eine Art rollende Bewegung kreiert. Seine Rücksichtnahme auf meine Verletzungen ist selbst jetzt spürbar – und es macht mich nur noch heißer auf ihn.

Nur wenige Stöße später keucht er: »Wirst du schlucken?«

Ich sehe zu ihm auf und deute ein Nicken an. Wieder stößt er einen undeutbaren Laut aus und presst sich im nächsten Moment gegen meinen Mund, ohne auf meine Würgelaute zu achten.

Ich liebe es, dermaßen an meine Grenzen getrieben zu werden und die Kontrolle zu seinen Gunsten abzugeben. Constantines Höhepunkt bedeutet zugleich, dass ich den Atem anhalte und sein Sperma schlucken muss, wenn ich mich nicht hustend und prustend von ihm lösen will. Das Gefühl, komplett von ihm ausgefüllt zu sein, bis über das von mir zuvor gesetzte Limit hinaus, jagt lustvolle Schauer über meinen Körper und stellt mir die Härchen auf.

Es ist pure Ekstase, die mich in diesem Augenblick überkommt: Die Spannung, die Erwartung seines Spermas, das Wissen, dass ich es bin, die eine solche Macht über ihn ausübt und ihm diese spezifische Lust bereitet hat, bis zum Höhepunkt zu kommen.

Und dann, endlich, spritzt sein Ejakulat stoßweise direkt in meine Kehle und ich schlucke reflexartig.

Er keucht unverständliche Worte vor sich hin, während er mit geöffnetem Mund und glänzenden Augen zu mir herabschaut und mir dabei zusieht, wie ich schlucke. Die Finger seiner rechten Hand streicheln über meinen Kopf, und als ich sicher bin, dass er fertig ist, sauge ich ihm sanft über die Spitze, ehe ich mich zurückziehe.

»Ich hoffe, das Vorspiel hat dich feucht genug gemacht«, bemerkt er mit einem wölfischen Lächeln. Er beugt sich herab und presst seine Lippen auf meine, verwehrt mir eine Antwort. So schnell, wie er mich geküsst hat, ist er auch schon wieder fort. »Jetzt leg dich brav auf den Rücken.«

Ohne Umschweife tue ich wie geheißen, richte mich auf dem Bett ein und sehe ihn erwartungsvoll an. Constantine grinst ob meinem Anblick, dann streckt er die Hand aus. »Der Gummi.«

Wortlos reiche ich ihm die Verpackung, er reißt sie auf und stülpt sich das Kondom über. Hinterher kommt er zu mir, ich lege die Beine um ihn, und er taucht ohne Umschweife in mich ein. Seine Stöße sind in gleichen Teilen kräftig und sanft, denn er achtet darauf, so wenig Erschütterung wie möglich zu verursachen. Küssend, fordernd, und doch zärtlich treibt er mich auf den nächsten Höhepunkt zu, und mein Herz zerspringt vor Liebe für diesen Mann. Tief in meinem Inneren scheint etwas überzulaufen, und Tränen verschleiern meine Sicht, als ich das nächste Mal blinzle.

Constantine sieht es und hält inne.

»Tut es weh?«, fragt er besorgt.

»Nein«, beeile ich mich, zu erwidern. Meine Stimme klingt kratzig und ich räuspere mich. »Mach weiter. Es ist unfassbar schön.«

Ein verunsichertes Lächeln stiehlt sich auf seine Züge und er stößt weiter auf diese faszinierende Art in mich hinein. Ich hege das plötzliche Bedürfnis, mich an ihn zu klammern, und ich versenke meine Fingernägel in seinem Rücken, nutze meine Beine, um ihn fester gegen mich zu pressen. Er mustert mich mit hochgezogenen Augenbrauen.

»Lass mich nie wieder gehen«, bitte ich ihn flüsternd. »Bleib immer an meiner Seite.«

Constantine nickt. In seinen Augen steht die Ernsthaftigkeit geschrieben, mit der er meine Worte aufnimmt.

»Und vor allem«, fahre ich mit bebendem Kinn fort, »bring mich zurück nach Hause.«

Die Tränen schießen aus meinen Augenwinkeln, zwei winzige Sturzbäche, und doch sehe ich sein Gesicht mit einer unglaublichen Klarheit vor mir. Seine Miene ist erfüllt von Liebe, seine Augen studieren jeden meiner Züge mit einer Mischung aus Sorge und Anbetung. Ich kenne diesen Ausdruck von früher, und nichts ist so sicher wie dieses Gefühl, dass er ihn mir auslöst: Geborgenheit. Bei Constantine bin ich sicher, darf ich sein, wer und wie ich bin, ganz egal, was der Rest der Welt uns entgegen wirft.

Er lehnt seine Stirn gegen meine, hört nicht auf, sich in mir zu versenken. Seine Stimme ist voller Emotionen, als er atemlos erwidert: »Weißt du, es gibt Spuren im Schnee, die nach wenigen Stunden bereits wieder verblasst sind.« Sein Nasenrücken streicht zärtlich über meinen. »Und dann gibt es die Spuren, die noch Tage nach einem Schneefall aus der weißen Masse hervorstechen; einzigartig, faszinierend. Und immer verbunden mit einer Geschichte.« Seine Lippen kitzeln über meine hinweg, ein Hauch von einem Kuss – aber er will noch mehr sagen. »Du bist so eine Spur im Schnee für mich, Kathrine Solomon. Du bist die eine Spur im Schnee, der ich blindlings überall hin folgen würde – wenn nicht schon aus Neugier, dann aus blanker Faszination.«

Ich bin total baff. Dass Constantine so blumige Geständnisse machen würde, hätte ich nie gedacht. Meine Tränen versiegen, und er lächelt zufrieden, küsst mich sanft, dann immer fordernder, und lässt mich die Melancholie vergessen, die so kurzzeitig von mir Besitz ergriffen hat.

Die Situation ist bittersüß, unsere Emotionen scheinen sich in der Luft um uns herum, in unseren Körpern gegenseitig hochzuschaukeln und zu untermauern. Seine Liebe umfließt mich, ist offen auf seinem Gesicht zu lesen und ich bin so dankbar, so voller Zuneigung für ihn, dass ich wie aus dem Nichts zum Höhepunkt komme. Es ist wie ein subtiler, unscheinbar ausgeführter Hieb, der unerwartete Kraft mit sich bringt und mich sprach- und atemlos zurücklässt.

»Jetzt sind alle deine Forderungen erfüllt«, bemerkt Constantine, zieht sich aus mir zurück und setzt sich aufrecht hin. Umsichtig hilft er mir auf und legt die Arme um mich, sodass wir kuschelnd nebeneinander auf der Matratze sitzen. Seine Finger malen hypnotische Symbole auf meine Schulter, und ich schließe die Augen, um mir die Muster vorzustellen.

»Du willst also nach Hause«, murmelt er irgendwann in die friedliche Stille hinein. »Meinst du damit diese Schuhschachtel von einer Bude von dir oder unsere Villa?«

Bei der abfälligen Erwähnung meiner Wohnung schnaube ich gespielt beleidigt und öffne die Augen. Ich schaue zu ihm auf, in dieses wahnsinnig schöne Blau. »Ich meine die Villa.«

Er stupst mir mit dem Zeigefinger auf die Nasenspitze und frotzelt: »Wie gut, dass ich Matt gebeten habe, den Verkauf auf Eis zu legen, bis du genesen bist.«

»Du hast es geahnt, oder?«, frage ich.

Er hebt sanft die Schulter, an der ich anlehne, und lässt sie ungerührt wieder sinken. »Ich wollte dir alle Möglichkeiten offen lassen.«

Ich drücke ein Küsschen auf seinen Bizeps, das er mit einem amüsierten Blick kommentiert.

»Danke«, sage ich ernst. »Das bedeutet mir echt viel.«

»Und wann willst du zurück?«, will er wissen.

Diesmal schweige ich etwas länger, seufze schlussendlich und gestehe: »Am liebsten schon jetzt.«

Er richtet sich ein wenig mehr auf und sieht mich an. »Im Ernst? Ich fange sofort an zu packen, wenn du willst.«

»Quatsch!«, besänftige ich ihn und halte ihn am Arm vom Aufstehen ab. »Das kann auch noch bis morgen warten. Ich muss es sowieso erst Fiona beibringen – und Brandon.«

Er zieht ungehalten die Brauen hoch. »Cat...« Seine Hand findet meine linke Gesichtshälfte und umfasst liebevoll meine Wange und einen Teil meines Kinns. »Wenn du Snow Falls noch heute verlassen willst, dann werde ich das verfickt nochmal möglich machen, hast du verstanden?« Seine Miene ist bitterernst, und er beugt sich ein wenig zu mir herab, um mich zu taxieren. »Fiona und Brandon können auch telefonisch benachrichtigt werden. Und deine Freundin kann auch zu dir fahren und dich besuchen. All das liegt im Bereich des Möglichen, weil du mit *mir* zusammen bist.«

Ich verziehe das Gesicht und denke darüber nach, was er gesagt hat. Vielleicht ist jetzt der beste Zeitpunkt, ihn auf etwas anzusprechen, das mir bereits seit Langem auf dem Herzen liegt. Ich nehme seine Hand, die meine Wange wärmt, in meine und betrachte sie eingehend.

»Es gibt da etwas, das ich dir noch sagen muss bevor wir einen Umzug planen«, gestehe ich.

»Alles.« Seine Stimme ist voller Zuversicht und Vertrauen.

Jegliche Unsicherheit wird davon weggefegt und ich sprudle förmlich mit der Wahrheit heraus. »Ich habe zwei Teenagern versprochen, sie mit mir zu nehmen, sollte ich jemals aus dem Block ausziehen, in dem ich gewohnt habe.«

Zögernd wage ich einen Blick in sein Gesicht und bin überrascht von seiner vollkommenen Ruhe. »Du meinst Gunny und Sandrine«, meint er.

Perplex blinzle ich und nicke mechanisch. »Woher ...?«

»Gunny und ich, wir haben uns kennengelernt, als ich zum ersten Mal in deinem Viertel war«, erklärt er. »Er hat mich auf dem Laufenden gehalten, was deine Sicherheit angeht.«

Ich bin mir nicht sicher, ob ich sauer oder verlegen über dieses Geständnis sein soll, und entscheide mich im nächsten

Moment dafür, mich später eingehender damit zu beschäftigen. Mein Anliegen ist gerade wichtiger.

»Wäre das ein Problem für dich?«, frage ich und suche in seinen Zügen nach Hinweisen auf eine Weigerung. Mein Herz klopft bis hoch in meine Kehle vor Aufregung und meine Hände werden schwitzig, doch Constantine grinst nur und schüttelt den Kopf.

»Ich habe absolut nichts dagegen.«

Mit einem Freudenschrei falle ich ihm um den Hals, und er stößt überrumpelt die Luft aus und raunt: »Hey! Vorsicht mit deinen Rippen, Eiskönigin.«

Ich ignoriere seine übertriebene Fürsorge und gebe ihm ein paar Küsschen, die ihn dazu bringen, mich um die Taille festzuhalten und zu lächeln.

»Und du lässt sie auch sicher bei uns wohnen, ja?«, versichere ich mich.

»Ehrenwort.«

»Du bist der Beste!«

»Ich weiß.«

Gespielt schlage ich ihm mit der flachen Hand auf die Brust. »Tsse. Eingebildeter Snob.«

Sein Mund findet meinen und er raunt: »Aber du hast die alleinige Macht über diesen eingebildeten Snob. Denk mal darüber nach, zu was *dich* das macht, meine Eiskönigin.«

CONSTANTINE

35

Kathrine hat sich vor wenigen Minuten von mir verabschiedet. Sie wird Fiona heute die frohe Botschaft verkünden, dass wir schon in zwei Wochen umziehen werden. Auch den Captain will sie informieren.

Ich nutze ihre Abwesenheit, um Gunny anzurufen. Kathrine hat mir das Okay gegeben, ihm Bescheid zu sagen.

Nach dem vierten Klingeln nimmt der Knilch den Anruf endlich entgegen.

»Waslos?« Gunnys Stimme klingt seltsam; als hätte er Mühe, die richtigen Worte zu finden. Mein Bauchgefühl sagt mir, dass etwas nicht stimmt.

»Gunny?«, frage ich mit angespannten Muskeln. »Alles okay?«

»Ja.« Er zieht das Wort in die Länge, bis es zu einem Seufzen wird. »Bestens.«

Nichts ist *bestens*, verdammt! Irgendwas stimmt da nicht – wo ist Gunnys üblicher Schneid abgeblieben?

»Wo steckst du?«, will ich wissen.

Es raschelt im Hintergrund. Etwas klirrt und fällt um. Eine Flasche? Etwas anderes? Ich kann mir keinen verfickten Reim drauf machen!

»Gunny!«, belle ich ins Smartphone, als er nicht antwortet.

Er zieht erschrocken die Luft ein, als wäre er gerade weggepennt und ich hätte ihn aus dem Schlaf gerissen. »Schrei nich' so«, beschwert er sich mit einem eindeutigen Lallen.

Ich hoffe bei allen Göttern, die ihm heilig sind, dass er bloß zu viel Alkohol intus hat – sonst gnaden ihm diese!

»Gunny«, wiederhole ich eisern. »Wo bist du?«

»Bei irgend so 'nem Typ.«

»Du bewegst jetzt deinen verfluchten Arsch da raus«, schnauze ich ihn an.

Bevor ich komplett die Nerven verliere, halte ich inne – und merke: Ich kann es nicht... Ich kann ihn nicht zerstört am anderen Ende haben – ich weiß aus eigener Erfahrung, wie traumähnlich solche Telefonate im Rausch auf einen wirken.

»Melde dich bei mir, wenn du wieder Herr deiner Sinne bist!«

Mit vor Zorn bebenden Fingern lege ich auf und tippe eine Nachricht, dass er mich zurückrufen soll. Die wird ihn nach der Ausnüchterung daran erinnern, dass er mich anrufen soll. Und wenns sein muss, schiebe ich alle zwei Stunden die exakt gleiche Nachricht hinterher.

Fuck, wieso nur hänge ich so an diesem Scheißkerl! Schon bei unserem ersten Aufeinandertreffen war klar, dass Gunny ein hoffnungsloser Fall sein wird, wenn man ihm kein Ziel vor die Nase setzt, an das er sich klammern kann. Warum also hänge ich mein Herz an diesen Loser? Selbst wenn er und seine Schwester mit uns nach Hause zurückkehren – Gunny ist volljährig; er kann mit Sandrine ausziehen und eine eigene Bude suchen, wenn er Bock drauf hat. Kathrine würde ihm selbstverständlich dabei helfen – und mich ganz nebenbei spielend leicht um die nötige Knete erleichtern.

Gunny braucht etwas, das den Funken in seiner Seele entzündet. Er ist ziellos durchs Leben gedriftet, seitdem seine Eltern tot sind, immer darum besorgt, seine Schwester zu versorgen. Für sich selbst steht er null ein, sie ist Priorität Nummer eins.

Mir fällt es wie Schuppen von den Augen: Aber klar! Dieser Möchtegern ist wie ich! Erst wenn Sandrine heil und gut versorgt untergebracht ist, kann sich Gunnys Fokus auf etwas anderes verschieben. Denn der Knilch ist genauso zwanghaft unterwegs, wie ich es bin.

»Scheißpenner«, fluche ich leise, kann jedoch ein anerkennendes Lächeln nicht unterdrücken.

Ich entschließe mich dazu, Gunny ausnüchtern zu lassen und ihn später darüber zu informieren, dass er seine Sachen packen muss. Ganz ehrlich, ich bin froh, ihn aus den Slums rauszukriegen. Und wer weiß, vielleicht finden Matt und ich eine passende Beschäftigung für ihn, sobald seine Schwester sich in der Villa eingelebt hat.

Im Moment allerdings haben mein bester Freund und ich gänzlich andere Schlachten zu schlagen… Die Gerüchte um Riley Kings Tod haben in der Großstadt ein untragbares Ausmaß angenommen. Ich muss handeln und hart gegen die Anschuldigungen vorgehen, wenn ich Kathrine in ein einigermaßen solides Umfeld zurückbringen will. Natürlich ist ihr bewusst, dass es kein Zuckerschlecken wird – sie ist schließlich meine ehemalige Managerin – aber ich tue mein Bestes, die Wogen schon vorab zu glätten. Aus diesem Grund wähle ich die Nummer meines Anwaltes und verbringe die nächsten zweieinhalb Stunden damit, spezifische Zeitungen, Magazine und Großmäuler aus dem Internet aufzulisten, die von der Kanzlei Post bekommen sollen.

❄

Eine Sache wurmt mich, je weiter der Tag voranschreitet: Ja, ich bin hauptsächlich nach Snow Falls gezogen, um Kathrine wiederzusehen. Aber ich habe mich ehrlich darauf gefreut, mich auf den verschiedenen Seen ein wenig austoben zu können, ohne direkt zwei Dutzend Paparazzi am Arsch kleben zu haben. Das letzte Mal auf dem Eis war ich, als Matt mich völlig weggetretenes Wrack von den *Ice Jedis* getrennt hat. Ich habe über sechs Jahre lang keine Schlittschuhe mehr getragen oder eine Eisfläche betreten. Und es fehlt mir so sehr, dass es manchmal an körperliche Schmerzen grenzt.

Aber hier, wo es mindestens sechs zugefrorene Seen rund um Snow Falls gibt… Das verlangt doch regelrecht nach einem Versuch. Plus, ich könnte Kathrine auf dem Eis sehen. Fuck ich liebte es, wie sie in Schlittschuhen dahinglitt – wie die verdammte Eiskönigin, die sie ist: mit angeborener Grazie und völliger Ahnungslosigkeit gegenüber ihrem Hofstaat vortanzend und alle Anwesenden mit ihrer bloßen Anwesenheit blendend.

Matt hat mir dazumal mehr als einmal den Ellenbogen in die Seite gerammt und mir zugemurmelt, dass ich Kathrine zu offensichtlich anglotze. Hier in Snow Falls wäre das egal; ich könnte sie anhimmeln und das Eis unter ihren Schlittschuhen küssen – oder besser, *sie* küssen, und es wäre für jeden zufälligen Zuschauer völlig in Ordnung. Kein Drama, kein Skandal. Einfach nur Constantine und Kathrine, wie damals am College.

Scheiße, ich habe wegen meiner Karriere echt alles Wichtige aus den Augen verloren ...

KATHRINE

36

Fiona zieht einen Flunsch. »Das meinst du doch nicht so.«

Ich lächle versöhnlich und lege ihr tröstend die gesunde Hand auf den Arm.

»Doch, Fiona«, erwidere ich. »Und es bedeutet auch, dass du unweigerlich jemand anderes einstellen musst.«

»Ich kann niemanden sonst einstellen«, schleudert sie mir entgegen. Sofort verzieht sie das Gesicht zu einer Grimasse. »Entschuldige, das kam härter rüber, als ich wollte.«

»Schon okay.«

»Nein, es ist nicht okay«, widerspricht sie mir erbittert. »Gordon hat mich davor gewarnt, dass du aus Snow Falls wegziehen könntest.«

Überrascht schiebe ich die Brauen hoch.

»Es aus deinem Mund zu hören, schmerzt dann doch mehr, als gedacht«, fährt sie fort und seufzt tief und lang. »Aber ich verstehe die Beweggründe.«

Ich deute ein Nicken an. »Alles an diesem Ort erinnert mich an ihn.«

»Dieser miese...« Sie verstummt, legt ihre Hand auf meine und drückt sie mitfühlend. »Werden wir uns wiedersehen?«

»Natürlich«, versichere ich ihr. Und ich glaube daran – ich bin felsenfest davon überzeugt, dass Fionas und meine Freundschaft auch die Distanz übersteht, die uns bald trennen wird.

Das verräterische Glitzern in ihren Augen lässt einen Klumpen in meinem Hals entstehen.

»Wer weiß«, witzle ich deshalb mit einem forcierten Schmunzeln, »vielleicht gefällt dir das Großstadtleben bei einem Besuch so sehr, dass du und Gordon zu uns zieht.«

»Ja, vielleicht.« Ihre Stimme klingt erstickt. »Dem Laden würde es gut tun – mehr Kundschaft.« Beim letzten Wort bricht ihre Stimme und wir liegen uns heulend in den Armen.

❄

Brandon hat die Nachricht selbstverständlich gelassener aufgenommen und mir für die Zukunft viel Erfolg gewünscht. Zudem hat er, ziemlich zerknirscht, nach Constantines Autogramm gefragt – angeblich für seinen Sohn, aber wir beide wissen, dass er es für sich selbst will.

Dementsprechend gut gelaunt komme ich bei Constantine an, und als er mich sofort in die Arme schließt und meinen Hals mit Küssen bedeckt, ahne ich, wie viel es ihn an Selbstbeherrschung gekostet hat, mich heute nicht doch zur Arbeit zu begleiten. Ich kann seine Sorge nachvollziehen: Wäre er derjenige gewesen, der entführt worden ist, ich würde ihm auf Schritt und Tritt folgen wollen, um sicherzugehen, dass er in Ordnung ist.

»Du bist endlich zurück«, murmelt er gegen meine Haut. Weitere Küsse landen auf meinem Schlüsselbein, und ich bin kurz davor, mich zu vergessen und seinen Avancen nachzugeben.

»Lass mich sicherstellen, dass dir nichts fehlt«, bittet er leise, kehrt zu meinem Mund zurück und küsst mich mit einer Sehnsucht, die in mir widerhallt. Seine Hände wandern über meine Arme nach unten, umfassen meine Hüften und ziehen mich eng an sich. Der Kuss wird drängender, und ich spüre seine Erektion an meinem Bauch.

Es kostet mich alle Kraft, Constantine nicht nachzugeben, sondern mich sanft aber bestimmt aus seiner Umarmung zu lösen und ihn mit einem Lächeln an unsere Pläne zu erinnern. »Du weißt doch, dass Matt uns gebeten hat, das Spiel heute Abend anzusehen.«

Seine Miene verfinstert sich und er platziert mehrere Küsschen auf meiner rechten Wange und meinem Mundwinkel.

»Das können wir aufzeichnen und später anschauen«, murmelt er rau. Seine Hände fahren über meinen Bauch, hinauf zu meinen Brüsten, und er brummt sinnlich.

Spielerisch klatsche ich ihm auf die Finger. »Ah-ah!«

Fest entschlossen trete ich einen Schritt zurück.

»Was wir versprechen, das halten wir auch«, rufe ich ihm in Erinnerung.

In seinen Augen brennt der Hunger nach mir, und seine Erektion beult die eisblaue Trainingshose aus, die er heute trägt. Einen Moment lang zweifle ich nicht daran, dass er mich erneut in seine Arme schließen und mich so lange küssen wird, bis ich nachgebe. Aber dann tritt ein bittersüsses Lächeln auf seine Lippen und er stößt kontrolliert die Luft aus. »Du hast recht.«

Mit einem Stich der Enttäuschung zieht sich mein Herz zusammen, und meine Finger zucken vor Verlangen, ihn zu berühren und dort weiterzumachen, wo wir gerade aufgehört haben, doch ich bleibe auch mir selbst gegenüber eisern.

Matt klang am Telefon äußerst aufgebracht, als er uns vor wenigen Tagen gebeten hat, heute auf jeden Fall das Spiel der *Ice Jedis* zu schauen und auch ja früh genug einzuschalten.

Constantine lenkt meine Gedanken zurück ins Jetzt. Er arrangiert schamlos seine Erektion durch den Stoff seiner Hose und wendet sich zur Küche ab.

»Ich mache uns Popcorn und werfe ein paar Chips in eine Schüssel«, informiert er mich. »Geh und zieh dich um wenn du möchtest.«

Während er sich die Hände wäscht, eile ich ins Schlafzimmer, um seinem Rat zu folgen. Meine Hand wird weiterhin von der Schiene in Position gehalten. Sie ist lästig, jetzt wo ich aus der Röhrenjeans zu schlüpfen versuche, doch mit einigen Verrenkungen schaffe ich es am Ende doch. Heute früh hat Constantine mir geholfen, mich anzukleiden – natürlich erst, nachdem er gefühlt jeden Zentimeter Haut in heißes Wachs verwandelt hat, das sich nach mehr Zuwendung sehnte.

Leider ist mir mitsamt der Jeans auch die Unterhose hinabgerutscht. Aber ich bin so entnervt von der Ausziehaktion, dass ich sie kurzerhand vom Knöchel schüttle und es dabei belasse. Ich greife wahllos nach einer von Constantines Jogginghosen und schlüpfe hinein, ziehe den Gummizug fest und widme mich dem Oberteil. Diesmal habe ich mitgedacht und bloß einen Sport-BH angezogen, den ich neben die restliche Wäsche pfeffere, sobald ich von ihm befreit bin. Das Spaghettiträgertop ist schnell übergezogen und ich entlasse endlich meine Haare aus ihrem festen Dutt.

»Kathrine«, ruft Constantine in diesem Augenblick, »Matt hat gleich sein erstes Interview.«

Ich haste ins Wohnzimmer und lasse mich in den Sitz fallen, schnappe mir eine Portion Chips mit der Hand und meine: »Glaubst du, er hat das damit gemeint?«

Seine Augen wandern vom Fernseher zu mir, dann hinab zu meinen Brüsten und schlussendlich zu den stibitzten Jogginghosen. Ein wilder Ausdruck nimmt von ihnen Besitz, doch er schüttelt den Kopf. »Nein, ich denke, dass er auf etwas Spezifisches aus ist, das wir erst erkennen, wenn wir es sehen.« Er zuckt mit den Schultern und schaut wieder auf den Bildschirm. »Matt ist doch immer so: Er redet um den heißen Brei herum, bis man selbst kapiert, was er eigentlich will.«

Constantines bester Freund gibt sein Interview und winkt zum Abschied in die Kamera, wie er es immer tut, seit wir nicht mehr da sind. Es ist ein Salut an seinen Ex-Kapitän und dessen Managerin.

Nach seinem Interview folgen noch ein paar weitere, während derer ich mich an Constantines Schulter kuschele und mich von ihm mit buttrigem Popcorn füttern lasse.

Zum Schluss tritt Lancelot King auf die improvierte Bühne. Er lächelt selbstbewusst und reicht der Journalistin die Hand, was jene leicht erröten lässt. Automatisch verdrehe ich die Augen.

»Ich kann diesen Typen nicht leiden«, grummle ich vor mich hin.

Mein Ausbruch hat zur Folge, dass Constantine mit hochgezogenen Brauen und belustigtem Funkeln in den Augen auf mich herabschaut.

Ich wedle mit dem Arm in Richtung Fernseher und sage: »Er ist ein totaler Schleimscheißer. Sieh dir an, wie er die

Journalistin nonverbal aus dem Konzept bringt, sodass sie ihren Job nicht mehr professionell ausüben kann. Er lässt sie schlecht dastehen, damit niemand merkt, was für halbgare Antworten er da liefert.«

»Oh, ich liebe das«, meint er genüsslich. »Bitte fahr fort.«

Ich schnaube halb belustigt, halb eingeschnappt. »Das sage ich nicht, weil ich dir schmeicheln will.« Mein Ellenbogen stupst ihn warnend in die Seite. »Ich mag einfach seine aalglatte Art nicht«, gebe ich zu.

»Sollen wir das Interview stummschalten?«, will er mit erwartungsvoller Miene wissen, den Finger bereits auf dem entsprechenden Knopf auf der Fernbedienung.

Vehement schüttele ich den Kopf. »Nein. Matt hat uns gebeten, alles anzuschauen, also ...«

Ich widme mich wieder dem Bildschirm und betrachte den Kapitän der *Ice Jedis*, der gerade eine Frage mit einer Gegenfrage beantwortet.

Ja, darin bist du gut, wettere ich innerlich. *Etwas zu sagen, ohne etwas zu sagen – das ist genau dein Ding.*

Ich kneife die Augen zusammen und überlege, ob ich ihn mit Popcorn bewerfen soll, als mir etwas auffällt. Mit einem einzigen Ruck richte ich mich kerzengerade auf. »Stopp!«

Constantine gafft mich konsterniert an. »Was?«

»Halt das Bild an!«, verlange ich laut und stehe auf.

Er tut es, denn das Bild friert genau in einem Moment ein, in dem Lancelot King in Nahaufnahme zu sehen ist.

»Was ist denn los?«, fragt Constantine besorgt.

Langsam, beinahe traumwandlerisch wanke ich auf den Fernseher zu. Mein Blick ist auf den Kapitän gerichtet – besser gesagt, seine Augenpartie. Das ist es! Das wollte Matt mir zeigen! Warum ist mir das nicht früher aufgefallen?

»Das hier«, sage ich.

Ich drehe mich halb um und finde Constantine wenige Schritte hinter mir.

»Das hier ist los.« Ich strecke den Arm aus und zeige auf Lance's Gesicht.

Ich kann sehen, dass Constantine nur Bahnhof versteht, denn seine Miene ist weiterhin verdutzt.

»Seine Augen«, erkläre ich eindringlich.

Wie aus heiterem Himmel bin ich super aufgeregt und meine Hände zittern.

»Lancelot King«, flüstere ich, »hat dieselben Augen wie Riley King.«

CONSTANTINE

37

»Was?!«, stoße ich scharf hervor. Mein Gehirn hat Mühe, mit Kathrines bahnbrechender Enthüllung mitzuhalten.

»Ich bin mir absolut sicher«, sagt sie, den Arm immer noch erhoben und auf die Augen des Kapitäns zeigend.

Ich folge dem Fingerzeig mit dem Blick und studiere das eingefrorene Bild von Lance. Riley King kenne ich ausnahmslos von Fotos, die mir von Kathrine und Captain Solverson vorgewiesen wurden. Vielleicht fehlt mir deswegen die Erkenntnis, die Kathrine überkam, sobald sie sich beide Typen genauer angeschaut hat.

Aber wenn meine Freundin behauptet, in den Augen des Kapitäns der *Ice Jedis* die Augen ihres Entführers zu identifizieren, dann glaube ich ihr, verfickt nochmal. Ergo nicke ich einmal bestimmt und gehe zu ihr – ich habe bereits vorhin gesehen, wie sie zu zittern begonnen hat. Kathrine lässt sich bereitwillig in die Arme schließen, und wir stehen über längere Zeit einfach nur da und versichern uns gegenseitig stumm, dass wir für den anderen da sind, indem wir Körperwärme und -druck austauschen.

Mein Smartphone vibriert gebieterisch auf dem Couchtisch, aber ich ignoriere es. Kathrines Smartphone gibt einen kurzen Laut von sich, und sie kann nicht an sich halten: Sie zückt es aus der Jogginghose und kuschelt sich mit dem Rücken an meine Brust, sodass wir beide die Nachricht lesen können, die gerade eingegangen ist.

Matt: Hast etwas bemerkt?
Matt: Konntest du es sehen?
Matt: Sag mir Bescheid, ja?
Matt: Und sag Const, er soll sich melden.

»Ganz schön aufdringlich«, stelle ich zynisch fest.

Kathrine kichert und tippt eine Antwort ins Tastenfeld.

Danke für den Hinweis – NOT!
Riley King und Lance King sind definitiv verwandt.
Constantine weiß Bescheid. Er meldet sich dann später.

»So so«, säusle ich leise. »Ich melde mich also, hm?«

»Ja«, erwidert sie, neigt den Kopf, sodass ich ihr in die Augen schauen kann, und grinst mich an. »Aber wie ich schon sagte: später.«

»Und was geschieht bis dahin?«

Ihr Grinsen nimmt einen diabolischen Zug an. »Jetzt gehen wir aufs Revier und informieren den Captain über diesen Fund.« Sie dreht sich um und legt ihre Arme um meinen Hals, presst ein Küsschen auf meine Lippen und fährt fort: »Ich würde meine gesamten Ersparnisse verwetten, dass Lancelot King etwas mit meiner Entführung zu tun hatte. Aber leider brauche ich das Geld noch – auch wenn du ausreichend Kohle für uns beide hast.«

Ich umfasse ihren Hintern mit beiden Händen und packe zu, beuge mich zu ihr hinab und küsse sie stürmisch, ehe ich spöttisch erwidere: »Entschuldige meinen unverschämten Reichtum, Schatz.«

Sie lacht auf, stößt sich von mir ab und wählt zeitgleich die Nummer ihres Chefs. Mit einem Wink entlässt mich die Eiskönigin aus ihrer Audienz. Und ich, ergebener Untertan, der ich bin, folge dem Befehl, indem ich selbst zum Smartphone greife und Matt anrufe, bevor sein Spiel losgeht.

»Hey«, melde ich mich, als er annimmt.

»Alter, das hat total lange gedauert!«, beschwert er sich sofort. »Ich muss gleich aufs Feld.«

»Dann mache ich es kurz: Wir fahren gleich zum Revier und sprechen uns mit dem Captain ab. Ich melde mich später, okay?«

»Alles klar.«

Ich nicke und füge hinzu: »Und Matt? Ein gutes, sauberes Spiel.«

Sein Grinsen höre ich über die Verbindung hinweg. »Du kennst mich doch, Kapitän Rush.« Er legt auf.

Kathrine beendet ihr Telefonat im gleichen Moment. Sie kommt zu mir, nimmt meine Hand in ihre und fragt: »Würdest du mich aufs Revier begleiten?«

»Das fragst du noch?«, kontere ich sanft. Mit meinem Daumen streiche ich beruhigend über ihre Haut. »Natürlich komme ich mit. Und falls nötig schleppe ich Lance eigenhändig zum Verhör aufs nächste Revier.«

Obwohl sich in ihren Augen Beunruhigung breitmacht, strahlt der Rest ihres Körpers einen ansteckenden Tatendrang aus. Es ist, als ob sie die ganze Zeit über auf eine Gelegenheit wie diese gewartet hat – als ob Körper und Geist wirklich auf der Lauer lagen und jetzt auf Jagd gingen.

Ihr Blick ist felsenfest.

»Die fehlende Erinnerung an jene Zeit«, erklärt sie mir, »hat mich zwar in ein tiefes Loch getrieben, aber ich bin hauptsächlich stinkwütend daraus hervorgekommen. Ich fordere seit über drei Jahren Gerechtigkeit, und ich werde sie bekommen – wenn nicht von Riley King, dann von Lance King.« Sie atmet tief durch. »Ich bin mir zu tausend Prozent sicher, dass die beiden unter einer Decke gesteckt haben.«

Ich will ihre Hoffnungen nicht dämpfen, möchte allerdings, dass sie die Sache realistisch sieht. »Cat …«

Ihr Kopf fliegt von einer Seite zur anderen. »Ich weiß, was du sagen willst. Ich bleibe trotzdem bei meiner Vermutung.«

»Okay«, gebe ich mich geschlagen. »Dann ab ins Auto, meine Eiskönigin.« Ich hebe unsere verschlungenen Hände und drehe sie herum, gebe ihr einen Klaps auf den Hintern und lasse sie danach los. Mit einem Lächeln im Gesicht geht sie voran in den Flur, um sich Sneakers anzuziehen.

Scheiße, ich hoffe, King hat Dreck am Stecken. Ich will ihn leiden sehen, diesen miesen Wichser, für all die Gerüchte und Lügen, die er über mich in die Welt gesetzt hat. Ein Rauswurf aus dem Team wäre für seine Karriere das Ende – genau wie es das für mich war. Wie passend für die Copycat *Lancelot King*.

Die gesamte Fahrt über brüten wir über möglichen Szenarien, die den einen King mit dem anderen in Verbindung bringen könnten. Uns ist bewusst, dass wir uns hier im Lande der Spekulation befinden und nach Strohhalmen greifen, doch eine spezifische Idee wird realistischer, je länger wir darüber diskutieren. Und mit exakt dieser treten wir wenig später bei Captain Solverson über die Schwelle.

Der bärige Mann nickt uns beiden ernst zu, bevor er uns die beiden Stühle vor seinem massiven Schreibtisch anbietet.

»Setzen Sie sich und erklären Sie mir bitte noch einmal haarklein, was Sie entdeckt haben und wieso Sie glauben, dass es in Verbindung zu Riley King steht«, wendet er sich an Kathrine.

Sie beginnt sofort, zu erzählen. »Captain, ich hege den Verdacht, dass ich kein zufälliges Opfer von Riley King gewesen bin – weder bei dem Vorfall von vor drei Jahren noch von vor ein paar Wochen.«

Der Captain observiert stumm über seine verschränkten Finger hinweg und zeigt keine Regung. Kathrine scheint das Verhalten ihres Vorgesetzten gewohnt zu sein, denn sie fährt schnurstracks fort: »Wie Ihnen ja sicherlich bekannt ist, war eine meiner Kernfragen immer: ›Wieso ausgerechnet ich?‹ Nach welchem Muster ging Riley King vor, in das ich gepasst hätte?«

Sie nimmt erneut meine Hand und nutzt sie als Stressball. Ihre Finger üben so viel Druck aus, dass ich gequält das Gesicht verziehe.

»Es hat nie einen Sinn für mich ergeben«, sagt sie, völlig vertieft in ihre Erklärung. »Aber wenn wir Lance King, Kapitän der *Ice Jedis* und Nachfolger von Constantine Rush auf dem Eis, mit ins Bild nehmen, sieht die Situation ganz anders aus.«

»Inwiefern?«, bohrt der Captain nach.

Kathrine wirft die Haare über ihre Schulter und setzt sich kerzengerade hin, ihr Gesicht ist ernst und fokussiert – das ist die eisige Lady, wie sie in den Kampf zieht.

»Lance King hat vor meiner Kündigung als Constantines Managerin ihm gegenüber durchblicken lassen, dass er über unsere geheime Beziehung Bescheid wusste.«

Solverson verzieht keine Miene, seine Augen jedoch huschen für die Dauer einer Sekunde zu mir und daraufhin wieder zurück zu Kathrine.

»Wenn Lance also tatsächlich von uns gewusst hat«, folgert sie, »und von seinem Verwandten Riley erfahren hat, wo ich mich niedergelassen habe, dann wäre er durchaus in der Lage gewesen, einen perfiden Plan zu entwickeln, um Constantine auch über den Austritt aus dem Team hinaus Schaden zufügen zu wollen: Nämlich, indem er Riley mich entführen ließ, mich als Wrack zurückließ und es im Anschluss Constantine unter die Nase rieb.«

»Nur dass er das nie getan hat«, merke ich wahrheitsgemäß an.

Kathrine wirft mir einen gutmütigen Blick zu. »Ja, das hat er nicht. Wahrscheinlich hat er bemerkt, dass Rileys Besessenheit für mich außer Kontrolle geraten ist. Und als er erfuhr, dass immer mehr Frauen auf dieselbe Art und Weise verschwanden, hat er den Schwanz eingezogen.« Sie holt tief Luft und stößt sie wieder aus, als sie fortfährt. »Lancelot King hätte sich selbst verraten, hätte er Constantine von der Tat erzählt. Ich habe nie jemandem die komplette Geschichte erzählt – nicht einmal der Psychologin, die ich damals aufsuchte.«

Ehrlich gesagt traue ich Lance diesen kriminellen Zug überhaupt nicht zu, aber es passt alles wie die verfickte Faust aufs Auge. Dieses Szenario würde vieles erklären, aber auch Dutzende neue Fragen aufwerfen; zumindest für mich. Falls sich das also als wahr herausstellen sollte, werde ich Lance fucking King verdammt oft besuchen, bis ich Antworten auf alle meine Fragen bekommen habe.

Kathrine zieht scharf die Luft ein und drückt meine Hand noch einmal heftiger.

»Die Journalisten!«, verkündet sie mit geweiteten Augen. »Er hat ihnen Tipps gegeben, damit sie darüber berichten! Um deinen Ruf zu zerstören, hat er wieder und wieder Gerüchte gestreut und alte Geschichten aus deiner Zeit im Heim ausgegraben.«

Der Captain räuspert sich und wir schauen zu ihm. Er mustert erst mich, dann meine Freundin und legt seine Hände auf den Tisch. »Cathy, ich bin kein Freund von Intrigen und Geschichtenspinnereien, das wissen Sie.«

Das Herz sackt mir in die Hose, aber mein Puls jagt in die Höhe. Wie kann er es wagen –

»Aber ich muss schon sagen«, meint er und lächelt anerkennend, »dass Ihr Verdacht verdammt glaubwürdig klingt. So sehr sogar, dass wir darauf basierend einige Nachforschungen aufstellen können.«

»Ja!«, entfährt es Kathrine.

Der Captain sieht zu mir und fragt: »Wären Sie bereit, eine offizielle Aussage der Polizei gegenüber zu machen, was diese Bemerkung von Lancelot King betrifft?«

»Aber natürlich.«

Er bedankt sich mit einem Nicken und wendet sich erneut an Kathrine. »Basierend auf diesem Verdacht werden wir Mr Riley Kings Anrufliste durchgehen und sie nach Gesprächen mit Mr Lancelot King abgleichen. Falls die Zeitpunkte auch nur ansatzweise in den Zeitstrahl passen, werden wir letzteren aufs Revier bitten. Dafür werden wir mit dem Städtischen Police Department zusammenarbeiten.«

Kathrine erhebt sich und stürmt um den Tisch herum, um Solverson ungeniert um den Hals zu fallen.

»Danke, Captain«, jauchzt sie. »Vielen Dank!«

Der Captain tätschelt ihr verlegen den Rücken und hält mit mir Blickkontakt, bis Kathrine sich von ihm löst und zu mir zurückkommt. Sie setzt sich nicht wieder hin, sondern streckt die Hand aus. »Dann haben wir hier alles getan, was getan werden konnte. Komm, wir fahren nach Hause und planen den Umzug.«

»Captain«, richte ich meine Worte an ihn. »Ich möchte mich von Herzen dafür bedanken, dass Sie auf Kathrine aufgepasst haben, als Sie Ihre Hilfe gebraucht hat.«

Ich strecke ihm die Hand entgegen und er nimmt sie. Im Anschluss daran wende ich mich meiner Freundin zu und wir verlassen das Snow Falls P.D. mit neuer Hoffnung.

Am Ford Ranger halte ich sie nochmals zurück und dränge sie rückwärts gegen die Beifahrertür. Sie sieht verwirrt zu mir auf und will schon den Mund aufmachen, doch ich lege einen Finger darauf und schüttele den Kopf. Mein Herz platzt gleich verfickt nochmal aus allen Nähten, wenn ich ihr nicht sofort sage, was ich fühle.

»Ich bin unfassbar stolz auf dich«, raune ich und umfasse ihre Wangen mit den Händen. »So verdammt stolz!« Meine Stimme droht zu brechen, also nehme ich mir einen Augenblick, um mich zu fassen.

Kathrine blickt schweigend und mit großen Augen zu mir auf. Ich würde sie am liebsten hier und jetzt küssen, bis wir vergessen, wo wir sind, sie ins Auto locken und Liebe mit ihr machen, bis sie meinen Namen schreit. Die ganze Welt soll wissen, dass Kathrine Solomon meine Freundin ist – die eine, die einzige, die alleinige Sucht in meinem Leben.

Stattdessen wähle ich meine Worte vorsichtig. »Du bist und bleibst die eisige Lady der *Ice Jedis* – egal, was alle andere sagen. Du warst mein Schild, mein Schwert und die Wand zwischen den Medien und mir. Wann immer ich dich gebraucht habe, warst du da.«

Ihre Augen beginnen zu glitzern vor ungeweinten Tränen und ich lächle sanft. »Ab jetzt schütze ich mich selbst. Und ich werde *dein* Schild, *dein* Schwert sein. Wir werden die Mauer zusammen errichten, und gemeinsam entscheiden, was wir den Medien zum Fraß vorwerfen. Einverstanden?«

Ihre Züge strahlen vor Freude. »Einverstanden.«

Sie kommt mir entgegen und wir küssen uns, für meinen Geschmack viel zu kurz, bevor wir in den Wagen steigen und nach Hause fahren.

❄

Gunnys Name erscheint erst am nächsten Morgen auf dem Display meines Smartphones. Der kleine Scheißer hat Muffensausen, denn er hofft tatsächlich, mich mit einer simplen Nachricht abspeisen zu können.

Gunny: Sorry, ich war gestern nicht ganz zurechnungsfähig. Melde mich, sobald ich meine Arbeit erledigt habe.

Arbeit? Der Knilch? Oh nein, nicht mit mir! Wozu schicke ich ihm wöchentlich sechshundert Tacken?

Kathrine ist arbeiten gegangen und hat mich mit der Anweisung zurückgelassen, den Umzug zu planen. Da ich damit schon seit Stunden fertig bin und mit dem Packen einiger Kisten angefangen habe, nehme ich mir die Freiheit, Gunnys Nummer zu wählen.

Es klingelt fünfzehn Mal, bevor er endlich rangeht. Er muss wohl eingesehen haben, dass ich ein verfickt sturer Bock bin.

»Gunny«, begrüße ich ihn mit einem deutlich knurrigen Unterton.

»Jo, was geht?«, fragt er betont gleichmütig.

Ich habe keinen Bock auf Spielchen. »Dein Auftrag für mich ist hiermit offiziell beendet.«

Der Gleichmut schlägt in Sekundenschnelle in Gehetztheit um. »Was, nein! Warte, Mann, ich kann–«

»Ich will keine Ausreden hören«, unterbreche ich ihn kalt. »Du hast absolut zero dazu beigetragen, Cathys Entführer zu fassen oder uns davor zu warnen, dass er in ihrem Block war.«

»Ich wusste doch nicht, dass der Typ der Täter war!«, gibt er mir lautstark Kontra.

Ich stoße ein entnervtes Seufzen aus. »Ich sagte dir, melde mir *alles*, was von der Norm abweicht, Gunny. *Alles*! Dass ein Kerl im Viertel auftaucht, den du noch nie zuvor gesehen hast, war die erste Abweichung. Dass er ausgerechnet in ihren Block geht die Zweite. Dass er nach wenigen Sekunden schon wieder rausgeschlichen kam, war die Dritte.«

Gunny schweigt. Ich kann seinen rapiden Atem hören, aber das ist alles, was ich kriege. Bin ich zu hart ihm gegenüber? Er ist trotz allem noch ein Kind – zwar ein volljähriges Kind, aber trotzdem...

Wieder seufze ich und murmele: »Als Aufpasser hast du komplett versagt, Knilch. Schon allein deswegen sollte ich dich nie wieder anheuern. Aber…« Hier mache ich eine Kunstpause und versichere mich mit einem Blick auf den Bildschirm, dass er noch dran ist. »Kathrine will noch diesen Monat zurück in die Stadt. Deshalb endet dein Auftrag an dieser Stelle.«

Gunny stößt einen beleidigten Laut aus, bleibt ansonsten jedoch still. Aber dieser kleine Ausbruch verrät mir genug: Der Bengel heult.

»Also pack deine Sachen«, sage ich rasch. »Und deine Schwester ihre auch. Ende Monat ziehen wir in meine Villa.«

Gunny bricht, ganz entgegen meiner Erwartungen, nicht in Jubelgeschrei aus. Wilde Schluchzer ergreifen von ihm Besitz, die ich übers Telefon mit anhöre.

Damit ihm die Situation nicht allzu peinlich ist, füge ich belehrend hinzu: »Wenn wir in der Stadt sind, wird einiges anders, Gunny. Du wirst auf deine Schwester achtgeben müssen, wenn ihr gemeinsam zur Schule geht.«

»Schule?«, wiederholt der Knilch ungläubig und halb erstickt.

»Ja, Schule.« Meine Stimme wird weicher. »Du hast deine abgebrochen, um für Sandrine zu sorgen, was absolut lobenswert ist, Mann, aber du brauchst eine solide Basis, wenn du im Leben mal was werden willst, was mehr ist als eine Kanalratte.« Ich lache einmal auf. »Nimm den Tipp von dem Typen an, der sich sein Leben lang alles erkämpfen musste.«

»Aber ich habe keine Kohle für Schule«, erwidert er ein wenig heiser.

»Denkst du, ich bin ein verfickter Geizhals, Gunny?«

»Ich kenn' dich nicht, Mann.«

»Okay«, antworte ich ernst, »dann mal zum Mitschreiben: Ich melde euch beide an einer Schule an, ich bezahle für eure komplette Ausbildung, und ich lasse euch so lange in der Villa wohnen, bis ihr so weit seid, euer eigenes Leben zu bestreiten. Ihr seid vom Zeitpunkt des Umzugs an in meiner Verantwortung, als wärt ihr meine eigenen verfickten Kinder, kapiert?«

Gunnys Schlucken dringt bis zu mir vor. »Okay.«

»Ich bin noch nicht fertig«, sage ich. »Das alles ist an Bedingungen geknüpft.«

»War ja klar«, braust er auf, doch ich rede einfach weiter.

»Wenn ich mitbekomme, dass einer von euch beiden was mit Drogen zu tun hat, bin ich raus. Ich bin selbst Ex-Süchtiger, ich *könnte* euch gar nicht helfen. Und Kathrine würde es das Herz brechen, euch abstürzen zu sehen.« Wieder mache ich eine kurze Pause, um die Worte sacken zu lassen. »Und wenn ich spitzkriege, dass ihr mich auf irgendeine Art hintergeht, die über die übliche jugendlichen Sünden hinausgeht, werfe ich euch raus. Wir werden eine verfickte Familie sein, auch wenn wir nicht butsverwandt sein mögen. Da erwarte ich gegenseitigen Respekt und Motivation, aus dem Leben etwas Positives zu machen.«

»Verstanden«, vermeldet er.

Mit hochgezogenen Brauen frage ich: »Sicher? Keine Gegenworte? Keine Verhandlungen?«

»Nope. Deine Bedingungen klingen superfair, Mann.«

»Gut«, stoße ich erleichtert aus. »Dann teile deiner Schwester mit, dass wir Ende Monat 'nen Abgang machen. Ich melde sie in Snow Falls von der Schule ab und euch beide bei mir um die Ecke wieder an.«

»Danke, Constantine.« Gunnys Stimme bebt voller unterdrückter Emotionen. »Danke, dass du uns eine Chance gibst.«

Ich schnalze mit der Zunge. »Die hat Kathrine euch doch schon gegeben. Danke also ihr. Sie hat uns alle drei gerettet.«

Mit diesen Worten lege ich auf.

KATHRINE

38

»Endlich Wochenende!« Ich falle aufs Sofa – der einzige Ort, der zu diesem Zeitpunkt nicht im völligen Chaos versinkt.

Constantine hat Wort gehalten und innerhalb weniger Tage alles Nötige in Umzugskisten verpackt. Anderthalb Wochen haben wir uns durch einen Dschungel voller Boxen bewegt. Morgen früh wird das Umzugsunternehmen uns endlich davon befreien.

Constantines Hand erscheint vor meinen Augen, in ihr ein Glas Limonade. Er hält es am oberen Rand, sodass ich es wie gewohnt umfassen kann.

»Was sind deine Pläne für diesen letzten Abend in Snow Falls?«, fragt er, während er sich auf die Rücklehne des Sofas stützt und mich von der Seite her anschaut.

»Mhh«, mache ich und nehme einen Schluck Limo. »Erst einmal will ich mich meinem Blog widmen. Es ist an der Zeit, das letzte Kapitel zu schreiben.«

Seine Brauen wandern in die Höhe. »Wow. Das ist verdammt cool.«

Meine Wangen werden trotz des kühlen Getränks warm. »Ich muss es einfach aus dem Kopf bekommen, und es niederzuschreiben hilft mir dabei.«

Seine Miene wird mitfühlend und er meint: »Du weißt, du kannst jederzeit mit mir reden.«

Ich lächle ihm beruhigend zu. »Ich weiß. Danke.«

Wir verschränken unsere Finger für einen Augenblick und sehen uns an. Dann fragt er: »Und danach?«

»Ich weiß nicht – Netflix and chill?«

Er grinst ungeniert, drückt ein Küsschen auf meinen Handrücken und erwidert: »So liebend gern ich das machen würde – ich habe eine Überraschung vorbereitet, und ich möchte dich gern darum bitten, um zwanzig Uhr ausgehfertig zu sein.«

»Eine Überraschung?«, wiederhole ich mit einem vor Aufregung hüpfenden Herzen.

Er nickt und grinst schelmisch. »Meine Lippen sind versiegelt. Sei einfach bereit und sei dir bewusst, dass wir nicht allein sein werden.«

Hibbelig ziehe ich die Unterlippe zwischen die Zähne und knabbere daran herum, bis ich die Worte nicht mehr zurückhalten kann. »Ich weiß nicht, ob ich jetzt noch den Kopf freikriege, um an meinem Blog zu arbeiten.«

»Oh das wirst du«, kontert er spöttisch, entzieht mir seine Hand und richtet sich auf. »Ich geh dann mal meine Sachen fertig einpacken und organisiere für Morgen früh die Reinigungskräfte.«

Mist! Er lässt mich mit dieser winzigen Brotkrume allein, die er gestreut hat, und lacht sich dabei wahrscheinlich auch noch ins Fäustchen. Ich verenge die Augen zu Schlitzen und werfe ihm einen gespielten Todesblick zu, doch Constantine lacht bloß auf, macht eine Kusshand und verschwindet im Flur in Richtung Schlafzimmer.

Sobald er außer Sicht ist, kichere ich gut gelaunt vor mich hin und schnappe mir meinen altersschwachen Laptop vom Couchtisch. Ich öffne die Website meines Blogs und logge mich ein. Den neuen Beitrag habe ich bereits vor einigen Tagen angelegt, nur ist er bis dato leer geblieben, weil mir die Zeit zum Schreiben gefehlt hat. Einige Minuten lang starre ich auf die weiße Fläche, dann bewegen sich meine Finger wie von selbst.

Der Tag, an dem ich von meinem ehemaligen Entführer entführt wurde
28. November 2024, von Solkapi

Vor mittlerweile über drei Jahren wurde ich mit K.O.-Tropfen betäubt und zwei Tage lang entführt. Aber das dürfte jeder einzelnen von euch klar sein, die ihr meinen Blog über all die Jahre hinweg verfolgt habt.
Was vielen von euch allerdings neu sein wird, ist die Tatsache, dass ich vor zwei Monaten vom gleichen Täter nochmals entführt worden bin – diesmal mit der Absicht, mich für immer bei sich zu Hause festzuhalten.
Nach mehreren Stunden der Gefangenschaft hat sich eine Chance für mich aufgetan und ich habe sie genutzt. Ich habe mich selbst befreit – und wäre dabei beinahe gestorben. Und ich bereue nichts davon; ich würde es wieder tun. Noch länger in der Präsenz dieses geistig verwirrten Mannes zu bleiben hätte gravierende Folgen haben können. Er hat mehr als deutlich gemacht, dass er mich als sein Eigentum ansieht, und dass ich ihm aus seiner Sicht, weil ich mich mit einem anderen Mann getroffen habe, fremdgegangen bin. Er hat mich geschlagen, mich erniedrigt und beleidigt. Trotzdem ist da ein Funken Mitleid in mir – und ich hasse mich dafür. Hätte ich die Gelegenheit nicht genutzt und wäre geflohen, dieser Mann hätte mich sexuell missbraucht und mich als Wrack zurückgelassen. Er hätte mich höchstwahrscheinlich geschwängert und mich gezwungen, bei ihm zu bleiben, mit was für Mitteln auch immer. Zudem hat er in seinem kranken, verzweifelten Versuch, mir gegenüber wahrhaftig zu bleiben, vier anderen Frauen K.O.-Tropfen verabreicht, sie entführt und – im Gegensatz zu mir – vergewaltigt. Also warum, zum Teufel, habe ich Mitleid für ihn? Ja, er war geistig verwirrt, und in seinen Augen waren wir einander versprochen, aber das macht es noch lange nicht auch nur ansatzweise okay, so zu handeln.
Ich habe zwei angeknackste Rippen, eine schwere Gehirnerschütterung und ein gestauchtes Handgelenk von dieser Entführung davongetragen. Meine Freunde – und mein Partner – waren an meiner Seite und haben sich um mich gekümmert. Sie haben mich aus dem Entsetzen herausgezogen, das mich am Anfang wie ein Strudel gefangen hielt. Und dann musste ich an euch denken – an jede von euch, die durch diese Hölle gegangen ist und vor der Entscheidung stand, den Vorfall zu melden oder nicht. Und ich ent-

schied mich – ein zweites Mal – dafür, die Wahrheit zu sagen. Die Erleichterung, die Trauer, die Wut, die damit freigesetzt wurden; sie haben mich immer und immer wieder überwältigt, als ich abends allein im Krankenhausbett lag. Nicht einmal mein Partner weiß, wie ich mich in diesen dunklen Stunden gefühlt habe. Und das muss er auch nicht – denn irgendwann werde ich diesen Knoten aus Emotionen hinter mir lassen und vergessen können.
Ich würde gern berichten, dass der Täter gefasst wurde, aber diesen Triumph kann ich euch nicht bieten, denn er ist knapp zwei Wochen später tot aufgefunden worden. Die Polizei steckt bis heute knietief in Ermittlungen, was den Fall betrifft, und sie verraten nicht einmal mir, ob es ein natürlicher Tod oder ein Mord gewesen ist.
Jedenfalls will ich euch zum Abschluss noch sagen, dass ich einen Neuanfang wage – schon wieder. Ich werde ans andere Ende des Landes ziehen und diese traumatischen Erlebnisse hinter mir lassen. Nachdem ich meinen Masterabschluss in der Tasche habe, den ich natürlich trotzdem machen will, werde ich ein großes Projekt starten, das mit der Meldung und Ermittlung von Sexualstraftätern zu tun haben wird.
Spätestens dann werdet ihr erfahren, wer ich bin. Und ich bitte euch inständig: Kommt auch weiterhin auf mich zu, teilt eure Erfahrungen und fragt andere hier um Hilfe. Dieser Blog bildet den Grundstein einer lang gehegten Idee, die hoffentlich bald schon Wirklichkeit wird.

So long,
Solkapi

Ich kann es nicht wirklich fassen: Der Blog, den ich geschaffen hatte, um mit meiner blinden Wut und Enttäuschung über mich selbst klarzukommen, gelangt – zumindest in dieser Form – an sein Ende. Der Täter ist gefunden, die Tat mir gegenüber gestanden. Nur die Narben werden bleiben – sowohl die sichtbaren als auch die unsichtbaren.

Nichtsdestotrotz werden diese Frauen aus aller Welt in meinem Herzen bleiben. Sie, die mich unterstützt und angetrieben, mir Mut gemacht und mich aufgebaut haben.

»Ich bin nur für eine Weile weg«, flüstere ich und schließe die Augen, um mich mental von ihnen zu verabschieden. »Ich komme wieder – und das mit einem Knall. Versprochen.«

❄

Um Punkt zwanzig Uhr stehe ich in der Diele, meine Haare sind zu Locken geformt und in einem hohen Pferdeschwanz gebunden. Ich habe mir die Mühe gemacht, mich minimal zu schminken, um die Augen und Lippen zu betonen. Meine Gestalt steckt in rostroten Leggins. Dazu ein T-Shirt in Überlänge, das mit einem Gürtel Akzente setzt.

Constantine tritt aus dem Schlafzimmer und mein Atem bleibt mir in der Kehle stecken. Er trägt einen maßgefertigten dunkelblauen Anzug, der seiner Figur mehr als schmeichelt. Seine Finger sind damit beschäftigt, die Manschetten zu befestigen, und er sieht gedankenverloren zu mir herüber – wahrscheinlich um zu prüfen, dass ich pünktlich bin. Bei meinem Anblick bleibt er wie angewurzelt stehen. Seine Augen wandern von meinem Gesicht abwärts, über meine Oberweite hinweg zu meinen Beinen bis zu den schwarzen Pumps und wieder nach oben.

»Du siehst fantastisch aus«, sagt er schließlich mit diesem speziellen Unterton, der fast als Schnurren bezeichnet werden kann.

»Danke.« Ich spüre die Hitze in meine Wangen steigen. »Du aber auch.«

Er zuckt mit der rechten Schulter, schließt die Manschetten und widmet mir seine ganze Aufmerksamkeit. Die himmelblauen Augen drohen, mich auf der Stelle zu verschlingen, und die Hitze wandert auch in niedrigere Regionen meines Körpers. Eine Sekunde lang wünsche ich mir, ich hätte auf die Leggins verzichtet, sodass er mich genau hier und jetzt an die Wand pressen und verführen könnte, aber dann komme ich wieder zur Besinnung und erinnere mich an die Überraschung, die er mir versprochen hat.

Constantine tritt auf mich zu, beugt sich zu mir herab und küsst mich auf die Wange. Dann raunt er: »Oh, glaub nicht, dass du so leicht davonkommst. Ich werde dich in diesen Klamotten ficken, meine Eiskönigin. Die Frage ist nur, wie lange ich meine blauen Eier in Schach halten kann – und du deine nasse Pussy.«

Hörbar ziehe ich die Luft zwischen die Lippen. Constantines Dirty Talk war schon immer etwas, das mich auf Touren gebracht hat, und es scheint, als hätte sich daran rein gar nichts geändert.

Sein leises Lachen dringt zu mir und lässt mir die Härchen auf den Armen zu Berge stehen vor Spannung.

Er richtet sich auf, streckt mir eine Hand hin und versenkt die andere locker in der Anzughose. Mir wird bewusst, dass ich ziemlich offensichtlich auf die Wölbung starre, die sich darunter abzeichnet und mein Blick schnellt zu seinem Gesicht hoch.

»Wollen wir?« Seine Augen glitzern amüsiert.

Wortlos reiche ich ihm meine Hand. Er schnappt sich die Schlüssel aus der Schale auf der Anrichte und seinen grauen Mantel vom Kleiderhaken, reicht mir meinen und führt mich anschließend nach draußen.

Irritiert stocke ich. »Wo ist dein Jeep?«

Er lächelt gelassen und meint: »Wenn wir mit vier Personen durchs ganze Land fahren, reicht ein Jeep mit zwei Sitzen nicht aus.«

Mit einem behutsamen Ziehen an meiner Hand bringt er mich zum Weitergehen. Mit gemischten Gefühlen nähere ich mich dem silberfarbenen, viertürigen und total unscheinbaren grauen Kombi, der auf dem Parkplatz steht.

»Deswegen habe ich ihn austauschen lassen, als du deinen Blog geschrieben hast«, fügt Constantine seiner Erklärung hinzu. »Es ist bloß das Auto, welches uns an unser Ziel bringt, Cat. Zu Hause wartet mein Camaro auf uns.«

Die Erwähnung seines berühmten, eisblauen Camaros beruhigt mein unruhig holperndes Herz und ich bringe ein Lächeln zustande. Ich bin mir nicht sicher, ob ich zum jetzigen Zeitpunkt bereit für einen Langzeitfamilienwagen gewesen wäre.

»Schnell, steig ein, bevor dir zu kalt wird«, bittet er mich und hält mir die Beifahrertür auf.

Ich folge der Aufforderung und setze mich hin, meine Bauchregion mittlerweile zu einem Mix aus Aufregung, Angst und Ungewissen verknotet. Was hat er sich bloß für mich ausgedacht? Ich hoffe doch sehr, dass er nicht ins *Dr. Jekyll* will. Selbst wenn mir dort vonseiten Riley King keine Gefahr mehr droht, will ich den Laden nie wieder von innen sehen müssen – zu krasse Erinnerungen sind damit verbunden.

Constantine setzt sich auf die Fahrerseite und startet den Motor. Meine Aufregung schlägt Purzelbäume, als er in die Hauptstraße von Snow Falls einbiegt und an den Gebäuden vorbeifährt, die in der Zwischenzeit meine zweite Heimat geworden sind. Vor dem *La chute de neige* parkt er endlich, und meine Sorge verwandelt sich in Wohlgefallen: Das Restaurant ist mir tatsächlich ans Herz gewachsen, und ein letztes Mal hier zu essen, ist eine fantastische Idee.

Constantine hilft mir umsichtig, aus dem Wagen zu steigen – was bei den vielen Schneehaufen am Straßenrand eine wahre Herausforderung darstellt. Daraufhin hake ich mich bei ihm unter und er führt mich zum Restaurant. Das breite Fenster, das sich rechts vom Eingang erstreckt, ist mit schwarzer Folie abgeklebt worden, und ich bleibe irritiert stehen.

»Was–«

»Oh, beachte das gar nicht«, merkt Constantine an und lächelt auf mich herab, als ich mein perplexes Gesicht ihm zuwende.

»Haben sie auch wirklich geöffnet?«, will ich wissen.

Er nickt und macht einen Schritt, um zu prüfen, ob ich ihm folgen werde. Natürlich tue ich das und er zieht die Eingangstür für mich auf und lässt mich zuerst eintreten.

Ein ebenfalls schwarzer, schwerer Vorhang wurde um die Tür herum aufgehängt, und ich warte, noch verwirrter als zuvor, dass Constantine ihn so weit auseinanderzieht, dass wir hindurch schlüpfen können. Wieder lässt er mir den Vortritt.

Mitten im Schritt bleibe ich stehen. Fiona und Gordon, Captain Solverson und Claudette aus der Forensik, Samuel Finnicki und Susan, und sogar Gunny und Sandrine haben sich in einer Zweierreihe aufgestellt. Sie alle strahlen und rufen im Chor: »Überraschung!«

Die normale Bestuhlung des Restaurants ist einer hufeisenförmigen Aufstellung gewichen, die gen Küche hin geöffnet ist. Niemand außer uns zehn scheint heute Abend hier zu sein, also vermute ich einfach mal ins Blaue hinaus, dass Constantine das gesamte Etablissement gebucht hat.

Ich nehme die veränderten Eindrücke in mich auf, lasse die Stimmung ein paar Sekunden auf mich wirken und grinse dabei übers ganze Gesicht. Constantine kommt durch den Vorhang und drückt mir ein Küsschen auf die Wange, ehe die anderen mich in Beschlag nehmen. Fiona führt mich zum Tisch am oberen Ende des Hufeisens und drückt mich sanft in den Stuhl. Kurz darauf wird Constantine neben mich platziert und alle klatschen und reden durcheinander.

Die Küche serviert den Aperitif und wir stoßen auf Constantines und meine Gesundheit an, dann widme ich mich Gunny und Sandrine, die ein wenig eingeschüchtert links von mir sitzen und am Besteck herumfummeln.

»Habt ihr alles fertig gepackt?« Mein Ton ist locker und luchst Sandrine ein zurückhaltendes Lächeln ab.

»Ja«, erwidert sie. »Wir haben alles dabei, ganz wie Mr Rush es wollte.«

Ich ziehe überrascht die Brauen hoch. »Er wollte, dass ihr all euer Zeug hierher mitbringt?«

Sie nickt, und ich spüre einen Anflug von Ärger in mir Aufwallen. Die beiden sind sicher mit dem Bus angereist. Das heißt, sie mussten ihr Hab und Gut durch die Gegend schleppen wie zwei Obdachlose!

Gunny scheint meinen Unmut zu bemerken. »Fiona und Gordon haben uns netterweise gefahren«, schaltet er sich ein. Er grinst und zwinkert mir wissend zu. »Constantine hat an alles gedacht, Cathy.«

Das gibt meiner Empörung den entsprechenden Dämpfer, und ich lächle ihm dankbar zu.

»Ich dachte, sie können die letzte Nacht bei uns verbringen«, mischt sich Constantine von meiner rechten Seite ein. »Dann haben wir morgen früh weniger Druck.«

»Du bist der Beste«, flüstere ich und drücke ihm ein Küsschen auf die Wange.

Seine Augen funkeln vor unverhohlenem Begehren. »Für dich gebe ich immer hundert Prozent.«

Umgehend werde ich an sein Versprechen erinnert und ich spüre freudige Hitze in meine Wange kriechen. Das scheint sein Verlangen noch zu steigern, denn er legt seine Hand auf meinen Oberschenkel und zieht verführerische Kreise auf meinen Leggins, indes er sich zu mir herüber lehnt und flüstert: »Wenn wir hier fertig sind und die Kids ins Bett gebracht haben, werde ich dich nicht mehr aus dem Schlafzimmer lassen.«

Ich drehe den Kopf, sodass ich aus den Augenwinkeln sein Gesicht sehen kann. Sein gieriger Blick lässt mein Herz einen freudigen Sprung machen und meinen Atem stocken.

»Hey ihr zwei, was tuschelt ihr die ganze Zeit«, ruft Gordon über die Tische hinweg. »Nehmt mal ein bisschen an eurem Abschied teil, ja?«

Kichernd wende ich mich wieder der Runde zu. Constantines Hand drückt meinen Oberschenkel einen Ticken härter, doch seine Miene hat sich zu der mir allzu vertrauten, dauerlächelnden Maske verwandelt.

CONSTANTINE

39

Die stämmigen Umzugshelfer stapeln die letzten drei von mir gepackten Kisten umsichtig in den Laster, der vor dem Haus parkt.

»Wie besprochen«, weise ich den Chef an, während ich dankend seine Hand schüttele.

Er nickt und wiederholt die Anweisungen für mich. »Wir fahren zur besprochenen Adresse, wo uns ein Mr Daveys erwartet und anweist, wo was hinkommt.«

»Exakt.«

Ich warte, bis der Lkw außer Sicht ist, ehe ich zurück ins Haus gehe. Kathrine, Sandrine und Gunny fläzen auf dem Sofa und ziehen sich irgendeine Serie rein, bis ich den Startschuss zum Aufbruch gebe.

Aber ich habe noch etwas anderes vor, und dafür brauche ich meine Eiskönigin. Ergo gehe ich zu ihr und umarme sie von oben herab.

»Hey«, begrüßt sie mich, »hat alles geklappt?«

Ich nicke und wende mich Gunny zu. »Kommt ihr für ein oder zwei Stunden allein klar?«

Kathrines neugieriger Blick bohrt sich in meine Schläfe, aber ich fixiere den Knilch, der einmal nickt und grinsend den Daumen-hoch zeigt.

»Komm«, ordne ich Kathrine an und ziehe sie vom Sofa. Sie trägt legere Kleidung für die lange Fahrt, die uns bevorsteht, daher wickle ich sie in ihren dicken blauen Schal und in ihre Winterjacke, bevor ich sie gestikulierend auffordere, ihre Schuhe anzuziehen.

Sie schweigt die gesamte Zeit über, bis wir im Auto sitzen und ich die Straße die Fallen Heights hinab fahre.

»Was ist los?«, will sie wissen. »Haben wir noch etwas vergessen?«

»Könnte man so sagen«, gebe ich undurchsichtig zurück.

Ich folge den Anweisungen des Navisystems, kurve aus Snow Falls hinaus und durch die mit Schnee bedeckte Landschaft.

»Const«, meint Kathrine ernst. »Du machst mir Angst mit deinem Pokerface und den wortkargen Antworten.«

Ich blinzle überrumpelt, werfe ihr einen Blick zu und lächle beruhigend. Zeitgleich strecke ich die Hand aus, die sie sofort nimmt, und erkläre: »Es gibt da etwas, das ich noch tun möchte, bevor wir für immer von hier verschwinden. Etwas, was ich seit sechs Jahren nicht mehr getan habe. Aber ich möchte es mit dir gemeinsam erleben.«

»Okay.« Ihre Antwort klingt eher wie eine Frage, doch ich lache leise und schüttele den Kopf. Ich werde die Überraschung auf keinen Fall im vornerein verraten.

Wenig später biege ich rechts ab und parke den Kombi so gut es geht am Straßenrand. Der Schnee türmt sich kniehoch abseits der Wege. Vor uns führt ein schmaler Pfad in die weiße Weite hinaus.

Mein Herz beginnt, schneller zu schlagen, und ich spüre, wie ich vor Aufregung zu zittern beginne.

»Verrätst du mir jetzt, was wir hier machen?«, fragt Kathrine, die neugierig durch die Scheiben guckt und versucht, sich zu orientieren.

»Nope«, erwidere ich amüsiert, öffne die Tür und hopse mit überquellendem Elan auf den Weg.

Sie tut es mir gleich, wenn auch weniger freudestrahlend, und folgt mir zum Kofferraum, wo ich mir die Plastikkiste schnappe, die ich gestern während der letzten Umzugsvorbereitungen dort abgestellt habe.

»Was ist da drin?«, fordert sie in einem Versuch, knallhart zu klingen.

Ich grinse, gebe ihr einen Schmatzer auf die Wange und schließe den Kofferraum. »Verrate ich dir nicht.«

Dann gehe ich los, mit der Kiste in den Händen, und folge dem engen Pfad, immer darauf bedacht, Kathrine nicht abzuhängen. Wir stapfen um eine Biegung – und sie zieht hörbar die Luft ein.

Ich drehe mich halb zu ihr um, strahle übers ganze Gesicht und frage das Offensichtliche: »Möchtest du mit mir Schlittschuhlaufen?«

Kathrines Blick ist auf den See vor ihr gerichtet. Er ist von einer sanften Schicht Pulverschnee bedeckt, aber ein paar Schlittschuhspuren zeigen, dass wir nicht die Ersten mit dieser Idee sind. Links und rechts entlang des Ufers schmiegen sich hohe Espen entlang des Bergmassivs, das die Landschaft krass durchbricht. Der Schnee und das Eis glitzern in der Vormittagssonne, und meine Finger jucken vor Tatendrang.

»Const«, haucht Kathrine wie verzaubert, »es ist wunderschön hier!«

»Ich weiß«, entgegne ich besserwisserisch.

Das entlockt ihr ein Grinsen und sie stolpert auf mich zu. Mein Enthusiasmus hat sie endlich angesteckt, und sie rollt auf ihren Fußballen vor und zurück wie ein Kind. »Ja, lass uns Schlittschuhlaufen.«

»Fucking danke«, stoße ich erleichtert aus und stelle die Kiste vor mir ab. Ich lupfe den Deckel und hole zwei Paar Schlittschuhe heraus: einmal meine alten, eisblauen und einmal ihre schwarzen. Kathrine hat nie Damenschlittschuhe getragen – sie meinte, die seien viel zu eng und sie bräuchte Platz für ihre Füße.

Sie nimmt ihr Paar mit verdutztem Blick entgegen. »Du hast sie aufbewahrt?«

»Selbstverständlich.« Ich tippe mir an die Wange. »Obsessiver Boyfriend, schon vergessen?«

Sie lacht glockenhell auf und ich hole die Schützer aus der Kiste, lege den Deckel auf und drehe sie um, sodass Kathrine sich beim Schuhewechseln hinsetzen kann. Ich selbst traue mir zu, das im Stehen zu bewältigen.

Sobald unsere Schlittschuhe bombenfest sitzen, stapfen wir vorsichtig den kurzen Weg zum Ufer, wo bereits vorsorglich eine Matte ausgelegt wurde. Die Leute hier denken wirklich an alles.

Kathrine setzt als Erste den Schlittschuh aufs Eis. Zögernd verlagert sie ihr Gewicht, und sowie sie Halt gefunden hat, folgt der zweite Schuh. Sie macht ein paar zurückhaltende Gleitschritte, dann holt sie Schwung und dreht eine kleine Runde vor der Matte – auf der ich stehe wie angegossen.

Fuck. Mir geht der Arsch auf Grundeis. Sämtliche Zweifel, die sich in den letzten Jahren angestaut haben, prasseln in diesem Moment auf mich ein, während ich auf meine eisblauen Schuhe starre. Welches Recht habe ich, jemals wieder das Eis zu betreten? Wie sehr werde ich mich blamieren? *Kann* ich überhaupt noch Schlittschuhlaufen?

»Const.« Kathrines Stimme reißt mich aus dem negativen Sog. Ich schaue hoch und in ihr Gesicht. Sie steht direkt vor mir auf dem Eis, ihre Züge voller Verständnis. Ich muss ihr nicht erklären, was mir die Kehle zuschnürt, wieso meine Brust sich so eng anfühlt und dass ich mich fühle, als würde ich gleich losheulen.

Sie nimmt meine Hand, sieht mir fest in die Augen und fragt leise: »Du folgst mir aus blanker Faszination, stimmts?«

Wortlos deute ich ein Nicken an. Ihre Finger verschränken sich mit meinen.

»Dann folge mir«, verlangt sie zärtlich. »Folge mir und sieh mich an, wie du mich immer ansiehst.«

Ihre Worte machen etwas mit mir – ich kann es nicht beschreiben, aber meine Brust scheint sich zu entspannen und ich fixiere ihr Gesicht mit meinen Augen. Alles, was zählt, ist diese Frau hier vor mir. Sie ist der Grund, warum ich heute noch hier stehe. Selbst in meinen tiefsten Abgründen war sie da, hat sich um mich gekümmert – selbst wenn sie eines meiner Hirngespinste gewesen ist.

Sie schiebt sich auf ihren Schlittschuhen ein Stück weit von mir weg, unsere Hände drohen, sich zu verlieren. Mein Bein bewegt sich wie von selbst. Ich mache einen Schritt auf sie zu, will ihr folgen – weil es verfickt nochmal das ist, was ich immer tue: Ich folge ihr bis ans Ende der Welt, wenn es sein muss.

Sie sieht mir weiterhin fest in die Augen, gleitet mehr und mehr zurück, und ich folge ihr, fasziniert von der Stärke in ihrem Blick und der Überzeugung in ihren Zügen.

Nach einigen stillen Sekunden – oder waren es Minuten? – breitet sich ein strahlendes Lächeln auf ihrem Gesicht aus und sie meint: »Sieh nach unten.«

Ich folge der Aufforderung.

Ich stehe auf dem Eis, mehrere Meter vom Ufer entfernt.

Das Herz klopft wild in meiner Brust, und der Kloß in meinem Hals bricht in Form eines Schluchzers aus mir heraus. Zitternd hole ich tief Luft und blinzle wie blöd, um die Tränen zurückzudrängen.

Kathrine entwindet sich meiner Hand, was mich dazu verleitet, wieder zu ihr zu sehen. Immer noch selig lächelnd verkündet sie: »Wenn du mich viermal einfängst, haben wir nachher Sex im Auto.«

Sie zwinkert mir zu und stiebt davon.

Das lasse ich mir nicht zweimal sagen: Ohne darüber nachzudenken, verlagere ich meinen Schwerpunkt, hole mächtig Anlauf und zische übers Eis, Kathrine hinterher.

Es ist das verdammt befreiendste Gefühl der Welt. Schlittschuhlaufen ist mir in Fleisch und Blut übergegangen, lange bevor ich eine Karriere daraus formen ließ. Ich bin auf solchen zugefrorenen Seen groß geworden, habe mit Matt Wettrennen veranstaltet und meinen ersten Eishockeyschläger darauf ausprobiert.

Zum ersten Mal seit sechs Jahren ist mein Kopf absolut klar. Alle negativen Erinnerungen, alle Sorgen um Kathrine und die Kinder – es fällt von mir ab und ich habe den Eindruck, unter einem Geröllhaufen hervorgekrochen zu sein und nach langer Zeit wieder reine Luft zu atmen.

Schlittschuhlaufen ist verfickt nochmal meine zweite Natur, und keiner kann sie mir mehr nehmen.

CONSTANTINE

40

Ein Jahr später …

»Cathy!« Gunnys aufgekratzter Ruf dringt durch die Tür bis zu mir vor.

Hastig lupfe ich die Bettdecke und schüttele den Kopf, als Kathrine unsicher zu mir herabschaut. Zeige- und Mittelfinger sind in ihrer Vagina vergraben und ich führe den erbarmungslosen Rhythmus fort, den ich vor wenigen Minuten mit meiner Zunge begonnen habe.

Kathrine stöhnt, aber es hört sich gedämpft an.

»Constantine!« Gunny geht dazu über, an die Tür zu hämmern.

Mit einem zornigen Laut löse ich den Mund von Kathrines Kitzler.

»Was!«, belle ich.

Gunny scheint zu realisieren, dass er stört, denn seine Stimme klingt ein wenig unsicherer als noch vor wenigen Sekunden. »Da ist etwas in den Nachrichten. Das müsst ihr euch ansehen!«

Kathrine seufzt schwer, kämpft sich auf die Ellenbogen hoch und mustert mich mit hochgezogenen Brauen. Ich zucke ratlos mit den Schultern, ziehe die Finger vorsichtig aus ihr heraus und krabble zu ihr, um sie innig zu küssen. »Gleich wieder da.«

»Ficken könnt ihr nachher auch noch«, kommentiert Sandrine in diesem Moment lautstark.

Ich erstarre mitten beim Anziehen und Kathrine kichert hinter vorgehaltener Hand.

Gunnys Schwester hat es verdammt faustdick hinter den Ohren.

Noch während ich mir das Shirt über den Oberkörper zerre, reiße ich die Schlafzimmertür auf. Der Knilch trippelt von einem Bein aufs andere, während er mir mit einem strahlenden Lächeln begegnet.

»Cathy, du solltest das auch sehen«, sagt er noch, bevor er Reißaus nimmt und die Stufen hinab ins Fernsehzimmer rennt.

Sandrines schneller Aufschrei und ein in diesem Augenblick ausbrechender Streit verraten mir, dass sie bereits dort unten ist – wahrscheinlich auf der Couch – und auf uns wartet.

»Dad!«, schreit sie in diesem Moment und ich greife mir an die Nasenwurzel, um irgendeine verfickte göttliche Macht um Contenance zu bitten.

»Dad, Gunny hält mir seine Stinkesocken ins Gesicht!«

»Gar nicht wahr!«

»Ihhh!«

Welche Gottheit auch immer, steh mir bei! Diese beiden Kids sind manchmal sowas von anstrengend!

Immer noch leicht angesäuert darüber, von Kathrines Pussy weggezerrt worden zu sein, tappe ich den Flur entlang und folge Gunnys schadenfrohem Gelächter ins Fernsehzimmer.

Kathrine holt mich ein, als ich hinter den beiden an die Couch herantrete. Sie verschränkt ihre Finger mit den meinen und lächelt zu mir herauf, bevor sie ihre Aufmerksamkeit dem Fernseher widmet.

Sandrine bemerkt uns und schlägt Gunnys Fuß zur Seite. »Da seid ihr ja endlich.«

Rasch erhöht sie die Lautstärke und wir folgen dem Nachrichtensprecher, der uns ein Gerichtsgebäude zeigt, welches wir in letzter Zeit viel zu oft von innen gesehen haben.

»Der ehemalige Kapitän der Ice Jedis, *Lancelot King, wurde heute früh leblos in seiner Zelle vorgefunden. Mr King war Angeklagter im landesweit bekannten Fall um die Organisation des sexuellen Verbrechens gegen Ex-Starspieler*

Constantine Rushs Freundin und ehemalige Managerin Kathrine Solomon, sowie mindestens vier weiterer Frauen. Zusätzlich lag eine Anklage auf Rufmord gegen Mr Rush vor. Das Urteil über Mr King hätte heute Nachmittag gesprochen werden sollen.«

Gunny und Sandrine beobachten uns gespannt. Kathrines Finger zerquetschen meine – oder ist es andersherum?

Ich presse die Zähne so fest zusammen, dass es wehtut, und ich muss jedes Fitzelchen Selbstbeherrschung aufbringen, um nicht sofort loszubrüllen und irgendetwas kaputtzumachen. Dieser Wichser! Er hat sich aus der Verantwortung gezogen, indem er sich selbst ausgeknipst hat, dieser miese Schweinehund!

Um mich von meiner Wut abzulenken, sehe ich zu Kathrine hinab. Auf ihrem Gesicht spiegeln sich meine Emotionen, und sie zischt erbost: »Dieser–«

»Penner?«, offeriert Gunny.

»Scheißer?«, stimmt Sandrine mit ein.

Die beiden dermaßen enthusiastisch beim Fluchen zu erleben, dämpft meinen Zorn ein Stück weit und auch Kathrine lächelt schwach.

Als wir zurück in die Stadt gezogen sind, haben wir schon sehr bald bemerkt, dass die Kids unter Hänseleien zu leiden hatten, die in den Gerüchten um meine Wenigkeit wurzelten. Ergo haben Kathrine und ich uns mit ihnen zusammengesetzt und ihnen alles erzählt: von Lance's perfidem Plan bis zu Kathrines Entführungen und dem Tod von Riley King. Gunny und Sandrine haben daraufhin echt krasse Konter aus der Tasche gezogen, wann immer jemand in der Schule versucht hat, sie zu hänseln.

»Ist es jetzt vorbei?«, fragt Sandrine leise.

Ich sehe auf sie hinab. »Tja, da wir keinen Angeklagten mehr haben, der ins Gefängnis geht, würde ich sagen: ja.«

Ihre Miene zeigt offen, wie zwiegespalten sie ist. Schließlich fragt sie: »Wirst du jetzt wieder Kapitän der *Ice Jedis*, Dad?«

Ich lächle schwach und eine Spur zu bitter. Das vergangene Dreivierteljahr bin ich regelmäßig bei den Trainings der *Ice Jedis* erschienen, wenn auch nur, um zuzusehen. Kathrine hat mich dazu überredet. Wahrscheinlich bin ich ihrem Masterstudium zu sehr in die Quere gekommen, weil ich sie bei jeder Gelegenheit vernascht und somit vom Lernen abgehalten habe. Aber ich kann nichts dafür, sie ist mein Ein und Alles. Ich will sie glücklich machen, so oft ich kann – ich will für verpasste Chancen Busse tun, und, ganz ehrlich: Ich vergöttere diese Frau so abartig, dass es wehtut.

Jedenfalls bin ich bei den Trainings mehr und mehr mit dem Coach ins Reden gekommen, und er hat sich von mir die Details rund um Kings Verhaftung und das laufende Verfahren erklären lassen.

Einer nach dem anderen sind meine ehemaligen Kameraden hinterher auf mich zugekommen, haben sich bei mir entschuldigt oder mich einfach nur mit einem brüderlichen Gruß empfangen oder verabschiedet.

Matt grinst jedes Mal wie ein Honigkuchenpferd, wenn er mich auf den Rängen sieht und macht schon seit Längerem keinen Hehl mehr daraus, dass ich in seinen Augen der *wahre* Kapitän dieses Eishockeyteams bin.

Nichtsdestotrotz schätze ich meine Chancen auf einen Neustart bei den *Ice Jedis* als eher gering ein. Das Team hatte genug Rummel für die nächsten Jahrzehnte, und ich will kein schlechtes Licht auf sie lenken, indem ich, der Skandalspieler, mich wieder unter sie mische. Aber wenn das Management von sich aus auf mich zukommt … wer weiß? Die einzige Bedingung, die ich stellen würde, wäre, dass Kathrine wieder meine Managerin wird. Inzwischen weiß die ganze Welt, dass Constantine Rush vergeben ist, also wäre die entsprechende Klausel in einem Vertrag unnötig.

»Du vermisst es doch«, stellt Sandrine mit einem eingehenden Blick fest. »Du hast gesagt, dass es das zweitbeste ist, was dir je im Leben passiert ist.«

Ich hebe die Schulter und lasse sie betont gelassen wieder sinken. »Tja, alles muss irgendwann enden, Schatz.« Damit lege ich ihr eine Hand auf den lockigen Scheitel und verwuschle ihr die Haare.

»Hey!«, protestiert sie und schlägt meine Hand weg.

Grinsend drehe ich mich zu Kathrine und schaue in ihre wunderschönen Augen, die meinen Blick erwartungsvoll erwidern.

»Und jetzt, Kinder«, verkünde ich lautstark, »beschäftigt euch eine Zeit lang allein. Mum und Dad ficken gleich.«

Gunny und Sandrine brechen in Gelächter aus, Kathrine hingegen läuft rot an und haut mich mit der Hand auf die Brust. Kurzspitz hebe ich sie über meine Schulter und eile aus voller Kehle lachend die Treppen hinauf, ihre Protestrufe und die beherzten Klapse auf meinen Hintern ignorierend.

Noch ein paar Worte…

Dass auch diese Geschichte eine second chance Romance ist, habe ich tatsächlich erst während des Schreibens so richtig realisiert. Ich glaube, ich habe einen Lieblingstyp entwickelt. Diesen Teufelskreis werde ich nächstes Jahr mit etwas komplett anderem durchbrechen, versprochen. Frischer Wind tut den Büchern (und dem Hirn) ja auch mal gut.

Auf was also könnt ihr euch in der nächsten Romance freuen? Ich sage nur so viel: Gaming-Wettkampf, Langzeitschmachten, toxisches Internetverhalten von Fans. Macht daraus, was ihr wollt, bis das Buch rauskommt muahaha!

Ich möchte an dieser Stelle der lieben Chaela danken, die das Cover für »Wie Spuren im Schnee« gestaltet hat. Es hat den Vibe, den ich mir vorgestellt habe, genaustens getroffen. Danke dir, Chaela <3

Mehr von Luna Cathedras

Die im Jahrgang 1989 in der Schweiz geborene Luna Cathedras wohnt und arbeitet mit ihrem Partner und zwei Katzen zurzeit in einer Kleinstadt in Brandenburg. Sie schreibt ihre Bücher in Begleitung von C-Drama und K-Drama OST und mit steter Unterstützung ihrer Vierbeiner. Sie liebt die fernöstliche Dramatik in den entsprechenden Serien und lässt die ein oder andere dadurch inspirierte Handlung in ihre Bücher miteinfliessen.

Sie freut sich über jede Rezension auf Goodreads, Lovelybooks, Reado, Amazon, readfy, kobo und allen anderen Kanälen. Gerne repostet sie auch deine Blog-Review oder dein TikTok. Sollte die Rezension Kritik enthalten, bitte denk daran: Durch konstruktive Kritik wachsen wir, durch destruktive Kritik jedoch entsteht nichts, was blühen kann.

WONDERLINK LUNA CATHEDRAS

Website
https://www.lunacathedras.online

Social Media
TikTok: @luna.author
Instagram & Threads: @lunacathedras

Unterstütze die Autorin via Ko-Fi:
https://ko-fi.com/lunacathedras

2025 Releaseplan

❖ Im Sommer

Tauche ab in eine Welt voller Magie! Hexen, Wandler, Schatten und „*Vampire*“, die gemeinsam Jagd auf Unruhestifter machen und bei einer mächtigen Gilde angestellt sind. Eine fantastisch-romantische Geschichte rund um ein missglücktes – und verbotenes – Wochenende zwischen zwei Liebenden, gespickt mit einem wahren shadow daddy.

❖ Im Herbst

Auftakt einer Engel und Dämonen Dilogie! Begleite eine himmlische Detektivin in ein Abenteuer, das sie so nicht kommen sah. Wird das etwa ein Engel auf Abwegen? Lasst euch jedenfalls gesagt sein: Nicht nur die Hölle ist hier heiß!

❖ Im Winter

Der zweite Teil der Engel und Dämonen Dilogie! Aus Spoilergründen folgt hier bloß sinnfreies Blabla, weil alles andere schlicht unfair wäre. Eine Sache ist jedoch sicher: Auch hier wirds steamy!